U0818130

作者简介

李国新　男，文学博士，西南林业大学人文学院副教授，主要从事中国古代文学理论与古典文献学研究，在CSSCI、中文核心等期刊上发表学术论文二十余篇，主持教育部人文社会科学基金青年项目一项、云南省哲学社会科学规划项目一项、云南省教育厅重点项目一项。

当代中国学术文库

易安堂集校注

[清]龙献图◎著
李国新◎校注

RESENSING AND ANNOTATING OF YIAN-TANG ANTHOLOGY

CCTP 中央编译出版社
Central Compilation & Translation Press

图书在版编目(CIP)数据

《易安堂集》校注 / 李国新校注．—北京：中央编译出版社，2015.9

ISBN 978-7-5117-2682-7

Ⅰ.①易… Ⅱ.①李… Ⅲ.①古典诗歌—注释—中国—清代 Ⅳ.①I222.749

中国版本图书馆 CIP 数据核字(2015)第118648号

《易安堂集》校注

出 版 人：刘明清
出版统筹：董 巍
责任编辑：曲建文
责任印制：尹 珺
出版发行：中央编译出版社
地　　址：北京市西城区车公庄大街乙5号鸿儒大厦B座(100044)
电　　话：(010)52612345(总编室)(010)52612363(编辑室)
(010)52612316(发行部)(010)52612315(网络销售)
(010)52612346(馆配部)(010)66509618(读者服务部)
传　　真：(010)66515838
经　　销：全国新华书店
印　　刷：北京彩虹伟业印刷有限公司
开　　本：710毫米×1000毫米 1/16
字　　数：323千字
印　　张：18
版　　次：2015年9月第1版第1次印刷
定　　价：68.00元

网　　址：www. cctphome. com　　邮　　箱：cctp@ cctphome. com
新浪微博：@中央编译出版社　　微　　信：中央编译出版社(ID：cctphome)
淘宝店铺：中央编译出版社直销店(http://shop108367160. taobao. com)

本社常年法律顾问：北京市吴栾赵阎律师事务所律师 闫军 梁勤
凡有印装质量问题，本社负责调换。电话：010-66509618

《易安堂集校注》序

广西地处祖国南疆,好山水风光奇丽,多民族风情万种。而毋庸讳言,在历史上与现实中,其经济、文化之发达程度,是较逊色于好些省份的。与之相关的地方文学研究,包括地方文学史研究,也相对薄弱。但这样的“薄弱”,并非天然合理。因为,中国文学,作为中华民族苦难且辉煌生存历史的审美反映,就由反映着34个省(23行政省、5自治区、4直辖市、2特别行政区)56个民族生活的文学所组成。一部广西文学史,就是一大部中国文学史不可或缺的构成。要更完整地更深刻地认识中国文学发展的历史,就离不开对一个个广西古代作家所创作作品的准确解读。尽管那些作家作品,未必个个都名头够大牌子够亮,然而“披沙简金”,却也“往往见宝”。如著名词学家龙榆生先生称:“三百年来”“词学中兴之业……极其致于晚清诸老”(《近三百年名家词选·后记》)。晚清诸老即所谓“清季四大词人”王鹏运、朱祖谋、况周颐、郑文焯。其中王鹏运、况周颐都是临桂人,且王年齿最尊,是引导其他三家学词之路的师长。他倡导词须“重、拙、大”,此即四大词家服膺并努力实践的核心词学理念。况周颐的《蕙风词话》,与王国维《人间词话》并称清代词话双璧,其内容则在多方面阐发了王鹏运的词学思想。因而时人也将清季四词家称之为桂派或临桂派。简言之,如果说,清词继宋词极盛之后中兴而极其致于以桂派为代表的“清季四大词人”,则桂派词家不简直就是近三百年名家词中最重要的名家之一吗?其于清代词学、于中国历代诗词发展史,意义之重大,还需要条分缕析、一一论证吗?举此一斑,可窥全豹。至于其余以诗或文扬名的“岭西五大家”、“杉湖十子”等等领衔演出的八桂文坛风采大戏,这里就不必费词一再枚举了。广西文化,原毋庸妄自菲薄,而先民遗泽,更亟需珍惜抢救。

今日之中国,是历史上中国的延续。历史文化遗产之精魂,理当存活于中华后人心胸。为了保全、整理、研究乡邦文献,广西大学文学院的古籍整理硕士点建成之初,就以指导研究生研究整理广西地方古籍为己任。从1993年起,经过近20届研究生的努力,已经校注整理广西古代相对或赫赫有名或默默无闻的作家别集过百种。这是一次规模空前的对广西地方古籍文献中作家别集的整理,对广西地域文学与文化进行了比较深入的发掘研究。作为2002年入读广西大学古籍整理方向硕士生中的一员,李国新君就是这项工程的参与者,而《易安堂集校注》就是他贡献出的一项重要成果。他往来奔走于南宁、桂林等地,通过查访广西图书馆、桂林图书馆和广西博物馆的藏书,在充分调研基础上,把硕士论文选题定为整理龙献图诗集。

桂林旧街坊流传"四大书香门第"之说,易安堂龙家就列为其中之一。龙献图本为文风极盛的临桂农家子弟,25岁中举之后曾宦游平乐、滇南17年,其余时间都在教馆授业(早期当的官也是平乐县教谕一类教职约10年),可以说一生主业是教师,带出不少得意门生,为故土培养了一批杰出人材。他自家后代当然也教育得法而人才辈出:其孙龙朝言、龙朝翊两兄弟光绪年间先后入翰林院为庶吉士,当时盛称"兄弟翰林"。而曾孙龙泽厚则是参与康有为"公车上书"的广西籍名流。今天人们游览桂林时,若走到王城边,会看到正阳门城墙上有块"三元及第"匾,那是表彰清朝仅有的两个三元及第状元郎之一,也是中国科举历史上最后一位三元及第者陈继昌的。陈继昌的恩师就是《易安堂集》的作者龙献图。

龙献图经历了乾隆、嘉庆、道光三朝,其诗歌创作在记录其心迹的同时,也在一定程度上反映了那个时代生活的某些侧面,从而对清代乾嘉以降的诗坛产生过一定的影响。可惜学界对他的《易安堂集》的整理、研究一直没有充分开展、系统进行。国新的选题对于保存整理广西地方文化遗产,弘扬民族文化,无疑具有积极意义,并且具有填空补白的学术价值。

其具体整理校注则以壁山阁本为底本,以《三管英灵集》、《漓江耆旧集》、《临桂县志》(光绪本)、《平乐县志》(光绪本)、《拙学斋论诗绝句考略》等文献资料为参校,较全面地搜集、校订了龙献图的诗作。更对作品中涉及的大量疑难字词、生僻典故、典章史实、人名地名等一一作出注释,这就有效地帮助今天的读者去读懂原诗,以更方便理解和接受这份宝贵文化遗产。

由于把《易安堂集》所有作品逐一钻研细心解读,整理者自然易于对龙献图的创作获得深入一层的认识,而体现在其《前言》中。论其思想,则从寄情山水、托物吊古,酬唱赠答、宴游送别,关注民生、感叹世事,亲情无间、敦励慰勉等四个方面分析龙献图诗歌的思想内容;谈艺术,则以"平淡自然"、"抒写性灵"、"白描技法"、"诗歌的组合艺术"为四个支点来剖析龙献图诗歌的艺术特色;进而指出龙献图诗歌的得失,力图比较全面地呈现龙献图及其诗作在历史上的地位。

在硕士论文顺利通过的十多年后,国新又对本已不俗的旧作再下一番修改校订功夫,而后付梓。于是,呈现于读者面前的,就是质量更上一层楼的《易安堂集校注》。不过,学无止境。进步中的人,所每进一步中,都多少会留下他日更进一步的余地,即此日需要改进之处。譬如此书,其注释难免存在错漏,其于龙献图诗歌艺术的阐发也不一定绝对正确,这些都是有待于读者诸君批评指正的。

无论如何,手此一卷,缀满李国新同志精心校注多年辛勤洒下汗珠之新书一卷,穿越三百年时空,诗人龙献图正在向我们走近。他"诗不求工随兴至"(《初夏述怀》,往往信口吟成,平易近人,别有特色。好处在于能写出自家亲身体验,写出特殊境遇中特定人物的特有感受,而富有生活气息。诸如:"娇儿痴呆卖不尽,一声爆竹鸣春雷"(《元旦雪作歌》);"鸟迓归来客,天怜老去人。回头如隔世,屈指是新春。"(《抵家》);"入冬天气寒,裘敝无完裾。山妻益老拙,旨蓄无所储。娇儿膝上啼,谓我寒无襦。弱女才四龄,捋我颔下须。谓爷他日贵,为女饰金珠。忽闻剥啄声,有客来催租。潜入避债台,吟诗歌呜呜"(《岁暮述怀》)。等等。

当其《秋日雨霁晚步江上》,则倾耳以凝眸、感物而生心:"病怯轻寒欲着棉,豆花雨足水连天。荒村野寺钟声起,一簇人归渡口烟";路过长阪坡,则想像当年:"长阪当阳路,千秋战血红。单骑一身胆,独立万夫雄";登《岳阳楼》,则心目豁然:"胸中云梦千里阔,眼底君山一点青";远《渡黄河》而油然感慨:"粤水燕山道路奢","五更落月初闻雁,万里长风正渡河";遥望《野烧》又不由注目:"野火连空晚更奇,忽地烟生黄叶处,满山红映夕阳时"……诸如此类,或秀逸,或雄奇,都不愧美景佳句。

不过,更惊心动魄心潮起伏的是《空舲峡》一段遭遇:"须臾河伯舞回风,舟如木叶飘江中。攲斜反侧不得住,屈原邀我游龙宫。舟人支撑猛如虎,左拒右拒施篙橹。纸船那有铁梢公,僮仆相觑面如土。我时吟诗声正长,吟声乍歇风声扬。书生赋命本穷薄,人鲊瓮头心惝惶。久之船头风浪静,舟人喜说活残命。"如果没有亲身经历,肯定无从下笔。但是即使亲历,倘若一味复古模拟鹦鹉学舌搬弄陈词滥调组织古旧意象,那也不可能写得如此绘声绘色令人如临其境。

在长夏,他"连日炎蒸苦坐甑"(《雨后庭中步月》),"中夜不能寐,挥汗如雨点",却只待"清风时一来,渐觉鬓眉展"(《暑夜庭中赏月》);遭寒夜,他"孤灯觅句天难晓,水雨敲窗梦不成。半夜荒鸡愁起舞,一毡寒铁冷无情"(《寒夜不寐》);逢久雨,他"茅屋潇潇雨未休,栖身无地任沉浮。儿童笑作乘槎客,鸡犬真如戏水鸥。"(《久雨,敝庐倾漏,水溢庭除。僮仆喧嚷终夜,欲浚之而未能,因示以诗》)即使处在凄苦烦恼尴尬之中,他依然保持几分幽默,自嘲亦复自解:"国色从来轻粉黛,淡妆含笑过年年"(《白桃花二首》)。

当然他也时常倍感怀才不遇,因之触物伤怀、顾影自怜:“舞断腰肢又一春,漫天飞絮逐风尘。遥知青眼伤心处,愁看年年落第人。”(《道旁柳》)“七十年来影与身,荧荧如豆最相亲。灵台一点光难掩,留作传灯照后人。”(《灯》)

或许正由于对人生的艰难辛酸并不陌生毫无隔膜,所以他更有理由对地位远不如己的劳苦者充满同情。请听——

《戽水谣》:

朝戽水,暮戽水,朝朝暮暮池塘里。
池塘水浅如蹄涔,似酌天浆滴禾尾。
禾尾焦欲枯,禾根或可苏。
拜天拜地跃颡尻,高首低腰遽最怜。
赤日炎如釜,汗沾淋漓仰又俯。
一手挥汗一手摇,天不作雨汗如雨。
安得池水同汗多,源源引灌田中禾,
穷黎安坐饱且歌?。
吁嗟!
田家乐?
戽水苦如何!

他站在平乐城头,朗声吟诵:

江水曲曲抱城隈,雉堞连云亦壮哉。
远雁失群依水立,秋风如箭射人来。
荒村米价年年贵,大府歌筵夜夜开。
欲上梅公亭上望,饥乌绕树不胜哀。

这首《昭州城晚眺》,未必是他的代表作,但透过字里行间,一位清代广西老教师,一位“曾经百折苦中苦,博得一官闲又闲”(《六十自寿》),仕途失意却忧国忧民、指斥时弊、痛心疾首贫富两极分化的正直知识分子,跃然于纸上,正向当代读者走来。

2015年7月滕福海序于广西南宁

凡　例

一、本书以桂林图书馆藏《易安堂集》(壁山阁本)为底本,以《三管英灵集》、《漓江耆旧集》、《临桂县志》等文献资料中所收录的诗作为参校。

二、诗稿采用分首校注方式,将校注文字置于各首之后。如原文一个标题下有多首诗,则在原诗后校注,诗序亦与原诗一起校注。

三、校注时,先校后注。()为校对符号,[]为注释符号。原文脱漏者,以"□"填补。

四、本书校勘,凡有异文处一律出校。凡于文意可通处不轻易改动底本原文,少量文义未通处酌用他本。凡改动处均出校记。校勘处以(1)、(2)、(3)……为序号标出,不采用句末总校的形式,每出现一处须校处,则标出一处。校勘记列于每首诗之后,注释之前,用"【校】"标示。

五、注释以疑难字词、通假字、典故、史实、引语、典章制度、人名地名、化用他人诗句为主,用[1]、[2]、[3]……为序号标出,列于校勘记之后,以"【注】"标示。僻字注出读音,典故、史实、引语尽量引用原文,并标明出处,以备复检。遇有无以稽考者,一般用"不详"标明,同词不详者只出注一次。原注难解者,以"按"来注解。

六、诗中繁体字全部改为简化字,严格按照国家公布的简化字总表加以简化。

七、诗中异体字、古字一般改为规范字,极少数予以保留。通假字不作改动。

八、校注中,如有重复出现者,前注详,后注简或用"详见"。出现很多次者,有些不注。

前　言

广西“桂全诗派”是以“谢良琦、谢济世、胡德琳、朱凤森、吕璜、龙献图、陈继昌、蒋琦龄、蒋达、倪鸿等为代表”的一个重要诗歌流派①,在广西诗歌史上有较高地位。身历乾隆、嘉庆、道光三朝的龙献图是“桂全诗派”的重要诗人,以抒写性灵、平淡自然为艺术风格取向。在较全面搜集资料基础上,笔者对其诗集《易安堂集》进行了比较系统而深入的研究,以再现其在广西诗坛上的地位及其诗集的文学价值。

一　龙献图生平、交游及著作版本概况

(一)龙献图生平

龙献图(1755－1838),字则之,号雨川②,临桂县西乡(现两江乡)人。出生于农民家庭。其父龙奇灿,字寿光。其子龙寅绶,字云叔,号幼村,咸丰六年(1856)丙辰举人,大挑一等分发江苏清河县知县。其孙龙朝言,光绪二年(1876)丙子进士。曾孙龙泽厚戊子(1888)优贡,曾于光绪二十二(1896)、二十三年(1897)在桂林组织圣学会,与康有为创办广仁报,为桂林办报之始。③ 龙献图一生经历乾隆、嘉庆、道光三朝,那正是清朝开始走下坡路的时期。他见证了有清一代的鼎盛,也见证了清廷对文化非常严酷的压制:文字狱频繁发生,文人们处在苦闷彷徨中。乾隆时期耕余的生活、嘉庆时期宦游的生活、道光时期归田的生活组成了龙献图三个富有特色的人生轨迹。

耕余的生活。龙献图早年在家从父读书,少时就表现出一定诗才。乾隆四十五(1780)年八月,龙献图参加了以翰林院编修邵晋涵为正考官、检讨钱南园为副

---

① 黄华表:《广西文献概述》,载《广西建设研究》,1932年第1期,第68页。

② 参照《桂林易安堂龙氏家谱》,2004年。

③ 参照李荣典主编:《临桂县志·人物志·龙泽厚》,方志出版社,1996年。

考官的乡试,结果与同乡朱桓等榜上有名。但在随后的会试中,名落孙山。此后他开始了游历及继续问鼎进士的努力。由于诗才,“(龙献图)为钱南园所得士”①。钱南园与龙献图结下了良好的师生情谊,这于龙献图来说,无论是仕途还是科考,都是莫大的帮助和鼓励。这或许是他五次前往京都会试的一个重要原因:“五度公车云路渺,卅年生计砚田干。”(《五十初度感赋四首》)嘉庆初年,龙献图参加了以蔡呈韶、金毓奇等为编纂的《临桂县志》修纂工作。嘉庆六年(1801),三十二卷的《临桂县志》稿成付梓。此后他开始四处干谒,这种生活有怀才不遇的无限苦恼和奔走他乡的流离之苦。嘉庆十年(1806)前后,他曾在横山书院教书育人,但是时间很短。

宦游的生活。“戊辰(1808)小除,余秉铎昭州。”(《戊辰小除之平乐广文任》)嘉庆十三年(1808),龙献图开始在昭州即平乐的教书兼为官生活。在为训导期间,他竭尽所能地做好本职工作,辛勤地耕耘在讲堂上,希望学生能在科举之路上有所作为,以弥补他多年在科考中的缺憾。他在平乐培养了陈莲史、朱卓亭等一些人才,为平乐乃至临桂的教育做出了应有的贡献。他在平乐共度过了十年。《归田草自叙》曰:“自为平乐校官,至作吏滇南,计离家匆匆十有七年。”《归田草·花朝口号》曰:“七载滇南守一官,年年市上买花看。”嘉庆二十二年(1817),他调转云南盐道库大使,开始离开家乡任官他方。

归田的生活。《陈午桥学使赐诗送行次韵奉答并序》曰:“道光癸未七夕前一日,图将归里。”道光四年(1823),龙献图解官归故里,开始了近十六年的田园生活。在经过了几十年风雨飘摇的流荡生活后,他回到生他养他的故土。与妻子举案齐眉,对子女敦励慰勉、关爱有加,这给龙献图带来无限的精神愉悦。同时,他与吕月沧、陈元泰、陈兆熙、李崖竹等友人一起游山玩水、相互酬唱。八十岁大寿,友人吕月沧、李崖竹、黄春庭等以诗为他祝寿,并相互唱和。道光十八年(1838),龙献图在临桂两江乡病逝,终年八十四岁。

(二)交游

龙献图的大部分时间都在外生活(为官或博取功名),交游较广。他交友注重志趣相合、性情相投,追求精神默契、人格完善、以友辅德等价值取向。据近人黄华表《广西文献概述》载:“与当时诗人吕月沧、潘小江、袁醴庭友善,均有唱和。”②

---

① 《广西文献概述》,第68页。钱南园,乾隆三十六年(1771)进士。和珅用事,权势熏灼,澧疏摘其奸,直声著朝野。诗文苍郁劲厚,工书画,有《南园集》。

② 《广西文献概述》,第68页。

从《易安堂集》可见，他时常与吕月沧、袁醴庭、陈元焘、陈兆熙等友人唱和及交游。下面分述如次。

吕月沧（1778－1838），名璜，字礼北，号月沧，永福人。嘉庆进士，官浙江西塘海防同知。与广西龙启瑞、朱琦、王拯、彭昱尧合称“岭西五大家”。有《月沧诗文集》。在龙献图为官时，吕月沧很少与之相往来，主要因龙氏在临桂、吕氏在浙江。从《易安堂集》看，《耕余草》中龙献图与吕月沧往来的诗作只有《得吕月沧孝廉书却寄》、《吕月沧病危……口号一首用答前什》两首，与吕月沧的交游诗作主要收在《宦游小草》、《归田草》里。尽管龙氏与月沧年龄相去二十年，但龙氏对月沧的才名欣赏有加：“十年倒徙迎王粲，千里寻嵇属吕安”；“阿蒙吴下才名盛”。此时的月沧只不过是孝廉，龙献图却将吕月沧比作王粲、嵇康和阿蒙，都是对他博学多识的赞赏。最能体现龙吕关系情深的是《吕月沧病危……口号一首用答前什》一诗，关情知己之心不言而明。道光十二年（1832），吕璜回临桂并赁居于凤凰街。这段时间龙献图常与月沧四处游山玩水。道光十四年（1834），吕月沧受聘为榕湖经舍书院山长，十五年（1835）主讲秀峰书院：“文坛主席君魁首。”（《和吕月沧司马移居原韵二首》）这更拉近了龙献图与吕月沧地理上的距离，故他们能经常在一起谈论人生、切磋诗艺、唱和诗歌等。尽管龙献图年事已高，但仍常与吕月沧外出游玩，《答吕月沧司马游山之约》是他借游七星岩后的感想来答赠友人的诗作。

袁珏，号醴庭，平南人。少有才名，嘉庆七年（1802）进士及第。曾官镇安府教授、擢翰林院典簿，有《归园田居诗草》、《浔州传信录》、《格物论》、《联床风雨楼随笔》等。袁醴庭对人热情善助，他的诗作文采飞扬，著作颇丰。袁珏曾为平乐学博，而龙献图当时已就任平乐训导，这时期两人有联床之谊。无论生活还是诗文学养，他们两人都互相帮助。特别是袁珏出身书香门第，在生活上更多帮助了龙献图，如《袁醴庭学博以丹砂见遗赋谢一首》。在诗中，龙对袁醴庭心存感激，极力赞扬了他的为人。同时袁醴庭与龙氏的交情不介意物品之贵重，而是重急人之需，不拘小节。龙氏最后一次赴都谒选时与已是进士的袁醴庭曾有过惜别之作——《赴都谒选别袁醴庭学博》。可见，袁醴庭是龙氏学习上的知己、工作上的知己，更是他进京赴选的重要精神支柱。

陈元焘，字寿士，号蕉雪，又号荔衣，陈宏谋之曾孙，陈兆熙之弟。乾隆戊申（1788）举人，候补内阁中书，诰封奉政大夫，翰林院修撰，加三级晋赠通议大夫，江西按察使。从龙献图诗作看，蕉雪与之是故友，交往时间超过四十年。龙献图经常与之唱和，并礼尚往来，如《陈蕉雪中翰惠篁用昌黎〈郑群赠簟〉诗韵赋谢》、《陈蕉雪中翰惠归州金星石砚走笔志谢》等。龙献图在云南为盐道库大使时，陈蕉雪远寄书信到云南,两人相互唱和。陈蕉雪去世,龙献图曾作《挽封翁陈蕉雪中翰》,表达了自己和蕉雪的联床之谊,并以老泪祭悼故友。

陈兆熙,字梦鱼,号春宇,陈兰森之子,陈继昌之生父。乾隆丁酉(1777)科拔贡、本科举人。历官广东州县、贵州同仁府署贵东道,赐赠中宪大夫。由于龙献图曾是陈继昌的恩师,故陈氏家族与龙献图关系非同一般。《陈春宇刺史同年偕令弟蕉雪中翰门前植槐数本,题诗奉赠》曰:"兰桂盈门春未阑,自携鸦嘴种槐安。君家故事传榕树,他日成阴一例看。"龙献图盛赞了兆熙的出身,对其及家庭也赞誉之至。

唐莲舫,名良耀,天津望江人。曾为平乐县县令。那时龙氏是平乐县训导。从《易安堂集》可见,唐莲舫与龙献图是无话不讲的朋友,不仅相互酬唱还一起郊游。他们是不拘礼节、相知信任的朋友。正如《向唐莲舫明府借酒》一诗所写,龙献图无钱沽酒时,他向比他官大的唐莲舫知县借酒,这本身于礼不合、于情不适。这正透视出龙献图与唐莲舫的情谊没有官场上的繁文缛节,率性而为,情同知己。在《以冬笋遗唐莲舫明府并媵以诗》中,冬笋本不是贵重之物,龙献图却以之为赠。在龙氏看来,唐莲舫不远千里来广西,在平常生活中即使是微不足道的冬笋,亦是一种近似亲情的关心。在唐莲舫改教职归里时,龙氏以《再送唐莲舫明府改官归里》诗相送,多次以诗相送说明了他们友谊之深。

另外,作者与江西萍乡张友堂、临桂韦松崖、临桂朱松庐、临桂李崖竹等亦有一定的交往。

(三)版本

《易安堂集》由光绪年间任临桂知府的江苏人秦焕所校理,《易安堂集》后有"秦焕校理"字样,由近人黄华表壁山阁印行(故定此本为壁山阁本)。《易安堂集》内有三个小集,分别为《耕余草》(316 首)、《宦游小草》(70 首)、《归田草》(103 首)。"以先生敦品励学,不屑以时艺见长,居官则济物为心,授徒则经世为本,故文帙虽存,未遑付梓。"①故龙献图诗作付梓的时间较晚。此版本为红色字体,版心有"壁山阁"字样,四周栏线为粗红色线,九行十八字。集中有自序四篇《耕余草自叙》、《宦游小草自叙》、《耕余草后序》、《归田草自叙》及《秦焕序》、《周德润序》。

此校注以壁山阁《易安堂集》为底本,以梁章钜编《三管英灵集》、周鼐编《漓江耆旧集》(1943 年手抄本)、《临桂县志》(光绪本)、《新纂云南通志》(1938 年铅

① 《易安堂集·周德润序》。

印本)、《平乐县志》(光绪本)、廖鼎声《拙学斋论诗绝句考略》(桂林图书馆藏本)、秦焕《剑虹居全稿》(光绪本)等为参校材料。

二 龙献图诗歌的思想内容

《易安堂集》中的《耕余草》、《宦游小草》、《归田草》是龙献图人生的发展轨迹、思想变动曲线。《耕余草》是中举之后、为官之前的生活写照;《宦游小草》是秉铎昭州训导之后、退官云南之前的生活反映;《归田草》则是回到临桂老家后晚年生活的真实显现。《易安堂集》中的诗作为我们勾画出了一位随性而乐的诗人形象。于苦中得乐,于心之乐,于友之乐,于"堂"之乐,于山林之乐,这是人生的多重变奏曲。"按照诗歌的内容有无完整的故事情节和人物形象划分,可分为抒情诗和叙事诗两大类。……抒情诗的内容复杂多样。从题材上分,一般可将其分为山水诗、田园诗、爱情诗、咏物诗、哲理诗、讽刺诗、悼亡诗、咏史诗、游仙诗以及政治抒情诗等等。"①《易安堂集》中,龙氏将山水、田园、爱情、咏史、悼亡等揉合在一起,成一幅浓墨重彩的生活画卷。龙献图在山水之际、古人之魂、亲人之情、友人之谊中寄托心中的情思,在宴游、酬唱中寻找感情的支点和近乎亲情的人生乐趣。

(一)寄情山水　托物吊古

以山水景物作为独立审美对象的诗歌发轫于魏晋南北朝,谢灵运堪称写山水的圣手,他最先将山水诗从玄言诗中分离出来,赋予自然山水以独立的审美价值,成为我国山水诗的奠基人。从谢灵运形成山水派的第一座高峰后,唐王维以"诗中有画"、"画中有诗"形成了另一座山水诗的高峰,他们前后相承的山水诗是中国文学史上山水诗的两个里程碑。

在诗中,龙献图表达了对青山秀水的无比钟情,在描山摹水中寻找一种自然的灵性和感悟。龙献图在描写山水时总是力图抓住景物的主要特点和轮廓,以之来反映全景。"雨添湘水阔,云幕楚天低"形象地描绘了浓云锁江、大雨过后多姿多彩的湘江;"小雨湿幽径,轻阴生薄寒"写出了春天"乍暖还寒"时节,欲寒欲暖、若即若离之心境。当然,他描写风景的落脚点是以山水田园为寄情对象,在对景物的描画中赋予自己的主观情感,表达对人生的感叹、对社会的期望。如《山居遣兴》(之二):

寂寂空山中,日暮云霭霭。倚杖看浮云,起灭千万态。偶逢麋鹿群,居然夜郎大。又闻跳梁蛙,咽咽井底沸。惟爱溪边鸥,忘机沙上睡。

① 古远清:《诗歌分类学》,中国地质大学出版社,1989年,第7-8页。

这首诗是龙献图归里后所作,此时他已是近八十岁的扶笻老翁,徘徊在山水之际,享受着自娱自乐的山水田园生活。“寂寂空山中,日暮云霭霭”展现了寂寂的山中,云雾缭绕的晦暗之景。闲暇之余,龙氏扶杖而出,看到那浮云流动的美景,随着时光的推移而变化万端。随后笔锋一转,以麇鹿群、跳梁蛙来比喻形形色色的官僚,他们尔虞我诈,都试图站在别人的肩膀上加官进爵,一个“沸”字写尽了官场的众生相,表现了龙氏对这些人的嘲讽和讥笑。最后一句是点睛之笔:“惟爱溪边鸥,忘机沙上睡。”“忘机”,忘掉机心,即对人没有机心、计谋。他只希望和沙鸥一样独眠在沙滩上,享受着“倚杖看浮云,起灭千万态”的鬼斧神工之景象。

托物怀古也是龙献图诗歌中的一个主要内容。在对物的描写和对古迹的凭吊中,抒发了自己复杂的人生感怀。据统计,此类诗在《易安堂集》中约有70首。而托物诗有近60首,占《易安堂集》诗歌的13%。我们分别以吊古诗、托物诗各一首来依次申述。

托物诗如《雁》:

霜冷寒空夜未央,五更掠月过衡阳。江湖处处忧罗网,关塞年年逐稻粱。

中泽无家毛羽洁,冲天有翼路途长。有鸣能字兼能阵,羡尔联翩到楚湘。

此诗是龙氏试后回家途中所作。霜冷的季节、严寒的夜空还在等待黎明的到来,一轮圆月将他的清辉洒在衡山上及孤雁身上。江湖之险恶、社会之无情,使雁不得不提心吊胆,时刻提防罗网。同时,雁又不得不冒着生命危险寻求得以生存的“稻粱”。无垠的大海没有雁的巢穴,它还得拼命飞行,越过长长的路途回到自己的亲人身边。但雁在返家途中,能在高空中鸣叫,表达自己的心声,同时也能自由组合其队形,可谓自得其乐。结合内容我们发现,此雁非彼雁,龙氏将自己的形象参与其中,他如同雁一样在生活中独自随波逐流,为了整个家庭和自己的生存饭食,不得不奔走他乡。前方通向幸福的路还有多远,他无法知道,只能与雁一样“路途长”。全诗通过雁折射出龙献图生活的苦辛。此时他已五十多岁,天伦之乐似乎与之隔得很遥远,多少相思多少泪,全溶解在“逐稻粱”的匆匆行迹中。雁在途中能“有鸣能字兼能阵”,而龙献图呢?只能独自前行、独自归,人生的悲凉岂可道尽!

龙作中的托物诗大都以人生的悲欢离合为基点。龙献图的早年是清贫的生活,中年是孤单的生活,六十多岁才渐享天伦之乐。六十岁前的贫困生活在其诗中有很明晰的反映。他借物的形象来显扬自己的个性及人生的漂荡,如前述的《雁》;借物的特征来反映流离的生活,如《风筝》;借物的风貌来叙写韬光养晦的人生性格,如《感兴》中的丑石;借物来表达归隐的理想,如《菊花》等。总之,龙作中托物诗是他人生的缩影,将他的生活中的苦与乐立体、直观地呈现给了读者。

吊古诗亦是龙作中的重要组成部分。吊唁或缅怀古人要反映一定现实。龙献图在与古人的神交过程中,获得的不仅是古人的高风亮节对自己人格的重塑,更有历史对他或社会现实精神风貌的修正。龙献图吊古诗的主要内容是对古人古物进行赞美和由此产生的一些感想。如《谒朱将军墓》:

春光澹宕风日暄,驾言携榼出北门。夭桃向人出墙笑,流莺对客隔叶喧。游蜂戏蝶各有意,翻然导我来山根。孤坟七尺葬谁氏,碑文剥落带血痕。剜苔剔藓再拂拭,赫然姓字志乘存。乃知将军仗忠义,一抔之土埋忠魂。忆昔有明当末造,鼎湖龙去迹如扫。将军此地开雄藩,撄城孤守当虎豹。……维公临桂池头人,翘关起科称虎臣。鄙儒与公同乡县,又复通门好朱陈。近来昭州秉斯铎,得拜公墓奉公神。愿公英灵默呵护,此邦人士文教新。酹酒题诗下肃拜,公之灵兮宛然在。鞠躬三叩公不言,四围山色青如画。公如有灵随我归,池头村里人民非。子孙蕃衍多锦衣,胡不归去化鹤飞。

朱将军,名旻如,临桂人。膂力绝伦,海寇犯城,单骑突出,斩其渠魁,贼望风披靡,境赖以宁。庚寅(1650),清军大兵由龙虎关进,或劝之降,旻如曰:"吾与城为存亡,决不贪生邀富贵。"未几城破,旻如杀其妻女,引刀自刎。在诗中,龙献图先写墓地周围的景色,然后带读者来到朱将军的墓前,继而对朱将军的英雄事迹作了描写,把落脚点放在朱将军出生地——临桂池头村。这无疑拉近了龙氏与朱将军的情感距离。他展开了与朱将军的"对话":希望朱将军能够保护池头村的人民及其子孙后代——"愿公英灵默呵护"。最后龙氏向朱将军展示了池头村人民现在生活的状况:"此邦人士文教新"、"池头村里人民非"。诗中不仅寄托了他对朱将军的崇敬,更有对池头村人民的赞叹。

(二)酬唱赠答　宴游送别

"赠答是古已有之的传统题材,传为苏李赠答的诗歌以叙写离情见长,曹植的《赠白马王彪》以抒幽愤著名,刘桢的《赠从弟》表现了高洁的品格,嵇康的《赠秀才入军》展示了洒脱的情趣。"①《易安堂集》大部分诗作的时间是从龙氏任官始到殁于临桂两江,故有大量官场上的应酬及唱和之作。据统计,酬唱赠答诗约140首,占全集的27%,主要是宴游、送别、酬谢、题画等,这些诗描写了他与友人的感情,特别与袁钰、唐莲舫、陈春宇、陈蕉雪、吕月沧等的感情。诗作中,字字饱含真情,无论是送友还是酬谢,其中都附丽了他对这些友人和同僚的良好祝愿。如《朱

① 袁行霈主编:《中国文学史》(卷二),高等教育出版社,1999年,第78页。

荫涂明府移寓袁醴庭学博斋中以诗奉柬》:

君本瀛洲客,注籍蓬莱仙。既读上清书,复攻内景篇。一念结凡想,降罚人世间。泥涂没其足,风尘凋其颜。近与木石居,无人叩柴关。赖有同心友,延君骚雅坛。追述霓裳咏,重忆大罗天。天上不可到,人间事屡迁。樽中有美酒,席上有寒毡。此境颇不俗,请君高枕眠。我欲访花径,雪深阶户前。

首句用"瀛洲客"、"蓬莱仙"、"上清书"、"内景篇"等对朱荫涂的前生作了近乎神话的构想,赋予朱荫涂如神仙般的人格。"近与木石居,无人叩柴关"表明袁醴庭之寓所清静隐然,有桃源式生活的氛围。主人居处有美酒和御寒之毡,这对客人来说比红楼、霓裳咏更实惠。最后两句用"程门立雪"表明他对朱荫涂的敬重,希望效仿宋代杨时向程颐请教来向朱荫涂请教:他年将亲访花径,重叙同僚之谊。可见,他认为友人朱荫涂移寓袁醴庭斋并非寄人篱下,而是回归田园、不染尘世的归隐表现。

宴游诗是龙献图与友人出游宴会时随性之作或归家后的回味之作。如《春日同韦和斋、蒋萃亭、欧兰畦、家雷塘学博谒朱将军墓,游水月庵,渡江登金富宫,晚归共饮小斋》:

闭门局促如辕驹,登山临水兴屡孤。有客招寻访名胜,如鹰脱鞲鸟出笯。探幽蜡屐竞捷足,得月亭边共远瞩。访古凭吊将军坟,千年埋碧春草绿。忽闻梵贝出禅关,谁守空门在此间。慧业文人证三昧,坐听鸟语声蛮蛮。时当三月春已晚,太息流光去不返。古人秉烛尚夜游,今日何妨归缓缓。同人拄杖兴正浓,飘飘两袖摇春风。……归来僮仆问夜餐,苜蓿盘中堪下箸。诸公豪饮且勿喧,听我醉吟长短句。

这是一首宴游诗,龙献图与韦和斋、蒋萃亭、欧兰畦、家雷塘学博同谒朱将军墓,并游水月庵、金富宫,然后到他的易安堂共饮。诗人对游历所见所闻一一记录在诗。"同人拄杖兴正浓,飘飘两袖摇春风。"诗人尽管是扶杖老翁,但美景在前、友人在侧,游兴因而更浓,如沐春风。全诗表现了诗人与友人乐之所至的心情。

送别诗是龙献图送别友人时所作,以表达对友人的依依不舍及祝福。如《送邵东井旋里》:

万里携琴剑,滇池印爪鸿。老难医发白,檄可愈头风。客况如中酒,归心似转蓬。板桥霜已满,行迹太匆匆。

龙献图任官云南盐道库大使一职,在离职前邵东井先行旋里,诗人与邵东井同檐为官,其情可见。邵东井不远"万里"来到滇池,其政绩显而易见。"檄可愈头风"用陈琳之典:陈琳为曹操的司空军谋祭酒、管记室,草檄送太祖(曹操),操本苦有头风,是日卧读陈作,翕然而起曰:“此愈我病。”此诗把邵东井喻作陈琳,表现了诗人对邵东井文采的钦佩及赞赏。诗人想与友人常促膝长谈,但“归心似转蓬”、“行迹太匆匆”,尽管在“板桥”上离情别绪涌上心头,但友人还是要归里,多少南浦情深尽在匆匆行迹之中。

(三)关注民生 感叹世事

诗人把视角投向广大民生时,注重刻画被官吏盘剥的人民遭受的苦难,如《采买谣》;刻画农民辛勤耕作,自得其乐的“田家乐”,如《田家冬兴》。在《易安堂集》中龙献图用现实、辛辣的笔触来表现人民艰苦的生活,有较强的现实意义。如《署后园蔬持盛,每餐撷食不尽,园丁请鬻于市,诗以遣之》:

天与园丁雨露浓,芥苔生意喜蒙茸。当年孤负看花眼,今日真成卖菜佣。市上谁人知此味,民间面色苦难容。得钱沽酒应须醉,老圃何曾让老农。

此诗以一个清贫的基层官员的视角来写农民艰难的生活。作为一个九品芝麻官,龙献图生活是清贫的,从自家种有蔬菜可知。家庭的贫困及他身体力行参与田间劳作,使他对普通百姓的艰辛有更加深切的体会。于是,当家里有多余的菜蔬且仆人想卖时,他想到了人民的艰苦,他不想与贫民争夺这仅有的一点利益。同时,他通过诗作来反映对农民的同情,如“市人谁人知此味,民间面色苦难容”,与“朱门酒肉臭,路有冻死骨”有相同的意旨:通过“市人”与平民的比较,龙氏把对农民的深切同情寄予其中。

在《采买谣》、《猛虎谣》中,龙献图借猛于虎的赋税、官吏作了极度的嘲弄和讥讽。在《采买谣》中,他赞扬耿寿昌所设的常平仓,但后来有些官员就利用这种粮仓来盘剥人民。诗中通过描写征粮来表现他们对人民的层层盘剥——“千贯万贯入官手,乡民不得分秋毫。可怜民命似鸡狗,转死沟壑期速朽”;通过人民的躲藏及逃亡透视官吏对人民的无情压迫——“虬须虎吏蝟毛磔,咆哮下乡如捕窃。乡民逃窜捉乡绅,交银乡绅散四邻”;通过描写官吏作威作福的丑恶姿态表达龙献图的无奈与对人民的深切同情——“乡民无钱书吏叫,官亲验谷如验伤,喝令斗级风车扬。袖中尚有钱一百,私贿斗级收入仓。”

《易安堂集》中感叹世事或者说是生不逢时、怀才不遇的作品是龙献图人生的直观重现。他一直都希望“立身天之衢”(《俸满回省验看,未得给假旋里,登舟怅然有作》),但现实往往让作者有“年年为他人作嫁衣裳”、“不堪回首望长安”(《戊辰小除之平乐广文任口号》之三)的落寞之怀。乾隆四十五年中举后的很多年,他都无法实现及第之愿且一直得不到重用。他只能为生计奔走他乡,干谒高官,这种人生不得志之情时刻闪现于诗中。同时,由于官卑俸微、家境也非常破落,诗人

有时竟至于象《久雨,敝庐倾漏,水溢庭除。僮仆喧嚷终夜,欲濬之而未能,因示以诗》(二首)中所说的一样:

茅屋潇潇雨未休,栖身无地任沉浮。儿童笑作乘槎客,鸡犬真如戏水鸥。四海安澜原是福,一生习坎不须愁。汝曹岂遂为鱼鳖,多事深怀杞国忧。

一天霖潦滴阶除,咫尺庭前汇作湖。自分茅茨供偃息,不愁冠履辱泥涂。仁人共患悲邻壑,哲士忧危惧沼吴。雅忆豳风先事计,绸缪未雨有良谋。

从诗题中我们能感受到他因贫困而导致的无奈之苦。尽管"屋漏又遭连阴雨"、尽管敝庐将倾、尽管僮仆呼天抢地,但是诗人却因为这种现实的窘迫而自得其"乐"、自娱自"乐"。"文学史上常有这种情况,就是诗人创作时,并不对作品的社会价值和效果作太多的关注和重视,很少考虑创作是否取悦于他人,是否能够得到社会的承认与接受,他们创作以'自娱'、'自适'、'自乐'、'自足'为目的,通过创作而满足主体生命精神之需要,使自我性灵得到充分的陶冶和愉悦。"①对龙氏而言,茅屋栖身本就是任天地沉浮,"汝曹遂为鱼鳖",对其贫困的生活来说也是很正常之事,故他以平常心态来看待天灾人祸,也就不会耿耿于雨之多。于是他把穷通变为另一种人生"乐"趣,用诗来宣泄自己生活的捉襟见肘,弱化对现实不满的主体心情。苦与"乐"的嫁接是另一种味道的"乐",比其他"乐"更刻骨铭心,更具有转变人的审美价值观念的内在张力。与其说龙氏在苦中寻乐,不如说是他对世事无情的控诉。

(四)亲情无间　敦励慰勉

龙献图家庭的困难及多年的在外任官,这加强了其与家人的情感。对妻与子女,他抒发的情感有别于同友人酬唱赠答之情。患难与共、白头偕老的结发之妻,他的感激之情是溢于言表的。他七年的云南官吏生活,家人并未随到云南,这样教子养亲的重担就落到了妻子身上:"出入仗母慈"、"回头语小女,汝年将及笄。他年尔出阁,尔母为结褵"(《出门》)。这也是他为什么在妻子卧病期间"祈祷无不为"(《立秋日作》)的根本原因。可以说其妻是他多次应考的重要精神支柱,也是他走马上任平乐、云南至关重要的精神支柱。他与妻子之间的感情之深,我们可以在《寄内三首》(二)之中看到:

买臣负薪吟,五十当富贵。我今年半百,藜苋满肠胃。子能饱糟糠,鸣机事络纬。眷言伯之东,飞蓬共憔悴。门户勉支持,虀盐惧乏匮。非无缠臂金,典质久遗弃。谅无求去心,空闺复谁怼。相期到白头,眉案两相对。

---

① 吴建民:《中国古代诗学原理》,人民文学出版社,2001年,第129-130页。

诗作中，龙献图借用朱买臣之典。《汉书·朱买臣传》曰："买臣字翁子，吴人也。家贫，好读书，不治产业，常艾薪樵，卖以给食，担束薪，行且诵书。其妻亦负戴相随，数止买臣毋歌呕道中。买臣愈益疾歌，妻羞之，求去。买臣笑曰：'我年五十当富贵，今已四十余矣。女苦日久，待我富贵报女功。'"后常用"负薪"作安贫待时的典故。龙氏对妻子亦是这样说的，希望自己能五十富贵，但现在却"藜苋满肠胃"。自己不仅没有富贵的生活，还得如"飞蓬"一样，奔走他方，愧对妻子之情显而易见。但他与妻子相约白头到老，此情此心永不改变，他们要像梁鸿、孟光一样伉俪情深。这是贫困夫妻的幸福爱情，是经得起时间和贫困考验的爱情。

对子女来说，龙献图是严父与朋友二位一体的身份。龙氏出身于贫寒的家庭，早年艰辛的生活使他更强调对子女的教育，他希望子女能够光耀门庭，故要求子女刻苦习读四书五经、走科举入仕之路："教儿勤识字，故纸正须钻"(《示寅绶》)；"簋空无所有，遗子一经穷"。"一经"是他留给其子的唯一身后之物。正因为龙献图对其子寅绶敦促有加，才有后来寅绶"咸丰六年(1856)丙辰举人，大挑一等分发江苏署清河县知县"①。乃至于树立了一代门风，其后代子孙才繁荣昌盛：孙龙朝言、龙焕纶分别进士及第，曾孙龙泽厚戊子优贡。这些后代的成就或多或少应源于龙献图对子女的教益。同时，诗人对子女不乏关爱之情，如"膝前小儿女，一任笑啼顽"(《抵家》之一)。自己虽已年过花甲，但对于两个小儿女来说，他还是倾其力、倾其情任由他们来"啼顽"，这也是处于垂暮之年的龙献图给予自己最好的天伦之乐，给予子女最好的关爱。

三 龙献图诗歌的艺术特色

(一)淡远清微

华兹华斯说："诗都是强烈感情的自然流露……它起源于在平静中回味的情感。"②这种感情已容纳了性格特征、平淡的人生处境等，最终整合出属于诗人相对独立的风格。周德润评龙献图诗"淡远清微，压倒元白"。龙献图诗歌的平易、冲淡、清微，不仅是自身环境、个人遭遇等方面促成的，也是在对陶潜、元白诗风的继承中形成的。下面分述如次。

---

① 蔡呈韶等修纂：《临桂县志·名贤》，光绪补刊本。

② [英]华兹华斯：《抒情歌谣集》前言，载于拉曼·塞尔登编：《文学批评理论——从柏拉图到现在》，刘象愚等译，北京大学出版社，2000年，第183-184页。

(1)远承陶潜

《易安堂集》与山水派大师陶渊明所处的时代相去久远,但从龙献图诗作中可发现,他与陶渊明有着共同的审美取向。陶渊明成就了历史上归隐诗作的辉煌——《归去来兮辞》:他载着归隐的人生理念从卸任彭泽令到归隐山林,将寄情山水的人生观付诸于行动。龙献图没有“不为五斗米折腰”的壮志豪情,但其诗歌表现出的隐逸情怀随处可见。据统计,《易安堂集》中涉及陶渊明的诗歌有20首。可见,龙献图有意或无意将大量诗歌与陶渊明挂钩,折射出企望学习陶渊明归隐山林的人生态度。

从《易安堂集》看,我们可感到龙献图渴望归隐山林的理想。龙献图诗歌中有大量表达向往山水田园生活的诗篇。无论与同僚交游、还是独善其身,他时刻都不忘抒发自己的田园山水之恋。前者如《赠本毅堂少尉》:

> 自维骀驽姿,官闲老且休。逝将脱尘鞅,息影归故邱。诗人既以达,著书多穷愁。宦途何用此,能值一钱不。愿君仕宦成,俸入早自筹。买山有余赀,明湖擢归舟。无如先代人,坎壈到白头。

在诗中,龙氏自谦为“骀驽”,在政绩上没有任何建树——“官闲老应休”。“逝将脱尘鞅,息影归故邱”是对尘世的抛弃,渴望回到自然、回归山林的心情。此时,本毅堂少尉即将归去,享受“买山有余赀,明湖擢归舟”的生活。在送别友人中,他想到友人即将回到自然朴实的田园生活中,而自己仍在喧嚣的官场中,羡慕之情油然而生。

后者如《秋日斋中即事》:

> 冷署萧然一事无,官闲不用理文书。深秋日日添新课,种菜浇花又饭鱼。

深秋时节,官事完毕,他在清静的署中,外面一派萧条的景象。不忍看到外面催人泪下的凄凉之景,他为自己增添了一些清闲之事:种菜,浇花,饭鱼。这种与菜、与花、与鱼相伴的生活其实就是山水田园的生活。尽管没有真正进入山林田园,但在花与鱼的影响下,诗人似已忘我地进入了自然的怀抱中。这种每天“种菜浇花又饭鱼”的生活,是他心灵多年不能完满的痛,只能在尘世的一角一时独享。他希望如“彭泽令”一样过着悠哉悠哉的隐居生活,从而完成理想与现实的沟通。

“陶渊明是中国士大夫精神上的一个归宿,许多士大夫在仕途上失意以后,往往回归到陶渊明,从他身上寻找新的人生价值,并借以安慰自己。白居易、苏轼、陆游、辛弃疾等莫不如此。……而平淡自然也就成了他们心目中高尚的艺术境地。”①前述龙献图中举后二十八年才得到一个小小训导，其怀才不遇之感不言而喻，仕途的不如意避免不了他回归士大夫的精神归宿。在文学史上，菊是陶渊明的化身，是中国文学中象征高情远致的意象。在《易安堂集》中，龙献图以陶渊明三径有菊、宅边有菊、东篱忆菊为精神向导，把陶渊明之菊化为身边之菊，信守“采菊东篱下，悠然见南山”平淡田园式的精神家园。在诗集中，他曾8次提到“三径”、8次提到东篱忆菊、14次提到菊。这些数字表明：龙献图在追求陶渊明诗歌艺术价值时，抓住了陶公的审美核心——“菊”意象。它是陶渊明平淡自然生活的一个缩影，亦代表了龙氏向往田园生活的精神追求。如《种菊》：

> 三径无人处，群芳手自栽。欲知霜气味，先趁雨滋培。生意连畦绿，秋英到晚开。曾须逢九日，定有白衣来。

龙氏首句指出菊的审美意蕴——“三径”。“三径”指汉蒋诩舍前的三条小路。汉赵岐《三辅决录·逃名》曰：“蒋诩归乡里，荆棘塞门，舍中有三径，不出，唯求仲、羊仲从之游。”后因以指隐者所居之处。陶渊明《归去来兮辞》曰：“三径就荒，松菊犹存。”这都是对隐居生活的企望。龙献图种菊的目的就是追求陶渊明田园式的生活。另外，他在诗作中常常提到陶渊明笔下桃花源式的生活，诗如《戏题桃源记后》、《桃源行》等，句如“翻笑桃源人，永与尘世绝”（《山中初夏》）等。他把自己比作桃源人，想如世外人一样享受与世隔绝的乌托邦生活。

最后，我们来比较陶渊明诗歌与龙献图诗歌的审美倾向。陶渊明《归园田居》（之三）曰：“种豆南山下，草盛豆苗稀。晨兴理荒秽，带月荷锄归。”此诗描写归隐田园后从事躬耕者的切实感受，“晨兴理荒秽”、“带月荷锄归”，实景实情生动逼真。在农耕生活的背后，隐然含有农耕与为官两种生活的对比，以及对理想人生的追求，表达出陶渊明对“桃花源”式生活的追求。龙献图《晓起即事》曰：“晨兴理清课，晓日上窗明。”早晨起床后，龙氏乘兴开始做清闲的“功课”，而此时太阳正悄悄地爬上窗头。通过比较龙诗与陶渊明之《归园田居》（之三），龙作很明显化用陶渊明之诗句“晨兴理荒秽”，自然不自然地粘连了陶渊明《归园田居》中那种隐逸情怀。表面看来，他对人生的态度是事不关已、高高挂起，但实质在心里涌动着出世的强烈愿望。“清”字是包容诗人人生观、世界观的字眼，它浓缩了龙献图向往“鸡犬相闻”、“老死不相往来”乌托邦社会的审美理想。另外，龙献图化用陶渊明诗句的审美取向是追求与古人一致的情感寄托，达到与古人神交的目的。他羡慕古人“不为五斗米折腰”的慷慨之情，也神往陶氏所绘制的世外桃源。这是龙

---

① 袁行霈主编：《中国文学史》（卷二），第84页。

献图为官之余的感叹，赋予了自己不愿与世俗同流的人生审美趣味。

(2)近学元白

“白居易诗歌语言风格的最突出特点”是“通俗易懂、平易近人和生动自然”①。特别是白居易的闲适诗，意在独善，从而表现出淡泊平和、闲逸悠然的情调。以淡泊之心，对清爽自然之景，境界不算大，格调亦不甚高，“从内容到形式，都是浅之又浅”②。《易安堂集》在风格上有相似的审美追求，无论是对人物与自然山水的描写、还是对闲情生活的抒发，其诗作的言语大都平实如话、浅显如民语。龙献图诗作语言大都脱胎于日常生活的语言。在生活中诗兴偶至，他只在平常生活中寻找语言，所以其诗作自然平淡、淡味天成。如《岁暮感怀》：

> 无事门常掩，隆冬雨雪霏。荒城文字贱，晚岁鬓毛稀。日月忽已逝，家园不易归。长吟聊自遣，拈笔墨花飞。

这首诗是龙献图五十多岁时所作，此时到平乐官任训导后不久，但是他已鬓毛稀疏又斑白，因官务缠身又不得与家人团聚，这许多愁绪化为墨汁涂鸦在纸。这些话无修饰雕琢之痕，都可从生活中找到痕迹：首句用简单的几个词“无事”、“门”、“常”、“掩”描写了他的心境，这些词语都与我们生活息息相关，诗中的“隆冬”、“雨雪”也是自然界中我们非常熟悉的事情或事物。

《易安堂集·周德润序》曰：“读其诗，淡远清微，压倒元白。”此一评论有两个层面的意思：一，《易安堂集》体现出来的诗风清远冲淡；二，龙作在淡远清微之风格上超过白居易。虽有推崇之意，但说明了龙氏诗作的风格。龙献图曾在诗中要以白居易诗作为自己的楷模：“诗奉元和一瓣香。”可见，诗人已将白居易平实冲淡之风深植于自己的创作理念中。

下面以具体的诗作来比较白居易与龙献图诗作风格的关系。如白居易《小阁闲坐》和龙献图《闲坐》：

> 阁前竹萧萧，阁下水潺潺。拂箪卷帘坐，清风生其间。静闻新蝉鸣，远见飞鸟还。但有巾挂壁，而无客叩关。二疏返故里，四老归旧山。吾亦适所愿，求闲而得闲。(《小阁闲坐》)

> 午睡不成梦，褰帷出帘下。渐觉日影长，更喜槐阴大。颓然六十翁，投闲得闲坐。观书七八行，数竹千万个。洒然清风至，此地失炎夏。雀罗门半开，日暮无人过。阶前两驯鹤，母子相唱和。挥之不肯去，无粮忍长饿。依依向

---

① 褚斌杰：《白居易评传》，北京大学出版社，1994年，第136页。

② 袁行霈主编：《中国文学史》(卷二)，第355页。

我鸣,似欲催诗课。(《闲坐》)

两首诗都描写为官之余的闲坐。从用词看,两人诗作都清新明快、明丽爽快,用语浅显、平白如话。白作用“蝉鸣”、“飞鸟”、“巾”、“客叩头”等将整首诗串联起来,其主旨不言而喻,通俗易懂。龙作中亦无一个典故,诗意在简字、洁字中呈现出来:在骄阳似火的日子,他因烦燥而起床。起床后的事是“喜槐阴大”和“观书七八行,数竹千万个”。这种清闲的生活有清风和随、门户半掩、落日辉映的氛围,是驯鹤嬉戏的生活。不论诗的情调还是诗的用语,我们都可看到淡淡的情怀饱纳其中。龙氏对自己的生活作了简洁但又全面的描写,以普通人的语言反映普通人的生活,以本色还诗歌之自然本性。

袁行霈曾说:“与韩孟诗派同时稍后,中唐诗坛又崛起了以白居易、元稹为代表的元白诗派。这派诗人重写实、尚通俗,走了一条与韩孟诗派完全不同的创作道路。”①在学元白时,龙献图强调诗的写实。他晚年多接触下层社会,懂得民生之苦、民生之艰,创作了许多深刻反映民生苦难的作品,如《猛虎谣》、《采买谣》、《昭州城远眺》等。《采买谣》描写他亲耳听到官吏的呼嚣、亲眼见到官吏的残暴,较全面地、直观地将官吏对农民层层剥削的现状呈现给了读者。白居易说:“为君、为臣、为民、为物、为事而作,不为文而作也。”②“文章合为时而著,歌诗和为事而作”,这是白居易作诗的宣言,也是后学龙献图作诗的基本指针。尽管反映人民生活贫苦的诗作较少,但龙氏都力图用人民的现实生活之苦来反映自己对社会的不满。如前面提到的“荒村米价年年高,大府歌筵夜夜开”。另外,他不会矫揉造作,与朋友唱和,随情所至,将己心所想、所思毫不保留地呈出;对古人悼亡,借古人的精神来熏陶自我,亦有借古鉴今的文化底蕴,试图用古人的精神来反讽社会的腐败和残酷。这些诗难道不是是重写实、尚通俗吗?难道不是其反映现实、反映社会的好诗作吗?

(二)情切景丽　事达理真——人生与抒写性灵的杂糅

龙献图生活的时代正是袁枚“性灵派”风靡天下之时。袁枚(1716－1797),字子才,号简斋,钱塘人,世称随园先生。袁枚曾两次来广西,对广西的诗风有重大的影响。袁枚论诗提倡“凡诗之传者,都是性灵”;“诗难其真也,有性情而后真”;“诗者,人之性情也。近取诸身而足矣。其言动心,其色夺目,其味适口,其音悦

---

① 袁行霈主编:《中国文学史》(卷二),第334页。

② 顾学颉校点:《白居易集·新乐府序》,中华书局,1979年,第974页。

耳,便是佳诗”[1]。这种性情要表现诗人的独特个性,“作诗不可无我”,没有个性就丧失了真性情。同时,袁枚性灵说把“性灵”和“学识”结合起来,以性情、天分和学力为创作基本,以真、新、活为创作追求。他说:“诗难其真也,有性情而后真,否则敷衍成文矣;诗难其雅也,有学问而后雅,否则俚鄙率意矣。”[2]对于作品,他要求表现性情的真,认为“诗家有两题,不过写景、言情四字,我道:景虽好,一过目而已忘;情果真时,往来于心而不释”[3]。他反对模仿,认为模仿的作品虚假,只有真实才有生命。这些见解组成了其“性灵说”的庞大理论体系。他在广西作了一首七古《独秀峰》:

来龙去脉绝无有,突然一峰插南斗。桂林山水奇八九,独秀峰尤冠其首。

三百六级登其巅,一城烟水来眼前。青山尚且直如弦,人生孤立何伤焉?

前六句描摹独秀峰的孤立状态,平淡无奇,突然笔锋一转,由山峰说到做人:为人正直可能会被孤立,但亦可能如独秀峰有独秀之美。最后两句耐人寻味,由景到情,以景动情,独抒性灵,以真景写真情,水到渠成。

龙献图生活在乾隆、嘉庆、道光三朝,去袁枚不远。黄华表曾说:“其诗清隽,自写性灵。”[4]此道出了龙献图在诗风上与袁枚性灵理论的趋同。袁枚性灵理论的内核是真,故我们从景真、情真、理真来分析龙献图诗中的性灵。

董其昌说:“诗以山川为境,山川以诗为境。”[5]王国维说:“能写真景物真感情者,谓之有境界,否则谓之无境界。”[6]都强调景真对文学艺术审美追求的重要填补作用。景真是诗歌的本色,它强调了诗歌的自然色彩,显现出“天然去雕饰”的初始美。龙献图诗歌做到了用真实的景物来反映自己的思想,以景真来表现自己的心灵之真。自然是一切素材的重要来源,脱离自然就是与景真或是与自我相悖反,故诗人必须遵守源于自然、体现自然的原则。“自然的某些属性如色彩、形状、质感等具有不可忽视的审美意义,它是自然美形成的必要条件。”[7]杨辛所说的“色彩、形状、质感”是景的自然呈现,从色彩来体现自然景物的五彩斑斓,从形状来展示自然曲线的生命力和人类无意识的创造力,从质感来勾勒自然的细腻。体

① 顾学颉校点:《随园诗话》(卷五),人民文学出版社,1960年,第146、724、565页。

② 顾学颉校点:《随园诗话》(卷七),第234页。

③ 顾学颉校点:《随园诗话·补遗》(卷十),第819页。

④ 《广西文献概述》,第68页。

⑤ 转引自宗白华:《美学散步》,上海人民出版社,1981年,第73页。

⑥ 徐调孚校注:《人间词话》,中华书局,1955年,第2页。

⑦ 杨辛、甘霖:《美学原理》,北京大学出版社,1993年,第152页。

现自然美就必得体现自然景物的真实。龙献图总是从自然景物中抓取适合表情需要的点、线、面之物，这有利于全面地反映自然景物。“是以诗人感物，联类不穷，流连万象之际，沉吟视听之区；写气图貌，既随物以宛转；属采附声，亦与心而徘徊。故灼灼状桃花之鲜，依依尽杨柳之貌。”①诗人只有与景物、自然达到心物交融的境地，才能“尽杨柳之貌”。如《中秋对月感怀》中，龙献图用环境及气候来为全诗营造气氛：“露下高梧月满天，凉风入户欲披棉。”将八月十五明月高挂、冷风相袭、露珠欲滴的时令特征完全地表现出来；“两地尚堪千里共，一年几见十分圆”表现了中秋节亲人团圆之夜的时间与空间的距离感；“娉婷儿女随爷坐，贪看嫦娥不肯眠”将家人的乐描绘到幸福而又眷念的自我满足境地。这些真景的描写将龙献图与自然之间存在的那种断层加以缩小，使人与自然景物达到情感的共融，以景真动真情。

龙献图诗歌在追求景真的基础上，侧重将真情附于景物中，通过景物来表达他内心的情事。陆机云：“诗缘情而绮靡。”龙诗即以此为出发点，他寄情山水如“春光随日去，山色过江来。往事真成梦，名心已似灰。那堪庭户外，蛙鼓集如雷”。对春光、山色及蛙的描写旨在叙写自己人生的不顺。尽管春光如此美，但是它却渐渐消失了。在这种氛围中，自己已“名心已似灰”，而老百姓还在人生的航流中拼命前进——“蛙鼓集如雷”，反衬出他无意争锋的人生情怀。龙献图直抒其情，信手拈来，不作假意的修饰，显现出景真情切。龙诗重在写心，写情，写那些与景物相融、相汇的能表达他归隐情怀或当下心境的景物，在对景物点、线、面的观照中，赋予自己所想、所思。他无意于模山范水，也不关乎似与不似，只是直抒胸臆、信马由缰，使自己的情感流动为真。如《雪夜作歌柬唐莲舫明府》：

　　彤云漠漠雪乱飘，黄昏冻折梅花梢。纸窗寒窣风怒号，寒威刮面如剪刀。竖儒晏坐冰一条，穷冬惟有敝緼袍。挑灯呵笔吟风骚，忽惊天下飞鹅毛。乍喜阶下铺琼瑶，妻子围炉面欲焦。夜寒劝我斟松醪，念君罢官居僧寮。敝裘典尽寒无貂，此时三更酒力消。欲归不得心火烧，欲语无人伴寂寥。但闻僧来门外敲，回忆津门路迢迢。洞庭风冷鼋鼍骄，黄河冰坚舟楫胶。鸡声茅店鸣潇潇，手皴足冻雪到腰。何如高卧佛堂坳，拙鸠犹得居鹊巢。明年春色满江皋，一路花鸟催征桡。送君归到长芦桥，予亦谒选趋天曹。帝城云里宫殿高，长安市上我贤豪。酒楼歌馆吹笙箫，与君联袂同游遨。君胡不乐心郁陶，请君听我歌且谣。

① 周振甫注：《文心雕龙·物色》，人民文学出版社，1981年，第493页。

雪花乱飞的夜晚，龙献图心之所至，偶有雅兴，有感谓“彤云漠漠雪乱飘，黄昏冻折梅花梢”其景可餐，于是想起友人或许此时此刻也在赏花赏雪，乃提笔作柬相寄。前四句写冬天雪花乱飘、万物萧寒之景，而诗人着敝裘而独“晏坐”。尽管风急雪大，诗人骚雅之兴不减——“乍喜阶下铺琼瑶，妻子围炉面欲焦。”几家欢乐几家愁——诗人从审美的立场来考虑问题，其妻则是从现实环境来考虑问题。家中已无衣御寒，雪大更添几分冷怎不令主妇焦虑呢！鲜明的对比透视出诗人率性而乐、而喜的心情。此后几句通过“急”、“无貂”等表达诗人对友人的关心，而同时又有因友人不在而落寞的心情：“欲语无人伴寂寥。”然后诗人以回忆的口吻叙说自己曾经到过天津，而天津是唐莲舫的故乡。诗人设身处地，体会到友人的思乡之情。故诗人希望能“明年春色满江皋”之时，再“一路花鸟催征桡，送君归到长芦桥”。那时诗人亦正好前往应试，可结伴而行。“长安市上我贤豪”，“请君听我歌且谣”，这一些景物及场面都是龙献图试前“书生意气，挥斥方遒”的真情流露。

龙献图诗歌发乎事，源乎景，缘乎情，而情与景又附于理。龙献图生活在一个贫困的家庭中：“先人遗有薄田，教余耕且读。”从他中晚年的生活就可窥见，如《耕余草·题赊米折子并小引》曰：

细折空留一寸余，寒毡事业近何如。未完坡老吟诗债，又看臧孙告籴书。从此官囊添著作，几时折券尽勾除。冯谖若肯投灰烬，谁道长安不易居。

此诗是龙献图在广西平乐任训导期间所作，此时作者已近五十岁。因为家庭经济条件较差，故只能依靠微薄的俸禄奉养亲老。这点薪水是杯水车薪，于是在碰到家里揭不开锅的时候，诗人不得不向人赊米以求生存。可以说，有清一代如此落魄之官恐怕没有几个！此诗将为官要造福一方、两袖清风等为政之理贯穿其中，用自己的经历来启示后人，这难道不是理对情、景的深化吗？

（三）白描——勾勒生活的大手笔

白描是中国画线描造型的基本技法，以墨线的浓淡、轻重、刚柔、虚实来勾勒形象，可表现出较高的艺术境界。诗歌中的白描指作家在描绘形象时善于抓住描写对象内在与外在的特征，用极简略的语言作勾勒，不作过细的雕琢或过多的渲染、陪衬，以达到传神效果的语言表现方法。语言朴素、简洁传神是白描手法的主要特征，就是鲁迅所说的“有真意，去粉饰，少做作，勿卖弄”①。白描手法有很久的历史渊源。上可溯至《左传》、《史记》，“夫国史之美者，以叙事为工；而叙事为

① 鲁迅：《南腔北调集》，人民文学出版社，1973 年，第 170 页。

工者，以简要为主”①，下可追到金人瑞评点《水浒传》、张竹坡评点《金瓶梅》的白描技法。前述提及龙献图诗风为冲淡、自然，而白描技法所表现出的语言特征为朴素、简洁，两者有着天然的姻缘关系。龙献图在诗歌创作时加入了绘画中的白描技法，以此来达到表情达意的目的。

(1)“大巧之朴”，“浓后之淡”

袁枚说：“诗宜朴不宜巧，然必须大巧之朴；诗宜淡不宜浓，然必须浓后之淡。”②柳宗元《至小丘西小石潭记》中有一段白描文字：“潭中鱼可百许头，皆若空游无所依，日光下澈，影布石上；怡然不动，俶尔远逝，往来翕忽，似与游者相乐。”柳氏以朴素洗练的笔法，寥寥几笔把小潭游鱼的主要特征勾勒出来，空灵飘逸，使之跃然目前，仿佛触手可拂。准确地把握住了游鱼的神态，无渲染与鲜明的色彩，深得内在神韵，是“大巧之朴”、“浓后之淡”的神来之笔。

龙献图在运用白描技巧时，将生活的无奈与诸多不如意直观地展示给了读者，中年的不第、家庭生活的不支、官场的失意等一起夹杂在笔丛所散发出来的万点愁中。他在抒写种种愁时，不用典故堆砌和华丽的辞藻来递情达意，而是抒写性灵——由诗人性情自然而生发的情感与笔端融汇成的诗作灌注了诗人的所得、所失、所想、所望。在这一过程中，诗人运用白描的技法，语言没有过多的修饰，朴素中见丽、丽中显质朴。朴素并非文采枯竭，而是寓华于朴、“大巧之朴”、“大浓之淡”。大朴即是大巧，大淡即是大浓。如《丙寅春日赴横山书馆道中口号示文儿》：

行李萧条只半肩，囊琴携子到江边。持家病妇求医药，出谷新莺奏管弦。

书有五车才八斗，儿今十岁我中年。自惭老坐青毡上，向后生涯尔勿然。

这是龙献图嘉庆十一年(1806)携子前往横山道馆途中所作。萧条的行李、朴素的行头，诗人用简洁的几句话宣示这不是衣锦还乡，而是无官无职、无名无功的落魄之行。在行程中，诗人怀念起此刻在家的老妻，白描了她正躺在病榻上煎熬：“持家病妇求医药”。随后又用对比的方式描写了自己的中年与儿子的垂髫，回想自己的人生将走完，却还无一官半职，反衬出诗人一事无成还在求食于人的凄凉。最后描写“惭老坐青毡”，寄托了诗人生活无常、幸福之路还遥遥无期的无奈与叹息。从整首诗看，诗人用白描的手法，写了自己的遭遇，突显了多重悲剧：前途的未卜，家庭的贫困，岁月的易逝，落魄的生活。

诚如上首诗作，龙献图通过白描的手法来展示内心，将内心外化为景，不言愁

---

① 浦起龙释：《史通·叙事》，上海古籍出版社，1980 年，第 165 页。

② 顾学颉校点：《随园诗话·补遗》，第 150 页。

生于心而言愁生于景与事,化主观之情为客观之物。龙献图试图用景言、物言来重构多重悲剧,加强语言的表达能力,与杜诗“万里悲秋常作客,百年多病独登台”有着共同的审美趣味。这种白描的手法,实质是大巧之淡、大浓之淡,以平凡的语言、平凡的事件建构平淡的氛围。

(2)“简为文章尽境”

白描的语言要有高度的简洁性,这就要抓住事物的主体特征,用尽可能少的语言表现最丰富的思想。明代刘大櫆说:“文贵简。凡文笔老则简,意真则简,辞切则简,理当则简,味淡则简,气蕴则简,品贵则简,神远而含藏不尽则简,故简为文章尽境。”①此道出了白描手法的真谛。从文学审美的角度看,白描的简洁或粗略,实质上是在字里行间给了读者无限的想象空间。“以少总多,情貌无遗也。”②使极少的文字蕴藏极丰富的含义,让读者在阅读的过程中把事物的情态在想象中丝毫无遗地呈现出来。白描之旨要吻合“一二言未尝不足,千百言未尝有余”的神韵,这样才能“下笔如有神”、“诗成泣鬼神”。从龙献图诗作看,他在创作过程中将“简为文章尽境”时刻贯穿于其诗歌中。如《题画》:

> 古木影萧疏,空山气森爽。中有澹宕人,携筇欲何往。憩足绿树荫,洗耳流泉响。我欲寻孤踪,云深不可仰。

诗人以木疏、气爽、携筇、树荫、流泉、孤踪、云深等简洁的语词描绘出一幅游者赏乐图:游人在清幽淡雅、绿树成荫的山水之际,享受天然之籁与自然之灵气、享受广阔壮丽风景的视野冲击。在与自然的神交中,简单的景物加上简单的心境(没有机心)附着了龙献图希望永远闲游其中的意愿。

其实,龙献图更多的是对自己的生活进行简洁的白描,有些是对自己人生不如意的描写。如《月夜独坐四首》:

> 独坐浑无事,娟娟凉月生。过墙垂竹影,拂地起松声。不觉罗衣薄,偏教鸟梦惊。啾啾啼向我,怅触十年情。
>
> 儿女中年累,功名半世闲。不材樗自寿,入夜鸟知还。月向樽前满,诗从老后删。灯花报何喜,双照鬓痕斑。
>
> 老向砚田计,灯前辨鲁鱼。腹枵难煮字,笔秃不中书。旧学惭无补,新知孰起予。茅斋清绝处,草露满庭除。
>
> 竹下开三径,徘徊顾影单。何时无风月,永夜倚阑干。散发狂犹昔,长歌

① 刘大櫆:《论文偶记》,范先渊校点,人民文学出版社,1959 年,第 8 页。

② 周振甫注:《文心雕龙·物色》,第 493 页。

兴未残。明朝拾溪橡，不必问晨餐。

第一首诗中，诗人对自然界的事物作了非常简单的描写，点到为止。第二首通过白描“灯花”、“鬓斑”来表现自己虽已年近不惑但人生还如此不如意的心情，以景物的描写来带动情感的流动。第四首诗以“三径”起笔，将自己的隐逸思想寄入其中。从四首诗看，诗人简洁的笔法，一方面显现了自己虽已年近不惑但还一事无成；另一面通过对景物的白描，寄予了向往田园的人生追求，做到了“一语天然万古新，豪华落尽见真淳”。

(3)“放重笔拿轻笔”

张竹坡评点《金瓶梅》说：“纯是白描，却是放重笔拿轻笔法，切须学之也。”①就是把重大严肃的事情用轻描淡写的笔触表达出来。在应有强烈感情反应的地方不夸张修饰、冷静叙述，使重大的主题与简单的描写形成极大的反差，造成读者期待视野的受挫，目的是给读者留下很大的想象空间。《耕余草》、《宦游小草》、《归田草》中的诗歌反映了龙献图一生的生活概貌，包括了诸多的不遇、不幸、不乐、不畅。龙献图花甲之前都是在人生的航流中奋斗或遭受流离之苦，没有空闲享受渴望已久的隐居之乐、亲情之乐、读书育人之乐。这种现状来源于他没有突破贡士的学历，没有家庭的富庶。这是诗人人生不能成乐的最根本原因，被融入了诗人的笔端。无论是言志还是抒情，我们看到龙献图在抒写这些悲时都是放重笔拿轻笔。在轻描淡写中描写社会、描写景物、描写人物、描写人情世故，通过表面平淡的描写，诗人将心中藏有的种种情结泄于其中，平淡之中见凄凉、轻笔之中见重笔。如《秋雁四首》之四：

披星戴月饱风霜，万里关山道阻长。夜夜偕奴依荻浦，年年作客别河梁。稻粱信美非吾土，矰缴多虞念故乡。试问归栖定何许，溯洄宛在水中央。

此诗是龙献图在任云南盐道库大使期间所作。“披星戴月饱风霜”，指雁越过崇山峻岭，想回到生它养它的故土去。它在行进中每天都得在河边的荻草上度过不眠之夜，而且每年都是这样，这是雁所不愿的。尽管他乡的稻粱味美香甜，但家乡对雁来说永远是幸福的港湾，何况在途中还有其他威胁呢？诗人同孤雁一样也思念自己的临桂故乡，尽管年年为生活、为家庭、为子女、为前途不得不劳顿不已，但“叶落归根”一直是诗人多年的情结。这样龙献图是把自己的诸多不幸夹杂在对雁的轻描淡写中，岂不是放轻笔拿重笔的艺术再现吗？

黑格尔说：“理想的纯美的风格介于对事物只作扼要的表现和尽量显出愉快

① 秦修容整理：《金瓶梅(会评会校本)》，中华书局，1998年，第16页。

的因素这两种风格之间。”①对诗人而言，扼要的文字与“愉快的因素”交融体现自我的风格是变严肃话题为轻松话语的表现形式或一种途径。这是龙献图诗歌的审美价值，也是其诗歌的追求。袁枚《随园诗话》卷四曰：“今人论诗，动言贵厚贱薄。不知宜厚宜薄，惟以妙为主。以两物论；狐貉贵厚，鲛绡贵薄。以一物论：刀背贵厚，刀锋贵薄。安见厚者定贵，薄者定贱耶。古人之诗，少陵似厚，太白似薄，义山似厚，飞卿似薄，俱为名家。”②诗歌在追求写作目的时，无论简与繁皆可达到情以文胜：太白以薄胜，少陵以厚胜，各得天韵。龙献图作诗时与前辈袁枚所说有共同的审美情趣。他将眼中事、心中情以简笔提起，描绘出一幅淡然之态，但其中又溶入了刀背之厚、狐貉之厚，从而放重笔拿轻笔。

(四)生活场面及意象的组合艺术

(1)生活场面的摄取和组合

在龙作中，大部分诗作都是诸多生活场面或场景的整合。换句话说，龙献图一般将几个生活场面并置在一首诗里，让诗歌有了很强的张力。不同的场面之间发生意义交换和流动，它们会比单个的场面有更深层的表达作者思想的功能，其思想也更丰富。

《易安堂集》中多种生活场面组合的诗歌很多，诗人用平淡的笔法将这些场面融合在一起，让诗意、诗情都达到或超过了语言本身所能够散发出的意蕴。这种生活场景的组合不是单一性的，在创作过程中，诗人可以将生活场景任意地叠加和重组，以使情感流动和意义流动达到更大冲击读者的感观和心灵的作用。这种叠加或组合的方式在龙诗中呈现多姿多彩的特点。

龙献图在诗中常把现实的生活场面与历史的生活场面浇铸在一起。以时间为参照，现实的生活场面相对历史的生活场面来说，历史是历时的发展过程，现实是共时的。无论现实怎样向前滚动，其必然与历史形成某种传承。龙献图诗歌中将现实与历史结合展现的不仅是历史人物具有的文化魅力，更是要透视现实人生留给后世的文化魅力。我们借史蒂芬·霍金的图来表示③：

---

① 瑜青主编：《黑格尔经典文存·理想的风格》，上海大学出版社，2001 年，第 133 页。

② 顾学颉校点：《随园诗话·补遗》，第 117 页。

③ 参照史蒂芬·霍金：《时间简史》，许明贤、吴忠超译，湖南科学技术出版社，2002 年，第 26–27 页。

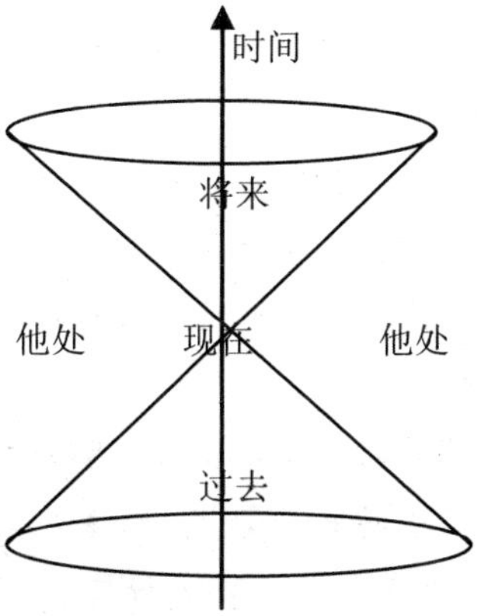

图1－1

图1－1表明，历史与现实共同促成了将来，是大量的过去束凝聚到现在然后走向将来。当然，这个过程也是传承的过程，具有发散性人文影响的过程。龙献图诗歌把这种历史与现实结合后的发散性发挥到了极点。如《宦游小草·留别王幼海郡伯》：

滇池吏隐学蒙庄，七十年来两鬓霜。蝴蝶梦中观物化，鹪鹩枝上卜行藏。漆园久已游方外，栎社于今是故乡。从此回头向西望，汪洋幼海失津梁。

首联写诗人在云南生活就好像蒙庄归隐一样。颔联回忆过去习读《庄子》时的所得。颈联中"栎社"——栽满无用之木的地方与诗人的故乡相似。尾联是诗人反思过去，幼海曾经在云南政绩蜚声，但现在要离开此地了。此诗所容括的场面有诗人在云南的生活、庄子离开漆园到世外去、幼海在云南的政绩、《庄子》中的蝴蝶之故事、幼海将离开云南等。属于历史场面的是"诗人云南的生活"、"庄子的世外生活"、"幼海的云南政绩"、"庄生梦蝶"等。而现实的生活场面就是"幼海离开云南"。诗人将这些历史场面与"幼海离开云南"的现实场面结合起来，其寓义明显：用"庄子离开漆园到世外去"说明幼海的愿望是出世，寄托了诗人对美好社会的向往；"幼海在云南的政绩"其实是诗人自比，惭愧自己没有像幼海更好地为民造福祉。用现实生活场面与历史场面的对比，诗人浓缩了自己的人生乐趣与为官之道，同时表达了既想入世为民请命、又望归隐山田自得其乐的两难选择。

现实与历史的合流是龙献图寄托了一种理想的人生境界。诗人运用的历史场面都是前贤或其它有启发意义的，能够陶冶人的情操、净化人的心灵的典故。在历史前贤的事迹中，诗人把自己的人生目标和思想都装载在其中，无论对社会的讽刺或对人物的褒扬,诗人都信手拈来、毫不含糊,用的恰如其分。一切感情尽在历史与现实生活场面的交杂中。

人的场面与物的场面结合是龙诗生活场面组合的另一模式。人的场面与物的场面的结合意味着人与物共场,这种场面一般借用物的特点衬托人的形象,以使人的形象趋向丰满,使诗人笔中的物更富有人格特性、生活特性。如《寄祝阳前山封翁暨德配周太孺人六旬双庆》:

闻道南山雪色新,椿萱同庆及良辰。千年若木升朝日,十月梅花报早春。

鸿案光阴周甲子,兰阶科第绝庚申。嗟余兀坐寒毡上,欲赴仙筵未有因。

此诗主题是替阳鉴堂的父亲及母亲周太孺人祝寿。"闻道南山雪色新,椿萱同庆及良辰。"南山,喻指寿比南山之意。椿萱,父母的代称。古代传说大椿长寿,后因用以喻父。《诗经·卫风·伯会》曰:"焉得谖(萱)草?言树之背。"毛享《传》:"背,北堂也。"意谓于北堂种萱草。北堂,古为母亲居处,后因以萱堂或萱为母亲的代称。诗人用南山及雪姿来衬托年届六十的阳鉴堂父母,希望他们能够寿比南山、长命百岁。"千年若木升朝日,十月梅花报早春。"诗人用"千年若木"、"十月梅花"喻指其父母,寄望父母像它们一样"千年"长在。"鸿案光阴周甲子",举案其眉、"周甲子"的两位老人与"千年若木"、"十月梅花"形成依托,构画出一幅祥和、精神矍烁的老人长寿图。朱熹曾说:"兴者,先言他物以引起所咏之词也。"朱熹之"物"与"所咏之词"有一定联系,两者在特征上有某种相似。人的场面与物的场面的结合之功用亦如此,它借用物的自然属性结合历史赋予的社会属性从而喻示出人所具有的相同社会属性或其它属性。

物的场面与人的场面的结合还有比较重要的功用:物有时用其天然的特性来为人的场面营造凄凉或欢快的环境。猿声盈充了整个场景的悲凉;雁鸣展示了归家心切的氛围;松梅象征人的高风亮节;菊花喻指主人的隐逸情怀。龙献图大部分诗喜借用物的场面来为诗的主人公营造情感氛围,如"远雁失群依水立,秋风如箭射人来"(《昭州城晚眺》)。诗人站在昭州城楼上,"远雁"离群,"秋风"萧瑟,此是任官平乐训导之时,雁与秋风之场景与诗人的心境交相辉映,将他人生不得意、凄凉的情感和盘托出。

理想与现实生活场面的组合是贯穿《易安堂集》诗歌的主旋律。理想是人对现实不满而在理念中升起的对人生更高的渴望。理想与现实有一定差距,理想向现实的过渡需要基础性的物质、行为等条件。从龙献图一生看,二十多岁中举,近五十岁才得到一个县的训导,可见其仕途不畅、人生不如意。诗人将理想的场面与现实的生活场面结合很自然地寄予了两种思想:因为仕途不畅,故寄望平步青云;因为官场失意,故有陶渊明式的隐逸理念。如"方谓致青云,立身天之衢"(《俸满回省验看,未得给假,旋里登舟,怅然有作》),"联步中乙科,谓青云可致"(《种田》),"壮时愚妄学词章,欲致青云上玉堂"(《八十自寿》)。青云,指官高爵显,后世称登科或官场荣显为"平步青云"。龙献图一生都希望平步青云,不希望年年"云路屡颠踬"(《种田》)。与这种思想交织在一起的是隐逸思想,不能官场飞黄腾达就要在田园韬光养晦,如《滇南春暮》(之二):

> 好鸟高枝上,春风得意鸣。怜予似鸠拙,作吏与鸥盟。熟睡多乡梦,衰年少宦情。何时赋归去,老向白云耕。

诗人在云南任盐道库大使一职时,官闲之余信步郊外,春风伴着鸟鸣,呈现一幅春鸟闹春图。"鸥盟",谓与鸥鸟为友。北齐刘昼《刘子·黄帝》曰:"海上之人有好沤鸟者,每旦之海上,从沤鸟游。沤鸟之至者,百住而不止。其父曰:'吾闻沤鸟皆从汝游,汝取来,吾玩之。'明日之海上,沤鸟舞而不下也。"后遂以"鸥盟"、"狎鸥"等指隐居自乐,不以世事为怀。龙献图用典旨在企望像海上之人,与闲鸥共嬉、共乐,过着悠闲自在的隐逸生活。"何时赋归去,老向白云耕。""赋归去"即用陶渊明归隐田园时作《归去来兮辞》之事,与"鸥盟"一样,也是渴望离去官场的生活,与山林田园为伴,过着"日出而作,日落而息"的平淡生活。诗人将现实的春景、官场的生活、理想的隐逸生活等结合起来,通过理想的场面——"鸥盟"、"赋归去"等抒发自己心中所想、所愿,在抒情功能上既流畅又抒写嵌合。

(2)意象的组合

在刘勰第一次提出"意象"概念后,意象性事物也为诗人所青睐,如月、菊、梅、松、竹、雁、雪等等。这些意象能通过形象化的情景交融的艺术加工,把读者引入充分想象空间的艺术化境。敏泽说:"使用语言这一思想的直接现实为手段,通过对社会生活和自然万物('象')的描写来表现作者的思想情感('意')。"①在《易安堂集》中,龙献图大量运用"象"表达自己的"意"。

意象的选取与组合出于表情达意的需要,多个意象表达出来的语义束必然丰富于单个意象表达出的语义点。罗大经在解读杜甫《登高》"万里悲秋常作客,百年多病独登台"时说:"盖'万里',地之远也。'秋',时之惨凄也。'作客',羁旅也。'百年',暮齿也。'多病',衰疾也。台高,迥处也。'独登台',无亲朋也。十四字之间,含八意,而对偶又精确。"②罗大经说的是杜甫善于用意象的选取及组

---

① 敏泽:《形象意象情感—中国古典意象论》,河北教育出版社,1987年,第61页。
② 罗大经:《鹤林玉露》,中华书局,1983年,第215页。

合来突出自己的八重悲剧。可见,意象并置在加强词语的压缩、增加感情的深化等方面都起着非常重要的作用。下面我们以并列式意象的选取及组合、对比式意象的选取及组合等来分析《易安堂集》诗歌的意象选取与组合。

并列式意象的选取及组合

"所谓并列式意象,即同一空间或同一逻辑起点两个以上意象的平行组合,意象之间没有因果关系、递进关系,若干个别意象只是作为一幅完整画面的局部景点。"①这些意象既可看作是独立的,又可看作是相互关联的,它们并置为诗营造了多重解读的氛围,为诗增加了语义层。并列式意象的选取与组合在形式上可分为本句并列、对句并列和全诗并列三类。本句并列即意象放置在同一句诗里,两者相互独立但又在表情达意上共同粘合出诗人的感情。如龙诗《碧虚亭》曰:"曲槛春深花散雨。""曲槛"、"春"、"花"、"雨"四个意象放置在一起,将建筑物与时节、物象——"花"、"雨"等结合,用自然来衬托,达到一种互相烘托提升价值的作用。

对句并列即在上句与下句有相对独立的意象。《九日访袁醴庭学博,时值卧病,不得登高,怅然而返》曰:"槐市蝉声寂,江天雁影孤。""槐市"、"蝉声"与"江天"、"雁影"两组意象都从"孤"的层面来写。诗题"九日访袁醴庭学博,时值卧病,不得登高,怅然而返"表明:诗人打算与袁醴庭学博一起登高,不幸的是袁学博"正值卧病"。诗人抒发了对友人卧病而倍感失落,又为友人之病惴惴不安的心情。"寂"不仅是自然界中"蝉声"的静,更是友人因病而静卧病榻的氛围。因为友人因病而静、而寂,诗人才如江天中的孤雁独自随风飘来飘去,没有感情的依托和交流,人生变易、落寞之感油然而生。

全诗并列即意象分布在整首诗的各个分句,对全诗的表情达意都起着烘托作用。如《邯郸早发》:

月色朦胧夜正阑,鸡鸣催客据征鞍。道中多少卢生梦,马上低头续未完。

诗中有九个意象:月色、夜、鸡、客、征鞍、道中、卢生梦、马上、低头。此诗是龙献图会试后回家途中有感而作。"前途未卜"表明诗人正匆匆赶往家乡。"月色朦胧"表明诗人的人生虚虚实实,不知前方的路是险阻还是平坦。作为做客他乡、求取功名的士子,在鸡鸣之时就得踏上征程,往后的生活知多少,诗人只能如《邯郸记》中的卢生一样做着黄粱美梦,渴望衣锦还乡。现实是残酷的,梦醒后诗人还得疲于人生的奔波,但那梦中之情及景诗人还是希望它一直延续。

---

① 吴晟:《中国意象诗探索》,中山大学出版社,2000年,第143页。

无论是本句并列、对句并列还是全诗并列，意象并置的目的都是为了形成一种抒情密度，将几个意象如蒙太奇式的剪接方式组合起来，在一定程度上增强了语词的独立叙述功能，大大增强了意象的自我呈现功能。

对比式意象的选取及组合

对比式意象组合即诗人选取相反的意象组合在诗中，以相反意蕴对比的方式传达更强烈的感情。杜甫"朱门酒肉臭，路有冻死骨"句深刻地反映了封建社会富者与贫者之间的差距，道破了泱泱大唐不公平的本质。并且，上下句鲜明的反差比其他意象的并置在感情上来得更强烈。

《易安堂集》中常将意象对立起来，以表达诗人的心境。其对比意象在内容上主要是对社会黑暗的揭露，对人生失意的感叹。对社会黑暗的揭露，如"荒村米价年年贵，大府歌筵夜夜开"(《昭州城晚眺》)。诗人授课完毕，站在高高的昭州城楼上，环视夜中美景，看到的却是如杜甫所说的事实，官府正歌舞升平，享受着锦衣玉食的奢华生活。同时，诗人脑海中浮现出米价日贵的情景图。通过对比"荒村"、"米价"、"大府"、"歌筵"、"年年"、"夜夜"，诗人把所有想说的话都已灌注进了简单的几个词，对统治阶级不念民生的腐败作风作了深刻的抨击。又如"台上一夜宴，台下千万租"(《西施》)。通过"台上"、"台下"的时间对比和"一夜宴"、"千万租"的数字对比，揭示出统治阶级的荒淫堕落和黑暗，他们把自己的幸福建立在成千上万贫苦百姓的嗷嗷待哺上。锦衣玉食与饥寒交迫不仅是为官者的奢侈和老百姓的贫困的对比，更是诗人对社会的控诉。

对人生的感叹，如《归家日作》："今日骨肉团圆聚，明年萍梗知何处。"龙献图春节期间回家省亲，与家人团聚，其幸福之情可谓乐陶陶，与妻子共话夫妻情长、与子女共享父子情深。可是，诗人又被另一种心情左右：相逢就意味着分别，他明天或不久就要任官他乡，不仅是为国为民亦是为家庭的生活所迫。诗人用"今日"、"明年"的时间快速转换及时间对比来感叹享受天伦之乐的时间太短，"独作宦游人"的情思难道不顺理成章地成为抒感泄情的个中原由！

四、龙献图诗歌的地位、影响及艺术得失

周德润在《易安堂集序》中高度评价龙献图的诗歌："读其诗，淡远清微，压倒元白。"秦焕说："诗味之厚，惟晋之渊明、唐之襄阳，庶足仿焉？"①此语有吹捧之

---

① 《易安堂集·秦焕序》。

嫌。诗人有自知之明，自谓“偶有应酬之作，如虫之号寒、子规之啼血”①。下文从创作的优劣、得失等方面公允地评价龙献图的诗歌。

龙献图少负诗才，刻苦读书，使得他的诗作表现出深厚的学养及兼采陶潜、元白冲淡之风格。他以纯粹的艺术追求、精神追求为目的，不以诗遗人为所归，是他“才气之清超、襟抱之淡远”的最根本原因。随性作诗，随情写诗，与前辈袁枚所倡“性灵派”有着共同的审美价值。袁枚曾说：“人闲居时，不可一刻无古人；落笔时，不可一刻有古人。平居有古人，而学力方深；落笔无古人，而精神始出。”②龙献图亦如此，既信守平淡又追求性情作诗，这也成为他桃李满临桂的原因——“陈莲史三元，朱卓亭孝廉辈场，出其门下。”③陈莲史，嘉庆二十四年(1819)乡试，二十五年(1820)会试、廷试俱第一，授修撰。作为陈宏谋的玄孙，陈莲史在投入龙献图门下之前，其父及榕门世家对龙献图的学识佩服有加，证明了龙献图在临桂诗坛上的地位。在昭州近十年的学舍生活，培养了诸多后起之秀如朱卓亭等，这于龙献图在临桂诗坛上的地位无疑是有所裨益的。

另外，从《易安堂集》看，我们可以一个侧面了解清代广西、云南地方文化的发展，特别是龙献图自发地追求元白的诗歌创作，同时又注意到文学内在的艺术规律，这大大丰富了临桂乃至广西、云南的文学。同时，龙献图的子孙如龙朝言、龙泽厚等都是后起之秀，他们继承先辈的优良传统，给广西乃至全国带来了新鲜的活力。

但是，作为一个临桂诗坛上有较大影响力的诗人，在以平淡的诗歌风格来表现自我情感时，语言有时过于平白，有点随心所欲。

总之，通过整理研究《易安堂诗集》等广西地方古籍，可以让更多的人了解广西、云南。广西、云南地处边陲，被称之为“南蛮”。后来，广西、云南与外界联系越来越频繁，发展越来越快，创造了富有独特地方色彩的文化。现在，我国日益重视地方古籍的整理。整理和抢救地方古籍，是关乎固本拓源的文化大事，也是建设有中国特色社会主义文化事业的重要组成部分。

---

① 《易安堂集·宦游小草自序》。

② 顾学颉校点：《随园诗话·补遗》(卷十)，第352页。

③ 《易安堂集·周德润序》。

目　录

CONTENTS

耕余草

田家冬兴二首

田家多胜事,冬日好村居。门少催租吏[1],人谙种树书[2]。碓喧流水外[3],鸦噪夕阳余。勉矣耕桑计,行将及岁除。

山深人事少,石径绝尘埃。采药云扶屐[4],探春雪点梅。瓮香初酿秫,炉暖乍燃灰。共此田家乐,何愁岁月催。

【注】

[1]“门少”句:用“满城风雨近重阳”之典。宋释惠洪《冷斋夜话》(卷四):“黄州潘大临工诗,多佳句,然甚贫。东坡、山谷尤喜之。临川谢无逸以书问有新作否,潘答书曰:‘秋来景物件件是佳句,恨为俗气所蔽翳,昨日闲卧,闻觉林风雨声,欣然起笔曰:满城风雨近重阳。忽催租人至,遂败意,止此一句奉寄。’闻者笑近迂阔。”后以“满城风雨”比喻事情喧腾,众口议论纷纷。

[2]种树书:指有关种植粮食、桑麻一类的古代农书。辛弃疾《鹧鸪天》:“却将万字平戎策,换得东家种树书。”

[3]碓(duì):舂米谷的设备。汉桓谭《新论》:“宓犠瓮之制杵舂,万民以济,及后人加巧,因延力借身重以践碓,而利十倍。”利用水利舂米的装置叫水碓。

[4]采药云扶屐:指在云能接触屐的地方采药材。喻在很高的地方采药。

晚眺

平原十里荫桑麻,夜色苍凉到水涯。过雨溪边浮水涨,乍晴天半衬红霞。倦飞林鸟投巢急，得意征鸿去路奢。山麓忽闻横吹晚[1]，牧童归趁夕阳斜。

【注】

[1]横吹：横笛吹出的声音。

桃源行[1]

秦皇泛海求神仙[2]，神仙乃在桃源天。渔郎泛舟武陵去[3]，神仙却与渔郎遇。洞口桃花春复春，不知晋魏只知秦。山中只有秦时月，门外忽来世上人。纷纷酒食各相迓[4]，君从此去勿问津。陶公作记诧异事[5]，传疑传信难具陈。先生挂冠赋归去[6]，乐事往往怀良辰。南山种豆北窗卧[7]，怡然自谓无怀民。乃知桃源在人世，君不见五柳先生作归计[8]。

【注】

[1]桃源：即陶渊明所作《桃花源记》之"桃源"。王维曾作《桃源行》。

[2]"秦皇"句：用典出自《史记·秦始皇本纪》："既已，齐人徐市等上书，言海中有三神山，名曰蓬莱、方丈、瀛洲，仙人居之。请得斋戒，与童男女求之。（秦始皇）于是遣徐市发童男女数千人，入海求仙人。"

[3]武陵：县名，属湖南省。汉临沅县。隋平陈改为武陵。明清时为常德府治。晋陶潜《桃花源记》载，晋太元中，武陵渔人误入桃花源，见其屋舍俨然，有良田美池，阡陌交通，鸡犬相闻，男女老少怡然自乐。村人自称先世避秦时乱，率妻子邑人来此，遂与外界隔绝。后渔人复寻其处，"迷不复得"。此下几句皆是对《桃花源记》的述说。

[4]迓（yà）：迎接。

[5]陶公：即陶潜（365－427），又名渊明，字元亮。晋浔阳（今江西九江）人。其诗描写山川田园之秀美，自然朴素，对后世影响很大。有《陶渊明集》。

[6]挂冠：《后汉书·逢萌传》："时王莽杀其子宇，萌谓友人曰：'三纲绝矣！不去，祸将及人。'即解冠挂东都城门，归将家属浮海，客于辽东。"后因称辞官为挂冠。赋归去：指陶渊明作《归去来兮辞》云："余家贫，耕植不足以自给……聊乘化以归尽，乐乎天命复奚疑！"

[7]南山：指陶渊明《饮酒》（其五）"采菊东篱下，悠然见南山"中的"南山"。泛指住地南面的山。"南山"句：用典出自晋陶渊明《与子俨等疏》："五、六月中，北窗下卧，遇凉风暂至，自谓是羲皇上人。"

[8]五柳先生：指陶渊明。他曾在居所前后栽五棵柳树，故自称"五柳先生"。陶渊明《五柳先生传》："先生不知何许人也，亦不详其姓字。宅旁有五柳树，因以为号焉。"

题林春郊游春图

杏花村里酒初醒[1],远近山光列翠屏。一抹柳烟新雨后,苔钱踏破屐痕青[2]。

【注】

[1]杏花村:唐杜牧《清明》:"借问酒家何处有,牧童遥指杏花村。"后因以"杏花村"泛指卖酒之处。

[2]苔钱:即苔。因苔点形圆如铜钱,故称。

秋日雨霁晚步江上

病怯轻寒欲着棉,豆花雨足水连天[1]。荒村野寺钟声起,一簇人归渡口烟。

【注】

[1]豆花雨:俗以八月雨为豆花雨。见南朝梁宗懔《荆楚岁时记·类说》。

种菜

小圃方盈亩,佳疏满四围。雨余春韭绿,霜饱晚菘肥[1]。抱瓮计良拙[2],安贫事岂非。菜根饶况味[3],终日笑忘机[4]。

【注】

[1]晚菘:秋末的白菜。

[2]"抱瓮"句:用"抱瓮灌园"之典。传说孔子的学生子贡,在游楚返晋过汉阴时,见一位老人一次又一次地抱着瓮去浇菜,"搰搰然用力甚多而见功寡",就建议他用机械汲水。老人不愿意,并且说:这样做,为人就会有机心,"吾非不知,羞而不为也"。见《庄子·天地》。后以"抱瓮灌园"喻安于拙陋的淳朴生活。

[3]况味:景况和情味。

[4]忘机:不慕名利,没有勾心斗角之争。

春草

菁葱碧毯嫩如丝,陌上迎风不自持。绽绿独添游子泪,含青欲上美人眉。西堂梦觉吟诗处[1],南浦春深送别时[2]。盼断王孙音信渺[3],年年和雨弄新姿。

【注】

[1]西堂:西厢的前堂。也泛指西边的堂屋。此句用“西堂梦草”之典。据《南史·谢惠连传》载,一次谢灵运在永嘉西堂思诗,一整天未得佳句,后梦见族弟惠连,即得“池塘生春草”句,言有神功助也。后因以咏兄弟情谊的典故。

[2]南浦:南面的水边。多用以表达分离送别的情怀。典出《楚辞·屈原·九歌·河伯》:“子交手兮东行,送美人兮南浦。”南朝梁江淹《别赋》:“送君南浦,伤如之何?”

[3]“盼断”句:借用《楚辞·招隐士》“王孙游兮不归,春草生兮萋萋”句意。

公车北上留别诸知己[1]

裋褐冲寒策蹇驴[2],七千余里赴公车。轻帆柔橹三湘水[3],席帽红尘一卷书[4]。客路魂消烟漠漠,离筵肠断柳疏疏。黄金台上春光好[5],为慰高堂莫倚闾。

【注】

[1]公车:汉代以公家车马递送应征的人,因以“公车”为举人应试的代称。

[2]裋(shù)褐:粗陋的衣服。《汉书·贡禹传》:“家赀不满万钱,妻子糠豆不赡,裋褐不完。”颜师古《注》:“裋者,谓僮竖所著布长襦也。褐,毛布之衣也。”蹇(jiǎn):跛,行动迟缓。

[3]三湘:一说湘水发源与漓水合流后称漓湘,中游与潇水合流后称潇湘,下游与蒸水合流后称蒸湘,总名“三湘”。一说湘乡为下湘,湘潭为中湘,湘阴为上湘,合称“三湘”。一说湘江、资江、沅江又称蒸湘、资湘、沅湘,合称三湘。近代一般用作湘东、湘西、湘南三地区的总称。

[4]席帽:以藤条为骨架编成的帽,取其轻便,相当于后来之笠。

[5]黄金台:又称金台,燕台。相传战国时燕昭王为报齐国伐燕之仇,不惜用重金广为招收人才。他在易水南筑台,安放千金,以聘天下名士,名之曰“黄金台”。宋杨万里《诚斋集·读罪己诏》(之二):“金台尚未筑,乃至羡强燕?”

衡阳舟中

维舟依楚水[1],南望正徘徊。乡路杳无际,衡云锁不开。江翻鸣夜雨,鱼跃听春雷。为祝天边雁,家书好寄来。

【注】

[1]维舟:系船停泊。楚水:泛指古楚地的河流。如唐刘禹锡《酬乐天扬州初逢席上见赠》:"巴山楚水凄凉地,二十三年弃置身。"

岳阳楼[1]

几日扬帆过洞庭[2],岳阳名胜喜初经。胸中云梦千里阔[3],眼底君山一点青[4]。憔悴忠魂招未得[5],荒唐仙迹渺无形。谁人忧乐关天下[6],翘首先贤拜典型。

【注】

[1]岳阳楼:在湘北洞庭湖畔,矗立在岳阳市西门城墙上,为我国有名的江南三大楼阁之一。相传楼始为三国吴将鲁肃训练水师的阅兵台。唐开元四年(716)中书令张说谪守岳州,在此修楼,正式定名为岳阳楼。

[2]洞庭:湖名,在湖南省北部,长江南岸。沿湖为岳阳,华容,南县,汉寿,沅江,湘阴等县。湘、资、沅、澧四水均汇流于此,在岳阳县城陵矶入长江。

[3]云梦:泽名。《书·禹贡》:"云土梦作乂。"《周礼·夏官·职方》:"正南面曰荆州,……其泽薮曰云瞢。"《尔雅·释地》作"云梦"。云梦历说不一,综而述之,先秦两汉所称云梦泽大致包括湖南益阳、湘阴县以北,湖北江陵、安陆县以南,武汉市以西。

[4]君山:在湖南岳阳西南洞庭湖中。《水经注·湘水》:"(洞庭)湖中有君山、编山……是山湘君之所游处,故曰君山矣。"相传为舜妃湘君游处,故又名湘山。有七十二个大小山峰组成,西北高,东南低。最高峰海拔76.8米,山上古迹甚多,现有舜帝二妃墓、柳毅井、龙涎井及秦始皇封山印等。

[5]"憔悴"句:《楚辞》中有《招魂》篇,汉王逸以为是宋玉所作,乃招屈原之魂。

[6]"谁人"句:用范仲淹《岳阳楼记》中"先天下之忧而忧,后天下之乐而乐"之意。

京邸送春[1]

孟浪公车到帝畿[2],匆匆时序忍相违。七千旅况贫如洗[3],九十韶华事已非[4]。燕市何人收骏骨[5],天涯游子爱春晖[6]。歌楼呼酒难成醉,遥羡龙池草色肥[7]。

【注】

[1]京邸(dǐ):京都的客舍。

[2]孟浪:荒诞而无边际。公车:详见《耕余草·公车北上留别诸知己》注[1]。帝畿:京城所在地区。《后汉书·班彪传》附班固《西都赋》:"是故横被六合,三成帝畿。"

[3]旅况:旅途的景况。

[4]九十:指春光三月,共九十日。杜荀鹤《出关投孙侍御》:"每岁春光九十日,一生年少几多时。"韶华:美好的时光。

[5]燕市:春秋战国时燕国都,此借指京城。骏骨:骏马之骨,出典于《战国策·燕》:燕君以五百金之价买下死去的千里马之首,结果不到一年,就有三匹千里马被送来。所以"骏骨"喻贤才。又据《战国策·燕策一》载,郭隗用买马作喻,说古代有用五百金买千里马的马头骨,因而在一年内就得到三匹千里马的,劝燕昭王厚币以招贤。后因以"骏骨"喻杰出的人才。

[6]春晖(huī):春阳、春光。唐孟郊《孟东野集·游子吟》:"慈母手中线,游子身上衣。临行密密缝,意恐迟迟归。谁言寸草心,报得三春晖。"后来取诗意,以"春晖"比喻母爱。

[7]龙池:在陕西省西安市,唐玄宗登帝位前宅在皇城内兴庆宫,宅东有井,忽涌为小池,常有云气,或见黄龙出其中,景龙中其沼浸广,因名龙池。见《唐六典·兴庆宫》。此代指北京城皇帝居处。

过卢沟桥[1]

纷纷车马日长征,满目风沙不易行。试问桑干河畔水[2],出山争似在山清[3]。

【注】

[1]卢沟桥:亦名芦沟桥。在北京市西南的永定河上。永定河原为卢沟,故名。始建于金世宗大定二十九年(1189),初名广利桥,清康熙三十七年(1698)重建。全桥十一孔,长

266.5 米，宽 7.5 米。全部用白石建成。为“燕京八景”之一。

[2]桑干：河名。今永定河之上游。相传每年桑椹成熟时河水干涸，故名。

[3]“出山”句：用杜甫《佳人》中“在山泉水清，出山泉水浊”句意。

邯郸早发

月色朦胧夜正阑，鸡鸣催客据征鞍。道中多少卢生梦[1]，马上低头续未完。

【注】

[1]卢生梦：即“邯郸梦”、“黄粱梦”。唐沈既济《枕中记》载：卢生在邯郸客店中遇道士吕翁，生自叹穷困，翁乃以枕授卢生，且曰：“子枕吾枕，当令子荣适如意。”卢生梦中享尽荣华富贵。及醒，旅店主人蒸黄粱尚未熟。生怪曰：“岂其梦寐也？”翁笑曰：“人生之适，亦如是矣。”后因以“邯郸梦”、“卢生梦”喻虚幻之事。

汤阴岳武穆祠[1]

廿年读史恨难平，十二金牌弃汴京[2]。北狩两宫思故国[3]，南朝三字坏长城[4]。中原父老空流涕，大宋君臣怕说兵。从此渡河踪迹少，赵家疆土有谁争。

【注】

[1]汤阴：战国魏荡阴邑。汉置荡阴县。后魏并入邺县，隋置汤阴县。唐改置汤源县。后复曰汤阴，明清皆属河南彰德府。今河南汤阴县境，是宋代名将岳飞的故乡。岳武穆祠：即岳飞庙，民间习称“岳王庙”。宋代名将岳飞的祠庙。在河南省汤阴县县城西南隅。建于明初，历经修葺，建筑群面积达四千平方米。庙内有正殿、寝殿，周围有岳云殿、四子殿、孝娥殿、岳珂殿、三代祠等建筑，并保存有石刻一百四十余方。今为岳飞纪念馆。

[2]十二金牌：《宋史·岳飞传》：“（秦桧）言飞孤军不可久留，乞令班师。一日奉十二金字牌，飞愤惋泣下，东向再拜曰：‘十年之力，废于一旦！’”金牌传递紧急文书，一日十二道，形容非常紧急。汴京：春秋时郑地，战国魏都。东魏置梁州。北周改北齐梁州为汴州。五代梁以此为都，开平元年改为开封府，号东都。后唐复为汴州。后晋复为开封府，号东京。北宋相沿。金主亮贞元元年自上京迁都于燕，称中都，旋改名北京，而以此为南京。即今河南省开封市。

[3]“北狩”句：指宋徽宗、宋钦宗在靖康之耻后被俘到北方。两宫：指太上皇和皇帝。

因其各居一宫,故称两宫。此指宋徽宗赵佶和宋钦宗赵桓。

[4]三字:指"莫须有"三字。南宋奸臣秦桧以"莫须有"的罪名害死岳飞。

七月三日归家厨下乏米感赋

灯前有客叩柴扉[1],万里飘零日下归。米贵长安居不易[2],雷轰荐福计全非[3]。未能禄养亲垂暮,翻慰离愁妇下机。明日山头觅黄独[4],长镵到处得应稀[5]。

【注】

[1]柴扉:犹柴门。唐王维《王右丞集·送别诗》:"山中相送罢,日暮掩柴扉。"

[2]米贵长安居不易:唐德宗贞元初年,白居易时约十五六岁,拿着自己诗文去谒见当时著名诗人年过六旬的顾况,顾见白年幼,自然有些傲气,看了"白居易"三字,便说:"长安米贵,'居'大不'易'。"但当他看到《芳草》中的"野火烧不尽,春风吹又生"时,不禁大为赞赏,说能做这样的好诗,不但在长安,就是天下任何地方"居"都很容"易",并说"前言戏之耳"。

[3]"雷轰"句:用"雷轰荐福碑"之典。唐睿宗文明元年立大献佛寺,武后天授元年改为荐福寺,中宗景龙中起塔,高十五层。有欧阳询所书荐福寺碑。宋彭乘《墨客挥犀》:"范文正守鄱阳,有书生上诗甚工,自言平生未尝饱,天下寒饿无出我右者。时盛行欧阳率更字,荐福寺碑墨本值千钱。文正为打千本,使售于京师。纸墨已具,一夕雷击碎其碑。时人语曰:'有客打碑来荐福,无人骑鹤上扬州。'东坡《嘲穷措大》诗曰:'一夕雷轰荐福碑。'"元马致远有《半夜雷轰荐福碑》剧。后常以荐福碑作为命途多舛,所至失意的典故。

[4]黄独:别名土芋、土豆,或谓果实只一颗色黄,故称。

[5]长镵(chán):农具名,用于翻土。元王祯《农书》:"长镵,踏田器也。……柄长三尺余,后偃而曲,上有横木如拐,以两手按之,用足踏其镵柄后跟,其锋入土。"

犬

犬类有人心,黄耳实可取[1]。韩卢亦雄豪[2],搏兔猛如虎。下此虽蹇劣,畜以捍门户。饥啖厨中饭,饱眠寄廊庑。狂吠固不嫌,所忧在噬主。

【注】

[1]黄耳：犬名。晋陆机有犬名黄耳，甚爱之，后仕洛，久无家问，因戏语犬曰："我家绝无书信，汝能赍书驰取消息不？"犬摇尾作声应之。机试为书，盛以竹筒，系犬颈。犬走向吴，遂至其家，得报还洛。后为犬的通称。

[2]韩卢：古韩国良犬名。《战国策·秦三》："以秦卒之勇，车骑之多，以当诸侯，譬若驰韩卢而逐蹇兔也。"汉高诱《注》："俊犬名。《博物志》：韩国有黑犬名卢。"又称韩子卢。《战国策·齐三》："韩子卢者，天下之疾犬也；东郭逡者，海内之狡兔也。"

读史偶成

秦政扬凶焰，六经灰烬余[1]。奈何马上公，亦不事诗书[2]。
检点为天子[3]，营光本天意。岂知在人谋，吾儿有大志。

【注】

[1]"秦政"两句：用"秦始皇焚书坑儒"之典。秦始皇三十四年，博士淳于越根据古制，建议分封子弟。丞相李斯则主张禁止儒生以古非今，以私学诽谤朝政。秦始皇采纳李斯建议，下令除秦记、医药、卜筮、种树书外，焚毁民间所藏的《诗》、《书》和百家书等。谈论《诗》、《书》的处死，以古非今的族诛。欲学法令则以吏为师。次年，方士、儒生求仙药终不得，儒生等复亡去，始皇怒，乃坑杀咸阳诸生四百六十余人。旧史称为焚书坑儒。参阅《史记·秦始皇本纪》。

[2]"奈何"两句：刘邦建国后不好文学，当楚国辩士陆贾以诗书之礼劝说时，高帝骂之曰："乃公居马上而得之，安事诗书？"陆生（贾）曰："居马上得之，宁可马上治之乎？……"高帝不怿而有惭色。见《史记·高祖本纪》。

[3]检点为天子：检点亦作点检，官名。五代至宋初有殿前都检点、副都检点之名，掌侍卫扈之事，为禁军首领。五代末赵匡胤以后周都检点废周建宋王朝，故当时称检点作天子。

睡起

尽日垂帘半曲肱[1]，炉烟茶具作良朋。落花春去无消息，寂寞闲如退院僧。

【注】

[1]曲肱：曲臂当枕，喻生活贫困。典见《论语·述而》。

杂感二首

有鸟名杜鹃，声声叫归去。云是蜀帝魂[1]，无家等流寓。嗟尔本微禽，负此羽毛具。不入鹦鹉笼，既免羁绁误[2]。天空任翱翔，家乡识旧路。胡为归未得，啼血挂春树，徒令再拜人。伤心泪如注。

骐骥负盐车[3]，流汗声轰轰。遭逢伯乐顾，悲嘶诉中情。用虽非其道，犹得事长征。如何伏槽枥，顾与骀驽争[4]。锦鞯非不美[5]，饲秣恩岂轻。所志在千里，负气终难平。何时脱羁靮[6]，奋足万里程。愿同嫖姚将[7]，立功在幽并[8]。何能立仗下，终日不得鸣。

【注】

[1]蜀帝魂：传说周末蜀王杜宇，号望帝，后失国死去，其魂化为鸟，即杜鹃，日夜悲啼，泪尽继以血。《文选·左思·蜀都赋》："碧出苌弘之血，鸟生杜宇之魂。"

[2]羁绁：络系犬马的用具。

[3]"骐骥"句：用"负盐车"之典。盐车，运盐的车。《战国策·楚四》："汗明曰：君亦闻骥乎？夫骥之齿至矣，服盐车而上太行，……伯乐遭之，下车攀而哭之，解纻衣以幂之。骥于是俯而喷，仰而鸣，声达于天，若出金石声者，何也？彼见伯乐之知己也。"服，驾驭。后用"骥服盐车"喻埋没人才。

[4]骀驽：骀指劣马。驽指能力低下的马。"骀驽"喻庸才。

[5]锦鞯：漂亮的衬托鞍的垫子。

[6]羁靮：马络头与马缰。

[7]嫖姚：指西汉抗击匈奴的大将霍去病。霍去病曾为嫖姚校尉。

[8]幽并：指古幽州和并州。幽，古地名，其地主要在今河北省境内。并，今山西太原境内。

邵璜溪刺史惠酒

胸中磊磈剧纵横[1]，饮我醍醐气渐平[2]。敢说迁辛称大户[3]，聊凭欢伯破愁城[4]。交情那有如公瑾[5]，礼数从来感穆生[6]。好向东篱对黄菊[7]，何郎今日识杯铛[8]？

【注】

[1]磊魂(kuǐ):众石累积貌。犹魂磊。也用以喻心中不平之气。

[2]醍醐(tíhú):比喻美酒。

[3]迂辛:辛大丘度,性迂嗜酒;李二十绅,形短能诗。故当时有迂辛短李之号。见白居易《代书诗一百韵寄微之》。此代指酒。

[4]欢伯:酒的别称。汉焦延寿《易林·坎·兑》:"酒为欢伯,除忧来乐。"

[5]"交情"句:用"程普交周瑜"之典。出自《三国志·吴书九》:"(周瑜)是时权位为将军,诸将宾客为礼尚简,而瑜独先尽敬,便执臣节。性度恢廓,大率为得人,惟与程普不睦。江表传曰:普颇以年长,数陵侮瑜。瑜折节容下,终不与校。普后自敬服而亲重之,乃告人曰:'与周公瑾交,若饮醇醪,不觉自醉。'时人以其谦让服人如此。"

[6]原注:刺史延主云峰书院,命其子来学。穆生:汉鲁人。尝与楚元王(刘交)、申公同受《诗经》于浮丘伯。时元王为中大夫。穆生不喜酒,元王置酒,常为生设醴。元王死,子戊嗣位,初常设醴以待,后忘设,因曰:"醴酒不设,王之意怠。"遂称病谢去。后申生等果以谏王不听被刑。见《汉书·楚元王传》。

[7]东篱:晋陶潜《陶渊明集·饮酒诗》:"采菊东篱下,悠然见南山。"后因以借指菊花或种菊之处。

[8]铛(chēng):古代的锅。有耳和足。用于烧煮饭食等。以金属或陶瓷制成。

雨后庭中步月

蒙茸庭草结露珠[1],琳琅窗竹吹笙竽[2]。幽人散发遗愁疾,正喜明月临阶除。连日炎蒸苦坐甑,挥汗局促如辕驹[3]。天公惠我洒凉雨,清风明月悬冰壶[4]。一年快意那有此,起步庭月歌呜呜。天空无云鉴毫发,床头有酒何须酤。夜阑无人漏声转,但愁月落酒兴孤。美人不来隔千里,明月夜夜相招呼。

【注】

[1]蒙茸:指葱茏丛生的草木。

[2]笙竽:笙和竽。因形制相类,故常联用。竽亦笙,属乐器,有三十六簧。

[3]辕驹:即辕下驹。车辕下的小马。喻观望畏缩不敢动作。《史记·魏其武安侯传》:"上怒内史曰:'公平生数言魏其,武安长短,今日廷论,局趣效辕下驹,吾并斩若属矣!'"

[4]冰壶:盛冰的玉壶。比喻品德清白廉洁。此喻明月很亮。

野烧

荒原漠漠草离离[1],野火连空晚更奇。忽地烟生黄叶处,满山红映夕阳时。不教狡兔谋三窟[2],岂假鹪鹩借一枝[3]。却怪西风太萧瑟,穷秋为助势燃眉。

【注】

[1]离离:分披繁茂的样子。《诗经·王风·黍离》:“彼黍离离,彼稷之苗。”白居易曾有“离离原上草,一岁一枯荣”句。

[2]狡兔谋三窟:狡猾的兔子有三个藏身的洞穴。比喻应作多种避免灾祸的准备。《战国策·齐策四》记载,冯谖对孟尝君说:“狡兔有三窟,仅得免其死耳;今君有一窟,未得高枕而卧也,请为君复凿二窟。”

[3]鹪鹩:鸟名。俗称黄脰鸟。全身灰色,有斑,常取茅苇毛毳为巢,大如鸡卵,系以麻发,甚精巧。又有桃雀、桑飞、黄雀、女匠、巧妇等名。《庄子·逍遥游》:“鹪鹩巢于深林,不过一枝。”

再迭前韵

平芜一望影迷离[1],暮色遥看野烧奇。烂额焦头群鼠辈,光天烛地九秋时[2]。丹枫落叶投余烬,妖鸟倾巢失故枝。转眼春风吹处绿,文君又画远山眉[3]。

【注】

[1]平芜:草木丛生的平旷原野。

[2]九秋:指九月深秋。

[3]文君:即卓文君。汉临邛富翁卓王孙之女,貌美,有才学。司马相如饮于卓氏,文君新寡,相如以琴曲挑之,文君遂夜奔相如。见《史记·司马相如列传》。文君善画远山眉,眉若远山。又名小山眉,汉代非常流行。

寒夜不寐

清漏迢迢滴五更,风吹檐马响鏦铮[1]。孤灯觅句天难晓,水雨敲窗梦不成。

半夜荒鸡愁起舞[2],一毡寒铁冷无情。有田负郭农堪老[3],待计明年陇上耕。

【注】

[1]檐马:挂在屋檐下的风铃。也叫"铁马"、"玉马"。袁枚《随园诗话》(卷二):"蒋廷镕有句云:'自从环珮无消息,檐马丁当不忍听。'"鏦(cōng)铮:金属撞击声。

[2]荒鸡起舞:用"闻鸡起舞"之典。古以夜三鼓前鸣的鸡为荒鸡。迷信的人以半夜鸡鸣附会为兵起之象。《晋书·祖逖传》:"与司空刘琨俱为司州主簿,情好绸缪,共被同寝。中夜闻荒鸡鸣,蹴琨觉曰:'此非恶声也。'因起舞。"后以此典形容人怀有壮志,思图奋发,激励自己或友人。

[3]负郭:近城之地,因此地土地肥沃,水利方便,是膏腴之地,故用以喻指赖以谋生的田产。

种菊

三径无人处[1],群芳手自栽。欲知霜气味,先趁雨滋培。生意连畦绿,秋英到晚开。曾须逢九日[2],定有白衣来[3]。

【注】

[1]三径:指汉蒋诩舍前的三条小路。汉赵岐《三辅决录·逃名》:"蒋诩归乡里,荆棘塞门,舍中有三径,不出,唯求仲、羊仲从之游。"后因用以指隐者所居之处。晋陶渊明《归去来兮辞》:"三径就荒,松菊犹存。"

[2]九日:即重阳节。

[3]白衣:未仕者,即布衣。此句用典出南朝宋檀道鸾《续晋阳秋》:"陶潜尝九月九日野外酒,宅边菊从中,摘菊盈把,坐其侧久,望见白衣至,乃王弘送酒也,即便就酌,醉而后归。"《宋书·隐逸传》亦载。

久雨,敝庐倾漏,水溢庭除。僮仆喧嚷终夜,欲浚之而未能[1],因示以诗

茅屋潇潇雨未休,栖身无地任沉浮。儿童笑作乘槎客[2],鸡犬真如戏水鸥。四海安澜原是福[3],一生习坎不须愁[4]。汝曹岂遂为鱼鳖,多事深怀杞国忧[5]。

一天霖潦滴阶除[6],咫尺庭前汇作湖。自分茅茨供偃息[7],不愁冠履辱泥涂。仁人共患悲邻壑[8],哲士忧危惧沼吴[9]。雅忆豳风先事计[10],绸缪未雨有良谋。

【注】

[1]浚(jùn):疏通河道。此指疏通排水渠道。

[2]乘槎:乘坐竹木筏。传说天河与海通,有人居海渚者,年年八月见有浮槎去来,不失期,遂立飞阁于槎上,乘槎浮海而至天河,遇织女、牵牛。此人问此是何处,答曰:"君还至蜀郡访严君平则知之。"后至蜀,君平曰:"某年月日有客星犯牵牛宿。"正是此人到天河时。见晋张华《博物志》(卷十)。

[3]安澜:水波不兴。使河流安稳不泛滥。澜,水波。《文选·汉·王子渊·四子讲德论》:"天下安澜,比屋可封。"李善《注》:"安澜以喻太平。"

[4]习坎:《易·坎彖》:"习坎,重险也。""坎"卦二坎相重,坎为险,故称重险。后称险阻为习坎。《晋书·殷仲堪传》:"夫制险分国,各有攸宜,剑阁之隘,实蜀之关键。巴西梓潼宕渠三郡去汉中辽远,……是以李势初平,割此三郡配隶益州,将欲重复上流为习坎之防。"

[5]杞国忧:《列子·天瑞篇》:"杞国有人,忧天地崩坠,身亡所寄,废寝食者。"后用"杞人忧天"比喻没有根据或不必要的忧虑。

[6]霖潦:《左氏春秋传》曰:"凡雨自三日以往为霖。"《说文》曰:"潦,雨水也。"西晋曹摅《思友人》:"密云翳旧景,霖潦淹庭除。"

[7]偃息:敛藏退息。这里指隐居。茅茨:茅草屋。《韩非子·五蠹》:"尧之王天下也,茅茨不剪,采椽不斫。"谓尧甚节俭,得到后世的赞颂。

[8]邻壑:即以邻为壑。孟子曰:"子过矣。禹之治水,水之道也,是故禹以四海为壑。今吾子以邻国为壑。"比喻把困难或灾祸转嫁于他人。

[9]沼吴:犹言灭吴。《左传·哀公元年》:"越十年生聚,而十年教训,二十年之外,吴其为沼乎?"晋杜预《注》:"谓吴宫室废坏,当为污池。"

[10]豳风:《诗经》的十五《国风》之一。共计七篇二十七章,都是西周时代的诗歌。

舟中呈关奈原同年

渺渺湘波一叶轻,七千里路事长征。漫夸李郭同舟好[1],差喜云山到眼明[2]。月下黄金闻买骏[3],陌头绿柳听啼莺。十年再上长安道,满耳笙歌送客程[4]。

【注】

[1]李郭:东汉时李膺与太学生首领郭泰相交往,尝同舟共济,世称李郭。

[2]差:稍微。

[3]买骏:即"骏骨"之典。详见《耕余草·京邸送春》注[5]。

[4]原注:时上元节。按:上元节,即元宵节。

舟中阻雨

风冷夜凄凄,春江入望迷。雨添湘水阔[1],云幕楚天低。画角惊残梦[2],邮程报早鸡。不堪肠断处,愁听夜鸟啼。

【注】

[1]湘水:又称湘江,与漓水同发源于广西兴安县南约四五十公里处的海阳山,合流至兴安县,始分流向东北入湖南境。

[2]画角:古乐器名。或谓创自黄帝,或说传自羌族。形似竹筒,本细末大,以竹木或皮为之,亦有用铜者。外加彩绘,故称画角。后渐用以横吹,发音哀厉高亢,古时多用以警昏晓,振士气。帝王外出,也用以报警戒严。《玉台新咏·南朝·梁简文帝·和湘东王折杨柳》:"城高短箫发,林空画角悲。"

阻风

大江汹涌朔风鸣,尽日阳侯气不平[1]。客路与谁谋斗酒,船头又听卖鱼声。

【注】

[1]阳侯:传说中的波神。《楚辞·屈原·九章·哀郢》:"凌阳侯之泛滥兮,忽翱翔之焉薄。"《淮南子·览冥训》:"武王伐纣,渡于孟津,阳侯之波,逆流而击。"汉高诱《注》:"阳侯,陵阳国侯也,溺水而死,其神能为大波,有所伤害,因谓之阳侯之波。"

洞庭湖

南风争送客,劈箭入沧溟。地势分三楚[1],精英聚百灵[2]。此邦含利泽,终古逐浮萍。醉后吟山鬼[3],蛟龙出水听。

【注】

[1]三楚:地名。战国楚地。今从黄淮至湖南一带,有西楚、东楚、南楚之分。《史记·货殖列传》载,以淮北沛陈汝南南郡为西楚;彭城以东,东海吴广陵为东楚;衡山九江江南豫章长沙为南楚。《汉书·高帝本纪》注引孟康:以江陵为南楚,吴为东楚;彭城为西楚。后多用以泛指湘、鄂一带。

[2]百灵:百神。汉班固《东都赋》:"礼神祇,怀百灵。"

[3]山鬼:指屈原的《九歌·山鬼》篇。

祭风台[1]

古庙荒凉楚水隈[2],舟人指点祭风台。我今恰值东风便,疑是先生与借来。

【注】

[1]祭风台:古赤壁之战中,诸葛亮曾在筑台借东风,此台现在今湖北黄州。

[2]楚水:泛指古楚地的河流。唐刘禹锡《刘梦得集·酬乐天扬州初逢席上见赠》:"巴山楚水凄凉地,二十三年弃置身。"隈(wēi):山水弯曲处。

渡黄河

粤水燕山道路奢[1],征车频问夜如何。五更落月初闻雁,万里长风正渡河。试溯来源天汉远[2],始知明德禹功多[3]。敝囊那有千金璧[4],为说阳侯莫起波[5]。

【注】

[1]粤水:广东珠江。燕山:山名,自河北蓟县东南蜿蜒而东,经玉田、丰润,直至海滨,延袤数百里。

[2]天汉:即银河。又称天河、绛河。

[3]明德:美德。《尚书》:"黍稷非馨,明德为馨。"禹:即夏禹。夏后氏部落领袖,史称禹、大禹、戎禹。姒姓。鲧的儿子。古史相传禹继承鲧的治水事业,采用疏导的办法,历十三年,三过家门而不入,水患悉平。舜死,禹继任部落联盟领袖,都安邑,后东巡狩至会稽而卒。参阅《史记·夏纪》。

[4]千金璧:即和氏璧。见《史记·廉颇蔺相如列传》。

[5]阳侯：详见《耕余草·阻风》注[1]。

道中书感

京畿河朔路茫茫[1]，千里烟墟一半荒。如尔流离集鸿雁，是虽刍牧受牛羊[2]。草根掘食香盈匊[3]，柳叶充饥绿满筐。寄语长官勤抚字[4]，九重宵旰重循良[5]。

【注】

[1]京畿(jī)：国都所在地及其行政官署所管辖地区。

[2]刍牧：割草放牧。

[3]匊(jū)：即掬。用手捧。

[4]抚字：抚养。《后汉书·程文矩妻传》："四子以非母所生，憎毁日积，而穆姜慈爱温仁，抚字益隆。"谓对百姓的安抚体恤。韩愈《昌黎集·顺宗实录》："抚字心劳，征科政拙，考下下。"

[5]九重：《九辩》中称"君之门以九重"，以形容天子居处。后因以"九重"来指代皇宫。宵旰：宵衣旰食的省称，意为天未明就起床穿衣，傍晚才进食，喻勤于政务。循良：奉公守法的官吏。

关奈原同年枉过，喜晤韦松崖孝廉，即事同作，用昌黎《山石》诗韵[1]

禅堂晓起钟声微，庭树幽鸟惊人飞。支铛罨饭坐无事[2]，晨餐饱食松花肥[3]。堂头摊经对僧语，门前车马来应稀。忽闻足音到空谷，林间剥啄敲僧扉[4]。入门握手慰情愫，三年不见心调饥[5]。相逢饭颗共良晤[6]，斋厨煮茗烟霏霏[7]。诗人笔下富山水，为我写列青山围[8]。买田阳羡待何日[9]，酒债典尽三春衣[10]。囊琴匣砚走乞食，骅骝苦被人牵[11]。松阴匝地鸟声乱，又看落日催人归。

【注】

[1]孝廉：俗称举人为孝廉。昌黎：即韩愈(768－824)。唐邓州南阳人。字退之。早孤，从兄嫂抚养。贞元八年进士及第。十九年任监察御史。因上疏极言宫市之弊，贬为阳山令。宪宗元和十二年，随裴度平淮西，升刑部侍郎，因上书谏遣使往凤翔迎佛骨事，贬潮州刺史。

穆宗时,诏为国子监祭酒,转兵部、吏部侍郎。愈学通贯六经百家,反对六朝以来的文风,提倡散体,文笔雄健,气势磅礴,为后世古文家所宗,称韩文。长庆四年卒,谥文。愈郡望昌黎,故世称韩昌黎。门人李汉编其撰作为《昌黎先生集》。山石:即韩愈《山石》:"山石荦确行径微,黄昏到寺蝙蝠飞。升堂坐阶新雨足,芭蕉叶大栀子肥。……"

[2]铛(chēng):古代的锅。有耳和足。用于烧煮饭食等。以金属或陶瓷制成。罨(yǎn):覆盖。

[3]松花:松之花,别名松黄。李白《五云裘歌》:"轻如松花满衣巾。"

[4]剥啄:象声词。叩门声。

[5]调饥:谓朝饥。表渴慕的心情。《诗经·周南·汝坟》:"未见君子,惄如调饥。"

[6]饭颗:即饭颗山。传为长安山名。唐李白《李太白诗·戏赠杜甫》:"饭颗山头逢杜甫,头戴笠子日卓午。借问别来太瘦生,总为从前作诗苦。"此戏谓作诗拘束。后用"饭颗山"、"饭山"谓人作文写诗拘谨吃力。

[7]斋厨:寺院的厨房,称为斋厨、香积厨。煮茗:煮茶。

[8]原注:奈原写买山图见赠。按:买山,据南朝宋刘义庆《世说新语·排调》载:"支道林因人就深公买印山,深公答曰:'未闻巢由买山而隐。'"后以"买山"喻贤士的归隐。

[9]买田阳羡:阳羡即江苏宜兴,此代指陈维崧。《清史稿·列传二百七十一》:"陈维崧……顺治十一年拔贡生,荐授中书舍人。奉诏谱杨继盛乐府,迁兵部主事,即以继盛官官之也。出知湖州府,有吏能。人谓其多风力,尚风节,饶风趣,称为'三风太守'。未几,罢归。贫无田屯,购废圃以居。"

[10]三春:指春季。农历正月称孟春,二月称仲春,三月称季春,合称三春。

[11]骅骝(huáliú):赤色骏马,亦名枣骝。此处暗指自己。

邯郸题壁[1]

京国悠悠去路迟,邯郸数问夜何其。凄凉旅馆身如寄,孟浪公车念更痴[2]。锦瑟怕闻肠断曲[3],黄粱又熟梦醒时[4]。神仙莫笑卢生拙[5],五十年来事亦奇。

【注】

[1]邯郸:今河北邯郸。

[2]孟浪:荒诞而无边际。公车:详见《耕余草·公车北上留别诸知己》注[1]。

[3]锦瑟:漆有织锦纹的瑟。唐李商隐《锦瑟》:"锦瑟无端五十弦,一弦一柱思华年。"

[4]"黄粱"句:用"黄粱梦"之典。详见《耕余草·邯郸早发》注[1]。

[5]卢生:唐沈既济《枕中记》中的主人公。亦是黄粱梦的主人公。

道旁柳

舞断腰肢又一春,漫天飞絮逐风尘。遥知青眼伤心处[1],愁看年年落第人。

春风日日弄和柔,一望长堤翠欲流。孤负闺中看到老,廿年夫婿不封侯[2]。

宜风宜雨又宜烟,张绪风流剧自怜[3]。底事灵和断消息[4],愁眉空对夕阳边。

【注】

[1]青眼:眼睛青色,其旁白色。正视则见青处,邪视则见白处。晋阮籍不拘礼教,能为青白眼。见凡俗之士,以白眼对之。嵇康赍酒挟琴来访,籍大悦,乃对青眼。后因谓对人重视曰青眼,对人轻视曰白眼。此指柳之"眼"。

[2]"孤负"两句:此用王昌龄《闺怨》"闺中少妇不知愁,春日凝妆上翠楼。忽见陌头杨柳色,悔教夫婿觅封侯"诗意。

[3]张绪:南齐吴郡人,字思曼。绪少知名,清简寡欲,叔父镜谓人曰:"此儿,今之乐广也。"官历太子洗马,北中郎参军,太子中舍人,本郡中正,车骑从事中郎,中书郎,州治中,黄门郎。武帝置蜀柳于灵和殿前,尝曰:"此柳风流可爱,似张绪当年。"《南齐书》:"史臣曰:王僧虔有希声之量,兼以艺业。戒盈守满,屈己自容,方轨诸公,实平世之良相。张绪凝衿素气,自然标格,搢绅端委,朝宗民望。夫如绪之风流者,岂不谓之名臣!"

[4]底事:何事。灵和:即灵和柳。刘悛之为益州,献蜀柳数株,枝条甚长,状如丝缕。时是宫芳林苑始成,武帝以植于太昌灵和殿前,常赏玩咨嗟,曰:"此杨柳风流可爱,似张绪当年时。"见《南史·张绪传》。

瓦店阻雨[1]

雨阻南归客,萧萧茅屋低。伏槽怜老马,欹枕听荒鸡。不惜征衣湿,宁辞锦障泥[2]。仆夫体告悴,向晓渡前溪。

【注】

[1]瓦店:即今河南省南阳市宛城区瓦店镇。

[2]锦障:锦制之帏幔也。形容色彩丰富。

种松

种树十年计，旦夕良难期。投闲敢自逸，树植同场师[1]。趁兹雨露繁，种此冰雪姿。劚土不厌深[2]，朝夕勤培滋。幸免斧斤贼，细闻竽籁吹。相期耐岁寒，晚节坚自持。

【注】

[1]场师：《孟子·告子上》："今有场师，舍其梧檟，养其樲棘，则为贱场师焉。"场师，管理场圃的人。

[2]劚（zhǔ）：掘取。

白桃花二首

柳条如线草如茵，小院风和结蕊新。玉树漫歌陈后主[1]，蛾眉淡扫虢夫人[2]。开当月色浑无色，种向瑶池别有春[3]。寄语芳时游眺者，素心端在浣花邻[4]。

花开陌上影娟娟，标格何期共玉妍[5]。皓首我惊潘岳老[6]，冰肌人看藐姑仙[7]。瑶台月下应难见[8]，缟袖春寒绝可怜。国色从来轻粉黛，淡妆含笑过年年。

【注】

[1]玉树：指《玉树后庭花》。乐府吴声歌曲。陈后主嗜乐，于清乐中造《玉树后庭花》等曲，与幸臣等制其歌词。歌词绮艳，男女唱和，其音甚哀。陈后主：即陈后主叔宝（553－604年）。小字黄奴。即位后，不理政事，日与妃嫔佞臣宴饮赋诗行乐。

[2]蛾眉：女子之弯眉。形容美貌。《离骚》："众女嫉余之蛾眉兮，谣诼谓余以善淫。"虢（guó）夫人：即虢国夫人。唐杨贵妃姊。行三。嫁裴氏。玄宗天宝七年，封为虢国夫人，其姊封韩国夫人，其妹封秦国夫人。岁给钱千贯，为脂粉之资。虢国常自炫美艳，不施脂粉以见玄宗。唐张祜《集灵台》（之二）："虢国夫人承主恩，平明骑马入宫门。却嫌脂粉污颜色，淡扫蛾眉朝至尊。"即记其事。天宝十五年，安禄山攻入长安，玄宗和贵妃西奔。虢国夫人逃至陈仓，为县令薛景仙所追，自杀。

[3]瑶池：古代传说中昆仑山上的池名，西王母所居。也指美池，多指宫苑中的池。

[4]浣花：当指浣花草堂，即杜甫草堂。为唐杜甫流寓成都时的故居。在今四川省成都

市西郊浣花溪畔。

[5]标格：风范，风度。

[6]“皓首”句：用潘鬓之典。晋潘岳《秋兴赋》序：“余春秋三十有二，始见二毛。”《赋》：“斑鬓髟以承弁兮，素发飒以垂领。”后因以“潘鬓”为中年鬓发初白的代词。

[7]藐姑仙：即藐姑仙子。传说中的女神。《庄子·逍遥游》：“藐姑射之山，有神人居焉，肌肤若冰雪，淖约若处子。”后人因以称美女为“藐姑仙子。”

[8]瑶台：神话中昆仑山上居住神仙的台。此句用李白《清平调·其一》中“云想衣裳花想容，春风拂槛露华浓。若非群玉山头见，会向瑶台月下逢”之意。

岁暮述怀

贪夫据龙断[1]，逐臭形体污。我不工心计，亦复近市居。忆昔春日好，假馆廛市隅[2]。森森修竹林，万个吹笙竽。翩翩出谷莺，求友声相呼[3]。芳晨弄柔翰[4]，砚田良不枯。自谓馆谷丰，终岁得所需。胡为高堂上，卧病累月余。儿女亦痁作[5]，呻吟灾剥肤。非惟事医药，延及觋与巫[6]。胶扰历夏秋[7]，颇为鬼所揄[8]。入冬天气寒，裘敝无完裾。山妻益老拙，旨蓄无所储[9]。娇儿膝上啼，谓我寒无襦。弱女才四龄，捋我颔下须。谓爷他日贵，为女饰金珠。忽闻剥啄声[10]，有客来催租。潜入避债台[11]，吟诗歌呜呜。

【注】

[1]龙断：断而高的冈垄。《孟子·公孙丑下》：“古之为市也，以其所有，易其所无者，有司者治之耳。有贱丈夫焉，必求龙断而登之，以左右望，而罔市利。”谓登高探望，操纵集市，牟取高利。后引申为把持，独占。

[2]廛(chán)：古代城市平民一户人家所居的房地。

[3]“翩翩”两句：用“莺迁”之典。旧时常以嘤鸣出谷之鸟为黄莺，以莺迁为祝贺人升官、迁居的颂辞。意同“乔迁”。《诗经·伐木》：“伐木丁丁，鸟鸣嘤嘤。出自幽谷，迁于乔木。嘤其鸣矣，求其友声。”唐卢照邻《幽忧子集·五悲·悲今日》：“各自云腾羽化，谷变莺迁。”

[4]柔翰：毛笔。也作“柔毫”。《文选·晋·左太冲(思)·咏史》(之一)：“弱冠弄柔翰，卓荦(luò)观群书。”李善《注》：“王粲《车渠椀赋》曰：援柔翰以作赋。”弄柔翰，从事写作的意思。

[5]痁(shān)：疟的一种。二日一发疟曰痎，多日一发疟曰痁。

[6]觋(xí)与巫：古代称女巫为巫，男巫为觋，合称“巫觋”。泛指以替人祈祷为职业的

巫师。

[7]胶扰:动乱不安。《庄子·天道》:"尧曰:'胶胶扰扰乎?子,天之合也。我,人之合也。'"

[8]揄(yú):逗引,戏弄。

[9]旨蓄:储藏的好食品。

[10]剥啄:象声词,扣门声。

[11]避债台:即逃责台。责,古通"债"。周景王建谚台,周赧王因负债而逃居此台,后人因名为逃债台,也叫"避债台"。故址在河南洛阳市境内。

病中偶成二首

自笑谋生拙,逢迎性更迂。娇儿啼索饭,府吏怒催租。善病惟行药[1],长贫独守株[2]。闭门书可注,不必哭穷途。

不作嵇康论[3],年年肺病生。门闲车马少,池满黾蛙争[4]。豹隐山头雾[5],鸥寻水上盟[6]。问余今日计,惟向白云耕。

【注】

[1]行药:古人在服五石散等药后,漫步以散发药性,称行药。《魏书·邢峦传》:"高祖因行药至司空府南,见峦宅,遣使谓峦曰:'朝行药至此,见卿宅乃住,东望德馆,情有依然。'"

[2]守株:即"守株待兔"之典。典出《韩非子·五蠹》:"宋人有耕田者,田中有株,兔走,触株折颈而死,因释其耒而守株,冀复得兔,兔不可复得,而身为宋国笑。"

[3]嵇康(223-262):三国魏谯郡人。字叔夜,仕魏为中散大夫。丰神俊逸,博洽多闻,崇尚老庄。工诗文,善鼓琴,精乐理。为"竹林七贤"之一,景元中遭钟会诬陷,为司马昭所杀,年四十。嵇康曾作《养生论》一书。

[4]黾(měng)蛙:金线蛙。郭璞《尔雅注·释鱼》:"黾,耿黾也,似青蛙,大腹,一名土鸭。"

[5]豹隐:《列女传·陶答子妻》:"妾闻南山有玄豹,雾雨七日而不下食者也,何也?欲以泽其毛而成文章也,故藏而远害。犬彘不择食以肥其身,生而须死耳。"后因以比喻隐居伏处,爱惜其身,有所不为。唐骆宾王《秋日别侯四》:"我留安豹隐,君去学鹏抟。"

[6]鸥寻水上盟:即鸥盟,谓与鸥鸟为友。比喻隐者生活。典见北齐刘昼《刘子·黄帝》:"海上之人有好沤鸟者,每旦之海上,从沤鸟游。沤鸟之至者,百住而不止。其父曰:'吾闻沤鸟皆从汝游,汝取来,吾玩之。'明日之海上,沤鸟舞而不下也。"后遂以"鸥盟"、"狎鸥"等指隐居自乐,不以世事为怀。

月夜独坐四首

独坐浑无事，娟娟凉月生。过墙垂竹影，拂地起松声。不觉罗衣薄，偏教鸟梦惊。啾啾啼向我，怅触十年情。

儿女中年累，功名半世闲。不材樗自寿[1]，入夜鸟知还。月向樽前满，诗从老后删。灯花报何喜[2]，双照鬓痕斑。

老向砚田计[3]，灯前辨鲁鱼[4]。腹枵难煮字[5]，笔秃不中书。旧学惭无补，新知孰起予[6]。茅斋清绝处，草露满庭除。

竹下开三径[7]，徘徊顾影单。何时无风月，永夜倚阑干。散发狂犹昔，长歌兴未残。明朝拾溪橡[8]，不必问晨餐。

【注】

[1]不材樗(chū)：用"樗栎"之典。《庄子·逍遥游》："吾有大树，人谓之樗，其大本拥肿而不中绳墨，其小枝卷曲而不中规矩，立之涂，匠者不顾。"又《庄子·人间世》："匠石之齐，至于曲辕，见栎社树……曰：'散木也，以为舟则沉，以为棺椁则速腐，以为器则速毁，以为门户则液樠，以为柱则蠹。是不材之木也，无所可用。'"后因以"樗栎"喻才能低下。也用为自谦之辞。

[2]灯花：灯心余烬结成的花状物。俗以灯花为吉兆。

[3]砚田：指砚台。文人恃文墨为生，故谓砚为砚田。

[4]鲁鱼：指文字传抄因形近而产生的讹误。唐王维《王右丞集·苑舍人能书梵字兼达梵音皆曲尽其妙戏为之赠》："楚辞共许胜扬马，梵字何人辨鲁鱼。"

[5]枵(xiāo)：空虚，此指腹空、饥饿。煮字：喻以文字谋生。宋董嗣杲《庐山集·秋凉怀归》："少年偶负投机愧，今日徒工煮字劳。"

[6]起予：《论语·八佾》："(子夏)曰：'礼后乎？'子曰：'起予者商也！始可与言《诗》已矣。'"起，启发；予，我。此指"新知"源于儒家经典。

[7]三径：详见《耕余草·种菊》注[1]。

[8]橡：栎树的果实。含淀粉，可食，味苦。也叫橡实、橡子、橡果。

崩屋叹

我生糊口一束书，年年假馆从人居[1]。昨觅新巢宅近市，栽培花竹临阶除。

晨兴读易筮大过[2],栋挠之凶讵足贺[3]。山附于地宅可安,小人剥庐理则那[4]。寻思索解苦未明,砰訇震地如雷车[5]。自笑身如燕巢屋[6],不知大厦将崩倾。未雨绸缪苦不早[7],鸠居鹊巢亦草草[8]。从令三复垂堂言[9],虽无重金惄如捣[10]。瓦砾在前甑满尘,惊呼杂沓动四邻。双僮扫除日不给,笑谓明日添束薪[11]。却喜瑟书固无恙,天公作虐雨盈盎。非惟墙多屋漏痕[12],墨突无烟起波浪[13]。从兹只有墙及肩,不戴茅屋戴青天。举头敢云仰无愧,明月夜夜依人眠。

【注】

[1]假馆:借用馆舍。

[2]易:指《易经》。筮:占。大过:《易·大过》:"……大过,栋挠,利有攸往。……栋挠,本末弱也。"

[3]栋挠:本末弱也。以屋栋本末俱弱,喻衰乱之世始终皆弱也。《易·大过》:"……大过,栋挠,利有攸往。……栋挠,本末弱也。九三:栋挠,凶。"《战国策·魏策》:"夫使士卒不崩,直而不倚,栋挠而不避者,此吴起余教也。"讵:与"岂"同意,表示反问。

[4]剥庐:夺人荫庇之所。《易·剥》:"君子得舆,小人剥庐。"又指穷困的居所。此指后者。

[5]砰訇:拟声词。形容洪大的响声。李白《梁甫吟》:"我欲攀龙见明主,雷公砰訇震天鼓。"

[6]"自笑"句:用"处堂燕鹊"之典。《吕氏春秋》:"燕雀处一屋之下,子母相哺,煦煦然其相乐也,自以为安矣。灶突决,火上,栋宇将焚,燕雀颜色不变,不知祸将及也。"比喻居安忘危的人。

[7]未雨绸缪:《诗经·豳风·鸱鸮》:"迨天之未阴雨,彻彼桑土,绸缪牖户。"绸缪,紧相缠缚之意,引申为修补。指鸱在未下雨时就啄剥桑树皮修补窝巢。后用以比喻事前准备或预防。

[8]鸠居鹊巢:《诗经·召南·鹊巢》:"维鹊有巢,维鸠居之。"毛享《传》:"鸠不自为巢,居鹊之成巢。"后用"鸠居鹊巢"比喻强占他人的居处或措置不当等。

[9]三复:三次也。即"三复白圭"之典。指南容反复诵读《诗经》中"白圭之玷"之事。《论语·先进》:"南容三复白圭,孔子以其兄之子妻之。"何晏《集解》引孔安国曰:"《诗》云:'白圭之玷,尚可磨也;斯言之玷,不可为也。'南容读至此,三反覆之,是其心慎言也。"《孔子家语·弟子行》:"一日三复白圭之玷,是宫縚之行也。"后用为慎言之典。垂堂:堂屋檐下。因檐瓦落下可能伤人,比喻危险的境地。

[10]惄(nì):忧思。如捣:忧心如捣。《诗经·小雅·小弁》:"我心忧伤,惄焉如捣。假寐永叹,维忧用老。心之忧矣,疢如疾首。"

[11]束薪:《诗经·绸缪》:"绸缪束薪,三星在天。今夕何夕,见此良人。"喻夫妇同心,

情意缠绵。

[12]屋露痕：陆羽《僧怀素传》载，颜真卿问怀素曰："师竖牵学古钗脚，何如屋漏痕？"又问："师亦有自得之乎？"素曰："贫道吾观夏云多奇峰，辄尝师之。其夏云因风变化，乃无常势，又如壁折之路，一一自然。"比喻点画干净，毫无边绵牵制之状。此指屋子有很多日光透漏处。

[13]墨突：即"墨突不黔"之典。墨子的故事。春秋战国墨翟存救世之心，到处奔走，每到一处，烟囱还没熏黑就离开他往。后多用以形容人事务繁忙，四处奔波。墨，墨子；突，烟囱。唐韩愈《韩昌黎文集·争臣论》："孔席不暇暖，墨突不得黔。"

春燕

年年作客向天涯，衔尽春泥剪落花。说短说长争好日，飞来飞去傍谁家。曾经王谢楼台富[1]，回忆江湖道路奢。自笑身轻栖宿稳，雕梁闲坐语周遮[2]。

【注】

[1]"曾经"句：用刘禹锡《乌衣巷》中"旧时王榭堂前燕，飞入寻常百姓家"句意。

[2]周遮：连绵重叠。形容燕声不断。

春日示同学

细述平生梦，劳劳岁月迁。江湖游楚汉，风雪历幽燕[1]。济济偕群彦，鱼鱼愧众仙[2]。说秦书十上[3]，买醉计千缠。痴忆邯郸枕[4]，归耕负郭田[5]。守株聊复尔[6]，闭户亦陶然。自谓蜗藏壳，谁知蚁赴羶[7]。门前常载酒，花下每开筵。老马空知道[8]，诸君好著鞭[9]。闻鸡同五夜[10]，求艾共三年[11]。那有金针度[12]，须磨铁砚穿[13]。吟诗岂余事，入定即通禅[14]。愿出人头地，休窥管内天[15]。清谈终废业，善问必攻坚。旧雨兼新雨[16]，长篇复短篇。六经皆注脚[17]，廿史尽蹄筌[18]。要在躬行贵，还从器识先[19]。虚声蝇过耳，暮景箭离弦。少壮原难得，韶华不再延。他时送春去，何处觅芳妍。

【注】

[1]幽燕：古称今河北北部及辽宁一带。唐以前属幽州，战国时属燕国，故名。

[2]鱼鱼:形容威仪整肃的样子。韩退之《元和圣德诗》:"天兵四罗,旗常婀娜。驾龙十二,鱼鱼雅雅。"

[3]说秦书十上:《战国策·苏秦始以连横说秦》:"(苏秦)说秦王,书十上而说不行,黑貂之裘敝,黄金百斤尽。"喻指人生不如意。

[4]邯郸枕:此即"黄粱梦"、"卢生梦"之典。详见《耕余草·邯郸早发》注[1]。

[5]负郭:近城之地,因此地土地肥沃,水利方便,是膏腴之地,故用以喻指赖以谋生的田产。

[6]守株:即"守株待兔"之典。详见《耕余草·病中偶成二首》注[2]。

[7]蚁赴羶:《庄子·徐无鬼》:"蚁慕羊肉,羊肉羶也。"指趋炎附势,追名逐利的卑劣行径。

[8]"老马"句:《韩非子·说林上》载:齐桓公伐孤竹返,迷惑失道。他接受管仲"老马之智可用"的建议,放老马而随之,果然"得道"。后用来比喻经验丰富的年长者熟悉情况,能找到解决问题的正确途径。

[9]著鞭:用"祖生鞭"之典。晋刘琨与祖逖为友,闻逖被用,乃致书云:"吾枕戈待旦,志枭逆虏,常恐祖生先吾著鞭。"见《晋书·刘琨传》。后常以此为勉人努力进取的典故。

[10]闻鸡:用"闻鸡起舞"之典。详见《耕余草·寒夜不寐》注[2]。五夜:即戊夜,因一夜分甲乙丙丁戊五段,故称。五夜之时是天将明时。

[11]求艾:求治病之药。《孟子·离娄上》:"今之欲王者,犹七年之病,求三年之艾也。"汉赵岐《注》:"艾可以为灸人病,干久益善,故为喻。"

[12]金针:比喻秘法、诀窍。典出唐冯翊子《桂苑丛谈·史遗》:"(采娘)七夕夜陈香筵祈于织女。是夕梦云舆雨盖蔽空,驻车命采娘曰:'吾织女,祈何福?'曰:'愿丐巧耳。'乃遗一金针,长寸余,缀于纸上,置裙带中,令三日勿语,汝当奇巧。"金元好问《元遗山集十四·论诗》(三):"鸳鸯绣了从教看,莫把金针度与人。"

[13]磨铁砚:桑维翰,五代后晋人。《新五代史·晋臣传第十七·桑维翰传》:"桑维翰,字国侨,河南人也。为人丑怪,身短而面长,常临鉴以自奇曰:'七尺之身,不如一尺之面。'慨然有志于公辅。初举进士,主司恶其姓,以'桑'、'丧'同音。人有劝其不必举进士,可以从佗求仕者,维翰慨然,乃著《日出扶桑赋》以见志。又铸铁砚以示人曰:'砚弊则改而佗仕。'卒以进士及第。"后以"磨铁砚"喻矢志不渝。

[14]入定:佛教语。谓佛教徒闭目静坐,不起杂念,使心定于一处。

[15]窥管内天:《庄子·秋水》:"子乃规规然而求之以察,索之以辩,是直用管窥天,用锥指地也,不亦小乎!"比喻所见狭小短浅。

[16]旧雨兼新雨:唐杜甫《秋述》:"秋,杜子卧病长安旅次,多雨生鱼,青苔及榻。常时车马之客,旧,雨来;今,雨不来。"原意是:旧时,每逢下雨宾客也来,而现在一遇雨就不来了。后以"旧雨新雨"代指老友新交。

[17]六经:指《诗》、《书》、《礼》、《易》、《乐》、《春秋》。注脚:注解。此句用"六经注我"

之意。“六经注我”是主张治经者一言一行都要符合六经本义，思想观点都要以六经为准则，这就需要对六经有准确地把握。魏源《论老子一》：“求吾本心于五千言而得，求五千言于吾本心而无不得。”

[18]蹄筌：《庄子·外物》：“筌者所以在鱼，得鱼而忘筌；蹄者所以在兔，得兔而忘蹄；言者所以在意，得意而忘言。”蹄，兔罝；筌，鱼笱。谓语言与蹄筌相似，都是用来把握和解释道理的手段，学习史书也只是手段，而躬行才是目的。

[19]识器先：刘勰《文心雕龙·知音》：“听千曲而后晓声，观千剑而后识器。”喻指实践的重要性。

寄怀刘横江孝廉[1]

修门三月雨如麻[2]，记得同君坐小车。马蹶长途非骏骨[3]，风吹落地是闲花。江湖作客心徒壮[4]，草莽称臣鬓欲华。他日良丰桥上过[5]，好将杯酒问烟霞。

【注】

[1]孝廉：本为汉选举官吏的两种科目名，孝，指孝子；廉，指廉洁之士。后来合称孝廉。历代因之，州举秀才，郡举孝廉。清别为贡举的一种。俗称举人为孝廉。

[2]修门：北京德胜门，军队凯旋时从此门入城，多走兵车。德胜门也叫“修门”，有品德高尚之意。仁义之师要从此门出入，因此此门多出入兵车。

[3]骏骨：骏马之骨。详见《耕余草·京邸送春》注[5]。

[4]“江湖”句：《杜甫·江汉思归客》：“落日心犹壮，秋风病欲苏。古来存老马，不必取长途。”

[5]良丰桥：在桂林市良丰墟境内。嘉靖时立，乾隆初邑人山东盐运使李梅宾移居于此重修。

过黄芷畦同年，时芷畦谒选都门，诗以寄怀[1]

雀罗门巷净无尘[2]，客去迢迢孰与邻。苦为一官求斗米[3]，翻怜半世作劳薪[4]。道逢年少皆新俊[5]，眼见青山是故人。孤负殷勤千里约，何时共到凤城闉[6]。

【注】

[1]都门:京都城门。借指京城。

[2]雀罗:门可罗雀。形容门庭冷落。

[3]"苦为"句:用"陶渊明不为五斗米折腰"之典。《晋书·隐逸传·陶潜》:"以(潜)为彭泽令……郡遣督邮至县,吏白应束带见之,潜叹曰:'吾不能为五斗米折腰,拳拳事乡里小儿耶?'义熙二年,解印去县。"后以五斗米指俸薪菲薄。

[4]劳薪:《晋书·荀勖传》:"(荀勖)又尝在帝坐进饭,谓在坐人曰:'此是劳薪所炊。'咸未之信。帝遣问膳夫,乃云:'实用故车脚。'举世伏其明识。"按车以运载,而脚最劳,用以为薪,故称"劳薪"。

[5]原注:时值作业闹。

[6]凤城闉(yīn):凤城,相传秦穆公之女弄玉,吹箫引凤,凤凰降于京城,故曰丹凤城。后因称京都为凤城。闉,城曲重门。

绿珠井[1]

三斛明珠此地酬[2],当年出汲百花羞[3]。村氓但卜寒泉食,国色先看翠黛浮。岂似胭脂称辱井[4],可怜环珮坠高楼[5]。佳人已去寻芳迹,秋水横波忆笑眸。

三斛明珠价易酬,偶寻遗井日勾留[6]。轵深侠骨钟男子[7],双角烟鬟出女流[8]。秋水为神常借照,远山如画尚盈眸。景阳宫里胭脂石[9],不及佳人坠玉楼[10]。

【注】

[1]绿珠井:绿珠(? -300),为晋代石崇歌妓,广西博白人,好事者附会县西双角山下为绿珠故居所在,有井名绿珠井。见唐刘恂《岭表录异·绿珠井》。

[2]"三斛"句:广西博白绿珠才貌出众,能歌善舞,18岁时被交趾(今属越南)采访使石崇以珍珠三斛买之为妾,带回洛阳金谷园。

[3]出汲:出来取水。

[4]岂似胭脂称辱井:江苏省南京城北鸡鸣山附近山麓,有胭脂井,相传为陈后主与妃子避隋兵之所,石脉有胭脂痕,故称胭脂井,又称辱井。

[5]环珮:同"环佩",佩玉。这里指绿珠。"可怜"句:因孙秀与石崇有宿仇,又曾向石崇讨要绿珠不得。后孙秀怂恿赵王司马伦杀石崇。甲士到石崇家抓人,绿珠跳楼自杀。

[6]勾留:逗留,停留。

[7]"轵(zhǐ)深"句:用典出自《战国策·韩二》:"齐人或言:'轵深井里聂政,勇敢士也,

避仇隐于屠者之间。'严遂阴交于聂政,以意厚之。聂政问曰:'子欲安用我乎?……'乃抱尸而哭之曰:'此吾弟,轵深井里聂政也。'"司马贞《索隐》:"《地理志》:'河内有轵县。深井,轵县之里名也。'"

[8]双角:即双角山。在广西博白县。烟鬟:原指妇女的鬟发。喻云雾缭绕的峰峦。

[9]景阳宫:即景阳殿。为南朝陈建之宫殿。胭脂石:即胭脂井。

[10]原注:井在双角山下。

昆仑关[1]

边徼风烟尽日寒[2],谁探虎穴度雄关。直疑飞将从天降[3],未许苗民负固顽。马上那须铜面具[4],军中应唱大刀环[5]。只今海寓兵戈息[6],元夕张灯偏百蛮[7]。

【注】

[1]昆仑关:广西名关之一。位于邕宁和宾阳两县交界的昆仑山东侧。为南宁的东北门户。古关相传由汉代伏波将军马援所建。唐、明、清各代均有修建。旧有昆仑台,可以瞭望。这里群峰高耸,谷深坡陡,自古为兵家必争之地。宋皇祐四年(1052)北宋将领狄青平侬智高起义,雨夜奇袭昆仑关,破侬军于归仁铺(今邕宁三塘),不战而下邕州,侬军败走,即此地。

[2]边徼:边境之地。

[3]飞将:即李广,陇西成纪人。西汉著名将军,与匈奴前后七十余战,同辈及手下多有封侯,然广未得封侯。元狩四年随大将军卫青击匈奴,迷失道路受处分,自以耻对刀笔吏,因自杀。

[4]铜面具:典出《宋史·狄青传》:"狄青临敌披发,带铜面具,出入贼中,皆披靡莫敢当。"

[5]大刀环:大刀头上的环。环与还同音,古人因用为还乡的隐语。《乐府诗集·古绝句四首》(其一):"藁砧今何在?山上复有山。何当大刀头,破镜飞上天。"

[6]海寓:泛指天下。《宋史·艺文志》:"逮于五季干戈相寻,海寓鼎沸,斯民不复见诗书礼乐之化。"

[7]元夕:又称上元节,灯节,元宵节。每年农历正月十五日。百蛮:《诗·大雅·韩奕》:"以先祖受命,因时百蛮。"王畿以外有蛮服,泛指地区以内的各族为百蛮。转指为与华夏对称的诸少数民族。

海棠桥[1]

溪烟漠漠草青青,淮海风流此地经[2]。浊酒一杯身似梦,投荒万里迹如萍。

海棠开后春无主,桥水年来去不停。词客有灵应我醉[3],莫吟瘴雨恨飘零[4]。

【注】

[1]海棠桥:位于横县县城西北香稻溪上。香稻溪南汇于广西最大河流郁江。绍圣间,秦观被贬编管横州时,常到盛开海棠花的香稻溪桥畔书生祝氏家中,醉酒吟诗。其《醉乡春》词中有“瘴雨过,海棠开,春色又添多少”之句。州人把香稻溪桥誉名为海棠桥。桥畔原有海棠祠、怀古亭、少游书院等纪念景物,已毁。宋横州守向友夔建海棠亭一座,立秦少游塑像一尊。

[2]淮海:即秦观(1049-1100)。宋扬州高邮人,字少游,又字太虚,号淮海居士。元祐初以苏轼荐,除太学博士,校勘秘书省图籍。绍圣初以名列党籍通判杭州,又以增损实录罪,责监处州酒税,复编置横雷二州,遇赦北归至藤州卒。观虽出自苏轼之门,诗词皆自名家,词名尤盛,以善于刻画,用字精密,富有情韵见称。有《淮海集》。

[3]词客:指秦观。

[4]瘴(zhàng)雨:指南方有湿气蒸发易致人生病的雨。

碧虚亭[1]

附郭林泉景最妍[2],江东载酒拍洪肩[3]。到来便作游仙梦,归去难寻出世缘。曲槛春深花散雨,斋厨日午飏茶烟[4]。至今樵子闲游处,欲问飞升事杳然。

【注】

[1]碧虚亭:在广西桂林县东七星山。旧名齐云,宋范成大重建更现名,有《碧虚亭铭》。

[2]附郭:靠近都邑处。

[3]江东:自汉至隋唐自安徽芜湖以下的长江下游南岸地区为江东。江东之称始于汉初。秦末项羽自称与江东子弟八千人渡江而西,指吴中而言。三国吴全部地区称江东。洪肩:即洪崖肩。洪肩,黄帝的臣子伶伦,帝尧时已三千岁,仙号洪崖。《文选·郭璞·游仙诗》:“左挹浮丘袖,右拍洪崖肩。”

[4]斋厨:寺院的厨房,称为斋厨、香积厨。飏(yáng):飞扬。

晚步

幽栖车马少,薄暮出柴门。木落秋将尽,山高日易昏。樵归黄叶路,鸦没夕阳村。抱瓮者谁子,行歌方灌园[1]。

【注】

[1]“抱瓮”两句:用“抱瓮灌园”之典。详见《耕余草·种菜》注[2]。

落花

舞榭歌楼睡起迟,繁华转眼对空枝。愁看细雨风斜夜,怕听莺啼燕语时。一堕红尘伤命薄,半归流水任蜂迷。芳菲往事堪惆怅,垂老春情怨别离。

落叶

日日添薪卧薜萝[1],萧条门巷少人过。忽看寒鹊惊霜早,翻讶空庭得月多。摵摵有声疑夜雨[2],飘飘无计逐浮波。荣枯见惯真闲事,莫向秋风唤奈何。

【注】

[1]薜萝:薜荔和女萝。两者皆野生植物,常攀缘于山野林木或屋壁之上。借指隐者或高士的住所。

[2]摵摵:落叶声。韩愈《赠崔立之评事》:“晖晖檐日暖且鲜,摵摵井梧疏更殒。”

落卷[1]

五色文章过眼迷[2],枉抛心事墨淋漓。连篇有字鲛人泪[3],掷地无声弃妇词[4]。白璧反遭沉命法[5],朱衣不见点头时[6]。良材已作沟中断,谁惜明珠沧海遗[7]。

【注】

[1]落卷:房考官于未荐之卷,主考官于荐而未中之卷,亦须略加批语,是谓“落卷”。即未被录取者的试卷。

[2]五色文章:指飞扬的文采。吕向《文选注》:“鸾龙,有五色文章也。”鸾龙,喻华美的

文章。

[3]鲛人:神话传说中居于海底的怪人。晋张华《博物志》:“南海水有鲛人,水居如鱼,不废织绩,其眼能泣珠。”

[4]弃妇词:顾况曾作《弃妇词》。

[5]沉命法:汉武帝为了加强内部监控,实施了“腹诽法”、“沉命法”两大酷政。“沉命法”是未发觉盗匪,或发觉盗匪而缉捕不足额者,相关大小官员皆处死。见《汉书·咸宣传》。

[6]朱衣:红色的公服。《礼·月令·孟夏之月》:“天子居明堂左个……衣朱衣,服赤玉。”后也指穿此服色的职位。唐宋四品、五品官员衣绯服,也称“朱衣”。这里指主持考试的考官。点头:唐时科举中选者,主考于其姓名上用红笔点一下,谓之“点头”。《新唐书·苏晋传》:“及裴光庭知尚书,有过官被却者,就籍以朱点头而已。晋因榜选院曰:‘门下点头者更拟。’”后用为科举中选的代称。

[7]沧海:古代通称今黄海、东海海域为沧海,南海海域则称南海或涨海。只有南海才产珍珠,此处沧海泛指诸海。语意本李商隐《锦瑟》:“沧海月明珠有泪。”此句用典出自《博物志》(卷九):“南海有鲛人,……其眼能泣珠。”

落齿

加长容易去堪怜,摇落深知岁月迁。周诰殷盘聱半世[1],菜根粗粝咬中年[2]。老来岂为投梭折[3],此后休夸漱石坚[4]。绫饼未尝真缺恨,舌存今日亦徒然[5]。

【注】

[1]周诰殷盘:周诰,大诰、召诰、康诰、酒诰、洛诰等篇的合称。殷盘即殷王盘庚。其都是《尚书》中的篇章,此用来代指《尚书》。韩愈《进学解》:“周诰殷盘,佶屈聱牙。”聱(áo):难读,难理解。

[2]粗粝(lì):粗米,糙米。

[3]投梭折:《晋书·谢鲲传》:“邻家高氏女有美色,鲲尝挑之,女投梭,折其两齿。”后以“投梭折齿”为女子拒绝调戏的典故。此指作者老来齿自落,不需与鲲一样。

[4]漱石:此指牙齿。《世说新语·排调》:“所以枕流,欲洗其耳;所以漱石,欲砺其齿。”

[5]舌存:刘向《说苑·敬慎》:“常枞有疾,老子往问焉。张其口而示老子曰:‘吾舌存乎?’老子曰:‘然。’‘吾齿存乎?’老子曰:‘亡。’”

寄衣曲

秋风落叶鸣窗牖,绝塞长征人在否?昨接天边一纸书,标题去岁日重九。重阳杀贼祁连山[1],拟获封候印如斗。君心自喜妾自怜,深秋朔漠风雪坚。铠甲生虱衣鹑悬[2],为君裁衣寄远边。知君苦战有热血,天寒不衣心自热。就中难寄是妾心,衣上泪痕深不深。

【注】

[1]祁连山:又名白山,雪山。古祁连山有南北之分。南祁连在新疆南部,自葱岭而东,包括古昆仑山,阿尔金山,以及今之祁连山,即《汉书·西域传》之南山,北祁连即今新疆之天山,横贯新疆中部,匈奴语呼为祁连。

[2]衣鹑:泛指衣服。

戽水谣[1]

朝戽水,暮戽水,朝朝暮暮池塘里。池塘水浅如蹄涔[2],似酌天浆滴禾尾。禾尾焦欲枯,禾根或可苏。拜天拜地趺颡尻[3],高首低腰遽最怜。赤日炎如釜,汗沾淋漓仰又俯。一手挥汗一手摇,天不作雨汗如雨。安得池水同汗多,源源引灌田中禾,穷黎安坐饱且歌[4]。吁嗟田家乐,戽水苦如何!

【注】

[1]戽(hù):以戽斗或龙骨车汲水。

[2]蹄涔:牛马路上所留足迹中的积水,比喻容量微小。郭璞《游仙诗》:"东海犹蹄涔,昆仑蝼蚁堆。"

[3]颡(sǎng)尻:颡,稽首的省称,即叩首。尻,臀部。

[4]穷黎:贫苦百姓。

凉夜

八尺琉璃簟,当风户不扃[1]。雨凉侵卧客,露重湿飞萤。近竹秋常早,怀人梦乍醒。呼僮帘尽卷,延月到中庭。

【注】

[1]扃(jiōng):门上闩。

夜归

野客孤踪游何方,山中采药提空筐。偶逢田父遭泥饮[1],醉归山色时昏黄。林鸦投巢狸出穴,嗷嗷噭噭心惝惶[2]。怪石如虎伏路侧,毛发直竖走且僵。须臾树梢挂凉月,前途幸已游平康。鸟惊履声过别树,风吹花气侵罗裳。夜景颇足惬幽赏,眼前鬼物都已忘。危桥拄杖怯经过,萤光导我投山庄。竹篱茅舍宛在目,檐隙遥露灯烛光。司阍无人犬深卧[3],娇儿夜读声琅琅。山妻锥髻下机问[4],明朝拾橡谋糟糠[5]?

【注】

[1]泥饮:强留饮酒。

[2]嗷嗷:众声嘈杂。噭噭(jiào):鸟鸣声。

[3]司阍:看门的人。

[4]锥髻:将头发归拢在一起,于头顶、头侧或脑后盘绕成髻。盘髻成椎状者,即"锥髻"。

[5]橡:栎树的果实。含淀粉,可食,味苦。也叫橡实、橡子、橡果。

辛酉除夕[1],从弟开文索书桃符[2],书此以应

腊鼓鼕鼕闹四邻[3],阿兄拈笔独伤神。平生不肯居人后,今夜屠苏我让人[4]。

【注】

[1]辛酉:嘉庆六年(1802)。

[2]桃符:相传东海度朔山有大桃树,其下有神荼、郁櫑二神,能食百鬼。故俗于农历元旦,用桃木板画二神于其上,悬于门户,以驱鬼辟邪。后于桃符板上书写联语,其后改书于纸,演变为后代的春联。宋陆游《除夜雪》:"半盏屠苏犹未举,灯前小草写桃符。"

[3]腊鼓:古人于腊日或腊前一日击鼓驱疫,因有是名。鼕鼕(dōng):鼓声。唐刘禹锡《刘梦得集·同白二十二赠王山人》:"笑听鼕鼕朝暮鼓,只能催得市朝人。"

[4]屠苏:酒名,古代风俗于正月初一饮屠苏酒。传说屠苏乃草庵之名,昔有人居草庵之中,每岁除夜遗闾里一帖药,令囊浸水中,至元日取水,至于酒樽,合家饮之,不病瘟疫。今人

得其方而不知其人姓名,但曰屠苏而已。见南朝梁宗懔《荆楚岁时记》。

题林癯奴先生托钵图

家难流亡六诏尘[1],飘零蜀越一官贫[2]。前身若问三生事[3],合是吴门乞食人[4]。

杜陵行乞剧堪怜[5],薄宦归来雪满颠。两手空空无所得,只留一钵后人传。

【注】

[1]六诏:唐代位于今云南及四川西南的乌蛮六个部落的总称,即蒙嶲诏、越析诏、浪穹诏、邆赕诏、施浪诏、蒙舍诏。"诏"义为王或首领。其帅有六,因号"六诏"。唐开元二十六年后,蒙舍诏并吞其它五部,因其在五部南(今巍山县南境),史称南诏。其地在今云南及四川西部。唐元稹《蛮子朝》:"西南六诏有遗种,僻在荒陬路寻壅。"后用以称云南。

[2]蜀越:蜀,四川地域的别称。越,指浙江及浙东的地区。

[3]三生:佛教语。指前生、今生、来生。

[4]吴门乞食人:指伍子胥,名员,楚人。《战国策·秦三》:"(伍子胥)坐行蒲伏,乞食于吴市。"

[5]杜陵行乞:杜陵即杜甫,字子美。原籍湖北襄阳,生于河南巩县。自称杜陵布衣,少陵野老。杜甫晚年出三峡入湘流寓三年,这三年是贫寒而多病的,几乎近于行乞的三年。

柬门人朱卓亭孝廉[1]

弱岁名登桂籍仙[2],亭亭玉立倚窗前。乍看采笔垂秋露,又说黄杨厄闰年[3]。蒋径人稀门独掩[4],南州客去榻空悬[5]。遥知寂寞墙东夜,应读蓼莪泪黯然[6]。

【注】

[1]柬:写信札等。孝廉:俗称举人为孝廉。

[2]原注:卓亭年十六举乡荐。按:乡荐,乡试中举。弱岁:少年。《梁书·庾承先传》:"弱岁受学于南阳刘虬,强记敏识,出于群辈。"

[3]原注:卓亭以闰二月丁外艰。按:丁外艰,指母亲死后回家守孝。黄杨厄运:旧是传说黄杨木难长,遇闰年非但不长,反而要缩短。因以"黄杨厄运"喻人境遇困顿。宋苏轼《监

洞霄宫俞康直郎中所居四咏·退圃》:“园中草木春无数,只有黄杨厄运年。”

[4]蒋径:即“三径”。详见《耕余草·种菊》注[1]。

[5]南州:唐置,属桂州(桂林)都督府。榻空悬:《后汉书·徐稺传》:“陈藩为(豫章)太守……藩在郡不接宾客,唯稺来特设一榻,去则悬之。”此以徐孺子代指门人朱卓亭。

[6]蓼莪:《诗经·小雅·蓼莪》,为孝子追念父母之作,后因以指对亡亲的悼念。

中秋无月

三五佳期夜未央[1],金波盼断暗无光[2]。客来我自谋诸妇,雨歇谁能问彼苍[3]。穿竹流萤才点点,登楼老眼更茫茫。闭门觅句成枯坐[4],独对青灯字数行[5]。

【注】

[1]三五:即十五,此指中秋节。未央:未尽。

[2]金波:原指月光,此处指月亮。《汉书·礼乐志二·郊祀歌·天门》:“月穆穆以金光,日华燿以宣明。”颜师古《注》:“言月光穆穆,若金之波流也。”

[3]彼苍:彼苍者乃在上之天。《诗经·秦风·黄鸟》:“彼苍者天,歼我良人。”

[4]闭门觅句:用陈师道之事。陈师道,字无己,号后山居士。他作诗常闭门谢客,拥被苦思,呻吟如病。黄庭坚《病起江亭即事》有“闭门觅句陈无己”句。

[5]青灯:即油灯。其光青荧,故称。陆游《剑南诗稿·雨夜》:“幽人听尽芭蕉雨,独与青灯话此心。”

五十初度感赋四首[1]

敝裘典尽怯春寒,荏苒韶华指下弹[2]。五度公车云路渺[3],卅年生计砚田干。都将岁月闲中过,欲种花枝老后看。为语儿童休报客,而翁觅句胜求官。

又看柴门燕子归,行年五十未知非[4]。阮狂辙迹常多哭[5],岛瘦诗篇总不肥[6]。自料鹤粮谋早晚[7],独寻莺友弄芳菲[8]。娇儿啼饭声偏切,颠倒天吴当舞衣[9]。

山妻锥髻守糟糠,为我殷勤进一觞。垂老梁鸿居下庑[10],倦游苏季剩空囊[11]。两三子女愁婚嫁,五十春秋易感伤。他日传家无长物[12],残书几卷付青箱[13]。

怕说悬弧及此朝[14]，双亲不见去迢迢。儿时漫许驹千里，壮岁何曾凤九霄。陌上晴光春正好，鬓边雪色酒难消。惟期晚节人争看，松柏从来贵后凋[15]。

【注】

[1]初度：出生的年时。《楚辞·屈原·离骚》："皇览揆余初度兮，肇锡余以嘉名。"朱熹《集注》："言父伯庸观我始生年时。"后称人的生日为"初度"。

[2]荏苒（rěnrǎn）：辗转迁徙。形容时光流失。韶华：美好的时光。指下弹：即弹指一挥间，指时间过得很快。

[3]公车：详见《耕余草·公车北上留别诸知己》注[1]。云路：犹言青云之路。喻宦途。

[4]行年五十未知非：《论语·为政》："蘧伯玉行年五十，而知四十九年之非。"

[5]阮狂：指阮籍（210－263），三国魏尉氏人，字嗣宗。以生活于魏晋易代之际，不满现实，纵酒谈玄，不评论时事，不臧否人物，以求自全。每至穷途，辄恸哭。

[6]岛瘦：岛指贾岛。贾岛（779－843），唐范阳人，字阆仙。曾于京师骑驴吟诗，得"鸟宿池边树，僧敲月下门"之句，初欲作"推"字未决，冲京兆尹韩愈道，愈因教其为文。李怀民、李宪乔在其《中晚唐诗主客图》中，尊贾岛为"清奇僻苦主"，将姚合、李洞、喻凫、马戴、张乔、郑谷等二十余人列其门下。贾岛、孟郊二人诗风皆清峭瘦硬，好作苦语，追求"吟安一个字，拈断数根须"。苏轼评论他们是"郊寒岛瘦"。

[7]鹤粮：即微薄的官俸。

[8]莺友：《诗·小雅·伐木》："嘤其鸣矣，求其友声。"求，即寻求之义。

[9]天吴：水神。《山海经·海外东经》："朝阳之谷，神曰天吴，是为水伯。……其为兽也，八首人面，八足八尾，皆青黄。"此代指水。舞衣：用"老莱子结彩娱亲"之典。老莱子，周时楚人，事二亲孝。《艺文类聚·列女传》："老莱子孝养二亲，行年七十，婴儿自娱，着五色采衣。尝取浆上堂，跌仆，因卧地为小儿啼，或弄乌鸟于亲侧。"后因用"老莱衣"为孝养父母之词。

[10]梁鸿：东汉人。字伯鸾。家贫好学，不求仕进。娶同县孟光，后夫妇同入霸陵山中，以耕织为业。鸿因事过京师，作《五噫歌》。后避祸去吴，为人舂米，既归来，孟光为之备食，举案齐眉。此借指作者。

[11]苏季：即苏秦（前？－前317）。战国时东周洛阳人。据《战国策》载：苏季子初说秦不遇，说秦王书十上而说不行，黑貂之裘敝，黄金百斤尽。资用乏绝，去秦而归。归，妻不下机，嫂不为炊。

[12]长物：剩余之物。《世说新语·德行》："王恭从会稽还，王大看之。见其坐六尺簟，因语恭：'卿东来，故应有此物，可以一领及我。'恭无言。大去后，即举所坐者送之。既无余席，便坐荐上。后大闻之，甚惊，曰：'吾本谓卿多，故求耳。'对曰：'丈人不悉恭，恭作人无长物。'"

[13]青箱:谓世传家学。《宋书·王准之传》:"曾祖彪之,尚书令。……彪之博闻多识,练习朝仪。自是家世相传,并谙江左旧事,缄之青箱。世人谓之王氏青箱学。"后因以指世代相传的家学。

[14]悬弧:古代风俗尚武,家中生男,则于门左挂弓一张,后因称生男为悬弧。《礼记·内则》:"子生,男子设弧于门左,女子设帨于门右。"

[15]"松柏"句:用《论语·子罕》中之句:"岁寒,然后知松柏之后凋也。"松柏,枝叶繁茂,经冬不凋。后来诗文中常以松柏作志操坚贞的象征。

朱松庐明府枉过[1],送归。半途大雷雨,水涨不得渡,觅宿家五弟别业[2],明日戏柬以诗

雷公怒号蛟龙吼,高浪蹴天鼋鼍走[3]。冯夷击鼓声砰訇[4],海若驱灵没星斗[5]。招招舟子不敢过[6],行人欲渡但摇手。谁与健者临江边,胸中云梦吞八九[7]。忆君去岁经平凉[8],入坎之凶不可忘[9]。几令屈原葬鱼腹[10],枉教宋玉招巫阳[11]。前车之覆信可鉴[12],岂有忠信能提防。幡然还觅主人宿[13],负水拖泥赤雨足。暖汤濯足纸招魂,月明共剪西窗烛[14]。吾家惠连榻久悬[15],乃为孺子劳僮仆[16]。倒身酣寝魂梦安,古来进锐退亦速。君不见宦海多风波,愿君舟楫无偏颇。又不见苦海多沉没,愿君慈航济颠蹶[17]。我是江头未济人,何时宴醉曲江春[18]。

【注】

[1]明府:汉魏以后对太守、牧尹皆称府君,或明府君,省称明府。郡所居曰府,明为贤明之意。汉韩延寿为颍川太守,孙宝为京兆尹,晋殷浩为荆州刺史,人皆称为明府。唐人称县令为明府。

[2]家五弟:即自己的第五个族弟。别业:别墅。

[3]鼋鼍(yuántuó):鼋,大鳖;鼍,鳄鱼。泛指水中神怪。

[4]冯夷:传说中的黄河之神,即河伯。泛指水神。《庄子·大宗师》:"冯夷得之,以游大川。"成玄英《疏》:"姓冯名夷,弘农华阴潼乡堤首里人也。服八石,得山仙。大川,黄河也。天帝锡冯夷为河伯,故游处盟津大川之中也。"砰訇:声音洪大。

[5]海若:传说中的北海神。《楚辞·屈原·远游》:"使湘灵鼓瑟兮,令海若舞冯夷。"

[6]招招:以手示意使来。《诗·邶风·匏》:"招招舟子"。毛亨《传》:"招招,号召之貌。"

[7]云梦:泽名。详见《耕余草·岳阳楼》注[3]。

[8]平凉:郡名。春秋秦地。汉为北地郡。东晋前秦置平凉郡,至北周废。宋时为平凉军节度。元以后为平凉府,府治平凉县。公元1913年裁府留县。

[9]入坎:指凶兆。《周易》:“象曰:习坎入坎,失道凶也。”

[10]屈原(约前340-前278):战国楚人。名平,字原;又名正则,字灵均。楚怀王时任左徒、三闾大夫。主张联齐抗秦。后遭靳尚等人诬陷,被放逐,作《离骚》。顷襄王时再遭谗毁,谪于江南。见楚国政治腐败,无力挽救,遂于五月五日投汨罗江而死。《史记》有传。

[11]宋玉:战国楚鄢人。或说是屈原弟子。曾为楚襄王大夫。原既放逐,玉作《九辩》,述其志以悲之。又有《神女》、《高唐》二赋,皆寓言托兴之作。曾作《招魂》,内有名巫阳之筮师。巫阳:人名。古筮师。《楚辞·宋玉·招魂》:“帝告巫阳曰:‘有人在下,我欲辅之。魂魄离散,汝筮予之。’”

[12]“前车”句:用“前车之鉴,后车之覆”之典。《周书》:“前车覆,后车戒。”后以“前车之鉴”、“前车可鉴”或“前辙可鉴”比喻以往的失败,后来可以当作教训。

[13]幡然:改变貌。《荀子·大略》:“君子之学如蜕,幡然迁之。”

[14]共剪西窗烛:用唐李商隐诗《夜雨寄北》“何当共剪西窗烛,却话巴山夜雨时”句意。

[15]惠连:即谢惠连(397-433)。南朝宋阳夏人。十岁能属文,书画并妙,族兄谢灵运特赏之,云:“每有篇章,对惠连则得佳语。”元嘉中,惠连为司徒彭城王义康法曹行参军,为《雪赋》,以高丽见奇,文章并传于世。时人将他与其族兄谢灵运并称为“大小谢”。《宋书》、《南史》皆有传。

[16]孺子:即徐孺子。徐孺子即徐稚,名穉(zhì),后汉豫章南昌人。《后汉书·徐穉传》:“陈藩为(豫章)太守……藩在郡不接宾客,唯穉来特设一榻,去则悬之。”

[17]颠蹶:犹颠仆。跌倒,倾覆。《荀子·大略》:“礼者,人之所履,失所履,必颠蹶陷溺。”

[18]曲江:即曲江池。在今陕西西安市东南。秦为宜春苑,汉为东游原,有河水曲折,故称曲江。自唐中宗开始,规定每年春花三月时分,在曲江为新科进士举行一次盛大的宴会,以示祝贺。有“曲江宴”、“关宴”、“杏园宴”、“樱桃宴”、“闻喜宴”、“谢师宴”,等等。

山中初夏

经旬不出门,春序忽已没[1]。林鸠谷谷啼,唤我游阡陌。陂陀山色青[2],霭霭孤云结。小憩午晴初,隔树残莺咽。揽兹众物芳,上山采薇蕨[3]。仙人药苗肥,瑶草香可掇[4]。迩来腰脚健,步履喜轻捷。长途虽未能,寻幽兴屡发。时见一枝花,春光犹未歇。偶逢农父归,款款话重叠。翻笑桃源人[5],永与尘世绝。

【注】

[1]春序:春天。

[2]陂陀(tuó):倾斜貌。《史记·司马相如传·哀二世赋》:"登陂陀之长阪也兮,坌入曾宫之嵯峨。"

[3]薇蕨:薇和蕨。嫩叶皆可作蔬,为贫苦者所常食。

[4]瑶草:仙草。

[5]桃源人:指陶渊明《桃花源记》中居住于世外桃源中的人们。此借指作者。

晓起即事

晨兴理清课[1],晓日上窗明。妇病起常晏,儿痴书半生。笋争穿土出,草欲碍人行。为问桥东路,溪边采杜蘅[2]。

【注】

[1]清课:原指佛教日修之课。此处指清雅的功课。"晨兴"句当用陶渊明《归园田居》(之三)中"晨兴理荒秽,带月荷锄归"句意。

[2]杜蘅:香草名。也作杜衡,亦名杜葵、马蹄香、土细辛。似葵而香,根入药。《楚辞·屈原·离骚》:"畦留夷与揭车兮,杂杜衡与芳芷。"

举家病疫时值五日赋诗三首[1]

家计中年累,生憎对榻眠。飞腾杳难问,忧患最相怜。好作辕驹促[2],应须艾虎悬[3]。艰危仗朋友,买药有余钱。

蹷蛩原共命[4],狼狈久相依。物类有如此,予生宁独非。呼爷儿宛转,念佛妇歔欷[5]。佛法吾能说,安禅在息机[6]。

骨肉团圆好,胡为病亦齐。虽然共灾患,犹胜各东西。睡忆邯郸枕[7],馋思大谷梨[8]。有丝能续命[9],儿女不须啼。

【注】

[1]五日:当指端午节。

[2]辕驹:即辕下驹。详见《耕余草·雨后庭中步月》注[3]。

[3]艾虎：旧时端午节驱邪辟祟之物，也作装饰品。我国古代视虎为神兽，俗以为可以镇祟辟邪、保佑安宁。宋陈元规《岁时广记》引《岁时杂记》："端午以艾为虎形，至有如黑豆大者，或剪彩为小虎，粘艾叶以戴之。"

[4]蟨蛩（juéqióng）：蟨，蚊的幼虫；蛩，蟋蟀。

[5]歔欷（xūxī）：哀叹抽泣声。

[6]安禅：佛教语。指安静地打坐，犹言入定。息机：息灭机心。

[7]邯郸枕：即"邯郸梦"、"卢生梦"。详见《耕余草·邯郸早发》注[1]。

[8]大谷梨：大谷，在今河南洛阳市南。其地以产梨著称。《文选·潘岳·闲居赋》："张公大谷之梨，梁侯乌椑之柿。"李善《注》："洛阳北芒山有张公夏梨，甚甘，海内唯有一树。"

[9]有丝能续命：汉应劭《风俗通义》："五月五日，赐五色续命丝，俗说以益人命。"

柳絮

偶被吹嘘上画楼，又随蝴蝶过墙头。泠然使欲凌风去，渺尔偏工逐水流。轻薄未知添别恨，颠狂从不识春愁。怪他生性原飘泊，化作青萍亦浪游。

题画

古木影萧疏，空山气森爽。中有澹宕人[1]，携筇欲何往[2]。憩足绿树阴，洗耳流泉响[3]。我欲寻孤踪，云深不可仰。

【注】

[1]澹宕：心胸宽广的。

[2]筇（qióng）：拐杖。

[3]洗耳：晋皇甫谧《高士传》："尧让天下于许由，……由于是遁耕于中岳颍水之阳，箕山之下。终身无经天下色。尧又召为九州长。由不欲闻之，洗耳于颍水滨。"洗耳者，喻高洁之士。

刘灵溪夫子重宴鹿鸣恭纪四首[1]

领袖词林老斫轮[2]，归来林下著书频。于今甲子重科第[3]，首坐依然第一人[4]。

昨夜文星照九霄,忽听仙乐耳嗷嘈[5]。韩门湜籍升堂见[6],山斗从今仰更高[7]。

非仙非佛亦非凡,到眼经书一镜御[8]。最是九秋好风景[9],桂花香染旧朝衫。

天衢熟路驾轻车[10],六十年来小劫余。他日朝庭求典籍,定随伏胜受尚书[11]。

【注】

[1]刘灵溪:即刘定逌。字叔达,武鸣人。乾隆十二年进士,被钦点为翰林院编修。归田后,先后受聘秀峰、浔阳、宾阳、阳明与葛阳等书院的山长。有《四书讲义》和《灵溪诗稿》。重宴鹿鸣:科举时代,乡举考试后,州县长官宴请得中举子,或放榜次日,宴主考、执事人员及新举人,歌《诗·小雅·鹿鸣》,作魁星舞,故名。据《新唐书·选举志上》载:"每岁仲冬……试已,长吏以乡饮酒礼,会属僚,设宾主,陈俎豆,备管弦,牲用少牢,歌《鹿鸣》之诗,因与耆艾叙长少焉。"清制,举人于乡试考中后满六十周年,重逢原科(同一干支之年)开考,经奏准,与新科举人同赴鹿鸣筵宴,称为"重赴鹿鸣"。

[2]斫(zhuó)轮:相传齐桓公读书于堂上,轮人扁斫轮于堂下,扁答桓公斫车轮之术,要不徐不急,得心应手,有"行年七十而老斫轮"之语。见《庄子·天道》。后称经验丰富、技艺高超的人为斫轮手。苏轼《嘲子由》:"妙哉斫轮手,堂下笑桓公。"

[3]甲子:嘉庆九年(1804)。

[4]原注:夫子以乾隆甲子科第一人举于乡,戊辰成进士,钦点翰林院编修。

[5]嗷嘈:喧声,喧杂。唐杜甫《荆南兵马使太常卿赵公大食刀歌》:"太常楼船声嗷嘈,问兵刮寇趋不牢。"

[6]韩门湜(shí)籍:"韩门"指韩愈(768－824)。字退之,河南河阳(今河南孟州南)人。自谓郡望昌黎,世称韩昌黎。贞元进士。任监察御史,以事贬为阳山令。赦还后,曾任国子博士、刑部侍郎等职。参与平定淮西之役。又因谏阻宪宗迎佛骨,贬为潮州刺史,后官至吏部侍郎。卒谥文,世称韩文公。"湜籍"是唐代文学家皇甫湜与诗人张籍的并称。他们都曾是韩愈古文运动的追随者。皇甫湜,唐新安人,字持正。元和进士。仕至工部郎中。与李翱、张籍齐名。有《皇甫持正集》。张籍(765－约830),唐吴郡人,寓和州乌江。字文昌。贞元十五年进士,历任太常寺太祝、水部员外郎、国子司业等职。工诗,尤长乐府,与王建并称张王乐府。元和中张籍、白居易、孟郊所作歌词,为当时所推重,称为元和体。有《张司业集》。升堂:即升堂入室。《论语·先进》:"由也升堂矣,未入于室也。"后因称人学问造诣精深为升堂入室。

[7]山斗:泰山北斗的合称,犹言泰斗。比喻德高望重或有卓越成就而为众所景仰的人。

[8]原注:夫子寿八秩有四,能作蝇头小楷。

[9]九秋:指九月深秋。

[10]天衢:天路。衢,四通八达的大路。比喻通显之路。

[11]伏胜受尚书:"受"通"授"。伏胜,汉济南人,字子贱。秦时博士。始皇焚书,伏生将《尚书》藏屋壁中。汉王朝建立后,伏生求遗书,仅得二十九篇,教于齐鲁之间。汉文帝时,伏生已九十余岁,文帝派太常使掌故晁错往从学,由伏生通传口授,即今文《尚书》立于学官。见《史记·儒林列传》。

送同年熊梦庵员外赴阙[1]

忆昔相逢少年场,云阶缥缈咏霓裳[2]。承明视草仙郎贵[3],篱落看花野客忙。天上星文才曾聚[4],江边鸿爪又分张[5]。羡君橐笔丹霄近[6],好吐丝纶作拜扬[7]。

【注】

[1]同年:科举制度同榜的人称同年。清顾炎武《生员论》:"生员之在天下,近或数千百里,远或万里,语言不同,姓名不通,而一登科第,……同榜之士,谓之同年。"员外:官名。唐以后,直至明清,各部均有员外郎,位郎中之次。可用钱捐买,故旧时小说戏曲中常用以通称有钱有势的豪绅。阙:指京城。

[2]霓裳:即《霓裳羽衣曲》的省称。唐乐曲名。属商调曲,时号越调。本传自西凉,名《婆罗门》,开元中,河西节度史杨敬述献,经玄宗润色,于天宝十三载改为《霓裳羽衣曲》。唐时乐曲,曲终必促速,唯此曲将毕,引声益缓。杨贵妃善为《霓裳羽衣曲舞》。时唐宫中多奏此曲,安史乱后,谱调不全。小说家附会谓玄宗与方士游月宫,闻仙乐,归而记之,是为《霓裳羽衣曲》。

[3]承明:即承明庐,汉承明殿旁屋,侍臣值宿所居,称承明庐。又三国魏文帝以建始殿朝群臣,门曰承明,其朝臣止息之所亦称承明庐。《汉书·严助传》:"君厌承明之庐,劳侍从之事,怀故土,出为郡吏。"颜师古《注》引张晏曰:"承明庐在石渠阁外,直宿所止曰卢。"后以入承明庐为入朝或在朝为官的典故。视草:古时词臣奉旨修正诏谕称视草。《汉书·淮南王传》:"(武帝)每为报书及赐,常召开司马相如等视草乃遣。"颜师古《注》:"草,谓为文之藁草。"后来泛指代皇帝起草制书。

[4]星文:天上的星象。李白《李太白诗·侍从游宿温泉宫作》:"羽林十四将,罗列应星文。"

[5]鸿爪:即"雪泥鸿爪"。指鸿雁在雪地上走过时留下的脚印。宋苏轼《和子由渑池怀旧》:"人生到处知何似?应似飞鸿踏雪泥。泥上偶然留指爪,鸿飞那复计东西?"后用"雪泥鸿爪"比喻事情过后遗留下的痕迹。分张:分离,分开。

[6]橐(tuó)笔：古代书史小吏，手持囊橐，簪笔于头，侍立于帝王大臣左右，以备随时记事，称作持橐簪笔，简称"橐笔"。《汉书·赵充国传》："印家将军以为安世本持橐簪笔事孝武帝数十年。"颜师古《注》引张晏曰："橐，契囊也。近臣负橐簪笔，从备顾问，或有所纪也。"

[7]丝纶：《礼·缁衣》："王言如丝，其出如纶。"贾公彦《疏》："王言初出微细如丝，及其出行于外，言更渐大如纶也。"后因称帝王诏书为"丝纶"。此喻文采很好的文章。

甲子除夕[1]

冉冉日将暮，鼕鼕腊鼓催[2]。扫尘诗在壁[3]，照耗烛成灰。酒贵知年歉，儿骄叹老莱[4]。明朝好风景，一酌兴悠哉。

【注】

[1]甲子：嘉庆九年(1804)。

[2]鼕鼕(dōng)：鼓声。腊鼓：古人于腊日或腊前一日击鼓驱疫，因有是名。

[3]扫尘：就是年终大扫除，北方称"扫房"。在春节前扫尘，是我国人民素有的传统习惯。

[4]老莱：用"结彩娱亲"之典。详见《耕余草·五十初度感赋四首》注[9]。

寄内三首

男儿生世上，怀安故不祥。乞食出门去，谬谓志四方。携琴复携子，晏坐在高堂[1]。主人书插架[2]，一一施丹黄[3]。有酒岂不乐，孤吟徒自伤。徘徊庭户中，课子声琅琅。谓我生子一，待汝延书香。此地有高楼，努力共翱翔。寄语闺中妇，无为结中肠[4]。

买臣负薪吟，五十当富贵[5]。我今年半百，藜苋满肠胃[6]。子能饱糟糠，鸣机事络纬[7]。眷言伯之东，飞蓬共憔悴[8]。门户勉支持，齑盐惧乏匮[9]。非无缠臂金[10]，典质久遗弃。谅无求去心，空闺复谁怼。相期到白头，眉案两相对[11]。

我如梁间燕，含泥寄人屋。哺子声喃喃，襳褷羽毛秃[12]。眼看春色阑，光阴一何速。鸾凤不同群，飞鸣各有欲。良夜对短檠[13]，娇儿睡初熟。裁函作家书，举烛惟僮仆。有田不能耕，孤馆伤局促。惭愧冀缺妻[14]，怅望青山曲。

【注】

[1]晏坐：谓安然处之。陆树声《茶寮记》："僧寮道院，松风竹月，晏坐行吟。"

[2]插架：置书于书架之上。

[3]丹黄：旧时点校书籍用朱笔书写，遇误字，涂以雌黄，故称点校文字的丹砂和雌黄为丹黄。后以"丹黄"代称点校。

[4]结中肠：中肠，内心。阮籍《咏怀诗》(二)："倾城迷下蔡，容好结中肠。"

[5]"买臣"两句：用"买臣负薪"之典。《汉书·朱买臣传》："买臣字翁子，吴人也。家贫，好读书，不治产业，常艾薪樵，卖以给食，担束薪，行且诵书。其妻亦负戴相随，数止买臣毋歌讴道中。买臣愈益疾歌，妻羞之，求去。买臣笑曰：'我年五十当富贵，今已四十余矣。女苦日久，待我富贵报女功。'"后常用"负薪"作安贫待时的典故。

[6]藜苋(líxiàn)：藜，草名，初生可食，老后可用来照明；苋，草本，茎叶可食，亦可入药。此指粗劣的食物。韩愈《崔十六少府摄伊阳以诗及书见投因酬三十韵》："三年国子师，肠肚习藜苋。"

[7]络纬：虫名。即莎鸡，俗称络丝娘、纺织娘。夏秋夜间振羽作声，声如纺线，故名。唐李贺《歌诗编·秋来》："桐风惊心壮士苦，衰灯络纬啼寒素。"此指从事纺织。

[8]"眷言"两句：《诗经·卫风·伯兮》："自伯之东，首如飞蓬。"此指作者之妻对丈夫离开的悲伤心情。

[9]齑盐：素食。指清苦的生活。宋朱松韦《韦斋集·招友生》："读书有味齑盐好，对境无情梦寐清。"

[10]缠臂金：镯子，手钏。

[11]眉案：即"举案齐眉"之典。《后汉书·梁鸿传》："鸿为人赁舂。每归，妻为具食，不敢于鸿前仰视。举案齐眉。"案是古时盛食物的有脚的托盘。后用以形容夫妻相敬。

[12]褵褷(líshī)：毛羽始生貌。同"离褷"。唐《温庭筠诗集·溪上行》："雪羽褵褷立倒影，金鳞拨剌跳晴空。"

[13]檠(qíng)：灯架。借指灯。北周庾信《对烛赋》："刺取灯花持桂烛，还却灯檠下灯盘。"

[14]冀缺妻：冀缺，原名郤缺，谥成，氏郤，晋大夫郤芮之子，食邑于冀(今山西河津县)，故亦称郤成子、冀缺，晋卿。事见《左传·僖公三十三年》："初，白季使过冀，见冀缺耨，其妻馌之。敬，相待如宾。"后以"冀缺妻"指代相敬如宾的夫妻关系。

陈春宇刺史同年偕令弟蕉雪中翰门前植槐数本，题诗奉赠[1]

兰桂盈门春未阑[2]，自携鸦觜种槐安[3]。君家故事传榕树，他日成阴一例看[4]。

排衙分布已成行[5]，碧玉初抽四尺强。待到黄花阴满路，长安兖兖为谁忙[6]。

【注】

[1]陈春宇：名兆熙，字梦鱼，号春宇。乾隆丁酉科拔贡。历官广东州县，贵州同仁府署，贵东道，赐赠中宪大夫。蕉雪：名元焘，字寿士，号蕉雪，又号荔衣。乾隆戊申举人，候补内阁中书，诰封奉政大夫，翰林院修撰，加三级晋赠通议大夫，江西按察使。中翰：清代称内阁中书为中翰。又称内翰。

[2]兰桂盈门：指临桂陈氏家族子孙昌盛。陈宏谋、陈兰森、陈元焘、陈继昌等皆是清朝名人。

[3]槐安：此用"南柯一梦"中的槐安国代指槐树。唐李公佐《南柯太守传》载，淳于棼饮酒古槐树下，醉后入梦，见一城楼题大槐安国。槐安国王招其为驸马，任南柯太守三十年，享尽富贵荣华。醒后见槐下有一大蚁穴，南枝又有一小穴，即梦中的槐安国和南柯郡。

[4]原注：春宇为榕门相国曾孙。按：榕门相国，即陈宏谋（1696－1771），清临桂人，字汝咨，号榕门。雍正元年进士，历任布政使、巡抚、总督达三十余年，注重农田水利、冶铜等事业。官至东阁大学士致仕。谥文恭。辑有《五种遗规》，著有《培远堂文集》等。一例：一律。

[5]排衙：旧时长官升座，陈设仪仗，僚属依次参见，分立两旁，叫排衙。唐白居易《长庆集·雨雪放朝因怀微之》："不知雨雪江陵府，今日排衙得免无。"也用来形容物之排列有序。此指后者。

[6]兖兖：即滚滚，相继不绝。

夏日，朱松庐明府招饮[1]，喜晤许晓峦进士即席赋诗[2]

共寻河朔酒如渑(1)[3]，入座熏风爽气凝。陇右关山飞远舄[4]，江南烟月绕行縢[5]。论棋自喜争先着，入定谁参最上乘[6]。今日相逢拚一醉，那堪搔首发鬅鬙[7]。

【校】

(1)渑：底本无，今据《漓江耆旧集》补。

【注】

[1]明府：唐人称县令为明府。

[2]许晓峦：字双玥。临桂人。嘉庆六年（1801）进士，三甲89名。

[3]河朔：泛指黄河以北的地方。酒如渑：渑，音“绳”。渑，即渑水。源出山东省临淄县西北古城外，亦称汉溱水。

[4]原注：松庐将赴甘肃起复候补。陇右：唐方镇名。唐开元元年（公元713年）置。治所在鄯州（今青海乐都）。辖境相当于今甘肃东南部及青海省青海湖以东地区。安史乱后地入吐蕃。飞远舄（xì）：舄，鞋。为咏地方官的典故。典见《后汉书·方术传上·王乔传》。据载，王乔为叶县令时，每月朔望，常自县诣台朝，而不见车骑，帝怪之，令人窥望。言其临至，有双凫从东南飞来，待凫至，举罗张之，但得一只舄焉。原来王乔是乘舄所化的凫而行。

[5]原注：晓峦归自江南。行縢（téng）：以布帛裹胫至脚，以便腾跳。其布帛古称“邪幅”。汉人称行縢，今称裹腿、绑腿。

[6]入定：佛教语。谓佛教徒闭目静坐，不起杂念，使心定于一处。上乘：佛教中的大乘，此喻上等的事物。

[7]鬅鬙（péngsēng）：发乱貌。宋曾巩《元丰类稿·看花》：“但知抖薮红尘去，莫问鬅鬙白发催。”

陈蕉雪中翰惠簟用昌黎《郑群赠簟》诗韵赋谢[1]

温风攸郁蚊蚋知[2]，火云硉兀尤诙奇[3]。白昼挥汗不得卧，开轩欲去窗玻璃。科头箕踞袒胸腹[4]，愧见老丑生瘢疵[5]。忽讶双文耀床榻[6]，龙须席卷来何为[7]。闻说鄙生苦内热，日日坐甑遭蒸炊。边韶便便坦腹笥[8]，大夫之箦差相宜[9]。铺床展足蹋壁卧，如以冰雪来相资。枕畔湘纹绉秋水[10]，置身仿佛亲沦漪。自昔郑群最珍重[11]，八尺惊照韩公儿[12]。今日北窗净拂拭，喜听谡谡松风吹[13]。五更幽梦更清绝，不知窗外升朝曦。盛德在火日方炽，于此顿觉骄阳衰。

【注】

[1]陈蕉雪：详见《耕余草·陈春宇刺史同年偕令弟蕉雪中翰门前植槐数本，题诗奉赠》注[1]。中翰：清代称内阁中书为中翰。又称内翰。簟（diàn）：竹席。昌黎：即韩愈。详见《耕余草·关奈原同年枉过，喜晤韦松崖孝廉，即事同作，用昌黎《山石》诗韵》注[1]。《郑群赠簟》：“蕲州笛竹天下知，郑君所宝尤瑰奇。……明珠青玉不足报，赠子相好无时衰。”

[2]攸郁：缭绕。

[3]硉（lù）兀：高耸，突出。唐杜甫《瘦马》：“东郊瘦马使我伤，骨骼硉兀如堵墙。”诙奇：富于变化貌。

[4]科头：谓不戴冠帽，裸露头髻。箕踞：古时无椅櫈，坐于席上，坐则跪，行则膝前，足皆向后，以是为敬。若伸两足，则手据膝，故若箕状。箕踞为傲慢不敬之容。《庄子·至乐》：

“庄子妻死,惠子吊之,庄子则方箕踞鼓盆而歌。”

[5]瘢疵:瘢,皮肤有斑者。如雀瘢、汗瘢等。疵,小病。

[6]双文:谓两文人也。南朝谢览侍梁武帝坐,受敕与侍中为诗答赠,其文甚工,帝乃使重作,复合旨。帝赐诗:“双文既后进,二少实名家。”见《南史·谢弘微传附谢览传》。

[7]龙须:草名。茎可织席。

[8]边韶:用“边韶腹”之典。《后汉书·文苑传·边韶》:“(边)韶口辩,曾昼日假卧。弟子私嘲之曰:‘边孝先,腹便便。懒读书,但欲眠。’边氏闻之,应时对曰:‘边为姓,孝为字。腹便便,五经笥。但欲眠,思经事。寐与周公通梦,醒与孔子同意。师而可嘲,出何典记?’嘲者大惭。”后以“边氏腹”称满肚子学问,犹如装满典籍的书簏。

[9]箦(zé):用竹片芦苇编成的床垫子。泛指席子。

[10]湘纹:即湘纹簟。湘竹编的席子。

[11]郑群:唐代人,曾任尚书库部郎中。韩愈《唐故朝散大夫尚书库部郎中郑君墓志铭》:“君讳群,……字弘之,世为荥阳人。……以进士选吏部,考功所试判为上等,授正字,自县尉拜监察御史,佐鄂岳使。……岁余,拜复州刺史,迁祠部郎中。会衢州无刺史,方选人,君愿行,宰相即以君应诏。治衢五年,复入为库部郎中。行及扬州,遇疾,居月余,以长庆元年八月二十四日卒,春秋六十。即以其年十一月二十二日,从葬于郑州广武原先人之墓次。”

[12]韩公:即韩愈。

[13]谡谡(sù):劲风声。

立秋日赐书楼雅集醉后赋此

凉飔谡谡松风清[1],身上葛衣何太轻[2]。手中纨扇渐抛却,窗前绿竹铿有声。怪底朱明失威令[3],天边秋信瑟瑟鸣[4]。老饕忽讶食指动[5],门前剥啄来酒兵[6]。人致一般竞珍膳,葵菹羸醢纷纵横[7]。竖儒菜根寡滋味,阑干苜蓿难为情[8]。自知万羊我无分[9],敢以口腹烦诸聊。就中刺史戒贪杀,一念犹足宣和平。惟有樽中别贤圣,或清或浊飞巨觥[10]。胸中磊磈得浇洗[11],吐欬往往如铿鲸[12]。丈夫不得酒泉郡[13],又不得身后名。黄齑作活老将至[14],口角流沫徒舌耕。犀首无事自好饮[15],一石亦醉颜色頩[16]。无功醉乡信可乐,衣上酒痕如露零。明日秋风吹未醒,那知落叶盈空庭。

【注】

[1]飔(sī):疾风。谡谡(sù):劲风声。

[2]葛衣:以葛之纤维所织成的衣也。《史记·司马迁自序》:“粝粱之食,藜藿之资,夏

日葛衣,冬日鹿裘。"

[3]朱明:夏季。《尔雅·释天》:"夏为朱明。"

[4]秋信:秋天的信息也。此指秋风。

[5]老饕(tāo):贪食的人。

[6]剥啄:象声词,扣门声或著棋声,此指前者。酒兵:以酒消愁,如兵克敌,故称酒兵。

[7]葵菹:葵,菜名。蔬用,子名冬葵子,入药。菹,腌菜。葵菹即用葵菜腌的菜。蠃醢:用生蜂做的肉。《仪礼·士冠礼》:"再醮。两豆。葵菹蠃醢。两笾栗脯。"

[8]"竖儒"句:用"甘苜蓿(mùxu)"之典。苜蓿,植物名。又称木粟、牧宿、怀风、光风草、连枝草。也作"目宿"。为马牛等饲料及绿肥作物,也可入药,其嫩茎叶可当蔬菜。五代王定保《唐·摭言·闽中进士》:"薛令之,累迁左庶子。时开元东宫官僚清淡,令之以诗自悼,复纪于公署曰:'朝旭上团团,照见先生盘。盘中何所有?苜蓿长阑干。饭涩匙难绾,羹稀箸易宽。只可谋朝夕,那能度岁寒。'"形容小官清苦冷落的生活。

[9]万羊:事见唐张读《宣室志》:唐相国李德裕为太子少保,分司东都。尝召一僧,问己之休咎,僧曰:"非立可知,愿结坛设佛像。"僧居其中,凡三日。谓公曰:"公灾戾未已,当万里南去耳。"公大怒,叱之。……因问:"南去诚不免矣,然乃遂不还乎?"僧曰:"当还耳。"公讯其事,对曰:"相国平生当食万羊,今食九千五百矣。所以当还者,未尽五百羊耳。"公惨然而叹曰:"吾师果至人。且我元和十三年为巫相张公従事,于北都,尝梦行于晋山,见山上尽目皆羊,有牧者十数迎拜我。我因问牧者,牧者曰:'此侍御平生所食羊。'吾尝记此梦,不泄于人。今者果如师之说耶。乃知阴骘固不诬也。"后旬日,振武节度使米暨遣使致书于公,且馈五百羊。公大惊,召告其事。僧叹曰:"万羊将满,公其不还乎?"公曰:"吾不食之,亦可免耶!"曰:"羊至此,已为相国所有。"公戚然。旬日,贬潮州司马,连贬崖州司户,竟没于荒裔也。

[10]"惟有"两句:用"清圣、浊贤"之典。晋代陈寿在《三国志·徐邈传》:"时科禁酒,而邈私饮,至于沉醉,校事赵达问以曹事,邈曰:'中圣人'……度辽将军鲜于辅进曰,'平日醉客谓酒清者为圣人,浊者为贤人。邈性修慎,偶醉言耳'。"因此,后人就称白酒或浊酒为"贤人",清酒为"圣人"。

[11]磊磈(kuǐ):即块垒。据《世说新语·任诞》载,阮籍胸中有块垒,须用酒浇之。后人常以此喻胸中郁闷。

[12]欬(à):本指重声咳嗽。此指吐气。铿鲸:以鲸一样的力量撞击。《文选·汉·班固·东都赋》:"于是发鲸鱼,铿华钟。"

[13]酒泉郡:汉置,以城有金泉,味如酒,故名。隋开皇初,郡废,仁寿二年,分置肃州。唐天宝初,复称酒泉郡。清肃州为直隶州。公元1913年废州,改酒泉县,属甘肃省。

[14]黄虀:一种蔬菜,此代指食物。

[15]犀首:本官名。类似于后代的虎牙将军。《史记·张仪列传》:"陈轸曰:'公何好饮也?'犀首曰:'无事也。'"后即以"犀首"指无事好饮之人。

[16]一石之醉:晋人周顗(字伯仁)嗜酒的典故。《晋书·周顗传》载:"(顗)在中朝时,能饮酒一石,及过江,虽日醉,每称无对。偶有旧对从北来,顗遇之欣然,乃出酒二石共饮,各大醉。及顗醒,使视客,已腐胁而死。"

秋夜独坐有怀于可斋秀才二首

孤馆无人过,惟闻落叶声。秋风撩客绪,虫语和诗情。老眼书难读,高楼月最明。料君多逸兴,得酒气纵横。

有子窗前读,强于入定僧[1]。空廊萤自照,秋草露方凝。饥鼠狂窥甑,山魈悄灭灯[2]。君能医痼疾,诗癖或相应[3]。

【注】

[1]入定:佛教语。谓佛教徒闭目静坐,不起杂念,使心定于一处。

[2]山魈:一种大型猴子。

[3]原注:可斋治岐黄。按:岐黄,黄帝是传说中各族的共同领袖,姓姬,号轩辕氏、有熊氏。岐伯,传说中的医家,黄帝的臣子,现存我国最早的医书是《内经》,此书托黄帝与岐伯讨论医学,并以问答的形式而成,又称《黄帝内经》。后世称医学为"岐黄"、"岐黄之术",即源于此。

秋夜闻蛩

秋夜不能寐,秋声在何许。银釭烂有花[1],孤吟寡俦侣。忽来砌下声,何物叫哀楚。似闻儿女怨,切切窗前语。如鸣东野诗[2],号寒酸肺腑。人为物之灵,悲秋故难主。幺么尔微虫[3],岂有千万绪。阶前吊明月,唧唧傍门户。翻令捣衣人,伤心泪如雨。

【注】

[1]银釭(gāng):银灯。南朝梁萧绎《梁元帝集·草名》:"金钱买含笑,银釭影梳头。"

[2]东野:即孟郊(751-814),字东野,唐湖州武康人。少时隐居嵩山,与韩愈结为至交。贞元十二年,举进士,任溧阳尉,常因吟诗荒废公务。郊诗现存四百余首,以乐府古诗为多,大都倾诉穷愁孤苦,感情深挚动人。但以过于求险求奇,不免晦涩。有《孟东野集》。

［3］幺幺：细小。

九日，偕陈香圃孝廉[1]、春宇刺史[2]、蕉雪中翰游丰山[3]，还登赐书楼

一年踪迹记淹留，随处风光汗漫游。节近重阳常作客，人如王粲惯登楼[4]。几枝红叶霜前老，数点青山槛外浮。醉后狂歌重怀古，榕门相业著千秋[5]。

独倚危楼百感生，夕阳欲下远山横。萧萧落叶堆荒径，点点归鸦噪晚晴。空有寒花同我瘦，更无佳句向君鸣。茱萸折得频搔首[6]，白发消磨气未平。

【注】

［1］孝廉：俗称举人为孝廉。

［2］春宇：详见《耕余草·陈春宇刺史同年偕令弟蕉雪中翰门前植槐数本，题诗奉赠》注［1］。

［3］蕉雪：详见《耕余草·陈春宇刺史同年偕令弟蕉雪中翰门前植槐数本，题诗奉赠》注［1］。中翰：清代称内阁中书为中翰。又称内翰。丰山：在今广西桂林境内。

［4］王粲惯登楼：用“王粲登楼”之典。三国时王粲依荆州刘表处，不得意，又怀念故乡，遂作《登楼赋》：“登兹楼以四望兮，聊暇日以销忧。览斯宇之所处兮，实显敞而寡仇。……华实蔽野，黍稷盈畴。虽信美而非吾土兮，曾何足以少留！遭纷浊而迁逝兮，漫逾纪以迄今。情眷眷而怀归兮，孰忧思之可任……人情同于怀土兮，岂穷达而异心！……”

［5］榕门：即陈宏谋。详见《耕余草·陈春宇刺史同年偕令弟蕉雪中翰门前植槐数本，题诗奉赠》注［4］。

［6］茱萸：植物名，生于川谷，其味香烈。古代风俗，阴历九月九日重阳节佩戴茱萸，以祛邪避灾。王维《九月九日忆山东兄弟》：“遥知兄弟登高处，遍插茱萸少一人。”

菊花

众木自摇落，菊花何太妍。依人寄篱下，结蕊在霜前。三径归时晚[1]，孤根香可怜。白衣如送酒[2]，相对更陶然。

【注】

[1]三径:详见《耕余草·种菊》注[1]。

[2]白衣:未仕者,即布衣。此句用典出南朝宋檀道鸾《续晋阳秋》:"陶潜尝九月九日野外酒,宅边菊从中,摘菊盈把,坐其侧久,望见白衣至,乃王弘送酒也,即便就酌,醉而后归。"《宋书·隐逸传》亦载。

送朱松庐明府之官陇右[1]

挥手故人去,秋风瑟瑟鸣[2]。行哉赴秦陇[3],勉矣事公卿。更有牛羊牧,深维父母名[4]。豳诗重民事[5],三复著贤声[6]。

我着游山屐[7],君飞万里凫[8]。儒林与循吏[9],分道亦同途。共有千秋业,莫忘七尺躯。高堂只禄养,封鲊戒贪污[10]。

【注】

[1]明府:唐人称县令为明府。陇右:唐方镇名。唐开元元年(713)置。治所在鄯州(今青海乐都)。辖境相当于今甘肃东南部及青海省青海湖以东地区。安史乱后地入吐蕃。

[2]"挥手"两句:用李白《送友人》中的"挥手自兹去,萧萧班马鸣"句意。

[3]秦陇:陕西为秦国治地,故简称"秦"。甘肃省境大都在陇山之西,古代曾有"陇西郡"、"陇右郡"的设置,故简称"陇"。秦陇即陇右,相当于今甘肃东南部及青海省青海湖以东地区。

[4]深维:深系。

[5]豳诗:即《诗经·豳风》,以描写平民生活为主。

[6]三复:详见《耕余草·崩屋叹》注[9]。

[7]游山屐:《宋书·谢灵运传》载,谢灵运每造幽峻时,常著木屐,上山则去前齿,下山则去其后齿。

[8]"君飞"句:用"仙凫"之典。《后汉书·方术传上·王乔传》载,传说东汉王乔当叶县令,每月初一、十五从县到朝廷去,都不乘坐车马。有个太史暗中窥看,发现他每次来时,总有只凫从东南飞来。有次张网把凫逮住,却是王乔所穿的一只鞋子。后来便以"仙凫"比喻足迹所至,多用作县令的典故。

[9]循吏:奉职守法的官吏。

[10]封鲊(zhà):《晋书·陶侃母湛氏传》:"侃少为寻阳县吏,尝监鱼梁,以一坩鲊遗母。湛氏封鲊及书,责侃曰:'尔为吏,以官物遗我,非惟不能益吾,乃以增吾忧矣。'"后以"封鲊"为称颂贤母之词。

偶感

空山少竹实,凤凰常苦饥。江湖多稻粱,鸿雁饱且嬉。朝饮彭蠡泽[1],夕啄潇湘湄[2]。呼群掠云去,修修毛羽肥。岂知江湖上,挟弹多小儿。一朝中要害,毛羽伤褵褷[3]。饮啄复几许,世路多险巇。愿言凤凰友,忍饥空山陲。

【注】

[1]彭蠡泽:湖名,在江西省。《书·禹贡》:"彭蠡既猪,阳鸟攸居。"《史记·夏纪》:"彭蠡既都"。唐张守节《正义》引《括地志》:"彭蠡湖在今江州浔阳县东南五十二里。"隋时因湖接鄱阳山,故又名鄱阳湖。

[2]潇湘湄:潇湘,犹言深清的湘水。旧诗文中多称湘水为潇湘。潇湘湄即湘水的岸边。

[3]褵褷(líshī):详见《耕余草·寄内三首》注[12]。

冬至后三日,莪青书屋小集,以"冬至阳生春又来"为韵拈得文字

黄钟初起日影瘦[1],落叶风前自相斗。隆冬谁惜范叔寒,且喜绨袍故人厚[2]。围炉拥膝心正长,消寒只有清樽侑[3]。庭前梅花三两枝,试问女红添几绣[4]。酒徒知己饮最豪,屡顾僮仆加笾豆[5]。人生有酒便为欢,何必更数石崇富[6]。一朝失足落风波,金谷荒凉生鼠鼬[7]。吾曹岂真困酒食,学佛学仙两无谬。惟愁觞政太烦苛[8],三爵不识敢多文[9]。刻烛催诗令更严[10],诗成往往居人后。酒阑不觉日西沉,月上纱窗滴寒漏。

【注】

[1]黄钟:古乐十二律之一。声调最宏大响亮。《周礼·春官·大司乐》:"乃奏黄钟,歌大吕,舞云门,一祀天神。"

[2]"隆冬"句:范叔,指范雎。战国魏人,字叔,故人称范叔。尝从魏中大夫须贾使齐。既归,须贾以雎有通齐之嫌告魏相。魏相魏齐大怒,使舍人笞击雎,折胁折齿,雎佯死得免。乃伏匿,更姓名曰张禄。后随秦使王稽赴秦,以远交近攻、加强王权之策说秦昭王,昭王大悦,用以为相,封应侯。范雎相秦,秦号曰张禄,而魏不知。魏闻秦将伐韩魏,使须贾赴秦。

范雎布衣微行,至客馆见须贾。须贾大惊,曰:"范叔固无恙乎?"又曰:"范叔一寒如此哉!"乃取一绨(tí)袍赐之。须贾旋知秦相张禄即范雎,乃肉袒膝行趋前请罪。范雎数其罪有三,然以绨袍之赠,尚有故人之意,赦而释之。见《史记·范雎传》。

[3]侑(yòu):劝人吃喝。

[4]女红:妇女之工事也,一作女工。《汉书·地理志》:"劝以女红之业。"

[5]笾(biān)豆:笾豆为祭祀的礼器,因以笾豆代指祭祀。《论语·泰伯》:"笾豆之事,则有司存。"魏何晏《集解》:"笾豆,礼食之器也。以竹为笾,以木为豆。"《汉书·刘歆传》:"弃笾豆之礼,理军旅之陈。"

[6]石崇(249－300):晋南皮人。字季伦。生于青州,故小字齐奴。历任散骑常侍、荆州刺史等职。尝劫远使客商,致富不赀。于河阳置金谷园,奢靡成风,与贵戚王恺、羊琇等以豪奢相尚。与潘岳、陆机、陆云等具附事贾后贾谧,时号二十四友。永康元年赵王伦废杀贾后等,崇以党羽免官。又为伦嬖人孙秀所谮,被杀。

[7]金谷:地名,也称金谷园、梓泽。在河南洛阳市西北。有水流经此地,谓之金谷水,东南入于瀍河,古时入谷水。晋太康中石崇筑园于此,即世传之金谷园。见《水经注·谷水》。鼠鼬:鼠滥。

[8]觞政:宴会中执行酒令。汉刘向《说苑》:"魏文侯与大夫饮酒,使公乘不仁为觞政。曰:'饮不釂者,浮以大白。'"

[9]三爵:根据盛酒量的多少,将酒爵分为伯雅、仲雅和季雅三爵。

[10]刻烛:古人刻度数于烛,烧以计时。据《南史·王僧孺传》载,南齐竟陵王萧子良曾夜集学士作诗,刻烛计诗,作四韵诗,刻烛一寸为标准。

元旦雪作歌

黄鸡唱罢千门开[1],四山一望银皑皑[2]。苍松忽作白玉树,曲径不见青莓苔。辛盘献岁冷牙齿[3],银幡着帽无尘埃。出门拜贺举袍袖,置身仿佛登瑶台[4]。老农占验喜丰稔,今年麦熟禾无灾。东邻置酒拜滕六[5],西邻执杖敲灰堆。我不耕田妇不织,一年生计如枯荄[6]。笑向窗前试斑管(1)[7],年年雪案磨松煤[8]。但得新诗和白雪,柏酒聊复倾千杯[9]。娇儿痴呆卖不尽,一声爆竹鸣春雷。

【校】

(1)斑:《三管英灵集》作"班",此从底本。

【注】

[1]“黄鸡”句：用苏轼《浣溪沙》中的“莫道人生无再少，门前流水尚能西，休将白发唱黄鸡”，表现了一种积极向上、年轻的生活态度。

[2]四山：谓四方之山也。杜甫《乾元中寓居同谷县作歌》：“四山多风溪水急，寒雨飒飒枯树湿。”

[3]辛盘：旧俗农历正月初一，用葱韭等五种味道辛辣的菜蔬置盘中供食，取迎新（辛）之意。《元诗·百一钞》中贡性之《题菜》：“三日宿酲醒不得，正思风味到辛盘。”

[4]瑶台：美玉砌成之台。极言其华丽。《楚辞·屈原·离骚》：“望瑶台之偃蹇兮，见有娀之佚女。”

[5]滕六：雪神名。唐牛僧孺《幽怪录》：“萧至忠欲猎，有老麋求救，黄冠曰：‘若滕六降雪，巽二起风，即萧使君不出矣。’翌日风雪大作。”

[6]枯荄（gāi）：枯干之草根也。《文选·潘岳·悼亡诗》：“枯荄带坟隅。”李善《注》：“善曰：‘《方言》曰：荄，根也。’”

[7]斑管：指毛笔。

[8]松煤：松树焚烧后之煤炭也。可作墨。《洞天清禄集》：“至魏晋，始有墨丸，乃漆。烟松煤夹和为之。”欧阳修《石篆诗》：“山中老僧忧石泐，印之以纸墨松煤。”

[9]柏酒：即柏叶酒。古代风俗，以柏叶后凋而耐久，因取其叶浸酒，元旦共饮，以祝长寿。

人日访韦松崖孝廉[1]

春回雨初霁，策蹇游晴郊。马蹄踏残雪，一路锵琼瑶。石门访高士，白云宿山椒[2]。入门喧彩胜[3]，颇闻儿女娇。登盘献菜甲[4]，瓮头春色饶[5]。为言素心人，道远不可招。隔年燕子至，出谷莺声遥[6]。望君如明月，云蔽在九霄。思君如牛女，盈盈水一条[7]。今日共良觌[8]，庶几永今朝。

【注】

[1]人日：又称人生日，汉族民间传统节日，每年农历正月初七日举行。据汉代东方朔《占书》载：“岁正月一日占鸡，二日占狗，三日占猪，四日占羊，五日占牛，六日占马，七日占人，八日占谷。”古时人们过人日有贴“人”字于帐，并食用菜羹、煎饼等节日习俗。孝廉：本为古代选拔官吏之科目。明清时为举人之别称。

[2]山椒：山陵。南朝宋谢希逸《月赋》：“菊散芳于山椒，雁流哀于江濑。”

[3]彩胜：古代立春日用色绢、纸剪成的小旛或其它饰物，叫做彩胜。后来成为装点节令

的一般饰物。

[4]菜甲：菜荚，菜初生之叶。

[5]瓮头：初熟之酒。又名“瓮头春”。唐岑参《岑嘉州诗·喜韩樽相过》：“瓮头春酒黄花脂，禄米只充沽酒资。”

[6]“出谷”句：用“莺迁”之典。详见《耕余草·岁暮述怀》注[3]。

[7]牛女：牛郎和织女。“思君”两句出自《古诗十九首》(之十)：“迢迢牵牛星，皎皎河汉女。纤纤擢素手，札札弄机杼。终日不成章，泣涕零如雨。河汉清且浅，相去复几许。盈盈一水间，脉脉不得语。”

[8]良觌：良晤。

丙寅春日，赴横山书馆道中，口号示文儿[1]

行李萧条只半肩，囊琴携子到江边。持家病妇求医药，出谷新莺奏管弦[2]。书有五车才八斗[3]，儿今十岁我中年。自惭老坐青毡上，向后生涯尔勿然。

【注】

[1]丙寅：嘉庆十年(1806)。横山：临桂四塘的横山。口号：古体诗的题名。表示随口吟成，和口占相似。梁萧纲有《仰和卫尉新渝侯巡城口号》一诗，庾肩吾、王筠都有此作。以后诗人沿用作为诗题。文儿：作者之子，龙文绶。

[2]“出谷”句：用“莺迁”之典。详见《耕余草·岁暮述怀》注[3]。

[3]五车：即“五车书”之典。《庄子·天下》：“惠施多方，其书五车。”后人以称人博学多识。王维《戏赠张五弟》：“张弟五车书，读书仍隐居。”才八斗：即“才高八斗”之典。宋无名氏《释常谈·八斗之才》：“文章多谓之八斗之才，谢灵运尝曰：‘天下才有一石，曹子建独占八斗，我得一斗，天下共分一斗。’”后因以“才高八斗”形容文才富赡。

得吕月沧孝廉书却寄[1]

尺素传来雁影寒[2]，天风吹下五云端[3]。十年倒屣迎王粲[4]，千里寻嵇属吕安[5]。老马伏辕愁路远，流莺啼雨惜春残。阿蒙吴下才名盛，常使人间刮目看[6]。

【注】

[1]吕月沧：清广西永福人。名璜，字礼北，月沧是其号。嘉庆进士。官浙江西塘海防同

知。退官后在秀峰书院主事。与广西龙启瑞、朱琦、王拯、彭昱尧合称“岭西五大家”。有《月沧文集》。孝廉:俗称举人为孝廉。

[2]尺素:素,生绢。古人写文章或书信用长一尺左右的绢帛,称为尺素。后因用作书信的代称。《文选·古乐府》(之一):“客从远方来,遗我双鲤鱼。呼儿烹鲤鱼,中有尺素书。”

[3]五云:五色的瑞云。

[4]倒屣:古人家居,脱鞋席地而坐。客人来,急于出迎,把鞋子倒穿。《三国志·王粲传》:“(蔡邕)闻粲在门,倒屣迎之。”后用“倒屣”形容热情迎客。北周庾信《庾子山集·园庭》:“倒屣迎悬榻,停琴听解嘲。”

[5]嵇:即嵇康。“千里”句用典出自《晋书·嵇康传》:“东平吕安服康高致,每一相思,辄千里命驾,康友而善之。”

[6]“阿蒙”两句:用“刮目相看”之典。三国时吕蒙受孙权劝,笃志励学。后鲁肃过蒙,言议常为蒙屈,因拊蒙背曰:“吴谓大弟但有武略耳,至于今者,学识英博,非复吴下阿蒙。”蒙曰:“士别三日,即更刮目相待。”

陈蕉雪中翰辱跋拙稿,赋诗志谢[1]

我诗如废井,夭阏无根源[2]。未窥宋唐户,敢闯风雅门。六朝与汉魏,亦未涉其藩。息影守穷庐[3],孤陋孰与言。亦欲友古人(1),尚论羲与轩[4]。未读五车书[5],何异头戴盆[6]。号寒学蛩语[7],中夜徒自喧[8]。椠椠中书君[9],相国之曾孙[10]。家富满床笏[11],名籍注紫垣[12]。胸中罗星宿,一一探天根。虚怀更冲澹,履贵不自尊[13]。谓我寡嗜好,闭门草太元[14]。两年下高榻,良夜坐席温。譬之天仙人,亦友鹤与猿[15]。君家有高楼,插架牙籤繁[16]。鄙生事章句[17]。日日资讨论。丹黄未及已[18],文宴开清樽。花晨共酬唱,如谱篪与埙[19]。诗成辄许可,未指斧凿痕。自知郊岛辈[20],难与韩苏邻[21]。行当覆酱瓿[22],迹与刍狗陈[23]。愿君宏制作,文章掌丝纶[24]。

【校】

(1)古:底本作“告”,今据《漓江耆旧集》改。

【注】

[1]陈蕉雪:详见《耕余草·陈春宇刺史同年偕令弟蕉雪中翰门前植槐数本,题诗奉赠》注[1]。中翰:清代称内阁中书为中翰。又称内翰。

[2]夭阏:折止塞阻也。亦作夭遏。《庄子·逍遥游》:“而后乃今培风,背负青天,而莫

之夭阏者。"唐成玄英《疏》:"夭,折也。阏,塞也。"

[3]息影:谓静止不活动。犹归隐山林。

[4]羲与轩:即伏羲与黄帝(轩辕氏)。

[5]五车:即"五车书"之典。详见《耕余草·丙寅春日,赴横山书馆道中,口号示文儿》注[3]。

[6]头戴盆:指不能完全看清或辨认东西,即"井底之蛙"意。《汉书·司马迁传》:"仆以为头戴盆,何以望天?"

[7]蛩(qióng):蟋蟀。

[8]中夜:半夜。

[9]槃槃:大貌。中书:官名。蕉雪曾为候补内阁中书。

[10]相国:指陈宏谋。详见《耕余草·陈春宇刺史同年偕令弟蕉雪中翰门前植槐数本,题诗奉赠》注[4]。

[11]满床笏:唐开元中,崔神庆子琳、珪、瑶等皆位至高官,每逢时节家宴,以一榻置笏,重叠于其上。见《旧唐书·崔义玄传附崔神庆》。后因以"满床笏"比喻家门福禄昌盛。

[12]紫垣:指皇帝宫禁。唐白居易《长庆集·初除主客郎中知制诰……》:"紫垣曹署荣华地,白鬓郎官老丑时。"

[13]履贵:指地位尊显。《后汉纪·孝桓皇帝纪上卷第二十一》:"是以王者居高履贵,则以德义为首。"

[14]太元:即《太玄》。此避玄烨之讳。《太玄》为汉扬雄所作。扬雄在《解嘲》中说:"公孙创业于金马,骠骑发迹于祁连,司马长卿窃訾于卓氏,东方朔割炙于细君。仆诚不能与此数公者并,故默然独守吾《太玄》。"后以此典指甘守寂寞,埋头从事著述学问。如李白《侠客行》:"谁能书阁下,白首太玄经。"

[15]友猿与鹤:即猿鹤相亲。指归隐后的山林生活,与猿鹤为友,悠然自在。罗贯中在《三国演义》中描述隆中景色:"山不高而秀雅,水不深而澄清,林不大而茂励,地不广而平坦。猿鹤相亲,松篁交翠。"

[16]插架牙籤(qiān):牙籤,象牙制的图书标志。此指书之多。

[17]章句:章节与句子,主要指训诂,深究一章一句。

[18]丹黄:详见《耕余草·寄内三首》注[3]。

[19]篪(chí)与埙:即埙篪。埙,泥制乐器,形似梨,壁有孔。篪为古管乐器。二者声音相应,《诗经·小雅·何人斯》有"伯氏吹埙,仲氏吹篪"之语。

[20]郊岛:即孟郊贾岛。二人的诗清峭瘦硬,好作苦语,故有此称。宋苏轼《祭柳子玉文》:"元轻白俗,郊寒岛瘦。"

[21]韩苏:即韩愈和苏轼。

[22]覆酱瓿:汉侯芭常从扬雄学《太玄》、《法言》。刘歆亦观之,谓雄曰:"空自苦!今学者有禄利,然尚不能明《易》,又如《玄》何?吾恐后人用覆酱瓿也。"意谓《太玄》、《法言》不

足以谋禄利,将不为世人所重。见《汉书·扬雄传·赞》。

[23]刍狗:草和狗。《老子》:“天地不仁,以万物为刍狗;圣人不仁,以百姓为刍狗。”河上公《注》:“天地生万物,人最为贵,天地视之如刍草狗畜;……圣人视百姓如刍草狗畜。”一说古代结草为狗,供祭祀之用,祭后弃去。《庄子·天运》:“夫刍狗之未陈也,盛以箧衍,巾以文绣,尸祝斋戒以将之;及其已陈也,行者践其首脊,苏者取而爨(cuàn)之而已。”《释文》:“刍狗,李颐云:结刍为狗,巫祝用之。”后因以比喻轻贱无用之物或言论。

[24]丝纶:详见《耕余草·送同年熊梦庵员外赴阙》注[7]。

鼠

鼠辈猖狂奈若何,考槃独宿废高歌[1]。无多馆谷能供汝,未有爰书可讯他[2]。永夜翻盆氛甚恶,请君入瓮罪难科[3]。天明知尔藏身固,墙下营成安乐窝。

【注】

[1]考槃(pán):隐居穷处的代称,见《诗经·卫风·考槃》(刺庄公使贤者退而穷处之作)。

[2]爰书:记录囚犯口供的文章。

[3]请君入瓮:《资治通鉴·唐纪则天皇后天授二年》:“或告文昌左丞周兴与丘神勣通谋,太后命来俊臣鞫之。俊臣与兴方推事对食,谓兴曰:‘囚多不承,当为何法?’兴曰:‘此甚易耳;取大瓮,以炭四周炙之,令囚入中,何事不承。’俊臣乃索大瓮,火围如兴法,因起谓兴曰:‘有内状推兄,请兄入瓮。’兴惶恐叩头伏罪。”

蚤

腾掷偏能上客床,忽惊骚绎背生芒[1]。去从焉往来无迹,手欲停披脚转忙。反侧中宵难贴席,幺么小丑最跳梁。解衣日向窗前觅,大索何曾得子房[2]。

【注】

[1]骚绎:骚痒。

[2]大索何曾得子房:张良,字子房。据《史记·留侯世家》载:“留侯张良者,其先韩人也。……秦灭韩,良年少,未宦事韩。韩破,良家僮三百人,弟死不葬,悉以家财求客刺秦王,

为韩报仇,以大父、父五世相韩故。良尝学礼淮阳。东见仓海君。得力士,为铁椎重百二十斤。秦始皇东游,良与客狙击秦始皇博浪沙中,误中副车。秦始皇大怒,大索天下,求贼甚急,为张良故也。"《汉书·张良传》亦载。

蚊

薨薨举族到床前[1],成市成雷薄暮天。二国寻盟思歃血[2],三更闻令欲披坚。挑灯夜夜忧长喙,挥汗时时中老拳。何日九秋霜信早[3],扫清六合得安眠。

【注】

[1]薨薨(hōng):象声词。虫群飞声。《诗经·周南·螽斯》:"螽斯羽,薨薨兮。"

[2]歃血:古时会盟,双方口含牲畜之血或以血涂口旁,表示信誓,称为歃血。《谷梁传·庄公二十七年》:"衣裳之会十有一,未尝有歃血之盟也,信厚也。"

[3]九秋:秋天九月,即深秋。

眼昏

少年眼如漆,对书苦不识。如物在口衔,如糠眼中集。父师强之读,微吟虫唧唧。转盼入睡乡,举口讹偏旁。舆薪不能见[1],何能终篇章。醒时辄好弄,两目如电光。问前所读书,往往错弄麐[2]。壮年眼如镜,于书颇能证。未能十行下,已觉一寸进。旋为外物牵,好色以身殉。看花日日忙,奄奄深闺病[3]。谓我读书苦,欺人语亦佞。又或掷枭卢[4],终夜不一瞬。如此年复年,岁月忽已更。中年眼渐昏,触目伤心魂。始悔少壮日,荒废不可言。六经廿一史[5],并未窥篱藩[6]。乃复理故业,有如追放豚[7]。挑灯展卷读,何异头戴盆[8]。初惊蝇头细[9],继骇蝌蚪繁[10]。虽居东壁府[11],帝字讹为虎[12]。虽读宋板书,鲁字呼为鱼[13]。列风与淮雨[14],到眼皆模糊。儿童向我笑,谓我何昏眊[15]。子夏虽然盲[16],亥豕犹能明[17]。我亦哑然笑,孩儿竟倒绷[18]。责问两瞳子,尔何遽瞢瞢[19]。瞳子向我言,君自为梦梦。少壮借我力,终日为戏弄。悠悠五十年,不惑我情重[20]。今日我力竭,乃欲流波送。日月有亏昃,我宁终汝用。细思瞳子言,谈言亦微中。掩卷置高阁,闭目徒自讼。如游混沌初,一画不曾动。

【注】

[1]舆薪：车载之柴。喻大而易见之物。《孟子·梁惠王上》："明足以察秋毫之末而不见舆薪。"

[2]弄麞（zhāng）：即弄璋。生男为弄璋。《旧唐书·李林甫传》："林甫舅子（姜）度妻诞子，林甫手书庆之曰：'闻有弄麞之庆。'客视之掩口。"按璋为美玉，麞乃野兽名。林甫误璋为麞。宋苏轼《东坡集·贺陈述古弟章生子》："甚欲去为汤饼客，惟愁错写弄麞书。"

[3]奄奄：气息微弱的样子。深闺：指作者之妻。

[4]枭卢：古代赌博游戏之名。幺为枭，最胜；六为卢，次之。

[5]六经：指《诗》、《书》、《礼》、《易》、《乐》、《春秋》。廿一史：明万历国子监刊行的史书。将宋时所称的"十七史"：《史记》、《汉书》、《后汉书》、《三国志》、《晋书》、《宋书》、《南齐书》、《梁书》、《陈书》、《魏书》、《北齐书》、《后周书》、《隋书》、《南史》、《北史》、《旧唐书》、《旧五代史》。增加《宋史》、《辽史》、《金史》、《元史》四史，称为二十一史。

[6]篱藩：即藩篱。指门户。比喻某种造诣，境界。宋蔡宽夫《诗话》："王荆公晚年亦喜称义山诗，以为唐人知学老杜而得其藩篱，惟义山一人而已。"

[7]放豚：放逸之豕也。《孟子·尽心下》："今与杨墨辩者，如追放豚。"焦循《正义》："今之与杨墨辩争道者，譬如追放逸之豕豚。"

[8]头戴盆：详见《耕余草·陈蕉雪中翰辱跋拙稿，赋诗志谢》注[6]。

[9]蝇头：指像苍蝇头那样小的字。

[10]蝌蚪：指蝌蚪书。古代作书，以刀刻或漆书于竹简上。用漆书写，下笔时漆多，收尾漆少，故笔画多头大尾小，形如蝌蚪。

[11]东壁：星名。《晋书·天文志上》："东壁二星，主文章，天下图书之秘府也。"后因以东壁称藏书之所。此句意为自幼喜爱读书。

[12]帝字讹为虎：即帝虎。指书中因形近而误刻、误抄的字。宋黄伯思《东观余论·校定楚辞序》："此书既古，简册迭传，亥豕帝虎，舛误甚多。"

[13]鲁字呼为鱼：即"鲁鱼"之典。详见《耕余草·月夜独坐四首》注[4]。

[14]列风与淮雨：即淮风别雨。今本《尚书大传·周传》作"别风淮雨"。《后汉书·南蛮传》作"列风雷雨"。南朝梁刘勰《文心雕龙·练字》认为当作"列风淫雨"，列与别，淫与淮，形近而误。后来因称书籍文字以讹传讹为"别风淮雨"。

[15]昏眊（mào）：视力模糊。

[16]子夏（前507－前400）：名卜商，字子夏。春秋卫人，孔子弟子。长于文学，相传曾讲学于西河，序《诗》传《易》，为魏文侯师。有子早死，痛哭失明。

[17]亥豕：典出"三豕涉河"。《吕氏春秋·察传》："子夏之晋，过卫，有读史记者曰：'晋师三豕涉河。'子夏曰：'非也，是己亥也。夫己与三相近，豕与亥相似。'至于晋而问之，则曰晋师己亥涉河也。"《孔子家语·七十二弟子解》作"三豕渡河"。后多以喻文字的讹误。

[18]倒绷：接生婆把婴孩包扎倒了，比喻多年老手，对平素熟习之事一时失误。宋魏泰

《东轩笔录》:“苗振以第四人及第,既而召试馆职。一日谒晏丞相(殊),晏语之曰:‘君久从吏事,必疏笔砚,今将就试,宜稍温习也。’振率然对曰:‘岂有三十年为老娘,而倒绷孩儿者乎?’”

[19]瞢瞢(méng):昏晦,暗昧不清。

[20]不惑:即不惑之年。《论语》:“三十而立,四十而不惑,五十而知天命,六十而耳顺,七十而从心所欲。”

惜余春次陈蕉雪中翰韵[1]

一刻千金细雨霏,今朝相赏莫相违。荀君已去香犹在[2],周德虽衰命岂非[3]。翻爱残花亲手护,不嫌落絮逐风飞。撩人最是狂蝴蝶,垂老春情斗粉围[4]。

【注】

[1]陈蕉雪:详见《耕余草·陈春宇刺史同年偕令弟蕉雪中翰门前植槐数本,题诗奉赠》注[1]。中翰:清代称内阁中书为中翰。又称内翰。

[2]“荀君”句:用“荀令香”之典。汉时荀彧官拜侍中,守尚书令,时人谓之荀令香。相传曾经获得一种异香,用来薰衣,香气可保持很长时间,坐处常三日仍有余香。事见晋代习凿齿《襄阳记》。亦作“令公香”。唐李颀《寄綦毋三》:“顾眄一过丞相府,风流三接令公香。”

[3]“周德”句:据《左传·宣公三年》、《史记·楚世家》载,春秋时期,楚庄王曾向王孙满询问起周鼎,王孙满答道:“周德虽衰,天命未改,鼎之轻重,未可闻也。”意思是治理天下在于德而不在于鼎本身。此用来指人重在德行而不在其他。

[4]粉围:尚书省之别称。汉代尚书省皆用胡粉涂壁。画古贤人列女。后世因称尚书省为粉署、粉围。唐韦应物《韦江州集·寄职方刘郎中》:“归来坐粉围,挥笔乃纵横。”

送春次陈蕉雪中翰韵[1]

春深衣锦好还乡,收拾残红逐水忙。富贵功成身早退,潇湘客去日初长。黄莺久住啼偏切,绿野香消酒不忘。欲折渭城杨柳赠[2],青青留作旧甘棠[3]。

【注】

[1]陈蕉雪:详见《耕余草·陈春宇刺史同年偕令弟蕉雪中翰门前植槐数本,题诗奉赠》注[1]。中翰:清代称内阁中书为中翰。又称内翰。

[2]渭城:即咸阳故城,在长安西北渭水北岸。汉高祖时改咸阳为新城,汉武帝时又改为渭城。此句用王维《送元二使安西》中的“渭城朝雨浥轻尘,客舍青青柳色新”句。

[3]甘棠:木名。《尔雅·释木》:“杜,甘棠。”棠,乔木名,有赤、白两种。赤者称杜,白者称棠。白棠即甘棠,也称棠梨。果实酸美可食。见《诗经·召南·甘棠》,传说周武王时,召伯巡行南国,曾憩甘棠树下,后人思其德,因作《甘棠》诗。后成为称颂官吏政绩之典。

席上见苍蝇

卐字纱窗湘竹帘[1],屏风云母坐神仙[2]。问君何处能钻入,飞上金樽听管弦。

【注】

[1]卐(wàn):梵文。本不是文字,是佛教如来胸前的符号,意思是吉祥幸福。这里指“卐”形的图案花纹。

[2]云母:矿石名。古人以此石为云之根,故名。可析为片,薄者透光,可为镜屏,亦可入药。

忧旱四首

自谓砚田活[1],老农吾不如。岂知逢旱魃[2],长共索枯鱼[3]。坎水流难到[4],浮云望已虚。桔槔无用处[5],高挂在门闾。

所幸去年熟,今年米价平。穷黎恋乡井[6],盗贼免纵横。处处祈方社[7],朝朝验雨晴。登台望云物[8],赤日太峥嵘。

百谷膏难仰,群黎汗未干。火云方助虐,水府几曾宽[9]。坐护渔人利,愁闻孝妇叹[10]。穷鳞无处活,蚌脯已盈盘[11]。

颇怪蛟龙懒,山川也不灵。未能作云雨,无力起沧冥[12]。贫士呼庚癸[13],巫师咒丙丁[14]。那堪圭璧卒[15],长日候雷霆。

【注】

[1]砚田:指砚台。文人恃文墨为生,故谓砚为砚田。

[2]旱魃(bá):本指制造旱灾之鬼怪,也指天旱。

[3]“长共”句:用“涸辙鲋”之典。《庄子·外物》:“庄周家贫,故往贷粟于监河侯。监

河侯曰：'诺。我将得邑金，将贷子三百金，可乎？'庄周忿然作色曰：'周昨来，有中道而呼者，周顾视车辙中，有鲋鱼焉。周问之曰：'鲋鱼来，子何为者邪？'对曰：'我东海之波臣也，君岂有斗升之水而活我哉？'周曰：'诺。我且南游吴越之王，激西江之水而迎子，可乎？'鲋鱼忿然作色曰：'吾失我常与，我无所处。吾得斗升之水而活耳，君乃言此，曾不如早索我于枯鱼之肆！'"后遂用涸辙之鲋比喻身陷困境，急待救援的人。

[4]坎水：指险处。

[5]桔槔：井上汲水的一种工具，在井旁树上或架子上挂一杠杆，一端系水桶，一端坠大石块，一起一落，汲水可以省力。

[6]穷黎：贫苦百姓。

[7]方社：四方之神与土地神也。《诗经·大雅·云汉》："祈年孔夙，方社不莫。"郑玄《笺》："祈丰年甚早，祭四方与社又不晚。"

[8]云物：天象云气之色。

[9]水府：谓水神所管辖的区域。《文选·木玄虚·海赋》："尔其水府之内，极深之庭，则有崇岛巨鳌。"此指河流等。

[10]孝妇：即颜文姜。齐国孝妇颜文姜事姑孝养，远汲山泉，不问寒暑，感动神明，泉出室内，汇流成河，故名孝妇河。

[11]蚌脯：干蚌肉也。

[12]沧冥：大海。南朝梁简文帝《昭明太子集序》："若夫嵩霍之峻，无以方其高；沧溟（冥）之深，不能比其大。"

[13]庚癸：即"庚癸"之典。春秋时吴王夫差与晋鲁等国会盟，吴大夫申叔仪向鲁大夫公孙有山氏乞粮，答曰："梁则无矣，粗则有之，若登首山以呼，曰：'庚癸乎？'则诺。"因军中缺粮，故用隐语乞粮。庚，西方，主谷；癸，北方，主水。见《左传·哀公十三年》。后因称向人告贷为"呼庚呼癸"或"庚癸之呼"。

[14]丙丁：指火。

[15]圭璧卒：圭璧，古代帝王、诸侯朝聘或祭祀时所执的玉器。《诗经·大雅·云汉》："圭璧既卒，宁莫我听！"《后汉书·明帝纪》："亲执圭璧，恭祀天地。"

陈香圃孝廉惠水晶蒲萄走笔赋谢[1]

绝域张骞种类殊[2]，擎来秋水映冰壶。从今领取西凉味[3]，添得胸中记事珠[4]。

家山空有橘千头[5]，那比芳园品最优[6]。他日酿成应醉我，莫将一斛博凉州[7]。

【注】

[1]孝廉:俗称举人为孝廉。

[2]张骞(前? －前114):汉汉中成固人。建元二年出使月支,经匈奴,被拘留十多年,后逃回。又从大将军卫青击匈奴,因骞知沙漠中水草所在,使军队不致困乏,有功封博望侯。元鼎二年又出使乌孙,分遣副使使大宛、康居、月支等国,西北诸国始通于汉,使中原铁器、丝织品等传入西域,西域的音乐、葡萄等传入中原。《汉书》有传。

[3]西凉:府名。宋初以凉州为西凉府,后为西夏所据。元初复为西凉府,即今甘肃武威县地。

[4]记事珠:又名"绀珠"。相传唐开元间宰相张说有绀色珠一颗,或有遗忘之事,持弄此珠,便觉心神开悟,事无巨细,焕然明晓,因名"记事珠"。见五代王仁裕《开元天宝遗事·记事珠》。后因以比喻博记。

[5]"家山"句:《三国志·吴书》载:"(李)衡每欲治家,妻辄不听,后密遣客十人于武陵龙阳汜洲上作宅,种甘橘千株。临死,敕儿曰:'汝母恶我治家,故穷如是。然吾州里有千头木奴,不责汝衣食,岁上一匹绢,亦可足用耳。'衡亡后二十余日,儿以白母,母曰:'此当是种甘橘也,汝家失十户客来七八年,必汝父遣为宅。汝父恒称太史公言,'江陵千树橘,当封君家'。"

[6]芳园:此当指芳蔬园。晋武帝咸宁四年,立芳蔬园于金镛城东,多种异菜。见旧题晋王嘉《拾遗记》。金镛城在今河南洛阳市东。

[7]凉州:州名。西汉置,辖境相当今甘肃宁夏和青海湟水流域、内蒙古纳林河、穆林河流域。为汉武帝十三刺史部之一。东汉时治所在陇县(今甘肃清水县北)。三国魏移治姑臧(今甘肃武威县)。又府名。宋以凉州武威郡为西凉府,元为西凉州。明初改名为凉州卫,清为凉州府,治所在武威县。公元1913年裁撤。

不觉

不觉人将老,秋霜照鬓边。商声撼林木[1],虫语和诗篇。兀兀坐清夜,悠悠忆少年。神仙与富贵,两意竟茫然。

【注】

[1]商声:凄凉的声音。五音之中的商,按照阴阳五行之说属于秋。商音凄凉,与秋天肃杀之气相对应。

书荆轲传后[1]

鱄诸行炙刺吴王[2]，吴王世及公子光[3]。如何燕丹逞小忿[4]，枉使荆轲投虎狼(1)。就使祖龙冒刃死[5]，扶苏继统为天子[6]。扶苏太子孝且仁，又有蒙恬作近臣[7]。保世滋大益长久，安得胡亥来亡秦[8]。天遣荆轲剑术疏，秦皇环柱左右呼[9]。苟延旦夕恶盈贯，沙丘一夕撄天诛[10]。宫中夜半出片纸，胡亥袭位谋扶苏。遂使赵高指鹿辈(2)[11]，殄绝秦祚如摧枯[12]。乃知祸福人自取，逆天者亡天作主，博浪之椎亦莽卤[13]。

【校】

(1)使：底本作“刺”，今据《三管英灵集》改。

(2)遂使赵高指鹿辈：《三管英灵集》作“遂使赵高与群小”。《漓江耆旧集》与底本同。故此从底本。

【注】

[1]荆轲(？ –前227)：战国卫人，称荆卿，又名庆卿。为燕太子丹客，受命至秦刺秦王，诈献樊於期首级与燕督亢地图。既见，轲以匕首刺秦王，不中，被杀。《史记·荆轲列传》。

[2]“鱄诸”句：鱄诸，又作专诸，吴国堂邑人。春秋时期吴国公子光打算暗杀吴王僚，伍子胥推荐专诸作刺客。公元前515年，公子光乘吴内部空虚，与专诸密谋，以宴请吴王僚为名，藏匕首于鱼腹之中进献，当场刺杀吴王僚，专诸也被吴王僚的侍卫杀死。公子光自立为王，是为吴王阖闾，乃以专诸之子为卿。事见《左传》。

[3]吴王世及公子光：春秋时吴公子光，即阖闾。吴王僚死后继位而称吴王。

[4]燕丹(前？ –前226)：又称燕太子丹，战国时燕王喜太子。曾为质于秦，后逃归。时秦益强大，兵且及燕。燕王喜二十八年，燕丹使荆轲入秦，谋刺秦王，不遂。秦发兵击燕，燕王喜斩丹以献。

[5]祖龙：指秦始皇。《史记·秦始皇纪》：“(三十六年)秋，使者从关东夜过华阴平舒道，有人持璧遮使者曰：‘为吾遗滈池君。’因言曰：‘今年祖龙死。’使者问其故，因忽不见，置其璧去。使者奉璧具以闻。始皇默然良久，曰：‘山鬼固不过知一岁事也。’退言曰：‘祖龙者，人之先也。’使御府视璧，乃二十八年行渡江所沉璧也。”《集解》：“苏林曰：‘祖，始也，龙人君象。谓始皇也。’”

[6]扶苏：秦始皇长子。曾谏阻坑杀诸儒生，始皇怒，使北监蒙恬军。始皇死，赵高、李斯矫命赐死。

[7]蒙恬(前? –前220):秦始皇时,官内史。秦统一六国,使蒙恬率兵三十万,北筑长城,起自临洮至辽东。始皇死,赵高阴谋废太子扶苏,立二世,以蒙氏世为秦大臣,恬又掌兵权,矫旨赐恬死。

[8]胡亥:秦始皇次子,继位为秦二世。此句是说秦是亡在秦二世统治时期。

[9]秦皇:即秦始皇。

[10]"沙丘"句:即"沙丘"之典。明张岱《夜航船》载,秦始皇至孔林,欲发其冢。登堂,有孔子遗瓮,得丹书曰:"后世一男子,自称秦始皇,入我室,登我堂,颠倒我衣裳,至沙丘而亡。"怒而发冢。有兔出,逐之,过曲阜十八里而没,掘之不得,因名曰兔沟。乃达沙丘,令开别路。见一小儿辇沙为阜,问,曰"沙丘"。从此得病,遂死。天诛:为天所诛。《越绝书·越绝外传·记范伯》:"坏人之善毋后世,败人之成天诛行。"

[11]赵高指鹿:赵高(前? –前207),秦时宦者。始皇崩于沙丘,高与丞相李斯矫诏赐长子扶苏死,立胡亥为二世皇帝。旋杀李斯,自为丞相,独揽大权。后又杀二世,立子婴。子婴立,乃诛高。此句用"指鹿为马"之典。《史记·秦始皇本纪》:"赵高欲为乱,恐群臣不听,乃先设验,持鹿献于二世,曰'马也。'二世笑曰:'丞相误耶?谓鹿为马。'问左右,左右或默,或言马以阿顺赵高。或言鹿者,高因阴中诸言鹿者以法。"后用以喻有意颠到黑白,擅作威福。

[12]秦祚:秦皇位。

[13]博浪之椎:用"张良椎秦报韩"之事。详见《耕余草·蚤》注[2]。

陈蕉雪中翰惠归州金星石砚走笔志谢[1]

端方形质重璆琳[2],来自荆山万仞深[3]。从此笔耕收倍稔,案头顽石已成金。
铁砚年年磨不穿,又来石友厉贞坚。贫儿坐获连成璧[4],留作儿孙附郭田。

【注】

[1]陈蕉雪:详见《耕余草·陈春宇刺史同年偕令弟蕉雪中翰门前植槐数本,题诗奉赠》注[1]。中翰:清代称内阁中书为中翰。又称内翰。归州:州名。周夔子国。战国属楚。唐析秭归巴东二县地置归州。治所在秭归县。明省秭归县并入归州。清属湖北宜昌府。公元1912年改县,1914年更名为秭归县。

[2]璆(qiú)琳:美玉。

[3]荆山:即楚山。在湖北省西部,武当山东南,汉江西岸。有抱玉岩,相传春秋楚人卞和得璞玉于此。

[4]连成璧:即和氏璧。《史记·蔺相如列传》:"赵惠文王时,得楚和氏璧。秦昭王闻

之,使人遗赵王书,愿以十五城请易璧。”后泛指珍贵的宝物。此指石砚。

陈香圃孝廉题山水小幅见赠赋答一首[1]

几度辞家问上台[2],身无仙骨住蓬莱[3]。泥涂岂敢称高隐[4],樗栎原来是不材[5]。落叶满山迷路径,立锥有地少楼台。他时冠盖如相过[6],壁上纱笼墨未灰。

【注】

[1]孝廉:俗称举人为孝廉。

[2]上台:指三公,即太师、太傅、太保。明清的三公仅用作大臣的最高荣衔,已无实际职务。

[3]蓬莱:古代方士传说为仙人所居。晋王嘉《拾遗记·高辛》:“三壶则海中三山也。一曰方壶,则方丈也;二曰蓬壶,则蓬莱也;三曰瀛壶,则瀛洲也;形如壶器。”

[4]泥涂:比喻灾难、困苦的境地。

[5]樗(chū)栎:详见《耕余草·月夜独坐四首》注[1]。

[6]冠盖:官吏的礼帽和车盖。

西施[1]

西施沅纱女,不解唱吴歈[2]。一奉越王命,靓妆来姑苏[3]。居然天仙人,歌喉一串珠。台上一夜宴,台下千万租。即此一杯酒,亦足以沼吴[4]。何况远忠直,良臣赐镯镂[5]。当其歌舞夜,红裙翻酒污[6]。越王苦尝胆[7],西施酣宴娱。谁知妾捧心[8],报国惟区区。黄金如何铸,愿铸西施图[9]。

【注】

[1]西施:春秋越苎萝人。一作先施。先西古音同。又称西子。

[2]吴歈(yú):吴地的歌曲。《楚辞·屈原·招魂》:“吴歈蔡讴,奏大吕些。”

[3]“一奉”两句:越王即勾践。春秋末越国国王;姑苏,山名,在江苏吴县西南。又称胥台。《史记·越王勾践世家》载,范蠡劝勾践说:“臣闻将有夺人之心者,必先投人之好,夫差筑台必得美材,王如采良木以奉吴,吴王必倾心悦我而不疑。”越王依计送高木二百余株,令木工将材木雕琢装饰后献给吴王。并送上包括西施在内的美女五十余。吴王大喜,令工匠

重建姑苏台。

[4]沼吴：详见《耕余草·久雨，敝庐倾漏，水溢庭除。僮仆喧嚷终夜……》注[9]。

[5]镯镂：剑名。此句用典出自《越绝书》，吴国打败越国后，吴国对越国放松了戒备，越国却养精蓄锐，准备报仇。伍子胥要吴王加强防范，吴王听得不耐烦，对伍子胥大动肝火，丢一把镯镂剑给他，要伍子胥自杀。

[6]红裙翻酒污：用白居易《琵琶行》中"钿头云篦击节碎，血色罗裙翻酒污"句意。

[7]越王苦尝胆：即"卧薪尝胆"之典。春秋末越王被吴王夫差所败，忍着耻辱，立志图强，每天起床后将苦胆舔一次，以激励自己。后终于打败吴国称霸当时。

[8]妾捧心：《庄子·天运》："故西施病心而矉其里。"成玄英《疏》："西施，越之美女也，貌极妍丽。既病心痛，嚬眉苦之。"

[9]"黄金"两句：用"黄金铸像"之典。春秋时，越既破吴，范蠡遂泛舟五湖，莫知所终。勾践以黄金铸像而朝礼之。见《国语·越语》。此两句用典是说西施在越王战胜吴王之战中功不可没，应铸西施的像。

文君[1]

相如凌云赋[2]，文君远山眉[3]。一为一世雄，一为一世雌。不闻歌别鹄[4]，但咏狐绥绥[5]。一夜凤求凰[6]，翩翩同结褵[7]。美人信放诞，名士诚诙奇。想其当垆日[8]，恩爱两不移。如何多薄倖，思聘茂陵姬[9]。积爱翻成妒，白头吟更悲[10]。至今临邛酒[11]，不忍尽一卮。

【注】

[1]文君：即卓文君。汉临邛富翁卓王孙之女，貌美，有才学。司马相如饮于卓氏，文君新寡，相如以琴曲挑之，文君遂夜奔相如。见《史记·司马相如列传》。

[2]相如凌云赋：《史记·司马相如传》："相如既奏大人之颂，天子大悦，飘飘有凌云之气，似游天地之间意。"后用"凌云赋"比喻志气高远或笔力矫健。

[3]远山眉：形容女子秀丽之眉。详见《耕余草·再迭前韵》注[3]。

[4]别鹄：琴曲名。即《别鹄操》。《南史·褚彦回传》、唐韩愈《昌黎集·琴操》都作"别鹄"，《古今注·乐府诗集》作"别鹤"。相传商陵牧子娶妻五年无子，父兄命其休妻改娶。牧子悲伤作歌："将乘比翼隔天端，山川悠远路漫漫，揽衣不寝食忘餐。"后人为之谱曲，名别鹤操，比喻夫妻分离。又名"别鹤怨"。

[5]狐绥绥：《诗经·卫风·有狐》："有狐绥绥，有彼淇梁。心之忧矣，之子无裳。……"此诗意思是女向男求爱，虽其人贫无衣裤，但仍爱他。

[6]凤求凰：即《凤求凰》。《史记·司马相如列传》载，汉人司马相如失意还蜀，受到临邛令卓王孙的礼遇，他在此曾奏《凤求凰》，以挑动卓文君心。

[7]结褵(lí)：即结缡。古代嫁女的一种仪式。女子临嫁，母为之系结佩巾，以示至男家后奉事舅姑、操持家务。此处指男女结婚。

[8]当垆：卓文君当垆卖酒的典故。《史记·司马相如列传》："相如与俱之临邛，尽卖其车骑买一酒舍酤酒，而令文君当垆。相如身自著犊鼻裈，与保庸杂作，涤器于市中。"

[9]茂陵姬：司马相如曾欲纳茂陵女为妾，茂陵姬即茂陵女。

[10]白头吟：原题见《乐府诗集·相和歌辞》。《西京杂记》曰："司马相如将聘茂陵人女为妾，卓文君作《白头吟》以自绝，相如乃止。"

[11]临邛酒：卓文君夜奔司马相如后，回到成都，因家贫寒，又回到临邛，相如与仆人劳作，而文君当垆卖酒。临邛酒即此酒。

昭君[1]

男儿死边野，马革裹尸还[2]。立功在异域，留名青汗间[3]。王嫱本巾帼[4]，乃负壮士肝。辞却未央殿[5]，远赴祁连山[6]。不因毛延寿，焉得度汉关[7]。君王远女色，使妾来呼韩[8]。妾留边衅生[9]，妾来边塞安。霜雪鬓边落，琵琶马上弹。试问汉宫女，艳骨终当寒。如何葬青冢[10]，千古人共叹。

【注】

[1]昭君：汉南姊归人，姓王名嫱，字昭君，元帝宫人，竟宁元年，匈奴呼韩邪单于入朝，求美人为阏氏，帝予昭君，以结和亲，昭君戎服乘马，提琵琶出塞。入匈奴号宁胡阏氏。生一男，呼韩邪死，子继位，复妻昭君，生二女。卒葬匈奴。现内蒙古呼和浩特市南有昭君墓。世称青冢。

[2]"男儿"两句：用汉马援之语。据《后汉书·马援列传》"峤南悉平"下李贤《注》引《广州记》曰：援到交趾，立铜柱，为汉之极界也。归来后朋友都祝贺他，他说："方今匈奴、乌桓尚扰北边，欲自请击之。男儿要当死于边野，以马革裹尸还葬耳。"后以此典形容决心为国战死疆场。

[3]青汗：竹简名。古代用竹简来记事或作文等。元稹《酬乐天寄蕲州簟》："霜凝青汗简，冰透碧游鳞。"此用来喻指历史。

[4]王嫱：即王昭君。

[5]未央殿：即未央宫。西汉的宫殿名。故址在今陕西省西安市西北长安故城内西南角。高祖七年萧何主持营造。倚龙首山建前殿，立东阙、北阙、武库、太仓等，周围三十八里。

王莽时改名寿成室,末年毁于兵火。东汉隋唐曾屡加修葺,唐末毁。

[6]祁连山:详见《耕余草·寄衣曲》注[1]。

[7]“不因”两句:王嫱,西汉元帝时宫女。元帝时被选入宫。传说她不肯贿赂画工,故元帝不知其美。竟宁元年(前33年)匈奴呼韩邪单于入朝求亲。她以入宫数岁,不得见帝,遂自请嫁与匈奴。临别元帝方知其貌美,故知是毛延寿之画而使其失去一位美人。遂杀画工毛延寿。

[8]呼韩:呼韩邪的省称。匈奴单于名号。邪,yé。汉宣帝神爵末,匈奴呼韩邪单于(前?-前31)为兄郅支单于所败,谋归汉。甘露二年,至五原塞,正月谒见宣帝于甘泉宫。元帝竟宁元年,再次入朝,元帝遣后宫王昭君嫁单于,号宁胡阏氏。此指匈奴。

[9]边衅:敌人在边关的挑衅。

[10]青冢:指王昭君之墓。据《太平寰宇记·振武军·金河县》载,汉王昭君墓,座落于今呼和浩特市南郊,相传墓上草色常青,故名青冢。

太真[1]

好色可以王,贤王同于民。古公与姜女[2],走马西水滨[3]。伤哉杨玉环,乃遇天宝君[4]。谓君能好色,好丑不能分。禄山有反相[5],御衣赐日新。九龄风度好[6],弃置如唾津[7]。置妾金屋里[8],共结来世因。梨园度法曲[9],歌吹日纷纷。岂知长生殿[10],一日飞胡尘[11]。苍黄走西蜀[12],三郎良苦辛[13]。埋香马嵬驿[14],羞为井中人[15]。

【注】

[1]太真:即杨玉环(719-756)。唐蒲州永乐人。小名玉环。杨玄琰女。晓音律,善歌舞。初为寿王妃,后为女道士,号太真。入宫后,得玄宗宠,封为贵妃。姊妹皆显贵。堂兄杨国忠为相,败坏朝庭。安禄山乱起,玄宗出奔。至马嵬坡,六军杀国忠,杨贵妃亦被迫缢死。

[2]古公与姜女:《诗经·緜》:“古公曹父,来朝走马,率西水浒,至于岐下,爰及姜女,聿来胥宇。”曹父,即周太王,文王祖父。因其在迁岐以前为豳公,故称古公。“曹”又作“亶”字。

[3]西水:即《诗经·緜》所指的“西浒”。指西方的水。

[4]天宝君:即唐玄宗。天宝是其年号。

[5]禄山:指安禄山(? -757)。唐营州柳城奚族人。本姓康,初名轧荦山。母嫁突厥人安延偃,改姓安,更名安禄山。通晓诸族语言。李隆基时,官平卢、范阳、河东三镇节度使。天宝十四年冬在范阳起兵叛乱,先后攻陷洛阳、长安,称雄武皇帝,国号燕,建元圣武。至德

二年春,为其子庆绪所杀。

[6]九龄:即唐张九龄(673－740)。韶州曲江人。字子寿。长安二年进士,官右拾遗中书侍郎同中书门下平章事,中书令。安禄山曾因带兵冒进而致败,九龄请杀安禄山。

[7]唾津:唾液。此指安禄山。

[8]金屋:用"金屋藏娇"之典。阿娇指陈皇后阿娇。汉武帝时刘彻封胶东王时曾说若得阿娇作妇,定另建金屋让她居住。《汉武故事》:"(胶东王)数岁,长公主抱置膝上,问曰:'儿欲得妇不?'胶东王曰:'欲得妇。'长公主指左右长御百余人,皆云不用。末指其女问曰:'阿娇好不?'于是乃笑对曰:'好!若得阿娇作妇,当作金屋贮之也。'"刘彻继位后,替陈阿娇筑了一个金屋为之居住。

[9]梨园:唐玄宗曾选乐工三百人,宫女数百人,教授乐曲于梨园,亲自订正声误,号"皇帝梨园子弟"。见《新唐书·礼乐志》(十二)。后世因称戏班为"梨园",戏曲演员为"梨园子弟"。法曲:道观所奏之曲。其乐器有铙、钹、钟、磬、幢箫、琵琶等。金石丝竹以次作,其声清而近雅,隋时已有之。唐玄宗既知音律,又酷爱法曲。选坐部伎子弟三百,教于梨园。文宗开成三年,改法曲为仙韶曲。唐法曲名目有《破阵乐》、《一戎大定乐》、《长生乐》、《霓裳羽衣》、《献仙音》、《献天花》之类。唐白居易《长庆集·江南遇天宝乐叟》:"能弹琵琶和法曲,多在华清随至尊。"参阅《唐会要》(三三)、《新唐书·礼乐志》(十二)。

[10]长生殿:唐代殿名。唐白居易《长庆集·长恨歌》:"七月七日长生殿,夜半无人私语时。"《资治通鉴·长安四年》:"太后寝疾,居长生院。"元胡三省《注》:"盖唐寝殿皆谓之长生殿。此武后寝疾之长生殿,洛阳宫寝殿也。肃宗大惭,越王系授甲长生殿,长安大明宫之寝殿也。"玄宗长生殿于天宝元年造,在华清宫,名为集灵台,以祀神。见《唐会要·华清宫》。

[11]胡尘:泛指匈奴等北方人带来的战乱。

[12]苍黄:急遽貌。杜甫《新婚别》:"誓欲随君去,形势反苍黄。"西蜀:即蜀,现四川。"苍黄"句指安禄山引兵入关后,唐玄宗携杨玉环等仓皇奔蜀。

[13]三郎:即唐玄宗李隆基。三郎是其小字。

[14]马嵬:地名,今为马嵬镇,属陕西兴平县。唐天宝十四年,安禄山反,次年引兵入关玄宗仓皇奔蜀,途次马嵬驿,卫兵杀杨国忠,玄宗赐杨贵妃死,葬于马嵬坡。

[15]井中人:指陈后主妃张丽华之事。南朝陈后主妃,以美色见宠。隋兵入陈,与后主自投入宫内景阳井中,为隋军搜出,被杀。

陈蕉雪中翰招同贤大阮香圃孝廉赏菊次韵奉和[1]

南阮风流号竹林[2],两年踪迹共追寻。一家词赋垂青眼[3],几朵寒花照素心。正喜开迟香晚节,不愁落叶酒空斟。月明寂寞东篱下[4],怕听哀蛩伴苦吟。

【注】

[1]陈蕉雪:详见《耕余草·陈春宇刺史同年偕令弟蕉雪中翰门前植槐数本,题诗奉赠》注[1]。中翰:清代称内阁中书为中翰。又称内翰。孝廉:俗称举人为孝廉。

[2]南阮:晋阮籍与其侄阮咸同负盛名,共居道南,合称"南阮"。他们居住在道南,不比居住在道北的阮氏富有,却能习以为安、豁达开朗,故"南阮"。也用作家贫而放达的典故。南朝宋刘义庆《世说新语·任诞》:"阮仲容、步兵居道南,诸阮居道北。北阮皆富,南阮贫。"

[3]青眼:详见《耕余草·道旁柳》注[1]。

[4]东篱:晋陶潜《陶渊明集·饮酒》:"采菊东篱下,悠然见南山。"后因以借指菊花或种菊之处。

采买谣

常平仓始食货志(1)[1],增价而籴农获利[2],减价以粜凶荒备[3]。传之后世无治人,一籴一粜伤农民。年年岁未熟,县官抱空牍。请于大府僚,开仓粜陈谷。是时谷价如山高,石值白金二两,有奇人嗷嗷。千石万石卖牙侩,乡民不得买半挑。千贯万贯入官手,乡民不得分秋毫。可怜民命似鸡狗,转死沟壑期速朽。皇天不绝民性命,犹喜黄云被南亩[4]。涤场获稻炊香秔[5],共说收成有八九。半年今日一饱餐,妇子全家笑开口。忽闻昨夜下官符,采卖谷石还仓储。大张告示照部价,每石五钱无多余。虬须虎吏蝟毛磔[6],咆哮下乡如捕窃。乡民逃窜捉乡绅,交银乡绅散四邻。书生鼻涕长一尺,乍见官府丧魂魄。当堂具领部价银,归到乡村作差役。挨户俵散册档清[7],按粮派买称公平。尔谷早纳尔无事,尔谷不纳我黜名。纳谷之时更可哀,乡民负担纷纷来,日晡以后仓未开[8]。书吏索钱写串票,乡民无钱书吏叫。官亲验谷如验伤,喝令斗级风车扬[9]。袖中尚有钱一百,私贿斗级收入仓。谷入仓,日昏黄。无钱投宿卧路旁,腹中饥馁天雪霜。官租已完死无怨,只怨当日耿寿昌[10]。

【校】

(1)平:底本作"年",《三管英灵集》作"平"。常平仓为汉粮仓,故底本"年"误。

【注】

[1]常平仓:汉宣帝时,耿寿昌建议于边郡筑粮仓,谷贱时用较高价格籴入,谷贵时减价卖出。称为常平仓。汉以后历代在"调节粮价,备荒赈恤"的名义下,常设这种粮仓。食货

志:《书·洪范》:“八政:一曰食,二曰货,三曰祀,四曰司空,五曰司徒,六曰司寇,七曰宾,八曰师。”后因以“食货”为国家经济财政的统称。

[2]籴(dí):指买进谷物。

[3]粜(tiào):指卖出谷物。

[4]黄云:稻粱等黄熟之喻。南亩:南边之田亩也,后人泛称田亩曰“南亩”。《诗经·豳风·七月》:“馌彼南亩。”

[5]涤场:清扫场地。《诗·豳风·七月》:“九月肃霜,十月涤场。”香秔(jīng):稻的一种,也作“香粳”。

[6]蝟(wèi)毛:比喻众多。磔(zhé):张开。

[7]俵(biào)散:分发,分派。

[8]日晡:申时,下午三点到五点。

[9]斗级:主守仓库务场局院等的役吏。斗谓斗子,级谓节级。《明会典·仓庚》:“景泰三年,令各仓斗级库子,开写年甲、乡贯、住址,编造文册,候巡视官员点闸。”

[10]耿寿昌:西汉人。宣帝时任大司农中丞。时行漕运,每岁用卒六万,自关东逾京师。寿昌奏改由三辅弘农等郡就近供应,省卒过半。又建议于边郡置常平仓,谷贱籴进,谷贵粜出,民以为便。以功封关内侯。寿昌又精于天文、算学。曾删补《九章》,自著有《月行帛图·月行图》。

归家日作

孟陬携子出门去[1],记得桃花临古渡。腊月携子复还家,满野雪花飞不住。东郭先生履下穿[2],踏破琼瑶认归路。群鸡乱叫客到门,黄犬摇尾喜欲诉。山妻稚髻下机迎,怪我霜毛白无数。中庭牵衣摩儿顶,问儿久客归何暮。不问归装金有无,笑指庭梅香满树。邻家渐闻腊鼓声[3],山厨喜听糟床注[4]。整理黄冠祭腊期[5],安排黄羊祀灶具[6]。经年离别妇持家,今日骨肉团圆聚。今日骨肉团圆聚,明年萍梗知何处。醉后长吟夜正阑,灯前且把蒙庄注[7]。

【注】

[1]孟陬:农历正月。《楚辞·屈原·离骚》:“摄提贞于孟陬兮,惟庚寅吾以降。”朱熹《集注》:“孟,始也。贞,正也。于,於也。正月为陬。”清郝懿行《尔雅义疏·释天》:“按陬訾,星名,即营室东壁。正月,日在营室,日月会于陬訾,故以孟陬为名。”

[2]东郭履:汉武帝时齐方士东郭先生,家贫,履有上无下,行走雪中,足尽践地。见《史记·滑稽列传·东郭先生传》。后以形容人穷困潦倒。

[3]腊鼓：古人于腊日或腊前一日击鼓驱疫，因有是名。

[4]糟床注：糟床，制酒的器具。注，注出酒来。

[5]黄冠：农夫之冠。《礼记·郊特牲》："野夫黄冠。黄冠，草服也。"唐杜甫《遣兴》（之四）："上疏乞骸骨，黄冠归故里。"

[6]黄羊祀社：黄羊，野生羊的一种。《后汉书·阴识传》："家有黄羊，因以祀之。自是已后，暴至巨富，田有七百余顷，舆马仆隶，比于邦君。子方常言'我子孙必将强大'，至识三世而遂繁昌，故后常以腊日祀灶，而荐黄羊焉。"因阴识用黄羊祭祀灶神致富，后世即沿用此俗。

[7]蒙庄：即《庄子》。庄子（约前369－前286），战国蒙人。曾为漆园吏。相传楚成王闻其名，厚币以迎，许以为相，辞不就。著书十余万言，往往出以寓言，主张清静无为，独尊老子而屏斥儒墨。《庄子》亦名《南华真经》。《汉书·艺文志》著录《庄子》五十二篇，今存者三十三篇，计《内篇》七篇，《外篇》十五篇，《杂篇》十一篇。

得朱松庐明府书却寄二首[1]

一别河梁道路奢[2]，雁鸿飞到接瑶华[3]。自操洴澼难求富[4]，独守蓬蒿学种瓜[5]。秃管惟应同我老[6]，白云岂敢向君夸。山中只有消闲事，早课儿书晚课花。

羊裘远寄暖如春，恰称严陵坐钓身[7]。自是尹何工制锦[8]，为怜卜夏苦悬鹑[9]。粤山猿鹤知求友[10]，豳国风诗重养民[11]。我亦回头向西笑，兼葭秋水溯伊人[12]。

【注】

[1]明府：唐人称县令为明府。

[2]河梁：河梁常为古人送别之地。此指分别。

[3]雁鸿：指信。瑶华：比喻诗文的珍美。亦用以对人诗文的美称。

[4]洴澼（píngpì）：在水上漂洗棉絮。洴，浮；澼，漂洗。

[5]蓬蒿：借指草野田舍。唐李白《南陵别儿童入京》："仰天大笑出门去，我辈岂是蓬蒿人。"

[6]秃管：笔。

[7]严陵：即严光。字子陵，会稽余姚人。少曾与光武帝（刘秀）同游学，有高名。秀称帝，光变姓名隐遁。秀派人寻访，征召到京，授谏议大夫，不受。退隐于富春山。后人称他所居游之地为严陵山、严陵濑、严陵钓台。《后汉书·隐逸传》有载。

[8]"自是"句：典见《左传·襄公三十一年》："子皮欲使尹何为邑。子产曰：少，未知可

否。子皮曰:……使夫往而学焉,夫亦愈知治矣。子产曰:不可。……子有美锦,不使人学制焉。大官大邑,身之所庇也,而使学者制焉。其为美锦,不亦多乎?”制锦,即裁锦,此谦言,说治邑如学裁锦。

[9]卜夏:即子夏。详见《耕余草·眼昏》注[16]。

[10]粤山猿鹤:指归隐粤山后的山林生活,与猿鹤为友,悠然自在。

[11]豳国风诗:指《诗经·豳风》,其主要内容为人民生活、军事的反映。

[12]原注:松庐官秦陇。“蒹葭”句:用《诗经·秦风·蒹葭》“蒹葭苍苍,白露为霜。所谓伊人,在水一方。遡洄从之,道阻且长。遡游从之,宛在水中央”句意。

吕月沧病危[1],死而复苏。力疾寄诗留诀,读之泫然[2]。立遣舍弟辈驰视,则渐就痊,可知为无妄之疾也,口号一首用答前什[3]

力疾长吟泪已枯,关心知己字模糊。神仙自古常多劫,辰巳流年喜不符[4]。始信天公原有眼,岂容鹏鸟便栖隅[5]。问君地下修文者,曾见颜渊子夏无[6]。

【注】

[1]吕月沧:详见《耕余草·得吕月沧孝廉书却寄》注[1]。

[2]泫(xuàn):流泪。

[3]口号:古体诗的题名。表示随口吟成,和口占相似。前什:即前篇。《大雅》、《小雅》、《周颂》以十篇诗为一卷,叫作什,如《鹿鸣之什》等。

[4]辰巳:《史记集解》:“六甲孤虚法:甲子旬中无戌亥,戌亥即为孤,辰巳即为虚。甲戌旬中无申酉,申酉为孤,寅卯即为虚。……”孤虚,古时占卜推算之法。天干为日,地支为辰,日辰不全为孤虚。又称空亡。占卜时得孤虚,主事不成。

[5]鹏(fú)鸟:鸟名,又名山鸮。夜鸣,声恶。古以为不祥之鸟。贾谊有《鹏鸟赋》。旧题汉刘歆《西京杂记》(五):“贾谊在长沙,鹏鸟集其承尘。长沙俗以鹏鸟至人家,主人死。谊作《鹏鸟赋》,齐生死,等荣辱,以遣忧累焉。”

[6]“问君”两句:即“地下修文”之典。传说晋苏韶死后现形,对他的兄弟说,颜渊、卜商现在地下任修文郎。见《太平御览·晋·王隐·晋书》。此用“苏韶”指月沧。

猛虎谣

有虎有虎翼而角[1],爪牙如锯文斑驳[2]。白昼攫人肆吞嚼,颐中有物曰噬嗑[3]。虎之观象亦何虐，书生读书日下帷[4]。虎虽角翼何能为，哀哉小民似鸡狗。赋命穷薄投虎口，昨日东邻灾剥肤，今日西邻丧其耦。我闻猛虎昔渡河，今之猛虎何其多。横当大道饱人肉，山南山北无人过。可叹五陵游侠子[5]，臂鹰牵犬猎狐豖。闻声股栗那敢撄[6]，虎益咆哮眈眈视。虎益咆哮眈眈视，惜哉冯妇为善士[7]。

【注】

[1]“有虎”句：指“如虎生翼”，老虎更凶猛。

[2]文：通“纹”。指老虎身上的颜色。

[3]颐中有物曰噬嗑：噬嗑，易卦名。《易·噬嗑》：“噬嗑，亨，利用狱。”又《杂卦》：“噬，嗑，食也。”此卦以初九、上九、二阳为上下唇，以六二、六三、六五三阴为齿，有噬嗑九四一阳之象，即颐中有物之意，故名噬嗑。

[4]下帷：放下室内悬挂的帷幕。指教书。《史记·董仲舒传》：“下帷讲诵，弟子传以久次相授业，或莫见其面，盖三年董仲舒不观于舍园，其精如此。”后引申为闭门苦读。

[5]五陵：今陕西省咸阳市附近汉代高帝长陵、惠帝安陵、景帝阳陵、武帝茂陵、昭帝平陵，合称五陵。汉时经营帝王陵墓，使富豪迁住其地。杜甫《秋兴八首》：“五陵裘马自轻肥。”

[6]撄(yīng)：向……挑战或撩斗。《孟子》：“虎负隅，莫之敢撄。”

[7]冯妇：人名，善搏虎。《孟子·尽心下》：“晋人有冯妇者，善搏虎，卒为善士。则之野，有众逐虎，虎负隅，莫之敢撄。望见冯妇，趋而迎之。冯妇攘臂下车，众皆悦之，其为士者笑之。”后以“冯妇”指重操旧业者。

暑夜庭中赏月

大块扬洪炉，赤日光焰焰。中夜不能寐，挥汗如雨点。搴帷见明月[1]，犹作吴牛喘[2]。清风时一来，渐觉鬓眉展。仰视天宇阔，河汉水清浅[3]。俯视庭草绿，蒙茸露珠泫[4]。细数虾蟆更[5]，忽讶蟾蜍掩[6]。浮云偶亏蔽[7]，素魄光愈显[8]。对此惬幽赏，观化聊自遣[9]。长吟弄明月，狺狺吠邻犬[10]。惟有苍头奴[11]，鼾齁睡声软[12]。

【注】

[1]搴帷：撩起帷幕。

[2]吴牛喘：《太平御览》引《风俗通》：“吴牛望见月则喘，彼之苦于日，见月怖喘矣。”

[3]河汉水清浅:用《古诗十九首》中的"河汉清且浅,相去复几许"句意。河汉,指银河。此句意思是银河及其附近的天上很清亮。

[4]蒙茸:指葱茏丛生的草木。泫(xuàn):水滴下垂。

[5]虾蟆更:宋代宫中,五更之外尚有一更,称为六更,又称"虾蟆更"。宋周遵道《豹隐纪谈》:"盖内楼五更绝,柝鼓变作,谓之虾蟆更,禁门方开,百官随入,所谓六更者也。"

[6]蟾蜍:月亮的代称。传说月亮里有蟾蜍,故名。

[7]亏蔽:遮掩。

[8]素魄:月的别称。也指月光。《乐府诗集·南朝宋·鲍照·煌煌京洛行》:"夜轮悬素魄,朝天荡碧空。"此指月亮。

[9]观化:观察变化。《庄子·至乐》:"生者,假借也;假之而生生者,尘垢也。死生为昼夜。且吾与子观化而化及我,我又何恶也!"

[10]狺狺(yín):犬吠声。《楚辞·宋玉·九辩》:"猛犬狺狺而迎吠兮,关梁闭而不通。"

[11]苍头:指奴仆。汉时称奴为苍头,因其以青巾裹头。

[12]齁(hōu):鼾声。

出门

晨鸡咿喔啼,门前车载脂。仆夫已就道,殷勤别老妻。糟糠三十载[1],膏沐不暇施[2]。今日远行役,齑盐自支持。有女已遣嫁,未足当门楣。有子方舞象[3],年幼无所知。饮食与教诲,出入仗母慈。圣门诗与礼,万古悬家规。努力绵世业,羞为景升儿[4]。回头语小女,汝年将及笄[5]。他年尔出阁,尔母为结褵[6]。丁宁语未已,老妇前致词。丈夫志四方,有泪不必挥。勉矣登长途,云路展骥蹄[7]。富贵如有日,无为百里奚[8]。

【注】

[1]糟糠:《后汉书·宋弘传》:"弘曰:'臣闻贫贱之知不可忘,糟糠之妻不下堂。'"谓贫贱时,与共食糟糠。

[2]膏沐:古代妇女润发的油脂。《诗经·卫风·伯兮》:"自伯之东,首如飞蓬。岂无膏沐?谁适为容!"

[3]舞象:指十五岁以上。《礼记·内则》:"十有三年,学乐、诵诗、舞勺,成童舞象。"

[4]"羞为"句:景升即刘表(142-208),为荆州牧时,对割据势力的战争采取观望态度,所据地区破坏较少,中原人前来避难者甚众。建安十八年,曹操率领四十万大军进攻濡须口,孙权率兵七万抵抗月余。远远的见对面将士严明整肃,曹操不禁脱口叹道:"生子当如孙

仲谋,刘景升儿子若豚犬耳!”见《三国志》。

[5]及笄:笄,簪。以簪结发如成人,相当于男子之冠礼。古代女子已许婚者十五而笄,二十而嫁;未许婚者,二十则笄。古代女子一般十五岁许婚,结发上簪。参阅《礼·内则》。

[6]结褵:详见《耕余草·文君》注[7]。

[7]云路:犹言青云之路。喻宦途。

[8]百里奚:春秋时秦穆公之贤相。原为虞大夫。晋献公灭虞,虏奚,以为秦穆公夫人陪嫁之臣。奚以为耻,逃至宛,被楚人所执。秦穆公闻其贤,用五羖羊皮赎之,后来委以国政,称为五羖大夫。与蹇叔、由余等共助穆公建成霸业。

舟中除夕

湘水迢迢问路迟[1],行行不觉夕阳垂。星沉波底鱼龙静,日落船头岁月驰。三百六旬将尽夜,七千余里正长时。同舟若进屠苏酒[2],只恐狂奴最后期[3]。

【注】

[1]湘水:又称湘江,与漓水同发源于广西兴安县南约四、五十公里处的海阳山,合流至兴安县,始分流向东北入湖南境。

[2]屠苏:详见《耕余草·辛酉除夕,从弟开文索书桃符,书此以应》注[4]。

[3]“只恐”句:用“狂奴故态”之事。《后汉书·严光传》:“司徒侯霸与(严)光素旧,遣使奉书……光不答,乃投札与之,口授曰:‘君房足下……’霸得书,封奏之。帝笑曰:‘狂奴故态也。’”指狂士的老脾气。

舟中立春

兰桡日日剪江行[1],春以湖南草暗生。气候渐吹邹谷暖[2],云山喜见雁峰晴。盘登菜甲思乡味[3],老怯风波问水程。从此上林花有信[4],软红踏遍帝望尘[5]。

【注】

[1]兰桡(ráo):小舟的美称。

[2]邹谷暖:指邹衍吹律事。邹衍,战国齐临淄人。深观阴阳消息,作怪迂之变,著《终始》、《大圣》等篇,共十余万言,皆闳大不经。历游各国,至燕,昭王筑碣石宫师之。《列子·

汤问》:"微矣子之弹也！虽师旷之清角,邹衍之吹律,亡以加之。"张湛《注》:"北方有地,美而寒,不生五谷。邹子吹律暖之,而禾黍滋也。"后因以"邹律"喻带来温暖与生机的事物。

[3]菜甲:菜荚,菜初生之叶。

[4]上林:苑囿名,原为秦旧苑,汉武帝扩建,周围至三百里,有离宫七十所。苑中养禽兽,供皇帝春秋打猎。其地在陕西长安(今西安)、盩厔(今周至)、鄠县(今户县)一带。

[5]软红:都市繁华。帝望尘:帝王所属的王土。

舟夜不寐

春气渐和柔,残雪滴清响。余寒恋征袍,卧看江月朗。星辰波底沉,心目愈惝恍。远浦一灯明,渔翁坐补网。我独不成寐,僵卧夜半鄉[1]。心中有何事,得毋多幻想。平生求适意,一梦不可强。何况公与卿,求之必不爽。更闻舟子语,前途江汉广。努力乘长风,浩歌击兰桨。

【注】

[1]鄉(xiàng):通"向",对着。

赤壁怀古[1]

天风吹过祭风台[2],赤壁扬帆亦快哉。龙虎千秋余伯气[3],雌雄一代决奇才。徙薪曲突无先见[4],烂额焦头有后灾。太息曹瞒空丧魄[5],至今江底剩寒灰。

【注】

[1]赤壁:据《三国志·吴志·孙权》载:"瑜、普为左右督,各领万人,与备俱进,遇于赤壁,大破曹公军。"故址今在何处,说法很多,一为黄州,一为蒲圻。多数以为在今湖北省蒲圻县西北,濒临长江南岸。

[2]祭风台:古赤壁之战中,诸葛亮曾筑台借东风,此台或在今湖北黄州。

[3]伯:通"霸"。

[4]徙薪曲突:搬开灶旁柴禾,将直的烟囱改成弯的。本谓预防火灾。后亦比喻先采取措施,防患于未然。《汉书·霍光传》:"人为徐生上书曰:'臣闻客有过主人者,见其灶直突,傍有积薪,客谓主人,更为曲突,远徙其薪,不者且有火患。主人嘿然不应。俄而家果失火,

邻里共救之，幸而得息。于是杀牛置酒，谢其邻人，灼烂者在于上行，余各以功次坐，而不录言曲突者……今茂陵徐福数上书言霍氏且有变，宜防绝之。乡使福说得行，则国亡裂土出爵之费，臣亡逆乱诛灭之败。往事既已，而福独不蒙其功，唯陛下察之，贵徙薪曲突之策，使居焦发灼烂之右。'"事又见淳于髡事。汉桓谭《新论》："淳于髡至邻家，见其灶突之直而积薪在傍，谓曰：'此且有火'，使为曲突而徙薪。邻家不听，后果焚其屋，邻家救火，乃灭。烹羊具酒谢救火者，不肯呼髡。智士讥之曰：'曲突徙薪无恩泽，焦头烂额为上客。'盖伤其贱本而贵末也。"

[5]太息：叹息。曹瞒：指曹操（155－220年）。汉沛国谯人。字孟德，小名阿瞒。位至丞相、大将军、封魏王。

黄鹤楼[1]

昔人不敢题诗处[2]，今日长吟百尺楼。笔蘸明河飞墨渖[3]，身骑黄鹤上瀛洲[4]。滔滔江汉朝宗去[5]，渺渺龟蛇对岸浮[6]。太息萋萋芳草地[7]，高才傲物竟难留。

【注】

[1]黄鹤楼：遗址在今湖北武汉市武昌城内黄鹄山西北之黄鹤矶头。楼因山而名。相传三国吴黄武年间创建。清光绪十年（1884）因附近失火延烧被毁。现已重建。

[2]"昔人"句：崔颢《黄鹤楼》有句云："黄鹤一去不复返，白云千载空悠悠。"此诗极受李白推重，曾言："眼前有景道不得，崔颢题诗在上头。"

[3]墨渖：墨汁。宋陆游《老学庵记》："晁以道藏砚，必取玉斗样，喜其爱墨渖多也。"

[4]瀛洲：古代方士传说为仙人所居。晋王嘉《拾遗记·高辛》："三壶则海中三山也。一曰方壶，则方丈也；二曰蓬壶，则蓬莱也；三曰瀛壶，则瀛洲也；形如壶器。"

[5]江汉：指长江与汉水之间及其附近的一些地区。古荆楚之地，在今湖北省境内。此指长江与汉水。朝宗：比喻小水流注大水。

[6]龟蛇：即龟山和蛇山。龟山，古名翼际山，又名大别山、鲁山。在湖北武汉汉阳城北，为武汉名胜古迹较多的三山之一，前临大江，北带汉水，和武昌蛇山夹江对峙。相传大禹治水到此，遇一水怪作乱，数载不克，后灵龟自空飞扑怪身始降伏，治水遂得以成功，事后灵龟化为一山，即龟山。蛇山，一名黄鹄山，即黄鹤山。在湖北武汉市武昌城内。绵亘蜿蜒，形似伏蛇，头临大江，尾插东城。除署寺宫祠外，驰名的楼阁亭台先后有黄鹤楼、白云楼、斗老林等达二十多处。有"鄂之神皋奥区"的美称。

[7]太息：叹息。此句意见崔颢《黄鹤楼》："晴川历历汉阳树，芳草萋萋鹦鹉洲。"

武胜关[1]

昨夜投宿广水铺[2],今日问道武胜关。唤渡七次水重复,举头忽见青巑岏[3]。道旁恶石负土出,穹窿龟背龙蛇蟠[4]。荦荦确确怒相向[5],车声轰轰人流汗。有如江心石矶水,又如骨鲠喉中间[6]。仆夫进寸愁退尺,车中颠簸如跳丸。此为楚豫划疆界[7],地险丘陵川与山。地近中原尚如此,蚕丛蜀道那可攀[8]。驱车努力向前去,弃繻终军宁空选[9]。遥指春明三月路[10],鸾披凤掖花团团。香车宝马纵游览,不信人间行路难[11]。

【注】

[1]武胜关:关名。一名武阳关,又名沣山关。在河南信阳县境与湖北省交界处,为大别山脉重要隘口之一。见《嘉庆一统志·汝宁府》。

[2]广水:在今湖北广水县境。

[3]巑岏(cuánwán):峻峭的山峰。汉刘向《九叹·忧苦》:“登巑岏以长企兮,望南郢而窥之。”

[4]穹窿:物状中高而周下低。同“穹隆”。南朝梁萧纲《京洛篇》:“重门远照耀,天阁复穹窿。”

[5]荦荦(luò)确确:即荦确。石多貌。

[6]鲠(gěng):食骨留咽喉中曰鲠。

[7]楚豫:楚指楚地,此指湖北。豫指河南。

[8]蚕丛:据《太平御览·汉·扬雄·蜀王本纪》载:“蜀之先称王者,有蚕丛、柏濩、鱼凫、开明。”这是讲蚕丛是传说中蜀王的先祖。后人也以“蚕丛”喻指蜀地。唐李白《蜀道难》:“蚕丛及鱼凫,开国何茫然。”蜀:四川的简称。

[9]弃繻(xū)终军:为少年立志的典故。据《汉书·终军传》载,终军年十八被选为博士弟子,徒步入关就学,关吏予以繻。军谓“大丈夫西游,终不复传还”。弃繻而去。繻,古时出入关津的凭证,书帛裂而分之,出关时取以合符,乃得复出。

[10]春明:唐都长安,东面有三门,中名春明。见《唐六典·工部尚书》。因以“春明”为京都的通称。

[11]行路难:唐李白曾作《行路难》。

过邓禹故里[1]

南来北去岁如流,博得微官已白头。高密有灵应笑我[2],几人年少早封侯。

【注】

[1]邓禹(2–58):东汉新野人。字仲华。幼游学长安,与刘秀(光武)亲善。秀起兵至河北,禹杖策往见,佐秀运筹帷幄。秀称帝,拜为大司徒,封酂侯,食邑万户。国内既定,论功禹居第一,封为高密侯。卒谥元侯。明帝永平三年于南宫云台绘二十八将像,以禹为首。《后汉书》有传。

[2]高密:即邓禹。曾被封为高密侯。

戊辰小除之平乐广文任[1]

忽听船头起棹歌,招招舟子剪江波[2]。随身鸡犬云中去,却讶刘安眷属多[3]。

腊鼓鼟鼟岁欲除[4],昭州人士近何如[5]。到时试扫荒斋雪,门外应多问字车[6]。

朔风吹雨一毡寒,二百程途半险滩。从此埋头甘苜蓿[7],不堪回首望长安。

匆匆岁月二毛侵[8],半世功名守泮林[9]。博得头衔称庙祝[10],子衿城阙剧关心[11]。

【校】

(1)城:底本作"诫",今据上下文改。

【注】

[1]戊辰:嘉庆十三年(1808)。小除:即小除日。农历小除夕,广西桂北为腊月二十四日。平乐:县名,属广西壮族自治区。汉苍梧郡荔浦、富川二县地。三国吴甘露元年,置平乐县,取县南平乐溪为名。宋置平乐郡,元以后改平乐府,都在县设治。公元1913年裁府留县。广文:唐天宝九年,在国子监增开广文馆,设博士、助教等职,领国子学生中修进士业者。郑虔曾任广文博士,时人视为冷官。明清以来泛指儒学教官。

[2]招招:以手示意使来。

[3]"随身"两句:用"鸡犬升天"之典。晋葛洪《神仙传·刘安》载:汉代淮南王刘安好道术,修炼成仙,临去时,将仙药及药器放于庭园里,为鸡犬舐食,后鸡犬也升天成仙。王充《论衡·道虚》:"王(刘安)遂得道,举家升天,畜产皆仙,犬吠于天下,鸡鸣于云中。"后来比喻一人得势做官,其亲朋故旧也跟着得势。

[4]腊鼓:古人于腊日或腊前一日击鼓驱疫,因有是名。鼟鼟(tēng):象声词,形容鼓声。

[5]昭州:州名。三国吴置平乐县,属始安郡,唐武德四年于平乐县置乐州,贞观八年改

名昭州。元大德中改平乐府，明清因之。今广西平乐县即其旧治。

[6]问字：《汉书·扬雄传》载，扬雄多识古文奇字，刘棻曾向扬雄学奇字。后来称从人受学或请教为“问字”。宋黄庭坚《谢送碾壑源拣芽》：“已戒应门老马走，客来问字莫载酒。”

[7]甘苜蓿(mùxu)：用“甘苜蓿”之典。详见《耕余草·立秋日赐书楼雅集醉后赋此》注[8]。

[8]二毛：人老头发斑白，故以此称老人。《左传·僖公二十三年》：“君子不重伤，不禽二毛。”北周庾信《庾子山集·哀江南赋序》：“信年始二毛，即逢丧乱。”此处指斑白的头发。

[9]泮林：泮宫水边的林木。泮，春秋鲁之水名，作宫其上，故称泮宫。宫成，僖公饮酒于宫，诗人张大其词，即《诗·鲁颂》之泮水。汉文帝命博士撰《王制》，遂谓天子之学有辟雍，诸侯之学有泮宫。自是以后，说经者皆以泮宫为学宫。科举时代称生员入学为入泮。

[10]原注：俗谑教官为孔子庙祝。按：庙祝，庙中管香火的人。

[11]子衿：古时青年学子所穿的衣服，后世诗人多以喻指学子、秀才。此句用曹操《短歌行》“青青子矜，悠悠我心”句意。

学署东西植槐树四本，诗以纪事

空斋春雨足，蜗壳生微涎。苔钱满阶砌(1)[1]，一一青且圆。呼僮负雅觜[2]，种树东西偏。昔读种树书，封植我最贤[3]。根深土欲故，加以雨露溥[4]。从此十年后，槐市阴参天。树木只如此，树人或不然。伦常为根本，勋业枝干全。诗词与文字，譬如花叶妍。灌溉以经史，不朽乃可传。于此百年内，庶几节目坚[5]。区区十年计，场师诚贱焉[6]。题诗示小子，抚树心拳拳[7]。

【校】

(1)钱：底本此字前有“前”字，当是衍文。

【注】

[1]苔钱：即苔。因苔点形圆如铜钱，故称。

[2]觜：即“嘴”。

[3]封植：栽培。白居易《养竹记》：“竹，……以其有似于贤，而人爱惜之，封植之。”

[4]溥(tuán)：形容露水多。

[5]庶几：也许可以，表示希望或推测之词。《庄子·人世间》：“医门多疾，愿以所闻思其则，庶几其国有瘳乎。”节目：树木枝干交接之处为节，纹理纠结不顺的部分为目。《礼记·学记》：“善问者如攻坚木，先其易者，后其节目，及其久也，相说以解。”

[6]"场师"句:《孟子·告子上》:"今有场师,舍其梧槚,养其樲棘,则为贱场师焉。"场师,管理场圃的人。

[7]拳拳:恳切,忠谨貌。

春日即事呈同斋诸公

兀坐摊书卷,垂帘春昼长。雀罗门寂寂,苔点径苍苍[1]。草色向人绿,蜂声到午忙。欺心语同伴,报国有文章。

【注】

[1]苔点:即苔。因苔钱形圆如铜钱,故称。

首夏即事

薰风日日到阶除,脱却春衫体更舒。官冷不曾招热客,天长正好理残书。几多幽草墙根绿,无数浮云眼底虚。酒债诗逋偿未得[1],教儿且莫赋归欤[2]。

雀罗门户动凉飔[3],载酒何人过泮池[4]。隔岸青山峰澹澹[5],经旬新笋竹离离[6]。街头乞得长腰米[7],窗下吟成上尾诗[8]。如此生涯真落寞,任他蛙鼓日斜时。

【注】

[1]逋(bū):债,拖欠。

[2]归欤:《论语·公冶长》有"子在陈曰:'归欤归欤'"的话,表怀乡之情。

[3]飔(sī):疾风。三国魏曹植《曹子建集·盘石篇》:"一举必千里,乘飔举帆幢。"

[4]泮池:泮宫之池。依古礼,天子太学,中央有一座学宫,称为辟雍,四周环水,而诸侯之学,只能南面泮水,故称泮宫。因孔子曾经受封为文宣王,所以泮池为其规制。

[5]澹澹:广漠。

[6]离离:分披繁茂的样子。《诗·王风·黍离》:"彼黍离离,彼稷之苗。"

[7]长腰米:米名,形狭长,亦名箭子。

[8]上尾:南朝梁沈约提出的作诗"八病"之一。凡上句尾字与下句尾字,或第一句与第三句尾字为双声,皆称"上尾"。

张友堂明府招饮道乡书院[1]

得到龙门记胜游[2]，偶然萍梗聚昭州[3]。孟郊诗什吟声苦[4]，公瑾交情酒味投[5]。座接芝兰参道气[6]，人传俎豆仰风流[7]。一杯重谢神明宰[8]，太息狂生已白头。

【注】

[1]张友堂：名堉春，号友堂，江西萍乡县举人。嘉庆二十三年知平乐县令，爱士恤民，严保甲团练，盗贼敛迹。听断悉协民隐。公出时，民有控诉途中者，即于途中讯决，民尤便之。每月课书院诸生，亲为指授，奖励殷勤。建文昌阁魁星楼于城南以培文风。后升广东廉州府知府。明府：唐人称县令为明府。道乡书院：在今广西平乐北关外。明嘉靖六年，兵备副使李如圭得井栏石视之，乃道乡书院断碑始建之地。及兴废年月不可考。嘉靖九年，提学道黄佐嘱知府龙大有重建，去府治半里，曰道乡，从公号也。万历改为七贤祠，康熙四十九年，知县黄大成别建道乡书院于北门凤凰山下。见《平乐县志》。

[2]龙门：喻声望高的人。《后汉书·李膺传》："膺独持风裁，以声名自高，士有被容接者，名为登龙门。"

[3]昭州：今广西平乐县。

[4]"孟郊"句：指孟郊作诗力求贾岛的"吟安一个字，拈断数茎须"。

[5]"公瑾"句：公瑾，即周瑜。用"程普交周瑜"之典。详见《耕余草·邵璜溪刺史惠酒》注[5]。

[6]芝兰：芷和兰。皆香草。芝，通"芷"。喻优秀子弟。

[7]原注：书院为邹忠介公读书处，守土者岁修祀事。俎豆：俎和豆都是古代祭祀、宴飨时盛食物用的两种礼器。引申为祭祀、崇奉之义。《庄子·庚桑楚》："而窃窃焉欲俎豆予于贤人之间。"

[8]神明宰：明察如神的地方官。《唐诗纪事》中有沈佺期《饯唐永昌》："洛阳旧有神明宰，辇毂由来天地中。"

送张友堂明府[1]

平生不识昭州路[2]，鸣桡直抵中关渡[3]。我来恰值岁欲除，孤蓬野泊舟子惧。静夜不闻犬吠声，村村遍植甘棠树[4]。问谁贤尹宰是邦，云是张君来部署。使君江西名孝廉[5]，胸中森然列武库[6]。士元岂止百里才[7]，骥足终当骋远步[8]。不嫌薄宦四壁清，屏除驺从时左顾[9]。寒毡拂拭生光辉，谓我孤介鲜世故[10]。道乡书院共论文[11]，抵掌衔杯薄章句[12]。循吏儒林各努力[13]，异苔同岑胶漆固[14]。遥忆今年三月初，使君劝农桥亭铺[15]。随车甘雨被青畴，四野秧歌颂五袴[16]。长愿使君宰是邦，小民岁岁输租赋。岂知借寇未一年[17]，禾黍登场君远去[18]。君远去，百计留君留不住，忍听攀辕啼到暮[19]。鄙生饯送独徘徊，山色苍苍起烟雾。欲采黄花远赠君[20]，明年此曾知何处。

【注】

[1]张友堂：详见《耕余草·张友堂明府招饮道乡书院》注[1]。明府：唐人称县令为明府。

[2]昭州：今广西平乐县。

[3]鸣桡(ráo)：唱船歌。中关渡：即中渡县。明时为雒容县治。万历间移县，设平乐镇巡司，清初因之。光绪间游匪覃老法、陆亚管先后蟠踞四十八峒，四处骚扰。事平，因移桂防厅抚民同知驻上十八峒，建厅治于平乐司，以其地向名中渡，逐号中渡厅，属广西桂林府。割永宁、永福、雒容、柳城、融一州五县之边地属焉，民国改厅为县，原属广西桂林道。

[4]甘棠：详见《耕余草·送春次陈蕉雪中翰韵》注[3]。

[5]孝廉：俗称举人为孝廉。

[6]武库：储藏武器的仓库。后也用以称人富有才识，干练多能。

[7]"士元"句：庞统(179－214)，汉末襄阳人，字士元。其叔父庞德公(鹿门山采药化仙之人)称他为凤雏。刘备领荆州，使统守耒阳令，不治。吴将鲁肃致书备曰："庞士元非百里才也，使处治中、别驾之任，始当展其骥足耳。"诸葛亮亦言之于备，遂使为治中从事，与亮并为军师中郎将。劝备取蜀，进军雒县，中流矢卒，年三十六。见《三国志·蜀·庞统传》。

[8]骥足：《三国志·蜀志·庞统传》记载，鲁肃写信给刘备推荐庞统，提出要给庞统作治中、别驾之类的官，才能"展其骥足"。后以"骥足"喻指俊杰的人才。

[9]驺从：显者出行，前后侍从之骑卒称驺从。《东斋记事》："祥符中，蔡文忠状元及第，上命特给驺从传呼。"

[10]孤介：耿直方正，不随流俗。

[11]道乡书院：详见《耕余草·张友堂明府招饮道乡书院》注[1]。

[12]抵掌：击掌。指人在谈话中的高兴神情。亦因指快谈。衔杯：口含酒杯。多指饮酒。章句：章节与句子，主要指训诂，深究一章一句。

[13]循吏：奉职守法的官吏。

[14]异苔同岑：晋郭璞《赠温峤》："人亦有言，松竹有林。及余(尔)臭味，异苔同岑。"后世因以"苔岑"指志同道合的朋友。胶漆固：即胶固。团结巩固。

[15]使君:汉时称刺史为使君。《玉台新咏·日出东南隅行》:“使君从南来,五马立踟蹰。”汉以后是对州郡长官的尊称。《三国志·蜀·先主传》:“是时,曹公从容请先生(刘备)曰:‘今天下英雄,惟使君与操耳!’”当时刘备为豫州牧。桥亭铺:属广西平乐县。

[16]五袴:“袴”同“绔”。《后汉书·廉范传》:“廉范字叔度,……建初中迁蜀郡太守,……旧制禁民夜作,以防火灾。……范乃毁削先令,但严使储水而已。百姓为便。乃歌之曰:‘廉叔度,来何暮!不禁火,民安作。平生无襦,今五绔。’”后来把“五绔”作为称颂官吏的用语。

[17]借寇:“寇”指寇恂(前? -36),字子翼。东汉上谷昌平人。世为地方著姓。光武帝时拜河内太守,曾镇压农民起义军绿林军。继任颍川汝南太守,封雍奴侯。后随光武出征再到颍川,当地士绅谓光武曰:“愿从陛下复借寇君一年。”见《后汉书·寇恂传》。后因以“借寇”为地方挽留官吏之典。

[18]登场:谷物收割后运到场上。

[19]攀辕:“攀辕卧辙”的省称。牵挽车辕,横卧车道,拦阻车行。东汉侯霸为淮平大尹,有能名。更始元年遣使征霸,百姓遮使者车,或当道而卧,曰:“愿乞侯君复留期年。”见《后汉书·侯霸传》。《白孔六帖》(卷七七):“侯霸字君房,临淮太守,被征,百姓攀辕卧辙不许去。”后来多为称颂地方长官之语。

[20]黄花:菊花秋开,秋令在金,故以黄色为正,因称黄花。

访单月亭参军[1]

自去蒙山历几旬[2],昭州萍梗又相亲[3]。屏间诗句皆名士,窗外芭蕉尽美人。身寄闲曹原是福,书能借读不嫌贫。放衙日日浑无事,肯许寒毡结比邻。

敢说才名三十年,文章事业两茫然。投闲枉自居经席,垂老应知愧俸钱。月夜好同蛩语咽,秋无喜见雁行联[4]。问君吏隐南墙下[5],对树吟哦日几篇。

【注】

[1]参军:官名。东汉末有参军事之名。即参谋军务。简称参军,位任颇重。晋以后军府和王国始置为官员。有单称的,有冠以职名的,如记室、录事及诸曹参军等。沿至隋唐,兼为郡官。明清称经历为参军。杜甫《春日忆李白》:“清新庾开府,俊逸鲍参军。”

[2]蒙山:在今广西梧州蒙山县西南。见《读书方舆纪要·永安州·蒙山》。

[3]昭州:今广西平乐县。

[4]原注:令弟亦工诗,出示近什。

[5]吏隐:古时士大夫中官职低微者的自称,意为隐于下位。宋之问《兰田山庄》:“宦游

非吏隐,心事好幽偏。”

昭州城晚眺[1]

江流曲曲抱城隈[2],雉堞连云亦壮哉(1)[3]。远雁失群依水立,秋风如箭射人来。荒村米价年年贵,大府歌筵夜夜开。欲上梅公亭上望[4],饥乌绕树不胜哀[5]。

【校】

(1)连:底本作“联”。《漓江耆旧集》作“连”。今据句意改。

【注】

[1]昭州:今广西平乐县。

[2]隈(wēi):山水弯曲处。

[3]雉堞:城墙长三丈广一丈为雉;堞,女墙,即城墙上凹凸迭起的墙。此泛指城墙。唐白居易《赠楚州郭使君》:“淮山东南第一州,山围雉堞月当楼。”

[4]梅公亭:在广西平乐县治东北凤凰山下。宋梅挚建,以昭州所为诗及《五瘴说》刻石嵌于壁。

[5]饥乌绕树:曹操《燕歌行》:“月明星稀,乌鹊南飞。绕树三匝,何枝可依?”

岁暮感怀

无事门常掩,隆冬雨雪霏。荒城文字贱,晚岁鬓毛稀。日月忽已逝,家园不易归。长吟聊自遣,拈笔墨花飞。

署后园蔬持盛,每餐撷食不尽,园丁请鬻于市,诗以遣之

天与园丁雨露浓,芥苔生意喜蒙茸[1]。当年孤负看花眼,今日真成卖菜佣。市上谁人知此味,民间面色苦难容。得钱沽酒应须醉,老圃何曾让老农。

【注】

[1]蒙茸:指葱茏丛生的草木。

岁除放歌

我不耕田妇不织,十余人口惟坐食。豚儿读书过辄忘[1],鸠妇卧病头不栉[2]。斋夫饱食日鼾睡,黄犬司阍卧门阈[3]。老夫高歌动四邻,吟诗自问居何职。谓我为官不排衙[4],谓我作客却有家。谓我谋商无居积,但有汗牛充栋书[5]。闲中时时作忙事,早晚清课惟浇花[6]。如此生涯朝复暮,不觉流光岁已除。黄羊祀灶我未能[7],结柳送穷鬼不去[8]。庸材深荷大府贤,不加屏斥给俸钱。瘦羊博士擅名号[9],老马乃欲蒙锦鞯[10]。俯首深惭伯乐顾[11],毛骨虽存膂力惩[12]。隆冬寒毡坐自暖,挈壶一醉心陶然。

【注】

[1]豚儿:自称其子之谦词。明张居正《张文忠集·书牍·与藩伯曾文伯》:"豚儿寡学,滥窃科名,远辱遣贺,兼拜珍贶。"

[2]鸠妇:本鸟名,即鹁鸠。此代指作者之妻。栉:梳洗。

[3]司阍:看门的人或动物。阈(yù):门槛。

[4]排衙:详见《耕余草·陈春宇刺史同年偕令弟蕉雪中翰门前植槐数本,题诗奉赠》注[5]。

[5]汗牛充栋:形容书籍很多,搬运时牛累得出汗;收藏时装满屋子,高及梁栋。唐柳宗元《柳河东集·唐故给事中皇太子侍读陆文通先生墓表》:"其为书,处则充栋宇,出则汗牛马。"

[6]清课:原指佛教日修之课。此处指清雅的功课。

[7]黄羊祀社:详见《耕余草·归家日作》注[6]。

[8]结柳送穷:正月初五"送穷",是我国古代民间一种很有特色的岁时风俗。韩愈《送穷文》中有"结柳为车,缚草为船"句。

[9]瘦羊博士:即东汉博士甄宇。东汉建武中,每猎,辄诏书赐博士一羊,羊有大小肥瘦。博士祭酒议欲杀羊分肉,又欲投钩。甄宇耻之,因先自取最瘦者,由是不复有争讼。后召会,帝问"瘦羊博士"所在,京师因以号之。见《后汉书·甄宇传》李贤《注》引《东观汉记》。

[10]锦鞯:漂亮的衬托鞍的垫子。

[11]伯乐:春秋秦穆公时人,以善相马着称。常用来指善识别人才的人。见《庄子·马蹄》。

[12]愆:丧失。《左传·昭公二十六年》:“王昏不若,用愆厥位。”

元旦打春歌

黄鸡唱罢玉漏催[1],瞳瞳晓日曙色开[2]。青幡彩仗导前列,两边鼓吹欢如雷。是日追随贤太守,祭罢芒神三叩首[3]。手执长鞭鞭土牛[4],儒生愧落祖生后[5]。一鞭春牛惊太空,打动消息上下通。草木勾萌尽甲坼[6],天地交泰孰为功。举鞭试问岁君说[7],化育全归掌握中。众官礼毕去朝服,笑看土牛形觳觫[8]。须臾分裂无完肤,宫无厉禁礼从俗。日暮归来共贺春,小往大来困僮仆。春盘细菜供晚餐,且喜瓮头春酒熟[9]。

【注】

[1]黄鸡唱:用苏轼《浣溪沙》中的“莫道人生无再少,门前流水尚能西,休将白发唱黄鸡”句。表现了一种积极向上、年轻的生活态度。玉漏:对古代计时漏壶的美称。

[2]瞳瞳:初升的太阳照亮大地时的景色。

[3]芒神:即勾芒神。古代传说中主管树木的神。在古时候,春牛和芒神是迎春劝农仪式上必备的东西。

[4]鞭土牛:又称鞭春牛。《周礼·月令》:“出土牛以送寒气。”嘉庆本《澄海县志》载:每年的立春日,官府必须率人马到郊外举行迎春大典,然后举行“鞭春牛”活动。

[5]“儒生”句:用“祖生鞭”之典。详见《耕余草·春日示同学》注[9]。

[6]勾萌:萌芽。甲坼:外壳裂开。《易·解》:“雷雨作而百果草木皆甲坼。”

[7]岁君:太岁神,本为道教的星辰尊称,简称为“太岁”,或称为“岁神”、“岁君”等,也就是年神。

[8]觳觫(húsù):恐惧战栗貌。

[9]瓮头:初熟之酒。又名“瓮头春”。唐岑参《岑嘉州诗·喜韩樽相过》:“瓮头春酒黄花脂,禄米只充沽酒资。”

龙灯

不好真龙好似龙,市儿眼界本凡庸。元宵解布常蛇阵,碧海谁知点额容[1]。买尽春光无雨致,烧残蜡泪少云从。偶因昨夜金吾放[2],得上鳌山几万重[3]。

堪笑良宵百戏陈[4],家家都是豢龙人[5]。脂膏流尽元黄血[6],缯彩裁成径尺鳞[7]。夜静那须明用晦,春回何必蛰存身[8]。从今不看扬州月,借得余光照四邻。

夭矫边蜷制作殊,飞腾从不到江湖。纵投宫沼非灵瑞,怕睡重渊抱赤珠。漏静垂髯游绮陌[9],月明骧首入云衢[10]。岂知都借人抬举,博得儿童一知呼。

骨节玲珑照五更,居然头角势峥嵘。未能入海先烧尾,无力升天亦点睛。永夜光芒争气焰,全身透露太分明。几多年少推高手,毕竟谁人属老成。

【注】

[1]点额:谓跳龙门的鲤鱼头额触撞石壁。后因以"点额"指仕途失意或应试落第。

[2]金吾:古官名。负责皇帝大臣警卫、仪仗以及徼循京师,掌管治安的武职官员。其名称体制、权限历史多有不同。汉有执金吾。唐宋以后有金吾卫、金吾将军、金吾校尉等。

[3]鳌山:宋时元宵夜放花灯,将彩灯堆迭成山形,称鳌山。

[4]百戏:古散乐杂技,如扛鼎、寻橦、吞刀、爬竿之类。

[5]豢龙:传说虞舜时有董父,能畜龙,有功,舜赐之氏曰豢龙,旧许州临颍县有豢城,相传即董父封邑。见《左传·昭公二十九年》。

[6]元黄:即"玄黄"。黑色与黄色。《易·坤》:"夫玄黄者,天地之杂也,天玄地黄。"

[7]缯:丝织品的总称。

[8]蛰存身:即惊蛰。指蛰伏在泥土里的冬眠生物开始出土活动。

[9]绮陌:纵横交错的道路。唐元稹《长庆集·羡醉》:"绮陌高楼竞醉眠,共期颇领不堪怜。"

[10]骧(xiāng)首:昂首。《文选·汉·邹阳·上书吴王》:"臣闻蛟龙骧首奋翼,则浮云出流,雾雨咸集。"云衢:指高空。

祝张母王太孺人寿[1]

献岁逢寅月,千门降福禳。清河开甲第,锦帨毓祯祥[2]。珂里家声旧[3],横渠道脉长[4]。博闻同壮武[5],世业继安昌[6]。萱砌花常暖[7],兰阶气自芳。三株森玉树,万户颂琴堂[8]。念昔诸孤日[9],于今命妇章[10]。学成堪做宰,宦达喜称郎。敢负庭闱训[11],还欣膂力刚。驱车辞上国,捧檄到穷乡。吏治廉为本,官箴守不忘[12]。平反劳母问,抚字慰民望[13]。夜值金吾放[14],星垂宝婺光[15]。翩翩联彩服[16],婀娜奏霓裳[17]。小子形蒲柳[18],夫人鬓雪霜。一年钦壶范[19],百拜晋霞觞[20]。江鲊何曾有[21],君羹合共尝[22]。盘陈功德果,座接史书香。谬厕苏湖席[23]，叨随鵷鹭行[24]。屡邀青眼顾[25]，久许白眉良[26]。论政崇宽简，吟诗辨宋唐。每愁东国困[27]，于役北山忙[28]。矢志惟忠孝，荣亲在显扬。从兹酬罔极，就养实无力。

【注】

［1］原注：平乐令友堂明府母。按：友堂，即张友堂。详见《耕余草·张友堂明府招饮道乡书院》注［1］。

［2］帨（shuì）：佩巾。

［3］珂里：对他人故里的美称。《新唐书·张嘉祐传》："昆弟每上朝，轩盖驺导盈闾巷，时号所居坊曰'珂里'。"

［4］横渠：即宋张载（1020－1077），凤翔郿县横渠镇人，世称"横渠先生"。

［5］壮武：即张华。字茂先，范阳方城人，魏初举太常博士，入晋官至司空，领著作，封壮武郡公，永康元年四月赵王伦之变，华被害，夷三族，时年六十九。《晋书》有传。华既通图纬，又多览方伎书，能识灾祥异物，故有博物洽闻之称。

［6］安昌：即张禹（前？－前5）。汉河内轵人，字子文。从施雠受《易》，从王阳庸生受《论语》，明习经学，应试为博士。元帝时授太子《论语》，迁光禄大夫。成帝时为相，封安昌侯。禹性奢侈，广置产业，买田多置四百顷。时外戚王氏专权，禹以帝师之尊，唯诺逢迎，但求保有富贵。

［7］萱砌：即萱堂。指父母所居之地。

［8］琴堂：《吕氏春秋·察贤》："宓子贱治亶父，弹鸣琴，身不下堂而亶父治。"后遂称州、府、县署为"琴堂"。

［9］诸孤：乃总鳏、寡、孤、独而言，盖老而无妻曰鳏，无夫曰寡，无父曰孤，老而无子曰独，是鳏、寡、孤、独皆是孤独之人。

［10］命妇：受有封号的妇女。《国语·命妇》："命妇，成祭服。"贾逵《注》："命妇，大夫之妻也。"

［11］庭闱训：即庭训。《论语·季氏》记孔子在庭，其子伯鱼（鲤）趋而过庭，孔子教以学《诗》、《礼》。后因称父教为"庭训"。杜甫《登兖州城楼》："东郡趋庭日，南楼纵目初。浮云连海岳，平野入青徐。孤嶂秦碑在，荒城鲁殿余。从来多古意，临眺独踌躇。"

［12］官箴：箴，劝告，规戒。官箴原指百官对皇帝的劝戒，后指对官吏的劝戒。

［13］抚字：抚养。谓对百姓的安抚体恤。

［14］金吾：古官名。负责皇帝大臣警卫、仪仗以及徼循京师，掌管治安的武职官员。其名称体制、权限历史多有不同。汉有执金吾。唐宋以后有金吾卫、金吾将军、金吾校尉等。

［15］宝婺：婺女星。借指为女神。李商隐《李义山诗集·七夕偶题》："宝婺摇珠珮，嫦娥照玉轮。"后来诗文多用为颂扬贵妇人之词。

［16］彩服：用"老莱子结彩娱亲"之典。详见《耕余草·五十初度感赋四首》注［9］。

[17]嫋嫋:轻轻的飘动。霓裳:详见《耕余草·送同年熊梦庵员外赴阙》注[2]。

[18]蒲柳:杨柳。《世说新语·言语》:"蒲柳之姿,望秋而落。"喻早衰。

[19]壸(kǔn):宫中的道路,引申为宫内。此指内室。

[20]晋:通"进"。霞觞:即九霞觞。酒杯名。《全唐诗·许碏·醉吟》:"阆苑花前是醉乡,踏翻王母九霞觞。"

[21]鲊(zhǎ):经加工制作便于贮藏的鱼食品,如腌鱼、糟鱼之类。

[22]君羹合共尝:《左传·郑伯克段于鄢》载:郑庄公以同母弟叔段之叛,置其母于城颍,并发誓不到黄泉不相见。颍考叔去见庄公,庄公赐他饮食,他吃饭时将肉羹留下。庄公问他,他说:"小人有母,皆尝小人之食矣,未尝君之羹,请以遗之。"见《左传》。后以此典形容人孝敬父母。

[23]谬厕苏湖:厕,通"侧"。苏湖,苏,指苏州;湖,即湖州,皆为江南著名的鱼米之乡,膏腴之地。

[24]鹓(yuān)鹭:二鸟群飞有序。因以喻朝官班行。

[25]青眼:详见《耕余草·道旁柳》注[1]。

[26]白眉良:即三国蜀汉马良,字季常,兄弟五人皆用"常"为字,并有才名。良眉有白毛,才学尤为出众,乡里谚曰:"马氏五常,白眉最良。"见《三国志·蜀·马良传》。后世称兄弟行中才俊特出者曰"白眉"。李白《李太白诗·对雪奉饯任城六父秩满归京》:"季父有英风,白眉超常伦。"

[27]东国困:《诗经》有《大东》篇。《毛诗序》:"《大东》,刺乱也。东国困于役而伤于财,谭大夫作是诗以告病。"

[28]于役北山:《诗经·王风·君子于役》:"君子于役,不知其期。"《诗经·邶风·北门》:"陟彼北山,言采其杞。"

祝景榴村郡伯四十初度[1]

维岳生申甫[2],春阴首祚先[3]。和风嘘众类,化日布芳妍。酒挹玻璃盏[4],花垂玳瑁筵[5]。瑶阶铺锦绣,乐土遍歌弦。试听舆人颂[6],深知太守贤。金鱼腰下佩[7],铜虎掌中悬[8]。世泽铭钟鼎,君恩锡豆笾[9]。长城兼万里,专阃制三边[10]。绝缴军威盛,云台画像传[11]。旌旄临岭海[12],裘带靖烽烟。勋阀诒谋远[13],卿材历代绵。一麾才寄咏[14],五袴庆安全[15]。琴鹤为家具[16],经纶裕壮年。黄堂开福地[17],燕寝见青天[18]。合浦辉光媚[19],廉泉涸浊蠲[20]。清将昭水比[21],名合印山镌[22]。待士施隆礼,怜才到冗员。榻留徐孺子[23],马遇九方歅[24]。幸值正元月,欢陈祝嘏篇[25]。他时膺节钺[26],青鬓尚依然。

【注】

[1]郡伯:旧称知府为郡伯,以其掌管一郡,相当于古代的方伯。

[2]"维岳"句:《诗经·大雅·崧高》:"崧高维岳,骏极于天。维岳降神,生甫及申。"毛亨《传》:"岳降神灵和气,以生甫申之大功。"申、甫为周宣王舅父,朝之重臣,相传为四岳后裔。

[3]首祚:首岁。晋王羲之《月仪书》:"日往月来,元正首祚。"

[4]挹(yì):把液体盛到容器中。

[5]玳瑁筵:用玳瑁装饰坐具的宴席,指盛宴。

[6]舆人颂:《左传·僖公二十八年》:"听舆人之诵曰:'原田每每,舍其旧而新是谋。'"指弃旧田得新田。

[7]金鱼:唐制,三品以上服紫,佩金符,刻鲤鱼形,谓之金鱼。

[8]铜虎:虎形铜符。《史记·文帝纪》:"(三年)九月,初与郡国守相为铜虎符、竹使符。"颜师古《注》引应劭曰:"铜虎符第一至第五,国家当发兵,遣使者至郡合符,符合乃听受之。"省称"铜符"、"铜虎"。

[9]豆笾:即笾豆。详见《耕余草·冬至后三日,莪青书屋小集……》注[5]。

[10]专阃(kǔn):专主阃外的事权。阃外,郭门之外。《史记·冯唐》:"阃以内者,寡人制之;阃以外者,将军制之。"裴骃《史记集解》引韦昭:"此郭门之阃也。门中橛曰阃。"后称将帅在外统兵为"专阃"。三边:汉代幽并凉三州,其地都在边疆。后泛指边疆。

[11]云台画像:云台,汉宫中高台名。《后汉书·阴兴传》:"后以兴领侍中,受顾命于云台广室。"李贤《注》:"洛阳南宫有云台广德殿。"汉明帝时因追念前世功臣,图画邓禹等二十八将于南宫云台,后用以泛指纪念功臣名将之所。

[12]岭海:地区名。即岭南。其地北倚五岭,南临南海,故名。

[13]勋阀:即勋门。建立过功勋的家族。诒谋:犹诒燕。《诗·大雅·文王有声》:"诒厥孙谋,以燕翼子。"郑玄《笺》:"传其所以顺天下之谋,以安敬事之子孙。"谓为子孙妥善谋划,使子孙安乐。

[14]一麾:指刺史的旌旗。旧称出任郡守为"一麾出守"。

[15]五袴:"袴"同"绔"。《后汉书·廉范传》:"廉范字叔度,……建初中迁蜀郡太守,……旧制禁民夜作,以防火灾。……范乃毁削先令,但严使储水而已。百姓为便。乃歌之曰:'廉叔度,来何暮!不禁火,民安作。平生无襦,今五绔。'"后来把"五绔"作为称颂官吏的用语。

[16]"琴鹤"句:用"一琴一鹤"之典。《宋史·赵抃传》:"(赵抃)及谢,帝曰:'闻卿匹马入蜀,以一琴一鹤自随,为政简易,亦称是乎?'"后因以"一琴一鹤"称颂官吏为政清廉。

[17]黄堂:太守办事的厅堂。黄堂为天子便殿,犹黄门为宫中侧门。正僚则以黄堂为正厅,其后乃专属于太守,且增饰传闻之辞,称战国春申君子假君有殿,其后太守居之,数失火,

涂以雄黄乃止,因名黄堂。明清知府为太守之职,故俗亦称知府为“黄堂”。

[18]燕寝:周制,王有六寝,一是正寝,余五寝在后,通名燕寝。此指休息安寝的居室。

[19]合浦:古郡名。汉置,郡治在今广西合浦县东北。

[20]廉泉:泉名,在江西赣州市内。相传南朝宋元嘉中,一夕暴雨,忽涌地成泉。当时郡守有廉名,因名廉泉。蠲(juān):减除,消掉。

[21]昭水:即乐水,源出富川,经恭城,绕平乐县城。

[22]印山:在今广西平乐县境内。

[23]“榻留”句:用“徐稚榻”之典。详见《耕余草·朱松庐明府枉过,送归……》注[16]。

[24]九方歅:春秋时善相马的人。为伯乐所称道。见《吕氏春秋·观表》、《淮南子·道应》。《列子·说符》作“九方皋”。

[25]祝嘏:告神祈福之辞。嘏,福。《礼·礼运》:“修其祝嘏,以降上神。”后世谓祝寿为“祝嘏”。此指祝寿。

[26]膺:承当,接受。节钺:符节与斧钺,指拜受将军时,皇帝要给所受之人符节与斧钺,后来借指受将军之职,但清代已无此军礼。

斋中独坐

坐看春芳歇,悠悠岁月奔。小园飞雨片,古砌篆苔痕。客去空留榻,官闲早闭门。晚衙槐影静,寂寂又黄昏。

三绝吾何有[1],庄樗本不材[2]。春光随日去,山色过江来。往事真成梦,名心已似灰。那堪庭户外,蛙鼓集如雷。

习习凉风过,空阶爽气凝。忘言竟成佛,得酒即为朋。养鹤粮难继[3],浇花课日增。斋夫坐无事,一饱睡瞢腾[4]。

庭院无人过,墙阴竹笋添。落花红满径,新柳绿垂檐。鸟借一枝稳,蜂游到处甜。老夫常坐咏,觅句口难箝。

【注】

[1]三绝:三种超绝特出的技能。唐郑虔的才、画、书被唐玄宗称为“三绝”。见《新唐书·郑虔传》。

[2]庄樗(chū):即樗栎。详见《耕余草·月夜独坐四首》注[1]。

[3]养鹤粮:即微薄的官俸。

[4]瞢(méng)腾:谓神志不清,蒙眬迷糊。

王坦之明府雨中招饮迟[1],张昂夫不至[2],寄诗奉怀

日坐荒斋榻已穿,为寻河朔布芳筵[3]。榕阴曲院莺偏少,雨积空阶马不前。但觉司阍人欲睡[4],只闻辞席客逃禅。书来细认龙蛇字,应笑张颠草圣传[5]。

【注】

[1]明府:唐人称县令为明府。

[2]张昂夫:人名,未详,待考。

[3]河朔:泛指黄河以北的地方。

[4]司阍:看门的人。

[5]原注:昂夫工书,来书甚草,字有不识者。张颠:即张旭。唐吴人,字伯高。曾任左率府长史,故又称张长史。精楷法,尤善草书。嗜酒,每大醉,呼叫狂走,乃下笔,或以头濡墨而书,时称张颠,又称草圣。传附于《新唐书·李白传》。杜甫《饮中八仙歌》:"张旭三杯草圣传,脱帽露顶王公前,挥毫落纸如云烟。"

昭州苦雨[1]

昭州五月尚披棉,积雨经旬水拍天。常避漏痕移卧榻,每愁薪桂绝炊烟。潇潇声在芭蕉上,决决泉流灶突前[2]。我是杞人忧不尽[3],嗷嗷鸿雁满江边。

【注】

[1]昭州:今广西平乐县。

[2]决决:水流貌。

[3]"我是"句:用"杞人忧天"之典。《列子·天瑞篇》:杞国有人忧天地崩坠,身亡所寄,废寝食者。后用"杞人忧天"比喻没有根据或不必要的忧虑。

立秋日作

人夏苦炎赫,溽暑蒸人肌[1]。官斋卑且陋,如坐深甑炊。媚灶我未能[2],饮冰

长苦饥。病妇卧床褥,汗出良难挥。呻吟两旬日,祈祷无不为。今晨凉风至,洒然入罗帏。病妇起在床,如药投肝脾。笑问此何日,渐觉神志怡。我谓届秋节,梧桐一叶飞。少昊方秉令[3],祝融失其威[4]。妇起来前除,仰面忽歔欷[5]。秋风令人老,秋气令人悲。凄凉手中扇,检点箧内衣。慎勿付酒家,留御号寒儿。病已复愁寒,妇言何太痴。箧中衣已尽,半为买药资。妇病药可疗,我贫无药医。再拜谢蓐收,商飚且勿吹[6]。

【注】

[1]溽(rù)暑:盛夏湿热的气候。

[2]媚灶:比喻巴结权贵。《论语·八佾》:"与其媚于奥,宁媚于灶。"宋朱熹《集注》:"媚,亲顺也。室西南隅为奥;灶者,五祀之一,夏所祭也。……喻自结于君,不如阿附权臣也。"唐韩愈《昌黎集·荐士》:"行身贱规矩,甘辱耻媚灶。"

[3]少昊:传说中古代东夷部落的首领。名挚(一作质),字青阳,黄帝子,己姓。以别于太昊,故称少昊;以金德王,故也称金天氏。东夷集团曾以鸟为图腾,相传少昊曾以鸟名为官名。传说少昊死后为西方之神。

[4]祝融:高辛氏火正。《管子·五行》:"昔者黄帝……得祝融而辩于南方。"《左传·昭公二十九年》:"木正曰句芒,火正曰祝融。"相传祝融死后为火神。《吕氏春秋·四月》:"其帝炎帝,其神祝融。"高诱《注》:"祝融,颛顼氏后,老童之子吴回也,为高辛氏火正,死为火官之神。"

[5]歔欷(xūxī):哀叹抽泣声。

[6]商飚:秋风。《梁书·沈约传·郊居赋》:"望商飚而咏叹,每乐恺于期观。"

次单仲起《留别》原韵,即送其与乃兄月亭归里[1]

忽唱骊歌向水边[2],临歧挥手共茫然。君如杜老寻三峡[3],我愧韩公障百川[4]。万里乡心惊旅梦,片帆秋色趁归船。应知久客还家远,好诵南华第一篇[5]。

萍梗飘流本是虚,邮程遥忆旧田庐。久谙世味尝辛蓼[6],晚集家园撷野蔬。鸿爪尚留江山迹[7],雁行先寄岭头书。最愁十口无归计,旅食可曾得自如[8]。

妻孥旅寓眠孤馆,兄弟联镳共二人[9]。翻羡姜肱成大被[10],不嫌荀勖食劳薪[11]。山东岭右寻归路,月夜花时失比邻。从此寒毡无客坐,娇儿问字往来频[12]。

粤水迢迢溯上流,潇湘客路驾扁舟。衡峰霁色空中见[13],泰岳烟光笔底收[14]。几载宦游经万里，一朝归兴豁双眸。莱阳人士如相问[15]，莫说昭州有奕秋[16]。

【注】

[1]次……韵：用某人之诗的韵作诗。

[2]骊歌：告别之歌，《骊驹》之歌的省称。唐李白《灞陵行送别》："正当今夕断肠处，骊歌愁绝不忍听。"

[3]杜老：即杜甫。大历三年(768)，诗人杜甫别夔州，开始以舟游行三峡。

[4]韩公障百川：韩公即韩愈。韩愈《进学解》有"障百川而东之，挽狂澜于既倒"句，表现了作者的豪言壮志。

[5]南华：即《南华真经》，也叫《南华经》，是《庄子》的别名。魏晋时只叫《庄子》。《隋书·经籍志(三)》著录有梁旷《南华论》、《南华论音》二书。唐陆德明《经典释文》虽然尊《老子》、《庄子》为经典，但还没有《南华》这一名称。至唐天宝元年二月号庄子为"南华真人"，始称他所著书为《南华真经》。见《唐会要·杂说》、《旧唐书·玄宗纪》。

[6]蓼：一年生或多年生草本植物，花小，白色或浅红色，生长在水边或水中。叶味辛，可用以调味。

[7]鸿爪：用"雪泥鸿爪"之典。详见《耕余草·送同年熊梦庵员外赴闽》注[5]。

[8]原注：君眷口留寓昭州。

[9]联镳：马衔相连，并骑而行。此指相等或同进。

[10]"翻羡"句：用"姜被"之典。《后汉书·姜肱传》："肱与二弟仲海、季江，俱以孝行著闻。其友爱天至，常共卧起。"李贤《注》引《谢承书》曰："肱性笃孝，事继母恪勤。母既年少，又严厉。肱感《恺风》之孝，兄弟同被而寝，不入房室，以慰母心。"后因以"姜被"指兄弟之情很深。

[11]"不嫌"句：用"劳薪"之典。详见《耕余草·过黄芷畦同年，时芷畦谒选都门诗以寄怀》注[4]。

[12]原注：月亭遣子从学。问字：详见《耕余草·戊辰小除之平乐广文任》注[6]。

[13]衡峰：指五岳之一的南岳衡山。在湖南省，跨旧长沙、衡州二郡。山有七十二峰，以祝融、紫盖、云密、石廪、天柱五峰为最大。

[14]泰岳：即东岳泰山。

[15]莱阳：县名，属山东省。汉昌阳县，属东莱郡。晋初废，惠帝元康八年复置。五代后唐同光元年因避讳，改称莱阳县，属莱州。明清皆属山东登州府。

[16]昭州：今广西平乐县。奕秋："奕秋"即"弈秋"，古代善弈棋的人。见《孟子·告子上》。

秋日斋中即事

怕闻丝竹怕闻歌，日把残书树下哦。月上松窗帘影静，居然退院老头陀[1]。

疏疏槐影正临池，恰与寒蝉借一枝。风戛墙阴数竿竹[2]，翛然多在梦醒时(1)[3]。

桂树香残霜叶红，篱边菊散一丛丛。偶寻花事阶前立，疑是春光在眼中。

射圃无人秋草长[4]，蓬蒿满目剧荒凉。生徒散尽吟声寂，坐听寒鸦噪夕阳。

薄宦沉沦叹二毛[5]，如流岁月去滔滔。秋来一种飞腾意，忽见霜鹰出九皋[6]。

砌下幽兰浥露清[7]，梧桐枝上子盈盈。最愁四壁蛩声苦，夜夜阶前吊月明。

冷署萧然一事无，官闲不用理文书。深秋日日添新课，种菜浇花又饭鱼。

【校】

(1)翛：底本作“修”。今据《三管英灵集》改。

【注】

[1]退院：指僧人脱离寺院。头陀：亦作“头陁”。梵文 dhūta 的译音。意为“抖擞”，即去掉尘垢烦恼。因用以称僧人。

[2]戛：摇动。

[3]翛(xiāo)然：清凉的样子。

[4]射圃：古代练习射箭及体育锻炼的场地。

[5]二毛：详见《耕余草·戊辰小除之平乐广文任》注[8]。

[6]九皋：深远的水泽淤地。

[7]浥(yì)：湿润。

雁

霜冷寒空夜未央，五更掠月过衡阳。江湖处处忧罗网，关塞年年逐稻粱。中泽无家毛羽洁，冲天有翼路途长。有鸣能字兼能阵，羡尔联翩到楚湘。

寄怀张可亭学博[1]

十五年前共好春，公车踏遍帝京尘[2]。杏林久落看花泪[3]，泮沼同蟠失水鳞[4]。薄宦无家经史富，美髯如戟雪霜新[5]。身宫禄命知相似，樽酒何时证夙因[6]。

【注】

[1]学博：唐制，府郡置经学博士各一人，以五经教授学生。唐人贵进士，不重明经，故此职多由寒门浅学的人担任。后来泛称学官为学博。

[2]公车：详见《耕余草·公车北上留别诸知己》注[1]。帝京：京城，京师。

[3]杏林：据传，三国时东吴名医董奉，精通医道。他晚年居住庐山脚下，为贫民百姓治病不收诊费及药钱。但要求病人痊愈后，到其房后山坡上栽种杏树，以遗惠后人。后杏遍布山上，郁郁葱葱。"杏林久落"用以指张可亭暂时不如杏林誉满天下。

[4]泮沼：即泮池。泮宫之池。依古礼，天子太学，中央有一座学宫，称为辟雍，四周环水，而诸侯之学，只能南面泮水，故称泮宫。因孔子曾经受封为文宣王，所以泮池为其规制。

[5]美髯如戟：褚颜回故事。唐冯贽《云仙杂记·通鉴》："山阴公主淫恣悦褚颜回。以白帝，帝召颜回西上阁宿十日。公主夜就之，备见逼迫，颜回整身而立，从夕至晓，略不移志。公主谓曰：'君须髯如戟，何无丈夫意？'颜回曰：'虽不敏，何敢首为乱阶。'"

[6]原注：君邃于星学。夙因：前世的根源。

次岑问涛学博《早秋遣兴》原韵[1]

纨扇初抛趁晚凉，闭门终日作诗狂。砌蛩吊月吟偏苦，社燕辞巢去更忙[2]。老景渐增忧发白，微官岂敢望腰黄[3]。那能晒腹当庭卧[4]，上溯天皇与地皇。

商飚昨夜奏新凉[5]，坐拥寒毡老更狂。露下鸣蝉风瑟瑟，篱边浇菊事忙忙。囊空那得衣狐白[6]，酒熟何曾擘蟹黄[7]。如此生涯容我懒，任他车马日皇皇。

【注】

[1]学博：泛称学官为学博。次……韵：用别人的诗韵作诗。

[2]社燕：燕子春社时来，秋社时去。故有"社燕"之称。

[3]腰黄:在中药配方中常有雄黄,其功能是解毒、杀虫、燥湿。著名的六神丸中就有雄黄,主治咽喉肿痛。但雄黄不能熬汤药,不能用火煅烧,不能连续服用,否则会中毒或积毒。腰黄是雄黄中质量最好者,尤其是飞腰黄。

[4]晒腹:指晋郝隆七月七日晒腹中之书之事。南朝刘义庆《世说新语·排调》:"郝隆七月七日,出日中仰卧。人问其故,答曰:'我晒书。'"盖自谓满腹诗书也。后用为曝书之典。

[5]商飚:秋风。《梁书·沈约传·郊居赋》:"望商飚而永叹,每乐恺于期观。"

[6]狐白:狐腋下的白毛。指精美的狐裘。《礼记·玉藻》:"士不衣狐白。"

[7]"酒熟"句:用黄庭坚《戏咏江南土风》中"饭香猎户分熊白,酒熟渔家擘蟹黄"句意。

得同年李秋室学博书却寄[1]

一官落拓鬓如丝,雪满庭除病起时。有字五千能讲道[2],行年七十苦吟诗。投闲岁月供弹指,垂老风情斗画眉[3]。我亦闭门勤种菜,朝朝学圃羡樊迟[4]。

【注】

[1]学博:泛称学官为学博。

[2]五千能讲道:即《道德经》,老子《道德经》全文约五千字。

[3]原注:秋室寄示斗画眉鸟诗最工。"垂老"句:用"张敞画眉"事。《汉书·张敞传》:"(张敞)又为妇画眉,长安中传张京兆眉怃(妩)。"

[4]"朝朝"句:用"樊迟学圃"之典。《论语·子路篇》:"樊迟请学稼,子曰:'吾不如老农。'请学为圃,曰:'吾不如老圃。'樊迟出。子曰:'小人哉,樊须也!上好礼,则民莫敢不敬,上好义,则四方之民襁负其子而至矣。焉用稼!'"也作"樊迟学稼"。后用来比喻躬耕田园的隐居生活。

题赊米折子并小引

桂薪玉粟,苏季子之客况良难[1];甑尘釜鱼,范史云之宦情何冷[2]?是以鲁公乞米[3],挥毫雅擅千秋;博士买驴[4],书券已成三纸。某年某月,并无亥豕之讹[5];称字称人,直类春秋之笔[6]。惟是久要之约,计已年终;不觉告籴之文,积成寸许。无钱塞责,竟为纸上空谈;有字留传,只作案头清玩。嗟乎!蒸砂成饭,仙人之幻术难求;煮字为粮[7],贫士之文章颇怪。因题长句,并缀琐言。

细折空留一寸余,寒毡事业近何如。未完坡老吟诗债[8],又看臧孙告籴书[9]。从此宦囊添著作,几时折券尽勾除。冯谖若肯投灰烬[10],谁道长安不易居[11]。

【注】

[1]苏季子:即苏秦(前? –前317)。战国时东周洛阳人。据《战国策》载:苏季子初说秦不遇,归,妻不下机,嫂不为炊。《史记》有传。

[2]"甑尘釜鱼,范史云"句:指东汉范冉(字史云)的贫穷。《后汉书·独行列传》载,汉桓帝欲以范冉为莱芜长,遭母忧不到官。后征辟不就,逃官在外十余年,之后,才结草庐而居。所居单陋,有时绝粒,闾里歌曰:"甑中生尘范史云,釜中生鱼范莱芜。"

[3]鲁公乞米:鲁公,即颜真卿(709 – 785 年),字清臣,京北万年(陕西西安)人,书法造诣很高,其书法风格称为"颜体",曾作有《与李太保乞米帖》。此帖主要内容是:任刑部尚书的颜真卿,因家中无米为炊,于是写一个便条向李太保借米。

[4]"博士"句:用"博士买驴"之典。北齐颜之推《颜氏家训·勉学·邺下》:"博士买驴,书券三纸,未见驴字。"那是因为古书中关于"驴"的典故甚多,而博士又是很有知识的人,故可以用各种的典故来代替驴的概念而用不着直通通地写出"驴"字。后用来比喻废话连篇,不得要领。

[5]亥豕:详见《耕余草·眼昏》注[17]。

[6]春秋之笔:即褒贬之笔。不为王者讳,不为尊者讳,秉笔直书。

[7]煮字:详见《耕余草·月夜独坐四首》注[5]。

[8]坡老:即苏东坡。

[9]臧孙告籴:事见《左传·庄公二十八年》:"冬,饥。臧孙辰告籴于齐,礼也。"毛亨《传》:"告籴者何?请籴也。何以不称使?以为臧孙辰之私行也。曷为以为臧孙辰之私行?君子之为国也,必有三年之委;一年不熟,告籴,讥也。"

[10]折券勾除:用冯谖之事。冯谖为孟尝君门客。《史记·孟尝君列传》载,冯谖为孟尝君收债于薛城,召债主焚其券,使薛民皆感孟尝君之德。

[11]长安不易居:用白居易之事。详见《耕余草·七月三日归家厨下乏米感赋》注[2]。

芙蓉树一首寄怀家雷塘学博[1]

芙蓉树,力拒秋霜饱甘露。芙蓉花,灿如晓日蒸红霞。我闻芙蓉生在秋江上,冷落孤根凌秋放。又闻芙蓉种在锦官城[2],秋光熳烂最有名。纵有骚人褰木末,涉江欲采难独行[3]。吾宗雷塘善培植,手辟门樯数弓地。移种芙蓉花满枝,深秋觞客花同醉。我是山矾君是梅,期与芙蓉一色开。两年攀折不可到,茶江水远空溯洄[4]。遥忆芙蓉花已老,不应埋没同秋草。与君俱是同本根,试看明年春色好。

【注】

[1]学博:泛称学官为学博。

[2]锦官城:故址在今四川成都南。成都旧有大城、少城。少城古为掌织锦官员之官署,因称"锦官城"。后用作成都的别称。

[3]"纵有"两句:褰(qiān),撩起。典出《楚辞》,屈原被流放后,曾作《涉江》。

[4]茶江:又名恭城河。恭城位于桂林市东南部,距桂林市108公里。恭城县城地貌似天然的大八卦图,茶江以"S"型绕越整个城区。

春日独游金富宫[1]

夭桃初放雨初晴,为访西郊出郡城。野寺花闲无客到,春江水暖有鱼争。久抛筇竹知腰健[2],旧住林泉识鸟情。遥忆故山猿鹤侣[3],几人携酒听新莺。

闭门久不事登临,唤渡应知江水深。小坐使留鸿爪迹[4],闲游谁识野云心。轻烟幕垂杨柳岸,远岫参差碧玉簪。踏遍苍苔认归路,林间送客有幽禽。

【注】

[1]金富宫:广西平乐宫名,其它未详,待考。

[2]筇竹:竹名。因高节实中,常用以为手杖,为杖中珍品。

[3]猿鹤侣:指归隐后的山林生活,与猿鹤为友,悠然自在。

[4]鸿爪:详见《耕余草·送同年熊梦庵员外赴阙》注[5]。

次日复登凤凰楼[1]

昨游金富宫,江山如错绣。搜奇尽严壑,诗句颇饤饾[2]。今登凤凰楼,余兴尚可复。小憩梅公亭[3],怀古愿难副。拾级引而上,颇得观览富。兹楼肇自昔,年月失考究。人事有盛衰,屡兴亦屡覆。忆自已巳年[4],邦人重结构。糜费数千金,规模信高袤。翼然枕城北,特出立云岫[5]。俯视城中人,如蚁逐膻臭。环顾览众山,儿孙列前后。遥指西北隅,茶江绕其右[6]。荔河自南来[7],汩汩亦奔凑。漓水向东注[8],波涛若驰骤。汇为衣带水,湾环清可漱[9]。斯楼既形胜[10],斯文或不陋。

如何宫墙内,鞠为青草茂[11]。栋宇久剥落,垣墉亦颠仆[12]。楼中土木偶,金碧极雕镂。圣人殿庑尊,狼藉不可救。寄语楼中人,往来亦贸贸[13]。

【注】

[1]凤凰楼:位于广西平乐县凤凰山上。

[2]饤饾(dìngdòu):堆砌。宋杨万里《诚斋集·泉石膏肓记》:"忽乡友王信臣及其犹子子林搜永新怪石以遗予。予喜甚,……亟召匠饤饾为假山。"也用以形容文辞重叠。

[3]梅公亭:详见《耕余草·昭州城晚眺》注[4]。

[4]己巳:嘉庆十四年(1809)。

[5]云岫:晋陶潜《归去来兮辞》:"云无心以出岫。"后因用"云岫"指云雾缭绕的峰峦。

[6]荼江:详见《耕余草·芙蓉树一首寄怀家雷塘学博》注[4]。

[7]荔河:即荔江,又名荔浦河。源出广西永福县。流经修仁县北。又东经荔浦县南、平乐县西南合漓江。即古濑水。

[8]漓水:即漓江。源自广西兴安县猫儿山,西南流经阳朔、桂林,以下称桂江。至梧州与浔江汇合。

[9]湾环:水流回旋汇集处。

[10]形胜:指壮美之地。

[11]鞠:生长,抚育。

[12]垣墉:矮墙。

[13]贸贸:目不明貌。

竹马

筱骖名字最新奇[1],儿戏因何胯下骑。牝牡骊黄终难办[2],金鞭玉勒苦难施[3]。春风得意知无力,尽日投闲总不羁。若遇并州贤太守[4],也曾骧首效驱驰[5]。

【注】

[1]筱(xiǎo)骖:竹马。《唐诗纪事·徐彦伯》:"徐彦伯为文多变易求新,以……竹马为筱骖。"

[2]牝牡骊黄:古代善相马的伯乐年老,推荐九方皋为秦穆公访求骏马。三月后于沙丘求得之。穆公问为何马,回答说是"牡而黄";穆公派人去看,却是"牝而骊"。于是责备伯乐。伯乐喟然叹息说:他注意的是马的风骨品性,那些外表他已不去留心,这正是他善于相

马的证明。等到马取来,果然是天下稀有的良马。见《列子·说符》。后以"牝牡骊黄"喻指非反映事物本质的表面现象。

[3]玉勒:玉制的马衔。

[4]"若遇"句:用"细侯竹马"之典。汉代郭伋,字细侯。在为并州牧时曾有恩于民,当他离任并州牧时,儿童数百名骑竹马迎拜。见《后汉书·郭伋传》。并州,古州名。相传禹治洪水,划分域内为九州。据《周礼》、《汉书·地理志上》记载,并州为九州之一。其地约当今河北保定和山西太原、大同一带地区。

[5]骧(xiāng)首:昂首。

昭州试院即事呈汪文轩学使[1]

晓传衙鼓响丁东,门户深严路不通。地接文昌瞻北斗[2],身依锁院坐春风[3]。乌台獬荐来天上[4],瀛海珊瑚入网中[5]。寄语昭州名下士,好裁花样问宗工[6]。

深院沉沉玉鉴悬[7],榕阴列坐尽群贤。春蚕食叶声声细,秋露垂珠个个圆。共喜登龙名望重[8],争夸来凤羽毛鲜[9]。自惭老马难千里,无力腾骧怕着鞭[10]。

【注】

[1]昭州:今广西平乐县。试院:旧时科举考试的考场。学使:即学政,清代提督学政的简称,也称督学使者、学政使,俗称大宗师、学台。被派往各省专掌生员考课黜陟,并主持院试,选拔秀才,三年一任。

[2]文昌:星名。《大象列星图》:"文昌六星在北斗魁前,如匡形。"

[3]锁院:指科举考场。宋吴自牧《梦粱录·士人赴殿试唱名》:"诸路过都举人,……伺候择日殿试。前三日宣押知制诰详定考试等官,赴学士院锁院。"

[4]乌台:御史台,清代称都察院。獬荐:即獬豸。传说中的兽名。汉杨孚《异物志》:"北荒之中有兽,名獬豸,一角,性别曲直。见人斗,触不直者。闻人争,咋不正者。楚王尝获此兽,因象其形,以制衣冠。"清代御史及按察使补服前后皆绣獬豸图案。

[5]原注:是日考古题铁网珊瑚赋。

[6]宗工:犹"宗匠",指学问或技艺为众所推崇的人。

[7]玉鉴:月亮。宋梅尧臣《宛陵集·次韵答王景彝闻余月下与内饮》:"仰头看月见新鸿,形影双飞玉鉴中。"

[8]登龙:即登龙门。封建时代称会试中试,致身荣显为"登龙门"。

[9]原注:试院有来凤堂额。

[10]腾骧:腾跃,驰骋。

试院大榕树歌[1]

平生未到蓬莱巅[2],讬根尘土空自怜[3]。琼林玉树不可见,只与凡木争春妍。昨逢星使仰山斗,森森乔木阴参天。虬龙拏云入霄汉[4],蛟螭攫日凌风烟[5]。天生神物挺殊绝,对之欲上愁攀缘。忆昔秦皇始开郡[6],桂林杂木多英俊。我朝榕门最有名[7],至今榕树留余荫。岂知盘根种类多,昭州锁院流清韵[8]。风霜剥蚀雷火烧,腰腹十围塞门径。将军封号肇何年,欲与文人斗笔阵。榕兮榕兮近宫墙,春风吹拂化日长。不愿牛山斧斤伐[9],但愿宗工哲匠玉尺量[10]。满庭落叶啼莺乱,清歌一曲来凤凰[11]。

【注】

[1]原注:考古题。

[2]蓬莱:详见《耕余草·陈香圃孝廉题山水小幅见赠赋答一首》注[3]。

[3]讬(tuō)根:扎根。

[4]拏(ná)云:犹凌云。霄汉:天空极高处。霄,云;汉,天河。

[5]蛟螭:龙。

[6]"忆昔"句:用"秦始皇设郡"之典。秦建国后,秦始皇把全国分为三十六郡。

[7]榕门:即陈宏谋。详见《耕余草·陈春宇刺史同年偕令弟蕉雪中翰门前植槐数本,题诗奉赠》注[4]。

[8]昭州:今广西平乐县。锁院:指科举考场。

[9]"不愿"句:孟子在《孟子·告子上》中曾说:"牛山之木尝美矣,以其郊于大国也,斧斤伐之,可以为美乎?"牛山,在齐国的东南,因常遭砍伐成为秃山。

[10]宗工哲匠:犹"宗匠",指学问或技艺为众所推崇的人。玉尺:《世说新语·术解》:"后有一田父耕于野,得周时玉尺,便是天下正尺。"后以喻衡量才识高下的尺度。

[11]来凤凰:《书·益稷》:"箫韶九成,凤凰来仪。"古代传说逢到太平盛世,就有凤凰飞来。

夏日斋中即事

槐树阴翳翳[1],好风来徐徐。午睡亦已足,读我梁上书。我书千万卷,卷卷秦火余[2]。论语二十篇，止论唐与虞[3]。古人不可作，谁能辨皇初。笑问蠹书虫，故纸钻何如。

伊尹任阿衡[4]，吕尚称王佐[5]。古人得志时，功业参两大[6]。我无用世才，许我称高卧。自谓羲皇人，北窗理清课[7]。忽闻车马声，知有达官过。为言苦触热，来就槐阴坐。

人生天地间，营营在一饱。一饱既有时，岂敢复言少。回忆少壮时，自诩颜色好。蹉跎至今日，倏忽成丑老。丑老不足惜，修名恨不早[8]。空斋过微雨，细玩窗前草。窗草自有根，人生何扰扰。

【注】

[1]翳翳：草木茂密成荫貌。

[2]秦火：用“焚书坑儒”之典。详见《耕余草·读史偶成》注[1]。

[3]唐：唐尧。虞：虞舜。

[4]伊尹：商汤臣。名挚，是汤妻陪嫁的奴隶。后佐汤伐夏桀，被尊为阿衡。汤死后，孙太甲破坏商汤法制，伊尹把他放逐到桐宫，三年后迎之复位。一说伊尹放逐太甲，自立七年；太甲还，杀伊尹。《汉书·艺文志》有伊尹五十一篇，《伊尹说》二十七篇，久佚。阿衡：商代官名。《尚书·太甲》：“惟嗣王不惠于阿衡。”孔颖达《疏》：“伊尹，汤倚而取平，故以为官名。”《诗·商颂·长发》：“实维阿衡，实左右商王。”孔颖达《疏》：“伊尹名挚，汤以为阿衡，至太甲改曰保衡。阿衡，保衡皆公官。”

[5]吕尚：即太公望，又称吕望。周初人，相传钓于渭滨，周文王出猎相遇，与语大悦，同载而归。后辅佐武王灭殷。王佐：帝王的辅佐。《文选·南朝梁·任彦升(昉)·王文宪集序》：“是以宸居膺列宿之表，图纬著王佐之符。”李善《注》：“王佐，谓贤才可以辅佐天子者。”

[6]两大：二者并大。《左传·庄公二十二年》：“物莫能两大，陈衰，此其昌乎！”

[7]“自谓”两句：典出自晋陶渊明《与子俨等疏》：“五、六月中，北窗下卧，遇凉风暂至，自谓是羲皇上人。”羲皇，即伏羲。古代传说中的三皇之一。风姓。相传其始画八卦，又教民渔猎，取牺牲以供庖厨，因称庖牺。

[8]修名：盛美的名声。屈原《离骚》：“老冉冉其将至兮，恐修名之不立。”

闲坐

午睡不成梦，搴帷出帘下[1]。渐觉日影长，更喜槐阴大。颓然六十翁，投闲得闲坐。观书七八行，数竹千万个。洒然清风至，此地失炎夏。雀罗门半开[2]，日暮无人过。阶前两驯鹤，母子相唱和。挥之不肯去，无粮忍长饿。依依向我鸣，似欲催诗课。

【注】

[1]搴(qiān)：提，揭。

[2]雀罗：门可罗雀。形容门庭冷落。

竹夫人[1]

法喜为妻色是空[2]，枕边何物赏心同。虚怀若谷留清节[3]，瘦骨如柴怯晚风。十二金钗阑麝共[4]，三千脂粉梦魂通。翻嫌懒妇贪眠惯，不觉窗前日已红。

招凉日日手摩挲，骨节玲珑卸绮罗。我负热肠知己少，君垂冷眼阅人多。月明好共梅花帐，漏静无须子夜歌。今夕绸缪是何夕[5]，笑看天上鹊填河[6]。

困卧绳床近夜分[7]，平生不解醉红裙。苦无翠被堪眠汝，每遇炎天更累君。未必倾城与倾国，几曾行雨复行云[8]。深闺伉俪忘三伏[9]，莫学苏家织锦文[10]。

直节婷婷带雪痕，何时被宠入侯门。舞衫歌扇全无用，朱箔红楼处最尊。不唱柳枝同柳絮[11]，漫夸桃叶与桃根[12]。此君好作如君看[13]，脚下汤婆岂足论[14]。

每从洛浦忆丰神[15]，谁识淇园有后身[16]。含泪未能垂汗简[17]，无言岂肯效眉颦[18]。阿娇金屋应同贮[19]，德耀荆钗许结邻[20]。品重东南冰雪味，可怜嫁与热中人。

宠擅专房到五更，炎蒸于尔最多情。全无粉黛眉难画，绝少温柔梦亦清。腰似楚娃随辗转[21]，身如飞燕太轻盈[22]。却愁弃置同秋扇，冷落长门看月明[23]。

【注】

[1]竹夫人：古代消暑用具。又称青奴、竹奴。编青竹为长笼，或取整段竹中间通空，四周开洞以通风，暑时置床席间。唐时名竹夹膝，又称竹几，至宋始称“竹夫人”。

[2]法喜：又作法悦。指听闻佛陀教法，因而心生喜悦。《华严经·宝塔品》：“又闻所生声者，皆得法喜。”宋苏轼《赠王仲素寺丞》：“虽无孔方兄，顾有法喜妻。”维摩诘菩萨以法喜为妻，慈悲为女。

[3]虚怀若谷：《老子》：“古之善为士者，微妙玄通，深不可识……敦兮其若朴，旷兮其若谷。”又：“上德若谷。”王弼《注》：“不德其德，无所怀也。”后因以“虚怀若谷”形容非常虚心，

心胸开阔。此指竹子空心。

[4]十二金钗:即十二花神。正月梅花,花神柳梦梅;二月杏花,花神杨玉环;三月桃花,花神杨延昭;四月蔷薇花,花神张丽华;五月石榴花,花神钟馗;六月荷花,花神西施;七月凤仙花,花神石崇;八月桂花,花神绿珠;九月菊花,花神陶渊明;十月芙蓉花,花神谢素秋;十一月山茶花,花神白乐天;十二月腊梅花,花神老令婆。

[5]绸缪:情意恳切。

[6]"笑看"句:用"鹊桥"之典。农历每年七月七日牛郎、织女相会,群鹊衔接为桥以渡银河。

[7]绳床:一种可以折叠的轻便坐具。以板为之,并用绳穿织而成。又称"胡床"、"交床"。

[8]行雨复行云:宋玉《高唐赋·序》云:"昔者先王尝游高唐,怠而昼寝,梦见一妇人,曰:'妾巫山之女也,为高唐之客,朝为行云,暮为行雨。'"后以喻情人欢聚为"巫山云雨"。

[9]伉俪:配偶,妻子。古时伉俪多指嫡妻,后用于夫妇的通称。

[10]"莫学"句:用"苏蕙织锦"之典。前秦女苏蕙,十六岁时嫁秦州刺史窦滔。后苻坚命窦滔为安南将军,镇守襄阳。赴任时,窦携宠妾赵阳台同行,去后断绝音信。苏蕙悔恨伤心,于是织锦为《回文旋玑图诗》以寄窦滔,滔感动不已,两人遂和好如初。见《晋书》(卷九十六)。

[11]"不唱"句:用"咏絮"之典。晋谢安和子侄论拟白雪,侄谢朗作"撒盐空中差可拟",侄女道蕴答"未若柳絮因风起"。后以此指才情出众。事见《世说新语·言语》。

[12]桃叶与桃根:《古今乐录》:"晋王献之爱妾名桃叶,其妹曰桃根。"桃叶是桃根姐,两人皆美貌。

[13]此君:《世说新语·任诞》:"王子猷尝暂寄人空宅住,便令种竹。或问:'暂住,何烦尔?'王啸咏良久,直指竹曰:'何可一日无此君?'"后因以"此君"为竹的代称。如君:妾的别称。《儒林外史》:"商量要娶一个如君。"

[14]汤婆:俗称"汤婆子"。元佚名《东南纪闻》(三):"锡夫人者,俚谓之汤婆。鞲锡为器,贮汤其间,霜天雪夜,置之衾席,用以暖足,因目为汤婆。"

[15]洛浦:洛水之滨。《文选·汉·张平子(衡)·思玄赋》:"载太华之玉女兮,召洛浦之宓妃。"南齐孔德璋(稚珪)《北山移文》:"闻风吹于洛浦,值薪歌于延濑。"丰神:即宓妃。

[16]淇园:地名,在今河南淇县,古以产竹著名。《诗经·卫风·淇奥》中有"瞻彼淇奥,绿竹猗猗"句。

[17]汗简:即汗青。古代写字在竹简上,先用火炙竹简令汗,干则易写,又不受虫蛀,称为汗青。引申为书册。

[18]效眉颦:颦,皱眉。古越国美女西施因患心病而捧心皱眉,同村丑女以为美,亦捧心效其颦,而丑益增。见《庄子·天运》。后来用"效颦"喻以丑拙强学美好。

[19]"阿娇"句:用"金屋藏娇"之典。详见《耕余草·太真》注[8]。

[20]荆钗：以荆枝为髻钗，为贫家妇女的装束。

[21]“腰似”句：《墨子·兼爱中》：“昔者楚灵王好士细腰，故灵王之臣，皆以一饭为节，胁息然后带，扶墙然后起。”

[22]飞燕：即赵飞燕。汉成帝宫人。初学歌舞，以体轻号曰飞燕。先为婕妤，后立为后。哀帝立，尊为皇太后。平帝即位，废为庶人，自杀。

[23]“冷落”句：用“汉武废后”之典。《汉书·外戚传》载，陈皇后让女子楚服等为其咒诅他人，被发觉后，楚服被处死，诛连三百多人，陈皇后被废居长门宫。

春日舟中作

一官落拓鬓如霜，偶遂浮萍坐野航(1)。莺立垂杨求友切[1]，鸥眠春水看山忙(2)。舟轻风浪全无碍，山远烟霞兴不忘。拟欲鸣桡赋归去[2]，又寻佳景玩斜阳。

【校】

(1)航：《漓江耆旧集》作“塘”，此从底本。

(2)山：《漓江耆旧集》作“人”，此从底本。

【注】

[1]“莺立”句：《诗·小雅·伐木》：“嘤其鸣矣，求其友声。”求，即寻求之义。

[2]鸣桡(ráo)：唱船歌。桡，指小船。归去：用陶渊明所作《归去来兮辞》之意。

黎晓堂学博以其尊人清川先生画册索题[1]

早岁曾窥茧纸书，临摹池上愧鸦涂[2]。于今更识云林笔[3]，绿水青山入画图。

我亦经师老砚田[4]，寒毡兀坐自年年。郑虔三绝何曾有[5]，输与君家衣钵传[6]。

【注】

[1]学博：泛称学官为学博。尊人：对他人或自己父母的敬称。

[2]鸦涂：即涂鸦。唐卢仝《示添丁》：“忽来案上翻墨汁，涂抹诗书如老鸦。”比喻书画或文字稚劣。多用作谦词。

[3]云林：即倪瓒。元无锡人，字元镇。工诗，善画山水，多藏书法名画秘籍。自号云林居士。卒年七十四。有《清秘阁集》。

[4]砚田：指砚台。文人恃文墨为生，故谓砚为砚田。

[5]三绝：郑虔，唐代荥阳人。字弱斋。工书画，曾将其诗画呈现，帝署曰："郑虔三绝。"见《新唐书·郑虔传》。

[6]原注：清川工书画，曾为龙城学博。

谒朱将军墓[1]

春光澹宕风日暄，驾言携榼出北门[2]。夭桃向人出墙笑，流莺对客隔叶喧。游蜂戏蝶各有意，翻然导我来山根。孤坟七尺葬谁氏，碑文剥落带血痕。剜苔剔藓再拂拭，赫然姓字志乘存。乃知将军仗忠义，一抔之土埋忠魂。忆昔有明当末造[3]，鼎湖龙去迹如扫[4]。将军此地开雄藩，撄城孤守当虎豹。岂知乾坤运已移，山河破碎不可支。帐下千人进降表，将军一剑酬恩时。虽死强项未殊绝[5]，堂上危坐扬旌麾。凛凛生气剑在手，健儿却顾惊且疑。毁巢那得有完卵，阖门灰烬无孑遗[6]。生为忠臣构阳九[7]，死作正神列星斗。城隍血食百余年，岁时祭奠罗浆酒[8]。春秋崇祀名宦祠，笾豆益足垂不朽[9]。维公临桂池头人[10]，翘关起科称虎臣[11]。鄙儒与公同乡县，又复通门好朱陈[12]。近来昭州秉斯铎[13]，得拜公墓奉公神。愿公英灵默呵护，此邦人士文教新。酹酒题诗下肃拜，公之灵兮宛然在。鞠躬三叩公不言，四围山色青如画。公如有灵随我归，池头村里人民非。子孙蕃衍多锦衣[14]，胡不归去化鹤飞[15]。

【注】

[1]原注：名旻如，谥忠愍。按：朱将军，字宗臣，名旻如，临桂人。膂力绝伦，随父宏之吴川，海寇犯城，单骑突出，斩其渠魁，贼望风披靡，境赖以宁。父遣归就学，中武科，授杨家营把总。庚寅(1650)，清军大兵由龙虎关进，或劝之降，旻如曰："吾与城为存亡，决不贪生邀富贵。"未几城破，旻如杀其妻女，引刀自刎。见《临桂县志》(光绪本)。

[2]驾言：驾，乘车；言，语助词。《诗·邶风·泉水》："驾言出游，以写我忧。"后用以指代出游，出行。榼(kē)：古代盛酒的器具。

[3]末造：末世。

[4]鼎湖：《史记·封禅书》："黄帝铸鼎于荆山下，鼎成，乘龙上仙，后人因名其处曰鼎湖。"在今河南阌乡县南三十五里荆山之下。

[5]强项:性格刚强而不肯低首下人。

[6]"阖(hé)门"句:指春秋战国时吴国王夫差兵败越王被杀之事。阖,阖闾。夫差之父。见《越绝书》。

[7]阳九:指灾荒年景和厄运。《曹子建集·汉二祖优劣论》:"值阳九无妄之世,遭灾光厄会之运。"

[8]原注:闻公致命后为府城隍。

[9]笾(biān)豆:详见《耕余草·冬至后三日,莪青书屋小集……》注[5]。

[10]临桂:即桂林。池头:即原临桂池头村。

[11]翘关:晋左思《吴都赋》:"翘关扛鼎,拼射壶博。"唐李周翰《注》:"翘、扛皆举也。"后用作武试科目名。《新唐书·选举志》:"长安二年,始置武举。其制有长垜……又有马枪、翘关、负重、身材之选。翘关长丈七尺,径三寸半,凡十举后,手持关距,出处无过一尺。"宋苏轼《次韵秦观秀才见赠……入京应举》:"翘关负重君无力,十年不入纷华域。"

[12]朱陈:表示两家结成姻亲。唐白居易《朱陈村》:"徐州古丰县,有村曰朱陈。……村唯两姓,世世为婚姻。"

[13]昭州:今广西平乐县。

[14]蕃衍:繁盛众多。锦衣:彩衣,古显贵之服。《诗经·秦风·终南》:"君子至止,锦衣狐裘。颜如渥丹。"

[15]化鹤:谓成仙。后多用以代称死亡。

悼仆

服役年方稚,来时最苦辛。封侯尔无分,买药我长贫。喜说迁官日,难留报主身。恩情有帷盖[1],埋骨独伤神。

我非萧颖士,汝日受鞭笞[2]。未到长鬓候[3],先吟绝命词。向人声蹇涩[4],垂死泪涟洏[5]。今夕宾朋过,呼名知不知。

清绝寒斋内,司阍性独灵[6]。那堪随钓叟,未及配樵青[7]。有药翻为累,长眠总不醒。他时送穷鬼,何处遣奴星[8]。

怜渠亦人子,日日学涂鸦[9]。良夜能沽酒,闲时解种花。琴书谁检点,泉路入幽遐。不及梁间燕,年年到主家。

【注】

[1]帷盖:车的帷幔和顶盖。《汉书·陈汤传·谷永》:"夫犬马有劳于人,尚加帷盖之报,况国之功臣者哉!"

[2]“我非”两句：萧颖士，唐兰陵人，字茂挺。官秘书正字、扬州功曹参军。文章与李华齐名。萧颖士御仆甚虐，或讽仆使去，仆曰：非不欲去，爱其才耳。见冯梦龙《智囊全集》。

[3]长鬓：汉王褒《僮约》有髯奴便了，见《古文苑》（七）。后亦以“长鬓”指男仆。

[4]蹇涩：言语迟钝。

[5]洏（ér）：流涕貌。

[6]司阍：看门的人。

[7]樵青：唐张志和，自亲亡，不复仕，自号烟波钓徒，著《玄真子》。有高名，唐肃宗赐以奴婢各一，志和配为夫妇，号渔童、樵青。见《新唐书·张志和传》。后来诗文中常以“樵青”为女婢的通名。

[8]奴星：唐韩愈奴仆名。韩愈《送穷文》：“主人使奴星结柳作车，缚草为船。”《注》：“孙曰：‘星，公之奴名。’”

[9]涂鸦：比喻书画或文字稚劣。多用作谦词。

送黎晓堂学博[1]

磁石针可引，琥珀芥能拾[2]。物性苟投合，有如胶与漆。念子负直性，鸡群独鹤立。涉世识浅深，遇事知黑白。繄余落拓人[3]，肝胆不相隔。劝余撤皋比[4]，制锦谋大邑。宦途无终穷，得寸思得尺。款款话夜分，亦足慰岑寂[5]。顾子遇亦穷，求名复求食。进惟升斗禄，退难婚嫁毕。归耕事砚田[6]，味亦等鸡肋[7]。所幸膂力强，腾达终有日。寒毡虽自寒，远胜旧蓑笠。临歧一樽酒，送子日已夕。江水去悠悠，烟波渺无极。明年待岁寒，与子共良觌[8]。

【注】

[1]学博：泛称学官为学博。

[2]“磁石”两句：磁石能引针，琥珀能拾芥，因谓性情契合者曰针芥相投。《续传灯录·绍灯禅师》：“受具之后，瓶锡游方，造玉泉芳禅师法席，一见针芥相投，筌蹄顿忘。”

[3]繄（yī）：助词，表语气。《左传·隐公元年》：“尔有母遗，繄我独无。”

[4]皋比：指虎皮的坐席。《全唐诗·戴叔伦·寄禅师寺华上人次韵（二）》：“猊座翻萧索，皋比喜接连。”后来常指学师的坐席。

[5]岑寂：冷清，寂寞。鲍照《舞鹤赋》：“去帝乡之岑寂，归人寰之喧卑。”

[6]砚田：指砚台。文人恃文墨为生，故谓砚为砚田。

[7]鸡肋：《三国志》载，曹操曾随口说“鸡肋”，杨修便令军队整装准备出发。或问杨修。（杨）修曰：“夫鸡肋，弃之如可惜，食之无所得，以比汉中，知王欲还也。”后以之借指没有什

么价值的但又不忍舍弃的事物。

[8]觌(dí):见面。

昭州试院即事再迭前韵呈汪文轩学使[1]

手障狂澜水向东[2],久宣文教百蛮通。少人多石搜佳境,惜士怜才拜下风。此日持衡秋色里[3],去年得句雨声中。至今纨扇重披拂,墨渖淋漓体最工[4]。

南极星同北斗悬,云阶月地进群贤[5]。冰壶玉鉴光仍澈[6],仙露明珠秋又圆。鹭鷟文成人共选[7],鸳鸯绣出色逾鲜。榕阴漠漠拈毫处,多士谁先祖逖鞭[8]。

【注】

[1]昭州:今广西平乐县。学使:即学政,清代提督学政的简称。

[2]"手障"句:韩愈《进学解》:"障百川而东之,回狂澜于既倒。"

[3]持衡:拿秤秤物,引申为评量人才。

[4]墨渖:墨汁。宋陆游《老学庵记》:"晁以道藏砚,必取玉斗样,喜其爱墨渖多也。"

[5]原注:时值中秋次日为以诞辰。

[6]冰壶:盛冰的玉壶。常用以比喻品德清白廉洁。《文选·鲍照·白头吟》:"直如朱丝绳,清如玉壶冰。"李周翰《注》:"玉壶冰,取其洁净也。"玉鉴:月亮。宋梅尧臣《宛陵集·次韵答王景彝闻余月下与内饮》:"仰头看月见新鸿,形影双飞玉鉴中。"

[7]鹭鷟(yuèzhuó):鸟名。凤属。《国语·周》:"周之兴也,鹭鷟鸣于岐山。"贾逵《注》:"鹭鷟,凤之别名。"此指五彩的诗文。

[8]祖逖鞭:详见《耕余草·春日示同学》注[9]。

九日登凤凰楼[1]

年年九日此登高,薄宦来游路未遥。楼上凤凰栖已久,胸中磊块酒难消[2]。山光隔水如天远,枫叶经霜似火烧。最喜催租人不到[3],醉吟诗句入丹霄[4]。

五年鸿爪印苍苔[5],今日登临亦快哉。纵眼看时空世界,置身高处绝尘埃。滔滔江水朝东去,簇簇云山拱北来。我是寄人篱下菊,每逢重九傲霜开。

【注】

[1]九日:指重九,即重阳节。凤凰楼:位于广西平乐县凤凰山上。

[2]磊块:即块垒。据《世说新语·任诞》载,阮籍胸中有块垒,须用酒浇之。后人常以此喻胸中郁闷。

[3]"最喜"句:用"满城风雨近重阳"之典。详见《耕余草·田家冬兴二首》注[1]。

[4]丹霄:高空。

[5]鸿爪:详见《耕余草·送同年熊梦庵员外赴阙》注[5]。

题耕读图

一曲青山一水横,何人石上看春耕。才闻儿读书声好,又听林间布谷鸣。

我亦耕田识字人,几年落拓一官贫。于今恍忆家山景,几上图书陇上春。

题唐氏一门双节录

郁郁女贞树[1],垂阴千仞冈。根苗本同类,后先各低昂。菁华所钟毓,帼国多贤良(1)。试看闺阁内[2],彤管流芬芳[3]。老姑励清节,少妇理素妆。一门尽冰玉,两世守雪霜。竟如衣钵传,门户生辉光。妇人志从一,此亦人之常。所异祖母刘,卑微列后房。青年失所生,藐孤口尚黄[4]。茹蘖非不苦[5],顾义不敢忘。独居守空楼,不知秋夜长。方幸子成立,娶妇求凤凰。妇亦闺中秀,作配同心郎。刺绣佐夜读,明灯何煌煌。牛衣虽共卧[6],志气益慨慷。夫何钗头凤[7],分飞不同翔。抚膺泪如雨[8],搔首问彼苍[9]。不敢哭高声,恐断孀姑肠。以妇代子职,晨昏侍高堂。维时三珠树[10],森森已成行。以母代庭训[11],课子机杼旁。厥子亦克家[12],腾达延书香。熙朝重节孝[13],覃恩被遐方[14]。戚里共吁请[15],声名达九阊[16]。潜德无不发,皇仁为表章。巍娥两绰楔[17],屹立扶人纲。寄语贤子孙,荣亲在显扬。报刘虽无日,事母膂力刚[18]。慎勿污清白,洁身如圭璋[19]。家声守无替。国恩锡无疆。

【校】

(1)帼:底本作"巾",据句意改。

【注】

[1]女贞:木名。以其凌冬青翠不凋,枝上能养蜡虫,以取白蜡,故亦蜡树。子可入药。汉司马相如《上林赋》:"豫章女贞。"古诗文中用以比喻有节操的女性。

[2]閤:通"阁"。

[3]彤管:《诗·邶风·静女》:"静女其娈,贻我彤管。"毛亨《传》:"古者后夫人必有女史彤管之法。"郑玄《笺》:"彤管,笔赤管也。"后来相沿称女史记事所用的赤管笔为"彤管"。

[4]藐孤:幼小的孤儿。藐,弱小;孤,无父之人。《左传·僖公九年》:"初,献公使荀息傅奚齐,公疾,召之,曰:'以是藐诸孤,辱在大夫,其若之何?'"晋杜预《注》:"言其幼贱,与诸子县藐。"

[5]茹:吃。蘖(niè):树木砍去后从残存茎根上长出的新芽,泛指植物近根处长出的分枝。

[6]牛衣:为牛御寒之物,如蓑衣之类,以麻或草编成。《汉书·王章传》:"初,章为诸生学长安,独与妻居,章疾病,无被,卧牛衣中,与妻诀,涕泣,其妻呵怒之。……后章仕官历位,及为京兆,欲上封事,妻又止之,曰:'人当知足,独不念牛衣中涕泣时耶!'"后以喻贫寒,亦指贫寒之士。

[7]钗头凤:词调名。本名《撷芳词》,因北宋徽宗政和间宫中有撷芳园,故名。南宋陆游因无名氏《撷芳词》有"可怜孤似钗头凤"句改题《钗头凤》。陆游曾在沈园作《钗头凤》以表示对其前妻唐婉的感情。此用来表示有情人终不能成眷属。

[8]抚膺:捶胸。表示怅恨、慨叹。

[9]彼苍:彼苍者乃在上之天。《诗经·秦风·黄鸟》:"彼苍者天,歼我良人。"

[10]三珠树:神话中树名。《山海经·海外南经》:"三株树在厌火北,生赤水上,其为树如柏,叶皆为珠。"

[11]庭训:详见《耕余草·祝张母王太孺人寿》注[11]。

[12]厥:其。克家:本指能治理家族的事务。《易·蒙》:"子克家。"后转为能管理家业。唐杜甫《杜工部集·奉送苏州李二十五长史丈之任》:"食德见从事,克家何妙年。"后因把能继承父祖事业之子称"克家子"。

[13]熙:振兴,兴起。《书·尧典》:"允厘百工,庶绩咸熙。"

[14]覃恩:广施恩惠。多指帝王普行封赏或赦免。唐权德舆《故中散大夫……武公神道碑》:"朝典覃恩,赠公杭州刺史。"

[15]戚里:泛指亲戚邻里。

[16]九阊:九天之门。指朝廷。

[17]绰楔:古时立于正门两旁,用以表彰孝义的木柱。五代晋天福四年,户部尚书奏称:深州司功参军李自伦六世同居,请旌表其孝义。敕曰:"其量地之宜,高其外门,门安绰楔,左右建台,高一丈二尺,广狭方正称焉,圬以白而赤其四角,使不孝不义者见之,可以悛心而易行焉。"见《新五代史·李自伦传》。

[18]“事母”句:《北史·蔡佑传》:“佑性聪敏,有行检。袭之背贼东归,佑年十四,以孝闻。及长,有膂力。”

[19]圭璋:洁白的玉。

观欧阳葆真少尉寓斋所藏书画

我生才艺无足夸,学书学画如涂鸦[1]。晴窗展纸弄柔翰[2],自笑十指同姜芽。投笔太息出门去,来访欧阳书画家。文房四壁列清玩,忽惊几案生光华。颜筋柳骨体各异[3],迂倪颠米神不差(1)[4]。就中待诏遗宝墨[5],寻丈缣素惊龙蛇[6]。君家六一翁[7],集古穷羲娲[8]。君乃嗣其后,一一勤搜爬。念君家世本儒素,风尘作吏道路奢。腰间既无黄与白[9],何物能使鬼推车(2)。宦囊置此亦何用(3),米不能乞酒不赊。仅供竖儒一观览[10],口角流沫空吁嗟。请君珍藏自什袭[11],装以玳瑁笼碧纱[12]。

【校】

(1)神:底本作“笔”,此据《三管英灵集》改。

(2)何物能使鬼推车:《三管英灵集》作“安能致此盈数车”。此从底本。

(3)宦囊置此亦何用:《三管英灵集》作“宦囊人弃君独取”。此从底本。

【注】

[1]涂鸦:比喻书画或文字稚劣。多自谦语。

[2]柔翰:详见《耕余草·岁暮述怀》注[4]。

[3]颜筋柳骨:颜真卿、柳公权皆为唐代大书法家,其字遒劲有力,故称。宋陆游《剑南诗稿·唐希雅雪鹊》:“我评此画如奇书,颜筋柳骨追欧虞。”

[4]迂倪:即倪瓒。元无锡人,字元镇。工诗,善画山水,多藏书法名画秘籍。自号云林居士。至正初忽散赀给亲故,扁舟往来震泽三泖间。明太祖平吴,瓒已老,黄冠野服,混迹编氓以终。卒年七十四。有《清秘阁集》。颠米:即米芾(1051－1107),宋太原人。后徙居襄阳,字元章。号鹿门居士,又称海岳外史、襄阳漫士。累官礼部员外郎,知淮阳军,世亦称米南宫。性好洁,世号水淫;行多违世异俗,人称米颠。书法得王献之笔意,超妙入神,与苏轼、黄庭坚、蔡襄并称四大家。

[5]待诏:犹言候命。

[6]缣(jiān)素:供作书画用的白绢。《抱朴子·遐览》:“渐得短书,缣素所写者,积年之中,合集所见当出二百许卷,终不可得也。”后用来借指书册。

[7]六一翁:即欧阳修(1007－1072),宋庐陵吉水人。字永叔,自号醉翁。举天圣八年进士甲科,官至枢密副使、参知政事。因议新法,与王安石不合,致仕,退居颍川,卒谥文忠。一生博览群书,以文章著名。反对宋初西昆派的浮艳文风,主张文学须切合实用。晚年自号六一居士。自作《六一居士传》:"吾家藏书有一万卷,集录三代以来金石遗文一千卷,有琴一张,有棋一局,而常置酒一壶,……以吾一翁,老于此五物之间,是岂不为'六一'乎?"有《欧阳文忠集》(一百五十三卷),附录五卷。《宋史》有传。

[8]羲:即伏羲。亦作"伏戏"、"伏牺"。古代传说中的三皇之一。风姓。相传其始画八卦,又教民渔猎,取牺牲以供庖厨,因称"庖牺"。娲:女娲。神话古帝名。古时出现天崩地裂,女娲乃炼五色石以补天,断鳌足以立四极。

[9]黄与白:黄者,金也。白者,银也。

[10]竖儒:对儒者的贱称。言其贱陋如童奴。《史记·留侯世家》:"汉王辍食吐哺,骂(郦食其)曰:'竖儒,几败而公事!'"

[11]什袭:把物品重重叠叠地包裹起来。《艺文类聚·阚子》:"宋之愚人得燕石于梧台之东,归而藏之以为宝。周客闻而观焉。主人斋七日,端冕玄服以发宝。革匮十重,缇巾什袭。客见之,掩口而笑曰:'此特燕石也,其与瓦甓(pì)不殊。'"后也作"十袭",引申为郑重珍藏的意思。

[12]玳瑁:爬行动物,形似龟。甲壳黄褐色,有黑斑和光泽,可做装饰品。甲片可入药。此指其甲壳。

移竹

袅袅长身韵最清,此君来结岁寒盟[1]。到时便欲迎风舞,醉后何妨尽族行[2]。乍入庭阶非故土,渐闻篱落有秋声。从今日报平安信,笑看龙孙满地生[3]。

【注】

[1]此君:详见《耕余草·竹夫人》注[13]。岁寒盟:指岁寒三友松、竹、梅的并称。

[2]族行:带领族人离开。《左传·僖五年》:"宫之奇以其族行。"

[3]龙孙:笋的别名。宋梅尧臣《宛陵集·韩持国遗洛笋》:"龙孙春吐一尺芽,紫锦包玉离泥沙。"

寄祝阳前山封翁暨德配周太孺人六旬双庆[1]

闻道南山雪色新,椿萱同庆及良辰[2]。千年若木升朝日[3],十月梅花报早春。

鸿案光阴周甲子[4],兰阶科第绝庚申[5]。嗤余兀坐寒毡上,欲赴仙筵未有因。

【注】

[1]封翁:因儿子功名而得到受封赠的人。德配:德行堪与匹配。汉焦延寿《易林·六贲·解》:"德配唐虞,天命为天子。"后尊称别人的妻为德配。

[2]椿萱:父母的代称。古代传说大椿长寿,后因用以喻父。《诗经·卫风·伯会》:"焉得谖(萱)草? 言树之背。"毛享《传》:"背,北堂也。"意谓于北堂种萱草。北堂,古为母亲所居处,后因以萱堂或萱为母亲的代称。

[3]若木:古代神话中的树名。《山海经·大荒北经》:"大荒之中,有衡石山、九阴山、洞野之山,上有赤树,青叶,赤华,名曰若木。"

[4]鸿案:用"举案齐眉"之典。详见《耕余草·寄内三首》注[11]。周甲子:古时甲子纪年的一种方法,六十年为甲子一周。

[5]原注:令嗣鉴堂领庚申乡解。按:鉴堂,字焕云,临桂人;乡解,乡试解元。兰阶:指人才的培养。据《世说新语·言语》载,晋谢玄形容谢安管教子侄:"譬如芝兰玉树,欲使其生于阶庭耳。"庚申:嘉庆三年(1800)。

清明扫仆墓用谢梅庄先生韵[1]

自从帷盖向山前,草绿荒坟又一年。柳欲成棉春已晚,鬼犹求食我应怜。半盂麦饭供蝼蚁,几树棠梨挂纸钱。今日题诗示阿段[2],髑髅无语亦潸然[3]。

【注】

[1]谢梅庄:即谢济世(1689-1756),广西全州人。字石霖,号梅庄。康熙五十一年进士,授检讨。雍正四年官浙江道御史,以劾河南巡抚田文镜,遣戍阿尔泰。十三年召还。乾隆元年复官,复进呈所撰《大学注》、《中庸疏》,谓当遵古本,不遵程、朱,得旨严饬。乾隆三年,授湖南粮储道,八年,调驿盐道。未几还,家居十二年卒,年六十八。著有《以学居业集》、《史评》、《纂言内外篇》等书。乾隆修《四库全书》,其著作在禁毁之列。

[2]阿段:一种对男子的称呼。古代南方少数民族中的别部,散居山谷,无氏族之别,又无名字,所生男女,以长幼次第称呼之,其丈夫称阿段,妇人阿夷、阿等之类。皆次第之义。此指作者之仆。

[3]原注:仆姚进福随余广文任,服役颇勤。年十七病殁,瘗于昭州北郭。清明日遣人扫其墓。

春日早起

春朝眠不得，破晓出柴关。幂□烟中树，模糊野外山。卖花声乍起，宿鸟梦犹闲。试看篱边笋，新添几个斑。

送单月亭之任郁林[1]

冷宦谁相访，文章自有神。眼青偏向我[2]，身拙耻逢人。鬓发垂垂老，形骸故故亲。娇儿来问字[3]，孤负已三春[4]。

妻孥三五口，旅食滞昭州[5]。常乞邻人米，深怀地主忧。雁稀难寄字，天远怕登楼。恰喜征夫至，庭花放石榴。

忽闻奉严檄，邕管路途难[6]。去日黄梅熟，归期白雪寒。简书载岁月，家口问平安，寄我舟中咏，泠泠古调弹[7]。

宦迹如萍梗，分符判郁林[8]。风尘难作吏，冰雪可铭心。歧路一樽酒，交情百炼金。何时重握手，江上共题襟[9]。

【注】

[1]郁林：秦桂林郡，汉武帝更置郁林郡。唐至明皆为郁林州。清为直隶州。1912 年升府，次年改县。1955 年改为玉林县，属广西。

[2]眼青：即"青眼"之典。详见《耕余草·道旁柳》注[1]。

[3]问字：详见《耕余草·戊辰小除之平乐广文任》注[6]。

[4]三春：春季三个月。农历正月称孟春，二月称仲春，三月称季春。

[5]昭州：今广西平乐县。

[6]邕管：唐朝政区。贞观六年(632)置邕州都督府，永徽(650－655)后隶岭南五府经略使，上元(674－675)后置邕管经略使。咸通三年(862)分岭南道为东、西两道，隶岭南西道，设经略使一员，驻邕州。此处代指广西。

[7]泠泠：形容声音清脆。

[8]分符：古代帝王分封诸侯或任命官员，将作为信物之符分剖为二，各执一半，以为凭证。此指任地方官。柳宗元《浩初上人见贻绝句欲登仙人山因以酬之》："仙山不属分符客，一任凌空锡仗飞。"

[9]题襟：抒写胸怀。唐温庭筠、段成式，余知古常题诗唱和，有《汉上题襟集》十卷。见《新唐书·艺文志四》、宋计有功《唐诗纪事·段成式》。后遂以“题襟”谓诗文唱和抒怀。

挽李秋室同年学博[1]

七十余年两鬓丝，寒毡坐敝忽骑箕[2]。盖棺正殓黔娄被[3]，作诔无惭有道碑[4]。雨烂桃花春已尽，庭栖鵩鸟赋堪悲[5]。那知力疾裁书日[6]，即是千秋大别时[7]。

【注】

[1]同年：科举制度同榜的人称同年。清顾炎武《生员论》：“生员之在天下，近或数千百里，远或万里，语言不同，姓名不通，而一登科第，……同榜之士，谓之同年。”学博：泛称学官为学博。

[2]骑箕：《庄子·大宗师》：“傅说……乘东维，骑箕尾，而比于列星。”言傅说死后，其精神跨于箕尾二宿之间，为傅说星。后来诗文中常以“骑箕尾”指国家重臣的死亡。《宋史·赵鼎传》：“自骑箕尾归天上，气作山河壮本朝。”

[3]黔娄被：黔娄，人名。据汉刘向《列女传·鲁黔娄妻》载，黔娄为春秋鲁人。《汉书·艺文志》中，晋皇甫谧《高士传·黔娄先生》则说是齐人。战国时齐隐士，不肯出仕，家贫。齐鲁之君聘赐，皆拒而不受。及死，曾子往吊，见以布被盖尸。布被小，盖足则露头，盖头则露足。后以“黔娄被”表示贫困的生活。

[4]诔(lěi)：哀悼死者之文。此句用典出《后汉书·郭泰传》：“蔡邕谓卢植曰：吾为碑铭多矣，皆有惭德，唯郭有道无愧色耳。”

[5]鵩(fú)鸟：详见《耕余草·吕月沧病危，死而复苏。力疾寄诗留诀……》注[5]。

[6]裁书：即裁衣书。古代裁衣时用以择吉凶日之书。汉王充《论衡·讥日》：“裁衣有书，书有吉凶，凶日制衣则有祸，吉日则有福。”

[7]原注：君卧病以书永诀。

次袁醴庭学博《至平乐》韵[1]

忆昔观光历九州[2]，公车随处赋遨游[3]。蓬山未得通仙路[4]，斗酒何曾与妇谋[5]。一目当时称眊氉[6]，遂教今日号浮休[7]。阑干苜蓿晨餐后[8]，愿卧元龙百尺楼[9]。

欲说归田似不情，菟裘垂老未曾营[10]。浑无囊橐千金富[11]，剩有图书四壁清。秋爱篱边花半吐，夜看楼角月初生。樽前细听袁宏咏[12]，醉眼犹能次第评。

高人每被俗人嗤，博得头衔号老师。安定一生传教法，郑虔三绝仰光仪[13]。吟依落叶寒蝉冷，啄尽残冰野鹤饥。今日诗坛逢大敌，敢将秃管决雌雄[14]。

独处无人可订顽，喜君来自鬼门关[15]。新诗似得厨中米，好友如逢案外山。拙性只堪为玉错，狂吟岂敢效珠还[16]。槐庭几度清风过，卧雪袁安梦亦闲[17]。

【注】

[1]袁醴庭：号醴庭，平南人。少有才名，嘉庆七年(1802)进士及第。官镇安府教授，正不随俗，擢翰林院典簿，有《归园田居诗草》、《浔州传信录》、《格物论》、《联床风雨楼随笔》，凡十余种存于家。学博：泛称学官为学博。平乐：今广西平乐县。次……韵：用别人的韵作诗或词。

[2]九州：古代中国设置的九个州。《尚书·贡》中指“冀、豫、雍、扬、兖、徐、梁、青、荆”。《尔雅·释地》中指“冀、豫、雍、扬、兖、徐、营、幽、荆”。《周礼·夏官·职方氏》中指“冀、豫、雍、扬、兖、幽、并、青、荆”。后来“九州”泛指中国。

[3]公车：详见《耕余草·公车北上留别诸知己》注[1]。

[4]蓬山：即蓬莱。详见《耕余草·陈香圃孝廉题山水小幅见赠赋答一首》注[3]。

[5]“斗酒”句：用“刘伶从妇劝”之事。刘伶病酒渴甚，从妇求酒。妇捐酒毁器，涕泣谏曰：“君饮太过，非摄生之道，必宜断之！”伶曰：“甚善。我不能自禁，唯当祝鬼神自誓断之耳。便可具酒肉。”妇曰：“敬闻命。”供酒肉于神前，请伶祝誓。伶跪而祝曰：“天生刘伶，以酒为名；一饮一斛，五斗解酲。妇人之言，慎不可听。”便引酒进肉，醺然已醉矣。见《世说新语·任诞篇》。

[6]眊氉(màosào)：视力模糊。

[7]浮休：即张鷟。唐人，字文成，自号浮休子。进士，擢考工员外郎，累官至学士。有笔记文《朝野佥载》等。

[8]“阑干”句：用“甘苜蓿”之典。详见《耕余草·立秋日赐书楼雅集醉后赋此》注[8]。

[9]元龙百尺楼：元龙，三国魏陈登的字，此人志向高迈，有威名。曾自上大床卧，而让许汜卧下床。许语刘备此事，答曰：“君有国士名，而不留心救世，乃求田问舍，言无可采，是元龙所讳也。如我当卧百尺楼上，卧君于地，何但上下床之间哉？”见《三国志·魏志·陈登传》。

[10]菟裘：在今山东泗水境，此指告老归隐的居处。典见《左传·隐公十一年》：“羽父请杀桓公，以求大宰。公曰：‘为其少故也，吾将受之矣。使营菟裘，吾将老焉。’”

[11]囊橐(tuó)：袋子。

[12]袁宏(328－376)：晋阳夏人，字彦伯，侍中猷之孙也。父勖，临汝令。少孤贫，有逸

才,文章绝美,曾为咏史诗,是其风情所寄。镇西将军谢尚引为参军,后为桓温记室,温北征,令宏倚马前撰露布,顷刻间成七纸,文皆可观。曾作《东征赋》、《三国名臣颂》。见《晋书·文苑传》。

[13]郑虔三绝:郑虔,唐代荥阳人。字弱斋。工书画,曾将其诗画呈现,帝署曰:"郑虔三绝。"见《新唐书·郑虔传》。

[14]秃管:即毛笔。

[15]原注:君自泗城俸满调回平乐。按:泗城,广西凌云县古称泗城,有人说是县名,也有人说是府名,均得名于山水。城东有凌云山,为凌云县内群山之冠,县内又有江河四水交错汇入城下,故称泗城。

[16]珠还:即合浦珠还。比喻人去而复回或物失而复得。《后汉书·孟尝传》:"(合浦)郡不产谷实,而海出珠宝,与交阯比境……先时宰守并多贪秽,诡人采求,不知纪极,珠遂渐徙于交阯郡界。于是行旅不至,人物无资,贫者饿死于道。尝(孟尝)到官,革易前敝,求民病利。曾未逾岁,去珠复还,百姓皆反其业。"《文苑英华·南朝梁·吴均·赠王桂阳别诗三首(二)》:"无因停合浦,见此玄珠还。"

[17]"卧雪"句:用"袁安卧雪"的典故。冬天大雪积地,人们都出门扫雪,只有袁安闭门不出,人们以为他已死,入户后见其坚卧,问何故不出。他说大雪天人都缺食,不适宜求人。洛阳令为此将他举为孝廉。见《后汉书注·袁安传》引晋代周斐《汝南先贤传》。袁安(?－92),东汉汝南汝阳人,字邵公。为人严谨,州里敬重,洛阳令举为孝廉。拜楚郡太守。时因楚王英谋反事,株连数千人,死者甚众。安到郡理狱,平反冤案,获释者四百余家。和帝时,外戚擅政,安守正不屈,卒于官。

袁醴庭学博以丹砂见遗赋谢一首[1]

勾漏神仙不可期[2],残年何物起衰羸。烧丹炼汞我无分,掷米成砂君有之[3]。色带烟霞来更远,功同金石病堪医。自怜凡骨终难换,九转工夫待几时[4]。

【注】

[1]袁醴庭:详见《耕余草·次袁醴庭学博〈至平乐〉韵》注[1]。学博:泛称学官为学博。

[2]勾漏:山名。在今广西北流县东北。有山峰耸立如林,溶洞勾曲穿漏,故名。为道家所传三十六小洞天的第二十二洞天。见《云笈七签》(卷二七)。

[3]掷米成砂:晋葛洪《神仙传》载:麻姑仙人,汉仙人王方平之妹,曾掷米成丹砂,撒于神功泉内,始成佳酿。

[4]九转:反复的烧炼。道家谓炼烧金丹,以九转为贵。见《抱朴子·金丹》。

感兴

丹山有羽虫,厥名曰凤凰[1]。九苞富文采[2],毛羽生辉光。饥必食竹实,鸣必在高冈。在昔黄帝时,阿阁双翱翔[3]。亦越有虞世[4],来仪上明堂[5]。斯足为灵鸟,出即称嘉祥。夫何德之衰,褵褷在一方[6]。枳棘借一枝,有如鸮集桑。鸡鹜与争食,不如鹰饱飏[7]。比翼群鸟中,所志在稻粱。忍言凤凰饥,令人心感伤。

秋夜不能寐,鸿雁向我鸣。问雁鸣何事,南来度湘衡[8]。衔芦避矰缴[9],随阳方夜行。后先各有序,俨若弟与兄。顾我无兄弟,听此难为情。薄宦滞昭水[10],寒灯挑五更。有子遣归里,藜蒿满柴荆。父老不相识,燕雀顾且惊。叩门学乡语,日暮伤茕茕[11]。墓田久已荒,欲耕不得耕。安得如鸿雁,往来羽翼轻。江湖多稻粱,饮啄得纵横(1)。

有石在道旁,质状丑且坚。偃蹇负土出[12],荦确难雕镌[13]。脉理皆正直,时时含云烟。见石下肃拜,问石生何年。云是太古石,秦皇不能鞭。铸之可成金,炼之能补天。遗此一片石,功在生民前。世无造化手,此石委路边。抚石再三叹,深愧为米颠[14]。

【校】

(1)横:底本无,今据《三管英灵集》补。

【注】

[1]厥(jué):其。

[2]九苞:又名九苞奴,雉的别名,即鸡。

[3]阿阁:阁有四柱者曰阿阁。陆机《君子有所思》:"甲第崇高闼,洞房结阿阁。"

[4]虞:即虞舜。

[5]来仪:《书·益稷》:"箫韶九成,凤凰来仪。"古代传说逢到太平盛世,就有凤凰飞来。后来就用"来仪"作凤凰的代称。也比方特殊人物的出现。如三国魏刘桢《赠从弟》(三):"何时当来仪,将须圣明君。"明堂:古代帝王宣明政教的地方。凡朝会、祭祀、庆赏等大典,均在此举行。见蔡邕《蔡中郎集·明堂月令论》。

[6]褵褷(líshī):详见《耕余草·寄内三首》注[12]。

[7]飏:飞扬。

[8]湘衡:湘水及衡山。

[9]矰(zēng)缴:系有丝绳用以射鸟的短箭。同"矰弋"。《史记·留侯世家》:"戚夫人泣,上曰:'为我楚舞,吾为若楚歌。'歌曰:'鸿鹄高飞,一举千里。……虽有矰缴,尚安所施!'"

[10]昭水:即乐水,源出富川,经恭城,绕广西平乐县城。

[11]茕茕(qióng):孤零的样子。

[12]偃蹇:高耸貌。

[13]荦(luò)确:石多貌。唐代韩愈《山石》:"山石荦确行径微,黄昏到寺蝙蝠飞。"

[14]米颠:即颠米。详见《耕余草·观欧阳葆真少尉寓斋所藏书画》注[4]。

读史有感

祖龙灭德恣杀戮[1],焚书坑儒何惨毒[2]。经生耆儒尽潜藏[3],圯上老人半夜伏[4]。商山四皓采紫芝[5],长歌远入白云宿。韬光匿采山泽癯[6],欲避祸乱全其躯。是皆秦之隐君子,应读秦时未烧书。是时六经未沦丧[7],采访尚可充石渠[8]。乃公马上得天下,原来不事诗书者[9]。只闻漫骂溺儒冠,不闻裒集灭秦火[10]。斯文既丧大道芜,帝王之治知者寡。萧何定律令[11],叔孙议礼仪[12]。典章委之刀笔吏,三代以远厄运时[13]。后来伏生与孔壁[14],纷纷聚讼疑传疑。纷纷聚讼疑传疑,汉高谁为帝王师。

【注】

[1]祖龙:指秦始皇。详见《耕余草·书荆轲传后》注[5]。

[2]焚书坑儒:详见《耕余草·读史偶成》注[1]。

[3]耆儒:年老博学的儒者。汉扬雄《剧秦美新》:"是以耆儒硕老,抱其书而远逊;礼官博士,卷其舌而不谈。"

[4]"圯上"句:用典出自《汉书·张良》(卷四十一):"良尝间从容步游下邳圯上,有一老父,衣褐,至良所,直堕其履圯下,顾谓良曰:'孺子下取履!'良愕然,欲殴之。为其老,乃强忍,下取履,因跪进。父以足受之,笑去。良殊大惊。父去里所,复还,曰:'孺子可教矣。后五日平明,与我期此。'良因怪,跪曰:'诺。'五日平明,良往。父已先在,怒曰:'与老人期,后,何也?去,后五日蚤会。'五日,鸡鸣往。父又先在,复怒曰:'后,何也?去,后五日复蚤来。'五日,良夜半往。有顷,父亦来,喜曰:'当如是。'出一编书,曰:'读是则为王者师。后十年兴。十三年,孺子见我,济北穀城山下黄石即我已。'遂去不见。旦日视其书,乃《太公兵法》。良因异之,常习读诵。"

[5]商山四皓:汉初商山的四个隐士。名东园公、绮里季、夏黄公、甪里先生。四人须眉

皆白,故称四皓。高祖召,不应。后高祖欲废太子,吕后用留侯计,迎四皓,使辅太子。一日四皓侍太子见高祖。高祖曰:"羽翼成矣。"遂辍太子之议。紫芝:真菌的一种。也称木芝。似灵芝。菌盖半圆形,上面赤褐色,有光泽及云纹;下面淡黄色,有细孔。菌柄长,有光泽。生于山地枯树根上。可入药,性温味甘,能益精气,坚筋骨。古人以为瑞草。道教以为仙草。

[6]韬光:敛藏光采。比喻隐藏声名才华。癯(qú):瘦。

[7]六经:指《诗》、《书》、《礼》、《易》、《春秋》、《乐》。

[8]石渠:即"石渠阁",汉宫中藏书之处,在未央宫殿北。汉初萧何造,以藏入关所得秦之图籍。其下砻石为渠以导水,因为阁名。至成帝时,又于此藏秘书。宣帝甘露三年与诸儒韦玄成、梁丘贺等讲论于石渠,即此。见《汉书·施雠传》、《三辅黄图·阁》。

[9]"乃公"两句:刘邦建国后不好文学,当楚国辩士陆贾以诗书之礼劝说时,高帝骂之曰:"乃公居马上而得之,安事诗书?"陆生(贾)曰:"居马上得之,宁可马上治之乎?……"高帝不怿而有惭色。见《史记·高祖本纪》。

[10]裒:聚集。

[11]萧何定律令:汉高祖丞相萧何创制汉朝法律。《汉书·刑法志》:"汉兴,高祖初入关,约法三章:'杀人者死,伤人及盗抵罪。'蠲削烦苛,兆民大悦。其后四夷未附,兵革未息,三章之法不足以御奸,于是相国萧何捃摭秦法,取其宜于时者,作律九章。"

[12]叔孙:即叔孙通,曾为秦代博士,秦灭随从项羽,旋即率儒生百余人降汉王。他精通朝廷礼仪制度,汉朝初建百官不懂礼节常以醉态妄呼,于是叔孙通采取古礼结合秦仪并根据高祖要求,定立朝仪制度,曾任奉常、太子太傅。汉朝宗庙仪法等诸法均由他所定。见《汉书·叔孙通列传》。

[13]三代:指夏商周三代。

[14]伏生:汉济南人,字子贱。秦时博士。始皇焚书,伏生将《尚书》藏屋壁中。汉王朝建立后,伏生求遗书,仅得二十九篇,教于齐鲁之间。汉文帝时,伏生已九十余岁,文帝派太常使掌故晁错往从学,由伏生通传口授,即今文《尚书》立于学官。孔壁:孔子房屋之间壁。此用"孔壁得书"之典。汉武帝时,鲁恭王拆毁孔子旧宅扩建宫室,在夹壁中发现古文经传多种。

呈明坦斋郡伯[1]

去岁冲寒一鹤随[2],梅花消息到南枝。阳春有脚来何早,卿月当头见未迟。楼上凤凰迎棨戟[3],关边龙虎避旌旗。书生也逐儿童队,日向江干竹马骑[4]。

造士殷勤访道乡[5],下车先事重胶庠[6]。堂开忠介千秋席,诗奉元和一瓣香[7]。近水鱼鸥邀顾盼,绕庭花草待平章[8]。晚衙放罢垂帘坐,更有民依念不忘。

【注】

[1]郡伯:旧称知府为郡伯。

[2]一鹤随:用"一琴一鹤"之典。详见《耕余草·祝景榴村郡伯四十初度》[16]。

[3]棨(qǐ)戟:有缯衣或油漆的木戟,用为官吏出行时前导的仪仗。《后汉书·舆服志》:"公以下至二千石,骑吏四人,千石以下至三百石,县长二人,皆带剑,持棨戟为前列。"唐制,官吏三品以上,得门列棨戟。

[4]原注:昭潭有凤凰楼,龙虎关。按:龙虎关,广西名关。曾名荆峡镇。位于今恭城瑶族自治县东北29千米龙虎街东侧。南有龙头岭,北有虎头岭,中间峡谷龙虎河流过,地势险要,历为湘、桂水陆交通要冲和军事重地。清咸丰年间太平天国义军转战湘桂,多次攻占这里。1929年,湘系与桂系两军在此进行龙虎关之战。

[5]造士:学而有成之士。《礼·王制》:"升于司徒者不征于乡,升于学者不征于司徒,曰造士。"

[6]胶庠:周朝学校名。胶名周之大学,在国中王宫之东,庠为小学,在国之西郊。《礼记·王制》:"周人养国老于东胶,养庶老于虞庠。"后用以代称学校。

[7]元和:即元和体。唐白居易与元稹常作诗唱和,诗风追求平淡如话,世传妇孺皆明。因他们生活在元和年间,故称。一瓣香:一炷香。谓焚香敬礼。佛教禅宗长老开堂讲道,烧至第三炷,即云:"这一瓣香敬献给传授我道法的某某法师。"后以"一瓣香"谓师承或仰慕某人。宋陈师道《后山居士文集·观究文忠公家六一堂图书》:"向来一瓣香,敬为曾南丰。"

[8]平章:品评。

和明坦斋郡伯《小园闲眺》原韵[1]

冷署沉沉日掩扉,孤吟又看夕阳微。楼台老凤风生翼,窗下寒儒雪满衣。松柏有心能直上,鹪鹩无力怕高飞[2]。醉翁亭畔游人乐[3],扶杖长歌戴月归。

【注】

[1]郡伯:旧称知府为郡伯。

[2]鹪鹩:鸟名。详见《耕余草·野烧》注[3]。

[3]醉翁亭:亭名。在安徽省滁州市城西南琅琊山麓。北宋庆历六年(1046),欧阳修知滁州,命僧智仙修建,以为游憩之所。

朱荫涂明府移寓袁醴庭学博斋中，以诗奉柬[1]

君本瀛洲客[2]，注籍蓬莱仙[3]。既读上清书[4]，复攻内景篇[5]。一念结凡想，降罚人世间。泥涂没其足，风尘凋其颜。近与木石居，无人叩柴关[6]。赖有同心友，延君骚雅坛。追述霓裳咏[7]，重忆大罗天[8]。天上不可到，人间事屡迁。樽中有美酒，席上有寒毡。此境颇不俗，请君高枕眠。我欲访花径，雪深阶户前[9]。

【注】

[1]明府：唐人称县令为明府。袁醴庭：详见《耕余草·次袁醴庭学博〈至平乐〉韵》注[1]。学博：泛称学官为学博。

[2]瀛洲：详见《耕余草·黄鹤楼》注[4]。

[3]蓬莱：详见《耕余草·陈香圃孝廉题山水小幅见赠赋答一首》注[3]。

[4]上清：即上清院。道家认为人天两界之外，别有三清。玉清、上清、太清是神仙居住的仙境。《灵宝太乙经》："四人天处曰三清境，玉清、太清、上清，亦名三天。"

[5]内景篇：即《黄庭内景经》。称大道玉晨君作，传魏夫人，三十六章。属《黄庭经》。讲道家养生修炼之道。

[6]柴关：柴门。

[7]霓裳咏：详见《耕余草·送同年熊梦庵员外赴阙》注[2]。

[8]大罗天：道家诸天之名。道教所称三十六天中最高一重天。旧题晋葛洪《枕中计》引《真计》："玄都玉宗七宝山，周回九万里，在大罗上。"唐段成式为道家列三界诸天数，与释氏同，但名异。三界外曰四人境，为常融、玉隆、梵度、贾奕四天；四人天外曰三清，即大赤、禹余、清微；三清上曰大罗。

[9]"我欲"两句：用"程门立雪"之典。指宋代杨时诚心求教之事。《宋史·杨时传》："见程颐于洛，时盖年四十矣。一日见颐，颐偶暝坐，时与游酢侍立不去。颐既觉，则门外雪深一尺矣。"元谢应芳《杨龟山祠》："卓彼文靖公，早立程门雪。载道归东南，统绪赖不绝。"文靖，杨时谥号。

初寒

霜威初陨夜何其，落叶盈阶月上迟。薄宦为家愁岁暮，灯寒无焰怯风吹。乍听茅隙蛩声急，独掩罗帏病骨知。赖有梅花堪索笑，春光先已到南枝。

和明坦斋郡伯《日暮登台即景》原韵[1]

独上平台诗兴浓，拈毫描写暮山容。炊烟幕□江干雾，远树模糊天外峰。牧竖晚吹三孔笛，枯僧遥杵一声钟。午桥竹石饶佳景，应许窥园载酒从[2]。

【注】

[1]郡伯：旧称知府为郡伯。

[2]窥园：典出《汉书・董仲舒传》：西汉董仲舒，汉景帝时为博士，下帷讲读，三年不窥园。后人便以"三年不窥园"、"不窥园圃"、"不窥园井"、"绝窥园"、"不履田园"等多种形式来表示闭门勤奋读书。如葛胜仲《虞美人・酬卫卿弟兄赠》："三年曾不窥园树，辛苦萤窗暮。"

六十自寿

六十年来齿渐尊，不潜不见寄黉门[1]。无多儿女身常健，如此头颅舌尚存。苜蓿先生寻亥豕[2]，糟糠病妇问鸡豚[3]。今朝说我悬弧日[4]，厨下殷勤进一樽。

回首儿时泪雨潸，于今不觉鬓毛斑。曾经百折苦中苦，博得一官闲又闲。赖有新诗消白昼，难寻归计买青山[5]。自知老骥难千里，伏枥年年在此间[6]。

【注】

[1]黉(hóng)门：古时对学校的称谓。

[2]苜蓿(mùxu)：用"甘苜蓿"之典。详见《耕余草・立秋日赐书楼雅集醉后赋此》注[8]。亥豕：详见《耕余草・眼昏》注[17]。

[3]豚：小猪。

[4]悬弧：详见《耕余草・五十初度感赋四首》注[14]。

[5]买青山：即买山之典。详见《耕余草・关奈原同年枉过，喜晤韦松崖孝廉……》注[8]。

[6]"自知"两句：曹操《步出夏门行》："老骥伏枥，志在千里。烈士暮年，壮心不已。"喻年老而有壮志。

春日同韦和斋、蒋萃亭、欧兰畦、家雷塘学博谒朱将军墓[1]，游水月庵，渡江登金富宫，晚归共饮小斋

闭门局促如辕驹[2]，登山临水兴偻孤。有客招寻访名胜，如鹰脱鞲鸟出笯[3]。探幽蜡屐竞捷足[4]，得月亭边共远瞩[5]。访古凭吊将军坟，千年埋碧春草绿。忽闻梵贝出禅关[6]，谁守空门在此间。慧业文人证三昧[7]，坐听鸟语声蛮蛮。时当三月春已晚，太息流光去不返。古人秉烛尚夜游[8]，今日何妨归缓缓。同人拄杖兴正浓，飘飘两袖摇春风。笑指隔江山色好，唤渡远游金富宫。临江俯绝壁，坐石倚长松。曲径宛蜒引而上，脚底踏破云千重。牛羊下来日已暮[9]，回头细细寻初步。不愁头上雨催诗，却喜眼前花引路。归来僮仆问夜餐，苜蓿盘中堪下箸[10]。诸公豪饮且勿喧，听我醉吟长短句。

【注】

[1]学博：泛称学官为学博。朱将军：详见《耕余草·谒朱将军墓》注[1]。

[2]辕驹：即辕下驹。详见《耕余草·雨后庭中步月》注[3]。

[3]鞲(bèi)：此指笼子。笯(nú)：鸟笼。

[4]蜡屐：以蜡涂屐防水防滑。南朝宋刘义庆《世说新语·雅量》："祖士少好财，阮遥集好屐，并恒自经营。同是一累，而未判其得失……或有诣阮，见自吹火蜡屐，因叹曰：'未知一生当作几量屐？'神色闲畅。于是胜负始分。"此喻指游历。唐元稹《长庆集·奉和严司空……登龙山落梅台佳宴》："谢公秋思眇天涯，蜡屐登高为菊花。"

[5]得月亭：即洞仙亭旧址。在广西平乐县北仙宫岭下，现逸我山庄旧址。

[6]梵贝：即梵呗。佛教作法事时的赞叹歌咏之声。《楞严经》(六)："梵呗咏歌，自然敷奏。"禅关：禅院。

[7]三昧：一般修行大都止心一处，不令散乱，而保持安静，此一状态称为三昧。

[8]秉烛：古诗《西门行》："人生不满百，常怀千岁忧。昼短苦夜长，何不秉烛游。"表现一种及时行乐的思想。《文选·曹丕·与吴质书》："年一过往，何可攀援。古人思炳烛夜游，良有以也。"

[9]"牛羊"句：见《诗经·君子于役》："鸡栖于埘，日之夕矣，羊牛下来。"

[10]"苜蓿"句：用"甘苜蓿"之典。详见《耕余草·立秋日赐书楼雅集醉后赋此》注[8]。

凉夜即事

薄暮槐阴坐，披襟亦快哉。清风能惠我，诗意欲衔杯。竹韵声声戛[1]，荷香冉冉来。如游水晶域，中夜几徘徊。

冷宦清如洗，何堪困郁蒸。连宵愁炙手，一雨胜怀冰。妇病药初愈，儿书课渐增。倚栏看星斗，老兴亦飞腾。

天与清闲福，长吟夜寂寥。月光鉴毛发，风信入芭蕉。零露珠千斛(1)[2]，微官冰一条。井蛙怒何事，喧喧闹中宵(2)。

雨过衣生润，新凉洽素心。枯如僧入定[4]，静比鸟栖林。蛩语咽阶砌，萤光点竹根。斋夫鼾睡熟，好向梦乡寻。

【校】

(1)珠：《漓江耆旧集》作"粟"，此从底本。

(2)中：底本作"通"。此据《漓江耆旧集》改。

【注】

[1]戛(jiá)：象声词。

[2]斛(hú)：量器名，也为容器单位。古代以十斗为一斛，南宋末年改为五斗一斛，两斛一石。

[3]入定：佛教语。谓佛教徒闭目静坐，不起杂念，使心定于一处。

七夕口占[1]

谯鼓鼟鼟夜未央[2]，天孙云锦散秋光[3]。最怜老妇如鸠拙，笑看邻家乞巧忙。

一年一夜暂盘桓[4]，路隔银河会合难。最是天星苦离别，人间夫妇日团圆。

【注】

[1]七夕：农历七月初七之夕。口占：不用起草而随口成文。

[2]谯鼓：城门上的望楼，称为谯楼，楼内的鼓，称为谯鼓。鼟鼟(tēng)：象声词，形容鼓声。未央：未尽。

[3]天孙:星名,即织女星。《史记·天官书》:"河鼓大星……其北织女,织女,天女孙也。"

[4]盘桓:徘徊,逗留。

无量行宫访唐莲舫明府[1]

官闲无事日徜徉,乘兴来游到上方。竹院敲门惊鸟雀,佛堂罨饭厌膏粱[2]。自离宦海依禅榻,欲种书田望故乡。试看山中云去住,在山不似出山忙。

庭无车马客应稀,寂寂禅关落叶飞[3]。身现宰官浑似梦[4],地亲鱼鸟渐忘机[5]。去年潘县花才发[6],今日津门蟹正肥[7]。留得儒冠遂初服[8],劝君惟道不如归。

【注】

[1]唐莲舫:名良耀,天津人。明府:唐人称县令为明府。

[2]罨(yǎn):覆盖。

[3]禅关:禅院。

[4]宰官:周代冢宰的属官。后泛指官吏。

[5]忘机:不慕名利,没有勾心斗角之争。

[6]潘县:晋潘岳为河阳令,满县中桃花,有"河阳一县花"之称。北周庾信《庾子山集·春赋》:"河阳一县并是花,金谷从来满园树。"后因以"花县"为县治的美称。

[7]津门:天津市的别称。明永乐二年(1404)筑城置成,三年移天津卫治此。自迁都北京后,因地当畿辅门户,故称。

[8]原注:莲舫,天津人。改用教职将归里。初服:入仕前的衣服。古时官吏退职称复返初服。《楚辞·离骚》:"退将复修吾初服。"

风筝

鹏程争看翼垂天,游戏空中竟宛然。百尺丝编才到手,九霄鹓鹭忽齐肩[1]。直疑跨凤楼头客,好比骖鸾月下仙[2]。莫说人情如纸薄,也能吹送五云边[3]。

偶被吹嘘到上林[4],本无毛羽逐飞禽。扶摇也作培风背[5],轻薄犹悬捧日心[6]。乍起兰台才半晌[7],长凌霄汉已千寻[8]。岂知操纵由人手,惹得儿童笑不禁。

【注】

[1]鹓(yuān)鹭:二鸟群飞有序。

[2]骖鸾:谓仙人驾驭鸾鸟云游。江淹《别赋》:"驾鹤上汉,骖鸾腾天。"

[3]五云:五色的瑞云。唐杜甫《重经昭陵》:"再窥松柏路,还见五云飞。"一说指五陵的景色。也用来指皇帝所在。唐王建《赠郭将军》:"承恩新拜上将军,当直巡更近五云。"此当后指。

[4]上林:详见《耕余草·舟中立春》注[4]。

[5]扶摇:盘旋而上的暴风。《庄子·逍遥游》:"鹏之徙于南冥也,水击三千里,抟扶摇而上者九万里。"培风:加于风上,乘风。《庄子·逍遥游》:"风之积也不厚,则其负大风也无力,故九万里则风斯在下矣,而后乃今培风。"清王念孙《读书杂志·庄子》:"培之言冯也;冯,乘也。风在鹏下,故言负。鹏在风上,故言凭。……冯与培声相近,故义亦相通。"

[6]捧日:旧时以日喻帝王。因以捧日指拥戴。《三国志·魏书·程昱传》:"表昱为东平相,屯范。"裴松之《注》引《魏书》:"昱少时常梦上泰山,两手捧日。"

[7]兰台:本为汉代宫廷藏书处,设御史中丞掌管,后置兰台令史,掌书奏。后世亦称史官、秘书省为兰台。此指作者的书房。

[8]霄汉:天空。千寻:八千尺。古代八尺为一寻。此是形容其高,非实数。

对镜

幻影原非幻,萧然白发新。鬓眉虽可易,肝胆本来真。明月初离海,菱花不染尘[1]。同心复同面,惟有此中人。

【注】

[1]菱花:古铜镜中,六角形的或镜背刻有菱花的,叫菱花镜。后代诗文中常以菱花为镜的代称。宋宋祁《景文集·笔次》:"菱花照鬓感流年,始觉空名尽偶然。"

萤

入夜劳相访,飞来伴客灯。点衣人不暖,照字尔偏能[1]。茅隙应常见,玉堂亦可登[2]。平生光皎皎，逐臭笑痴蝇。

【注】

[1]照字：古代有个叫车胤的人，博学多通。他从小家境贫寒，家里无钱买油点灯读书。于是他想了一个办法，夏天织了一个口袋，捉了几十个萤火虫装在里边，然后将袋子挂在书桌上边，凭着萤火虫发出的亮光读书。后人把“囊萤夜读”用来指刻苦学习的典故。见《晋书·车胤传》。

[2]玉堂：唐宋以后，称翰林院为玉堂。

俸满回省验看，未得给假。旋里[1]，登舟怅然有作

秋光散林薄，白日忽西徂[2]。归鸦已投巢，农夫方倚闾[3]。嗟余事薄宦，何时返旧庐。归乡如未归，岂有民社拘。忆昔少壮日，自负七尺躯。早登乡里荐，忝窃贤能誉[4]。方谓致青云[5]，立身天之衢[6]。昼锦自有日[7]，七十当悬车[8]。夫何齿垂暮，依然一寒儒。六年有常例，验看分贤愚。昨忽奉严檄，岂敢来徐徐。幸免下下考，得滥南郭竽[9]。事毕合请假，还乡逐枌榆[10]。胡为急登舟，恋栈同驰驽[11]。古人守一官，职思在其居。广文虽无事[12]，所事在生徒。矧兹十月交[13]，冬者岁之余。尝闻礼经言[14]，训以冬读书。学校立四教[15]，奚容废居诸[16]。是以急言旋，不敢便私图。顾维父母恩，墓田久已芜。咫尺苦千里，不得躬扫除。显扬无一事，麦饭无一盂。痛我地下亲，有子不如无。回首望故山，猿鹤相招呼[17]。停舟饮江水，乡味如醍醐[18]。舟子且无发，听我啼呱呱。

【注】

[1]旋里：返回故里。

[2]徂(cú)：往，去。

[3]倚闾：闾，里巷的大门。谓父母望子归来之心殷切。

[4]忝(tiǎn)：羞辱，有愧于。

[5]青云：指登科进士，或指官高爵显。

[6]衢：天街。

[7]昼锦：《史记·项羽本纪》：“曰：‘富贵不归故乡，如衣绣夜行，谁知之者！’”后因称富贵归乡为昼锦。

[8]悬车：古代年七十辞官家居，废车不用，故曰悬车。汉班固《白虎通·致仕》：“臣年

七十悬车致仕者,臣以执事趋走为职,七十阳道极,耳目不聪明,……是以退老去避贤路者,所以长廉远耻心也。"因称七十岁为"悬车"之年。

[9]滥南郭竽:即滥竽充数。《韩非子·内储说上》:"齐宣王使人吹竽,必三百人,南郭处士请为王吹竽,宣王说之,廪食以数百人。宣王死,湣王立,好一一听之,处士逃。"比喻没有真才实学,混在行家之中充数。也指以次充好,名实不符。此是作者自谦。

[10]枌(fén)榆:汉高祖为丰枌榆乡人,初起兵时祷于枌榆社。见《史记·封禅书》。后因以"枌榆"为故乡的代称。

[11]骀驽:骀指劣马。驽指能力低下的马。骀驽喻庸才。

[12]广文:明清以来泛指儒学教官。

[13]矧(shěn):况且。

[14]礼经:即六经之一的《礼》。

[15]四教:孔子以文、行、忠、信施教,称为四教。后世儒家以诗、书、礼、乐(四术)以教士,称四教。《礼·王制》:"乐正崇四术,立四教,顺先王诗、书、礼、乐以造士。"

[16]居诸:《诗经·邶风·柏舟》:"日居月诸,胡迭而微。"居、诸,都是助词,后用为日月的代称。《艺文类聚·南朝·梁简文帝·善觉寺碑铭》:"居诸不息,寒暑推移。"又引喻为光阴。

[17]猿鹤:《艺文类聚》(卷九十)引晋葛洪《抱朴子》:"周穆王南征,一军尽化,君子为猿为鹤,小人为虫为沙。"后因以"虫沙猿鹤"称战死的将卒。也指已死之人。此指后者。

[18]醍醐(tíhú):比喻美酒。

以冬笋遗唐莲舫明府并媵以诗[1]

老坐寒毡两鬓斑,盘中苜蓿养痴顽[2]。与君更领冰霜味,今日同看玉笋班[3]。

彭泽休官已半年[4],久依僧榻突无烟[5]。今朝趺坐同僧饭[6],应识东坡玉板禅[7]。

【注】

[1]唐莲舫:名良耀,天津人。明府:唐人称县令为明府。媵(yìng):古代嫁女时随嫁或陪嫁的人,亦称小妾。

[2]"盘中"句:用"甘苜蓿"之典。详见《耕余草·立秋日赐书楼雅集醉后赋此》注[8]。

[3]玉笋班:唐末朝士风貌秀异有才华者,人称玉笋,得与其列者称"玉笋班"。唐郑谷《郑守愚集·九日偶怀寄左省张起居》:"浑无酒泛金英菊,漫道官趋玉笋班。"

[4]彭泽:即陶渊明。陶渊明曾为彭泽县令,故称。

[5]突无烟:用"墨突不黔"之典。详见《耕余草·崩屋叹》注[13]。

[6]趺(fū)坐:佛教徒坐禅姿势"结跏趺坐"的省称。分降魔坐与吉祥坐二种。前者先以右趾押左股,后以左趾押右股,诸禅宗多传此坐;后者先以左趾押右股,后以右趾押左股,令二足掌仰放于二股之上,相传即如来佛成道时的坐法。

[7]东坡:即苏轼(1036 - 1101)。宋眉州眉山人,字子瞻。苏洵次子。嘉佑二年进士。英宗时为直史馆。神宗熙宁时王安石行新法,轼上书论其不便,自请出外,通判杭州,徙湖州。以言者摘其诗语为讪谤朝政,贬谪黄州,筑室于东坡,号东坡居士。哲宗时召还,为翰林学士、端明殿侍读学士,曾知登州、杭州、颖州,官至礼部尚书。绍圣中又贬谪惠州、琼州,赦还,明年卒于常州。孝宗隆庆六年谥文忠。《宋史》(三三八)有传。玉板禅:宋惠洪《东坡戏作偈语》:"(苏轼)尝要刘器之同参玉版和尚,……至廉泉寺烧笋而食,器之觉笋味胜,问此笋何名,东坡曰:'即玉版也,此老师善说法,要能令人得禅悦之味。'于是器之乃悟其戏。"玉版,竹笋的别名。以皮洁白如玉而名。

雪夜作歌柬唐莲舫明府[1]

彤云漠漠雪乱飘,黄昏冻折梅花梢。纸窗窸窣风怒号[2],寒威刮面如剪刀。竖儒晏坐冰一条[3],穷冬惟有敝緼袍[4]。挑灯呵笔吟风骚[5],忽惊天下飞鹅毛。乍喜阶下铺琼瑶[6],妻子围炉面欲焦。夜寒劝我斟松醪[7],念君罢官居僧寮。敝裘典尽寒无貂,此时三更酒力消。欲归不得心火烧,欲语无人伴寂寥。但闻僧来门外敲,回忆津门路迢迢[8]。洞庭风冷鼋鼍骄[9],黄河冰坚舟楫胶。鸡声茅店鸣潇潇[10],手皴足冻雪到腰[11]。何如高卧佛堂坳,拙鸠犹得居鹊巢。明年春色满江皋[12],一路花鸟催征桡[13]。送君归到长芦桥,予亦谒选趋天曹[14]。帝城云里宫殿高,长安市上我贤豪。酒楼歌馆吹笙箫,与君联袂同游遨[15]。君胡不乐心郁陶[16],请君听我歌且谣。

【注】

[1]唐莲舫:名良耀,天津人。明府:唐人称县令为明府。

[2]窸窣(xīsū):象声词,形容摩擦等轻微细小的声音。

[3]竖儒:对儒者的贱称。言其贱陋如童奴。《史记·留侯世家》:"汉王辍食吐哺,骂(郦食其)曰:'竖儒,几败而公事!'"

[4]敝緼(yùn)袍:丝絮袍子。《论语·子罕》:"衣敝緼袍,与衣狐貉者立而不耻者,其由也与?"

[5]风骚:诗经和楚辞的并称。此指诗歌。

[6]琼瑶:喻雪。

[7]松醪:用松膏酿的酒。唐刘禹锡《刘梦得集·送王师鲁协律赴湖南使幕》:"橘树沙洲暗,松醪酒肆香。"

[8]津门:天津市的别称。明永乐二年(1404年)筑城置成,三年移天津卫治此。自迁都北京后,因地当畿辅门户,故称。

[9]鼋鼍(yuántuó):鼋,大鳖;鼍,鳄鱼。泛指水中神怪。

[10]鸡声茅店:用唐温庭筠《商山早行》中"鸡声茅店月,人迹板桥霜"句意。

[11]皴(cūn):皮肤受冻而破裂。

[12]江皋(gāo):江岸,江边地。

[13]桡(ráo):小船。

[14]天曹:道家所称天上的神官。《南齐书·顾欢传》:"今道家称长生不死,名补天曹,大乖老庄立言本理。"

[15]联袂(mèi):携手同行。《抱朴子·疾谬》:"携手联袂,以遨以集。"

[16]郁陶:忧思积聚貌。

和明坦斋郡伯《冬日漫兴》原韵(1)[1]

日影初看弱线添[2],官斋无事意恹恹。公余养鹤常支俸,雪后寻梅独卷帘[3]。昨夜风霾藏玉兔[4],今宵星斗见银蟾[5]。书生老作号寒鸟,惭愧当年举孝廉[6]。

【校】

(1)原:底本为"元"。

【注】

[1]郡伯:旧称知府为郡伯。

[2]弱线:细丝。

[3]"公余"两句:用"梅妻鹤子"之典。宋代林逋(967-1028),杭州钱塘人,字君复。早岁游江淮间,后归杭州,隐居西湖孤山二十年。种梅养鹤,终身不娶,时称"梅妻鹤子"。

[4]风霾(mái):指风吹尘飞、天色阴晦的现象。玉兔:白兔。《太平御览·晋·傅玄·拟天问》:"月中何有? 玉兔捣药。"传说月中有白兔,后因称月为玉兔。

[5]银蟾:古神话称月中有蟾,后因称月为银蟾。唐白居易《长庆集·秋月》:"照他几许人肠断,玉兔银蟾远不知。"

[6]孝廉:俗称举人为孝廉。

和明坦斋郡伯《闲中偶成》原韵[1]

六年冰雪署头衔，许到龙门抵掌谈[2]。似遇神仙游阆苑[3]，常依老佛坐云庵。浑忘手版书名小，直上诗坛战墨酣。静里功夫谁领取，应须面壁个中参。

苜蓿阑干岁月频[4]，敢将巴曲和阳春[5]。政成渤海常称治[6]，诗仿元和已逼真[7]。翻水文章成二酉[8]，如天恩命喜重申。谁知公暇多忙事，又作拈毫觅句人。

【注】

[1]郡伯：旧称知府为郡伯。

[2]龙门：喻声望高的人。

[3]阆苑：阆风之苑，仙人所居之境。

[4]苜蓿(mùxu)：详见《耕余草·立秋日赐书楼雅集醉后赋此》注[8]。

[5]巴曲：曲名。古楚地有下里巴人歌。后用以泛称一般的通俗民歌。阳春：古乐曲名。《文选·战国楚·宋玉·对楚王问》："客有歌于郢中者，其始曰下里巴人，国中属和者数千人；……其为阳春白雪，国中属而和者不过数十人。"后以阳春指格调高雅、超凡脱俗的音乐作品或人才。

[6]"政成"句：《汉书·循吏传·龚遂》：功曹以为王生素嗜酒，亡节度，不可使。(龚)遂不忍逆，从至京师。王生日饮酒，不视太守。会遂引入宫，王生醉，从后呼，曰："明府且止，愿有所白。"遂还问其故，王生曰："天子即问君何以治渤海，君不可有所陈对，宜曰'皆圣主之德，非小臣之力也'。"遂受其言。既至前，上果问以治状，遂对如王生言。天子说其有让，笑曰："君安得长者之言而称之？"遂因前曰："臣非知此，乃臣议曹教戒臣也。"

[7]元和：即元和体。唐白居易与元稹常作诗唱和，诗风追求平淡如话，世传妇孺皆明。因他们生活在元和年间，故称。

[8]二酉：指大酉、小酉二山。在今湖南省沅陵县西北。《太平御览·荆州记》："小酉山上石穴中有书千卷，相传秦人于此而学，因留之。"后即以"二酉"称丰富的藏书。

向唐莲舫明府借酒[1]

我性不能饮，厥名曰饭囊[2]。一饱腹果然，捻髭意扬扬[3]。暇日弄柔翰[4]，自谓笔阵强。昨忽上诗坛，鏖战翰墨场。岂意逢大敌，弃甲走且僵。三载复三北，诗成欲乞降。平日诗胆大,耻为城下盟。愿借曲秀才[5],传檄招散亡。呼奴提壶卢,缒城走苍黄[6]。问途酒泉郡[7],假道糟丘旁[8]。如效申包胥,哭秦复楚疆[9]。如作申叔仪,登山呼乞粮[10]。君如许从事,我愿为步兵[11]。投醪饮将士[12],旗鼓仍相当。取复桑榆功[13],凯歌声琅琅。

【注】

[1]唐莲舫:名良耀,天津人。明府:唐人称县令为明府。

[2]厥(jué):其。

[3]捻髭(niǎnzī):以指搓转胡须。

[4]柔翰:详见《耕余草·岁暮述怀》注[4]。

[5]曲秀才:唐郑棨《开天传信记》载:道士叶法善,居玄真观,有朝客数十人来访,解带淹留,满座思酒。突有一人傲睨直入,自称曲秀才,抗声谈论,一座皆惊,良久暂起,如风旋转。法善以为是妖魅,俟其复至,密以小剑击之,随手坠于阶下,化为瓶榼,醲酝盈瓶。坐客大笑饮之,其味甚佳。"坐客醉而揖其瓶曰:'曲生风味,不可忘也。'"后因以"曲生"、"曲秀才"作酒的别称。

[6]缒(zhuì):用绳悬人或物使下坠。《左传·僖公三十年》:"(烛之武)夜缒而出。"苍黄:急遽貌。

[7]酒泉:汉郡名。以城有金泉,味如酒,故名。在今甘肃省。

[8]糟丘:清避孔丘讳,丘写为"邱"。积酿酒所余的糟滓堆积成山。比喻沉溺于酒。汉王充《论衡·语增》:"纣为长夜之饮,糟丘、酒池,沉湎于酒,不舍昼夜,是必以病。"

[9]"如效"两句:用"包胥哭秦庭"之典。吴国攻破楚国郢都,楚臣申包胥急赴秦国求援,秦哀王不允,他饮食不进,立在宫墙边一连哭了七天七夜,感动了秦王,遂遣车五百乘救楚击吴。事见《左传·定公四年》、《史记·伍子胥列传》等。

[10]"如作"两句:用"庚癸"之典。详见《耕余草·忧旱四首》注[13]。

[11]步兵:即阮籍,嗜酒,曾为步兵校尉。

[12]投醪:《吕氏春秋·顺民》:"越王苦会稽之耻,……下养百姓以来其心,有甘脆,不足分,弗敢食,有酒,流之江,与民同之。"高诱《注》:"投醪,同味。"后因以"投醪"比喻与军民同甘苦。

[13]桑榆:喻晚年。三国魏曹植《赠白马王彪》:"年在桑榆间,影响不能追。"

感兴

人心苦难厌,得陇复望蜀。富贵为帝王,思入神仙箓[1]。秦皇与汉武[2],愚妄不知足。就使能飞升,蓬莱远尘俗[3]。弃却妻子去,神仙有何福。悠悠千万年,期佺几人复[4]。惟有富贵人,功成归林麓[5]。优游泉石间,芰荷遂初服[6]。富贵与神仙,二者兼可卜。人生宇宙内,南北不同天。南方多苦热,北方多苦寒。天如再生我,愿生南北间。不寒复不热,冬夏得两便。四序有常运[7],寒暑相代迁。岂有安乐国,风日常暄妍。何乃万物生,一一求安全。举首望鸿雁,南北任往还。春来复秋去,寒热不能干。遥遥天宇阔,一身乏羽翰[8]。

知者常多乐,逍遥天地内。问其所以然,虚灵无滞碍。奈何贤达流,终日事沉醉。块然似木石,居然一聋聩[9]。寒暑尚不知,所乐果何在。藉酒以忘忧,酒醒忧更倍。我思圣人言,君子素其位[10]。无人不自得,俯仰复谁怼[11]。

【注】

[1]箓(lù):道教的秘文。《隋书·经籍志》:"其受道之法,初受五千文箓,次受三洞箓……箓皆素书,记诸天曹官属佐吏之名有多少。"

[2]秦皇:即秦始皇。汉武:即汉武帝刘彻。

[3]蓬莱:详见《耕余草·陈香圃孝廉题山水小幅见赠赋答一首》注[3]。

[4]佺(quán):即偓佺。仙人名。《史记·司马相如传·上林赋》:"偓佺之论,暴于南荣。"

[5]林麓:生长在山脚下的林木。宋王安石《送李宣叔倅漳州》:"林麓换风气,兽蛇雕毒蠚。"

[6]芰荷(jì):指菱叶与荷叶。初服:详见《耕余草·无量行宫访唐莲舫明府》注[8]。

[7]羽翰:翅膀。南朝宋鲍照《咏双燕》:"羽翰始差池。"

[8]四序:指四季。因一年四季按顺序交替,故称。

[9]聋聩(kuì):喻愚昧无知。汉焦延寿《易林·颐·鼎》:"牛马聋聩,不知声味;远贤贱仁,自合乱愦。"

[10]"我思"两句:《中庸》曰:"君子素其位,而行不愿乎其外。"

[11]怼(duì):怨恨。

再送唐莲舫明府改官归里[1]

去年四月麦秋至,君骑怒马来作吏。今年腊月雪满关,君忽策蹇归青山[2]。问君来去何草草,岂真造物能颠倒。君言南方瘴海滨,狪花犵鸟难与邻[3]。却喜今日离苦海,明日辗转归天津。从来宦海多风波,送君归去安乐窝。君家故有紫荆树[4],元方季方常相聚[5]。君家种有旧竹林,大阮小阮同追寻[6]。更开绛帐读书史,门墙种得好桃李。昔年循吏今儒林[7],文章著述缥缃里[8]。明年驱车到长安,我逐红尘君冷官。相逢握手共一笑,两人诗句不同调。

【注】

[1]唐莲舫:名良耀,天津人。明府:唐人称县令为明府。

[2]蹇:劣马。

[3]狪(tōng)花犵(gē)鸟:狪,兽名。犵鸟,一种妖鸟。此用来泛指一些妖物。

[4]紫荆树:汉时京兆田真兄弟三人,商议分家,其他均已平分,唯有一株紫荆树,打算也分成三份。树突然枯死,像烧焦了一样。田真很是吃惊,谓弟曰:"树本同株,闻将分斫,所以憔悴,是人不如木也。"因悲不自胜,不复解树,树应声荣茂。兄弟三人又将财产归在一起,遂为孝义之家。《艺文类聚》引周景式《孝子传》、南朝梁吴均《续齐谐记》均载。

[5]元方季方:东汉陈纪,字元方;陈谌,字季方,是兄弟,都是当时被认为有才德的人。意为难分上下。其父称赞他俩:"元方难为兄,季方难为弟。"后来因称兄弟才德不相上下为"难兄难弟"。

[6]大阮小阮:指阮籍和阮咸,均是"竹林七贤"。

[7]循吏:奉职守法的官吏。

[8]缥缃:书卷的别称。淡青色的帛为缥,淡黄色的帛为缃,古时常用来作包书的套子。

送友堂明府扶母榇归里[1]

两年衔恤卧江滨[2],泪满麻衣雪满身[3]。典尽宦囊书卷在,寒生大被弟兄亲[4]。青山匍匐寻归路,冷署殷勤访故人。我愧麦舟无可赠[5],漫歌长句亦酸辛。

【注】

[1]友堂:详见《耕余草·张友堂明府招饮道乡书院》注[1]。明府:唐人称县令为明府。榇:古以桐木为棺,因亦名棺为榇。

[2]衔恤:关怀,顾恤。

[3]麻衣:深衣,分无采饰、有采饰两种,无采饰者为缌服,有采饰者为朝服。《礼记·间传》:"又期而大祥,素缟麻衣。"郑玄《注》:"麻衣,深衣也。"此指缌服。《诗·曹风·蜉蝣》:"蜉蝣掘阅,麻衣如雪。"此指朝服。朝服用麻五十升,缌用麻为朝服之半,俱为麻衣,但精粗不同。此指缌服即孝服。

[4]"寒生"句:玄宗素友爱,初即位,为长枕大被,与兄弟同寝。见《资治通鉴·唐纪二

十七》。

[5]麦舟：宋范仲淹遣子纯仁于姑苏运麦，船至丹阳，遇石延年（曼卿），曼卿语及无资改葬亲人，纯仁即以麦舟赠之。至家，向父述遇曼卿穷况事。父曰："何不以麦舟与之？"纯仁曰："已付之矣。"见宋惠洪《冷斋夜话》。后常以"麦舟"作助营丧事之典。

存欣斋别驾招饮，陪张友堂明府文子立秀才[1]

内府勤宣姓字扬[2]，剖符分守水云乡[3]。曾通夷使绥荒服[4]，更礼书生醉画堂[5]。灯下坐联徐孺榻[6]，酒阑衣惹令公香[7]。官箴更治从头说[8]，他日登场记不忘。

【注】

[1]张友堂：详见《耕余草·张友堂明府招饮道乡书院》注[1]。明府：唐人称县令为明府。

[2]内府：皇室仓库。姓字：姓氏和名字，犹姓名。

[3]剖符：犹剖竹。古代帝王分封诸侯、功臣时，以竹符为信证，剖分为二，君臣各执其一，后因以"剖符"、"剖竹"为分封、授官之称。

[4]荒服：古"五服"之一。称离京师二千到二千五百里的边远地方。此泛指边远地区。

[5]画堂：宫殿中有彩绘装饰的殿堂。又泛指装饰华丽的厅堂。《汉书·成帝纪》："元帝在太子宫生甲观画堂，为世嫡皇孙。"

[6]徐孺榻：详见《耕余草·朱松庐明府枉过，送归。半途大雷雨……》注[16]。

[7]令公香：用"荀令香"之典。详见《耕余草·惜余春次陈蕉雪中翰韵》注[2]。

[8]官箴：箴，劝告，规戒。"官箴"原指百官对皇帝的劝戒，后指对官吏的劝戒。

雪美人

薄命谁怜瘦骨寒，玉阶斜立倚阑干[1]。因风咏絮心常冷[2]，向日怀人泪未干。无病何须依奉倩[3]，高眠只合伴袁安[4]。那堪委置长门内[5]，独处还同弃妇看。

含愁一任朔风吹[6]，日暮天寒倚竹时。立向程门修女史[7]，来从阆苑饰仙姿[8]。若游玉洞浑无影[9]，独抱冰心定不移。我欲画眉难黯黛，几番呵笔到阶墀[10]。

彤云漠漠影霏霏，绝代佳人玉一围。只有聪明书可映，更无夫婿梦堪依。散花天女冰霜质，新寡文君缟素衣[11]。试问前身在何许，梁园词客见应稀[12]。

穷冬积素满庭隅，何意婷婷现美姝[13]。合向华山称玉女[14]，每逢春日见金夫[15]。但垂冷眼看寒士，岂肯回头语小姑。如此丰标堪作配，为君珍重赠明珠。

珊珊骨节好丰神，辱在泥涂色更新。有女怀春冰未泮[16]，无衣卒岁妇长贫[17]。罗浮树下追前梦[18]，姑射山头认后身[19]。想是离愁消不得，望夫石上寄眉颦[20]。

瑶台妆罢影玲珑[21]，洗尽铅华色是空[22]。共讶飞琼朝斗北[23]，不知宋玉在墙东[24]。温柔未必如人意，肥瘦从来出化工。晚岁冰操难赏识，翻教嬉笑到儿童。

【注】

[1]玉阶：石阶。

[2]咏絮：详见《耕余草·竹夫人》注[11]。

[3]"无病"句：《世说新语·惑溺》："荀奉倩与妇至笃。冬月妇病热，乃出中庭自取冷，还以身熨之。妇亡，奉倩后少时亦卒。"后用此典指夫妻恩爱，或用以悼亡。

[4]"高眠"句：用"袁安卧雪"之典。详见《耕余草·次袁醴庭学博〈至平乐〉韵》注[17]。

[5]"那堪"句：用"陈皇后被弃"之典。窦太主献长门园，汉武帝刘彻更其名为长门宫。陈皇后阿娇失宠于武帝后，被弃置在长门。陈皇后不堪独处，使人捧黄金百斤，令司马相如为《长门赋》，以悟汉武帝。

[6]一任：任凭。

[7]程门修女：指宋代杨时诚心求教之事。《宋史·杨时传》："见程颐于洛，时盖年四十矣。一日见颐，颐偶瞑坐，时与游酢侍立不去。颐既觉，则门外雪深一尺矣。"元谢应芳《杨龟山祠》："卓彼文靖公，早立程门雪。载道归东南，统绪赖不绝。"文靖，杨时谥号。

[8]阆苑：阆风之苑，仙人所居之境。

[9]玉洞：指仙洞。唐白居易《长庆集·送毛仙翁》："晴眺五老峰，玉洞多神仙。"

[10]阶墀(chí)：台阶。墀，台阶上面的空地。

[11]文君：指卓文君。汉临邛大富商卓王孙之女，寡居在家。司马相如过饮于卓氏，以琴心挑之，文君夜奔相如，同归成都。因家贫又返临邛，与相如卖酒，文君当垆，相如和佣保杂作，卓王孙深以为耻，分财产与之，使回成都。《西京杂记》说她有司马相如诔文传世。又说相如拟聘茂陵女为妾，文君作《白头吟》以自绝相如乃止。后世以"文君"代指才女。

[12]梁园：即"梁苑"，又称兔园，在今河南开封市东南。汉梁孝王(刘武)筑。为游赏与延宾之所，当时名士司马相如、枚乘、邹阳皆为座上客。梁园词客指司马相如、枚乘、邹阳等

一些有名望的才士。

[13]姝(shū):美女。

[14]华山:五岳之一的西岳。在山西省东部,北临渭河平原。属秦岭东段。花岗岩断块山。同名主峰亦称太华山,故称“西岳”,在华阴县南,海拔1997米,有壁立千仞之势。

[15]金夫:有金之人。《易·蒙》:“六三,勿用取女,见金夫,不有躬,无攸利。”孔颖达《疏》:“以其刚阳,故称金夫。”

[16]有女怀春:出自《诗经·国风·野有死麕》:“野有死麕,白茅包之。有女怀春,吉士诱之。林有朴樕,野有死鹿。白茅纯束,有女如玉。舒而脱脱兮,无感我帨兮,无使尨也吠。”泮(pàn):溶解,分离。《诗经·邶风·匏有苦叶》:“士如归妻,迨冰未泮。”毛享《传》:“迨,及。泮,散也。”

[17]无衣:《诗经·秦风·无衣》:“岂曰无衣,与子同袍。”

[18]“罗浮”句:用“罗浮梦”之典。旧题唐柳宗元《龙城录》载:隋开皇中,赵师雄迁罗浮,日暮于松林酒肆旁,见一美人,淡妆素服出迎,与语,芳香袭人,因与扣酒家共饮。师雄醉寝,比醒,起视乃梅花树下,上有翠羽啾嘈相顾,月落参横,但惆怅而已。后因以“罗浮梦”比喻梅花。也作“罗浮魂”。

[19]姑射山:在山西汾县西,即古石孔山,九孔相通。《山海经·东山经》:“又南三百八十里,曰姑射山之山,无草木,多水。”晋郭璞《注》谓即《庄子》之藐姑射山。《庄子·逍遥游》:“藐姑射之山,有神人居焉,肌肤若冰雪,淖约若处子。”

[20]望夫石:在武昌北山,传说古代有女子在此望其外出的丈夫,望久化而为石。汉东方朔《神异经》:“武昌贞妇望夫,化而为石。”南朝宋刘义庆《幽明录》:“武昌北山有望夫石,状若人立。古传云:‘昔有贞妇,其夫从役,远赴国难,携弱子饯送此山,立望夫而化为立石,因名焉。’”又安徽当涂县西北亦有“望夫石”。

[21]瑶台:美玉砌成之台。极言其华丽。《楚辞·屈原·离骚》:“望瑶台之偃蹇兮,见有娀之佚女。”

[22]铅华:搽脸的脂粉。《文选·三国魏·曹子建(植)·洛神赋》:“芳泽无加,铅华弗御。”李善《注》:“铅华,粉也。《博物志》曰:‘烧铅为胡粉。’”张平子(衡)《定情赋》曰:“思在面为铅华兮,患离尘而无光。”

[23]飞琼:仙女名。后泛指仙女。

[24]宋玉:战国楚国人,或说是屈原弟子。曾为楚顷襄王大夫。宋玉作品流传至今的有《九辩》、《招魂》和选入《文选》的《高唐赋》、《神女赋》、《风赋》、《登徒子好色赋》六篇。此句用“三年窥宋玉”之典。宋玉《登徒子好色赋》载,宋玉称邻家女美艳,登墙窥视他三年,而他今未许,以此辟谣(登徒子在楚顷襄王面前说宋玉好色)。

暮春病起作

生世六十年,未识生人趣。以为饱忧患,是即人生路。胡为失调摄[1],病如涸辙鲋[2]。暮春天气佳,终日拥败絮。涔涔头欲坠,格格心欲吐[3]。有书不能读,有客不能晤。妻儿影茕茕[4],灯前谨守护。平日苦忧贫,忧贫贫不去。昨夜复忧死,死即无忧处。尘缘苦难脱,彼苍有定数[5]。诗债尚未完,黄虀尚未足[6]。故应日颠倒,药物常在御。我病我自医,扶正元气固。群邪不敢干,幸邀天所恕。

【注】

[1]调摄:调理保养。

[2]涸辙鲋:详见《耕余草·忧旱四首》注[3]。

[3]格格:象声词。

[4]茕茕(qióng):孤零的样子。

[5]彼苍:彼苍者乃在上之天。《诗经·秦风·黄鸟》:"彼苍者天,歼我良人。"

[6]黄虀:一种蔬菜,此代指食物。

书怀

向禽出世姿[1],雅志在丘壑。必待婚嫁毕,乃敢游五岳[2]。始知神仙人,亦被儿女缚。儿女不能忘,神仙岂可学。何如淮王安[3],携眷驾云鹤[4]。鸡犬亦相随,游仙信足乐。

【注】

[1]向禽:指东汉向平,儿女婚嫁已毕,就出游名山大川,事见于《后汉书·逸民传》。

[2]五岳:我国五大名山的总称。指东岳泰山、南岳衡山、西岳华山、北岳恒山、中岳嵩山。《周礼·春官·大宗伯》:"以血祭祭社稷、五祀、五岳。"郑玄《注》:"五岳,东曰岱宗、南曰衡山、西曰华山、北曰恒山、中曰嵩山。"

[3]淮王安(前179-前122):汉文帝弟淮南厉王长的长子。文帝十六年,袭父封为淮南王。好文学,曾奉汉武帝命作《离骚传》。又招致宾客方术之士数千人,集体编写《鸿烈》一书,即现在所传的《淮南子》。元狩元年,有人告安谋反,下狱自杀。

[4]"携眷"句:用"鸡犬升天"之典。详见《耕余草·戊辰小除之平乐广文任》注[3]。

乙亥暮春,送妻子归里[1]

嗟余病初起,送尔泪沾襟。白发妻长叹,青年子废吟。那堪花寂寂,况复雨沉沉。归去春山暮,柴门正好寻。

宦囊无长物(1)[2],临别恨匆匆。归乞何人米,行迟几日风。燕巢痕在否,鹤径迹谁通。好把家山景,缄书告乃翁[3]。

【校】

(1)长:《漓江耆旧集》作“别”,此从底本。

【注】

[1]乙亥:嘉庆二十年(1815)。

[2]长物:详见《耕余草·五十初度感赋四首》注[12]。

[3]缄书:书信。乃翁:你的父亲。

秋夜感怀

冷署沉沉漏正迟,萧条薄宦怅谁依。虫鸣四壁客初醒,匏系一官人未归[1]。开遍灯花音信渺,芟除诗草鬓毛稀。遥知妻子经霜早,九月天寒欲授衣[2]。

【注】

[1]匏(páo)系:《论语·阳货》:“吾岂匏瓜也哉,焉能系而不食!”后用“匏系”比喻依人为生。

[2]“九月”句:《诗经·豳风·七月》:“七月流火,九月授衣。”是指夏历五月正是蚕茧收获之后,需要抓紧织制衣裳,以备天气转凉时的“授衣”之用。

九日,访袁醴庭学博[1],时值卧病,不得登高,怅然而返

离家才两月,忽忽又重阳。人是今秋别,花仍晚节香。惯寻黄叶路,来访白云乡[2]。正值维摩病[3],殷勤问药方。

共坐寒毡上,萧然一腐儒。老应甘苜蓿[4],病合佩茱萸[5]。槐市蝉声寂[6],江天雁影孤。嗟予竟空返,难觅酒家胡[7]。

良辰竟虚度,惆怅倚高槐。篱落霜初下,床头瓮正开。一杯聊自遣,三径有谁来[8]。却喜年年健,临风亦快哉。

【注】

[1]袁醴庭:详见《耕余草·次袁醴庭学博〈至平乐〉韵》注[1]。学博:泛称学官为学博。

[2]白云乡:传说谓仙人所居之地。旧题汉伶玄《飞燕外传》:"吾老是乡(温柔乡)矣,不能效武皇帝求白云乡也。"

[3]维摩:维摩诘。梵语 Vimalakīrti,意译为"净名"或"无垢称"。佛经中人名。为佛典中现身说法、辩才无碍的代表人物。后常用以泛指修大乘佛法的居士。此指袁醴庭。

[4]甘首蓿:详见《耕余草·立秋日赐书楼雅集醉后赋此》注[8]。

[5]茱萸:详见《耕余草·九日,偕陈香圃孝廉、春宇刺史……》注[6]。

[6]槐市:汉长安市场名。在城东南,常满仓北。因其地多种槐树故名。《三辅黄图》:"仓之北,为槐市,列槐树数百行为队,无墙屋。诸生朔望会此市,各持其郡所出货及经传书记、笙磬乐器,相与买卖,雍容揖让,或议论槐下。"此用来指槐树很多。

[7]酒家胡:酒家的当垆胡女。《玉台新咏·汉·辛延年·羽林郎》:"昔有霍家奴,姓冯名子都。依倚将军势,调笑酒家胡。胡姬年十五,春日独当垆。"

[8]三径:详见《耕余草·种菊》注[1]。

和阳鉴堂庶常《由广州至香山返棹肇庆舟中》原韵[1]

愧无仙骨到蓬瀛[2],薄宦栖迟意气平。讵识卿云三素起[3],乍看秋水一舟横。回头旧梦依金阙[4],脱手新诗付管城[5]。今夜郢中闻白雪[6],江干愁煞老书生。

去岁登瀛近日边[7],又看南徙翼垂天[8]。五羊山色供游兴[9],三豕编摩发夜眠[10]。贾客争传长庆集[11],鲛人群迓米家船[12]。龙门自有千秋业[13],好向兰台并列仙[14]。

【注】

[1]阳鉴堂:字焕云,临桂人。嘉庆庚申年解元。庶常:即庶吉士。明、清官名。庶,众;常,祥。明初有六科庶吉士。洪武十八年使进士观政于诸司,练习办事。其在翰林院、承敕监等近衙门者,采《书》"庶常吉士"之义,俱改称为庶吉士。永乐后专属翰林院,选进士文学优等及善书者为之。三年后举行考试,成绩优良者分别授以编修、检讨等职;其余则为给事中、御史,或出为州县官,谓之"散馆"。明代重翰林,天顺后非翰林不入阁,因而庶吉士始进之时,已群目为储相。清沿明制,于翰林院设庶常馆,掌教习庶吉士事。香山:地名,今广东中山市。肇庆:地名。两汉苍梧郡地。唐五代为端州。宋徽宗重和元年置肇庆府,属广南东路。元改路。明清为府,府治高要县。公元1912年裁府留县,1961年设市,属广东省。

[2]蓬瀛:即蓬莱和瀛山。古代方士传说为仙人所居。晋王嘉《拾遗记·高辛》:“三壶则海中三山也。一曰方壶,则方丈也;二曰蓬壶,则蓬莱也;三曰瀛壶,则瀛洲也;形如壶器。”

[3]卿云:又作庆云、景云,古人以为祥瑞。三素:即三素云。道家称紫、白、黄三色之气为三素云。《艺文类聚·南朝梁·陶弘景·水仙赋》:“迎九玄于金阙,谒三素于玉清。”

[4]金阙:称皇帝之宫阙。南朝陈徐陵《奉和简文帝山斋诗》:“架岭承金阙,飞桥对石梁。”

[5]管城:地名,今属河南郑县。秦始皇在管城为笔加封,称笔为管城子。唐韩愈作寓言《毛颖传》,亦称笔为管城子。

[6]“今夜”句:用“郢中白雪”之典。《文选》:“客有歌于郢中者,其始曰《下里》、《巴人》,国中属而和者数千人;其为《阳阿》、《薤露》,国中属而和者数百人;其为《阳春》、《白雪》,国中属而和者不过数十人;引商刻羽,杂以流徵,国中属而和者不过数人而已。是其曲弥高,其和弥寡。”后以“阳春白雪”指高雅的音乐。

[7]登瀛:唐太宗为网罗人才,设置文学馆,任命杜如晦、房玄龄等十八名文官为学士,轮流宿于馆中,暇日,访以政事,讨论典籍。又命阎立本画像,褚亮作赞,题名字爵里,号“十八学士”。时人慕之,谓“登瀛洲”。事见《新唐书·褚亮传》。后来的诗文中常用“登瀛洲”、“瀛洲”比喻士人获得殊荣,如入仙境。

[8]“又看”句:《庄子·内篇·逍遥游》:“北冥有鱼,其名为鲲。鲲之大,不知其几千里也。化而为鸟,其名为鹏。鹏之背,不知其几千里也。怒而飞,其翼若垂天之云。是鸟也,海运则将徙于南冥。南冥者,天池也。”

[9]五羊:广州的别名。宋唐庚《眉山唐先生文集·送客之五羊》:“五羊虽足乐,双鲤未宜疏。”五羊的传说不一。①战国南海人高固当楚国宰相,有五羊衔着谷穗出现于楚庭,因而在州厅绘了五羊图。见《太平御览·裴渊·广州记》。②古时候传说有五个仙人乘五色羊执六穗秬来到广州。见《太平寰宇记·广州》引《续南越志》。广州亦别称“羊城”、“穗垣”。

[10]三豕:典出“三豕涉河”。详见《耕余草·眼昏》注[17]。编摩:犹编集。

[11]长庆集:书名。唐元稹、白居易俱以诗文闻名于当世。因其集成于长庆改元之初,故名长庆集,后之所作,则编为续集,并沿用其名。今通行者有《元氏长庆集》、《白氏长庆集》。元白之诗,体格相类,称为“元和体”,亦称“长庆体”。

[12]鲛人:神话传说中居于海底的怪人。晋张华《博物志》:“南海水有鲛人,水居如鱼,不废织绩,其眼能泣珠。”迓(yà):迎接。米家船:即米芾(1051-1107)。宋太原人。后徙居襄阳,字元章。号鹿门居士,又称海岳外史、襄阳漫士。累官礼部员外郎,知淮阳军,世亦称米南宫。性好洁,世号水淫;行多违世异俗,人称米颠。书法得王献之笔意,超妙入神,与苏轼、黄庭坚、蔡襄并称四大家。山水远宗王洽,近师董源,别出新意,自成一派。著有《书史》、《画史》、《砚史》等。《宋史·文苑》有传。

[13]龙门:喻声望高的人。

[14]兰台:本为汉代宫廷藏书处,设御史中丞掌管,后置兰台令史,掌书奏。后世亦称史

官、秘书省为兰台。

迎春口号[1]

两边彩仗列纷纷,齐向东郊望庆云[2]。太守来时春已至,先从脚下起氤氲[3]。
众官礼罢醉颜酡[4],箫鼓如雷庆岁和。试看游人花胜好,今年春比去年多。
灯彩辉煌照四筵,豪门歌吹自年年。须知今日迎春者,惟有贫家望眼穿。
半日迎春春便回,不须三顾不须催[5]。如何多少胸中事,不逐东风一起来。
谁家儿女把帘钩,晓起浓妆倚翠楼。今日春回应回避,恐防春色上眉头。
丰歉家家验土牛,品题牛尾与牛头[6]。我今逐队从牛后,惹得儿童笑不休。
东门车马去如流,鼎沸笙歌笑语稠。多少市儿夸剪彩,风光不上老人头。
新岁庭除雪已残,人人都怕一毡寒。于今迎得东君至[7],到处春风客尽欢。

【注】

[1]口号:古体诗的题名。表示随口吟成,和口占相似。

[2]庆云:又作卿云、景云,古人以为祥瑞。

[3]氤氲(yīnyūn):指弥漫的烟气。

[4]颜酡(tuó):饮酒脸红的样子。

[5]三顾:即"三顾茅庐"。三国蜀诸葛亮《前出师表》:"先帝不以臣卑鄙,猥自枉屈,三顾臣于草庐之中,咨臣以当世之事。"《三国志·诸葛亮传》亦有记载。此用"三顾"指次数之多。

[6]"丰歉"两句:《周礼·月令》:"出土牛以送寒气。"嘉庆本《澄海县志》载:每年的立春日,官府必须率人马到郊外举行迎春大典,然后举行"鞭土牛"活动。

[7]东君:司春之神。唐成彦雄:"东君爱惜与先春,草泽无人处也新。"

赴都谒选别袁醴庭学博[1]

忍听骊歌赠别离[2],登舟怅望夕阳时。江干鸿爪留残雪[3],谷口莺声过别枝[4]。此去愿为东道主,他年恐被北山移[5]。寒毡惯识冰霜味,肯负初心作茧丝[6]。

春风桃李遍江城,两载同舟一叶轻。临水忽惊鸥鹭散,登楼谁和凤凰鸣[7]。

输君卧雪青毡暖[8],愧我驱车白发生。儒术可能通治术,莫教处士盗虚声[9]。

【注】

[1]谒选:官吏去吏部等候选派。袁醴庭:详见《耕余草·次袁醴庭学博〈至平乐〉韵》注[1]。学博:泛称学官为学博。

[2]骊歌:告别之歌,《骊驹》之歌的省称。唐李白诗《灞陵行送别》:"正当今夕断肠处,骊歌愁绝不忍听。"

[3]鸿爪:详见《耕余草·送同年熊梦庵员外赴阙》注[5]。

[4]"谷口"句:用"莺迁"之典。详见《耕余草·岁暮述怀》注[3]。

[5]"他年"句:南齐孔稚珪作《北山移文》,讽刺不守隐士之节、出来做官的隐士周颙。此用来指袁醴庭将来可能归隐。

[6]初心:起初的心愿。《全唐诗·吴融·和杨侍郎》:"烟霄惭暮齿,麋鹿愧初心。"

[7]凤凰鸣:《诗经·大雅·卷阿》:"凤凰鸣矣,于彼高岗;梧桐生矣,于彼朝阳。"指"凤凰非梧桐不止,非竹实不食"的美德。此用凤凰代指袁醴庭。

[8]卧雪:即"袁安卧雪"之典。详见《耕余草·次袁醴庭学博〈至平乐〉韵》注[17]。

[9]处士盗虚声:即"滥竽充数"之典。详见《耕余草·俸满回省验看,未得给假。旋里,登舟怅然有作》注[9]。

别家雷塘

春风同度到窗扉,桃李芬芳花正肥。共坐寒毡寻断简[1],反抛儒服治征衣。久知白发头颅改,更入红尘面目非。太息龙宫生九子[2],一时雷雨不同飞。

一回相见一衔杯,诗卷吟成岁月催。陇上鹤书随日到[3],天边雁影逐风开。官闲好作千秋业,性拙惭非百里才[4]。此去但期花作县[5],十年陶令赋归来[6]。

【注】

[1]断简:残缺的文字也。李绅《南梁行》:"故箧岁深开断简。"

[2]太息:叹息。龙宫生九子:俗谓龙生九子,不成龙,各有所好之说。见明杨慎《升庵外集》。

[3]鹤书:书体名。又名鹤头书,鹄头书。古时征辟贤士的诏书用此体,故名。南朝齐孔稚珪《北山移文》:"及其鸣驺入谷,鹤书赴陇,形驰魂散,志变神动。"

[4]百里:指百里奚。春秋时秦穆公之贤相。原为虞大夫。晋献公灭虞,虏奚,以为秦穆公夫人陪嫁之臣。奚以为耻,逃至宛,被楚人所执。秦穆公闻其贤,用五羖羊皮赎之,后来委

以国政,称为五羖大夫。与蹇叔、由余等共助穆公建成霸业。

[5]花作县:用“花县”之典。详见《耕余草·无量行宫访唐莲舫明府》注[6]。

[6]陶令赋归来:即彭泽令陶渊明曾作《归去来兮辞》。

宦游小草

舟中阻雨

宦游垂老惜分携[1]，水向东流日向西。欹枕梦酣三伏雨[2]，充肠渴饮一江泥。嗷嗷旅雁依帆落，磔磔山禽对客啼[3]。欲上沙堤印鸿爪，王孙芳草绿萋萋[4]。

【注】

[1]分携：离别。

[2]三伏：农历夏至后第三庚日起为初伏，第四庚日起为中伏，立秋后第一庚日起为末伏。三伏是一年中最热的时候。南朝梁萧统《锦带书·十二月启·林钟六月》："三伏渐终，九夏将谢。"

[3]磔磔（zhé）：象声词，常指鸟叫声。如苏轼《往富阳新城李节推先行三日留风水洞见待》："春山磔磔鸣春禽，此间不可无我吟。"

[4]"王孙"句：此句用《楚辞》"王孙游兮不归，春草生兮萋萋"的句意。唐白居易《赋得古原草送别》中亦有"又送王孙去，凄凄满别情"。

舟中午日

客途无历日，佳节梦中过。蜀道如天上[1]，离怀对酒歌。看人炊饼饦[2]，愧我逐风波。太息怜舟子，乘流访汨罗[3]。

【注】

[1]"蜀道"句：用李白《蜀道难》中"蜀道难，难于上青天"句之意。

[2]饦(tuō):即饼。扬雄《方言》:"饼谓之饦。"

[3]原注:是日邻舟有被溺者。汨罗:地名,在今湖南汨罗境内。

空舲峡[1]

空舲峡中顺风起,舟人挂帆坐船尾。余亦长吟拜下风,击楫中流颜色喜。须臾河伯舞回风[2],舟如木叶飘江中。攲斜反侧不得住,屈原邀我游龙宫[3]。舟人支撑猛如虎,左拒右拒施篙橹。纸船那有铁梢公,僮仆相觑面如土。我时吟诗声正长,吟声乍歇风声扬。书生赋命本穷薄,人鲊瓮头心惝惶[4]。久之船头风浪静,舟人喜说活残命。长年徐徐散纸钱,念佛人人喜相庆。仆人稳坐获更生,谓我平生仗忠信。平生忠信历坎轲,何日深居安乐窝。

【注】

[1]空舲峡:又名空泠峡、崆岭峡。在现湖北宜昌三峡境内。两岸绝崖壁立,山势峡势甚高,江流湍急。而其中又以崆岭滩最险。

[2]河伯:传说中的河神。《庄子·秋水》:"于是焉,河伯欣然自喜,以天下之美为尽在己。"陆德明《释文》:"河伯姓冯,名夷,一名冰夷,一名冯迟……一云姓吕,名公子;冯夷是公子之妻。"回风:旋风。屈原《九章·悲回风》:"悲回风之摇蕙兮,心冤结而内伤。"

[3]屈原(约前340-前278):详见《耕余草·朱松庐明府枉过,送归。半途大雷雨……》注[10]。

[4]人鲊瓮:在今湖北秭归县西,瞿塘峡下游,长江险滩之一。宋人诗中常与鬼门关对用。苏轼《苏东坡集·竹枝词》:"自过鬼门关外天,命同人鲊瓮头船。"

抵归州口号[1]

日日滩声万马奔,屈原江上浪浑浑[2]。不须更问三巴路[3],行到归州已断魂。

【注】

[1]归州:州名。周夔子国。战国属楚。唐析秭归巴东二县地置归州,治所在秭归县。明省秭归县并入归州。清属湖北宜昌府。公元1912年改县,1914年更名为秭归县。口号:古体诗的题名。表示随口吟成,和口占相似。

[2]屈原：详见《耕余草·朱松庐明府枉过，送归。半途大雷雨……》注[10]。

[3]三巴：古地名。巴郡、巴东、巴西的合称。相当今四川嘉陵江和綦江流域以东的大部地区。多泛指四川。

归州访李心湖刺史[1]

问路黄陵庙[2]，鸣桡到秭归[3]。渡头渔网集，山顶稻粱肥。客至鹊声喜，官闲吏影稀。故人有高榻，延我读书帏。

宦迹君何远，游踪我亦贫。相看情脉脉，不敢詈申申[4]。屈宋江山旧[5]，儿童竹马新。好期作舟楫，利济往来人[6]。

【注】

[1]归州：详见《宦游小草·抵归州口号》注[1]。

[2]黄陵庙：在今宜昌境内。原名"黄牛祠"，初建于春秋时期，意在纪念黄牛助禹王开山之功。及至三国时代，诸葛亮率军入蜀，军至黄牛峡，见庙宇残破，乃出资重修一新，诸葛亮为此还写下《黄牛庙记》。到了宋代，大文学家欧阳修贬任夷陵县令时，来此游览，欧公只认大禹开山之功，不信黄牛拱岩之说，当下将"黄牛祠"改名为"黄陵庙"。

[3]鸣桡(ráo)：唱船歌。桡，指小船。秭归：县名。属湖北省。古夔国。汉置县，属南郡。北魏改长宁，隋复名。唐建归州，明并县入州，清因之。公元1912年改州为县，1914年复名为秭归县。古代传说屈原生于此地，原放逐后暂止此，原姊来归，后人因名其地曰秭归。秭、姊同音。

[4]詈(lì)：骂。《楚辞·屈原·离骚》："女媭之婵媛兮，申申其詈予。"

[5]屈宋：即屈原和宋玉。

[6]原注：心湖下车才两月。按：下车，《礼·乐记》："武王克殷反商，未及下车而封黄帝之后于蓟。"后称即位或到任为"下车"。

谒屈原大夫祠[1]

宗臣一去作波臣[2]，忍向江鱼葬此身[3]。詹尹自难知默默[4]，女媭何用詈申申[5]。千秋词赋开山祖，四始歌谣接踵人。我亦骚坛诗弟子，瓣香前席问灵均[6]。

【注】

[1]大夫:即三闾大夫之官。屈原曾任此官。

[2]宗臣:人所宗仰的大臣。《汉书·萧何曹参传》:“唯何、参擅功名,位冠群臣,声施后世,为一代之宗臣。”波臣:古人设想江海的水族也有君臣,被统治的臣隶,称为波臣。《庄子·外物》:“庄周顾视车辙中,有鲋鱼焉。周问之曰:‘鲋鱼来,子何为者邪?’对曰:‘我东海之波臣也,君岂有斗升之水而活我哉?’”

[3]“忍向”句:指屈原投汨罗江之事。

[4]“詹尹”句:事见《楚辞·卜居》:“屈原既放,三年不得复见……不知所从。乃往见太卜郑詹尹曰:‘余有所疑,愿因先生决之。’詹尹乃端策拂龟曰:‘君将何以教之?’屈原曰:‘……宁正言不讳,以危身乎?将从俗富贵,以媮生乎?……此孰吉孰凶?何去何从?……’詹尹乃释策而谢曰:‘……龟策诚不能知事。’”

[5]女媭:《楚辞·屈原·离骚》:“女媭之婵媛兮,申申其詈予。”《说文》引贾逵说,楚人称姊为媭。汉王逸《楚辞章句》以女媭为屈原之姊。后人用“媭”作姊的代称。也作“女须”。

[6]瓣香:即“一瓣香”。详见《耕余草·呈明坦斋郡伯》注[7]。灵均:即屈原。屈原字灵均。详见《耕余草·朱松庐明府枉过,送归。半途大雷雨……》注[10]。

当阳县怀古[1]

匹马倥偬势莫支[2],手扶炎汉忽倾危[3]。难寻白帝城边路[4],恨杀孙郎帐下儿[5]。百战山河空复尔,三分事业竟如斯[6]。虽然未了平生志,万古纲常赖主持。

【注】

[1]当阳:汉置,治东城,在今湖北当阳县东,后移治玉阳山南半里。明初移治方城,以水患复还旧治。清初属湖北安陆府,后属荆门州。民国初属湖北襄阳道,后又划属荆宜道。

[2]倥偬:事情纷繁迫促。

[3]炎汉:即汉代。汉自称以火德王,故称炎汉。

[4]白帝城:位于瞿塘峡口的长江北岸,距重庆市区451千米。据传西汉末年,公孙述割据四川,自称蜀王,因见此地一口井中常有白色烟雾升腾,形似白龙,故自称白帝,遂于此建都,并将紫阳城名改为白帝城。现存白帝城乃明、清两代修复遗址。

[5]孙郎:即孙权。

[6]三分:即魏、蜀、吴三国鼎立。

当阳道中，经长阪坡灞陵桥诸古迹，慨然有作[1]

长阪当阳路，千秋战血红。单骑一身胆，独立万夫雄[2]。声褫曹瞒魄[3]，名扬大将风。不胜怀古意，行客恨匆匆。

【注】

[1]当阳：汉置，治东城，在今湖北当阳县东，后移治玉阳山南半里，明初移治方城，以水患复还旧治，清初属湖北安陆府，后属荆门州，民国初属湖北襄阳道，后又划属荆宜道。长阪坡：地名。在湖北省当阳县东北。阪，又作"坂"。汉献帝建安十三年曹操将精骑一日夜行三百里，追及刘备于当阳长阪，即此。灞陵桥：原名八里桥，在许昌市城西4公里的清泥河上，相传为三国名将关羽辞曹挑袍处。桥旁有《汉武帝挑袍处》石碑，为明末将领左良玉所立。

[2]"单骑"两句：东汉建安五年(200)下邳之战，曹操俘获关羽及刘备妻妾甘、糜二位夫人归许。加官进爵，"礼之甚厚"，然而，关羽不忘旧主，执意寻归刘备，遂挂印封金，保护二位"皇嫂"车仗，斩关西去，行至灞陵桥时，曹操率群僚赶来为关羽赠袍饯行，关羽疑其有诈，立马桥头，以刀挑袍，辞曹西行。开始了震惊世人的过五关，斩六将，千里走单骑的壮举。事见《三国志》。

[3]褫(chǐ)：夺，使丧失。曹瞒：即曹操。

南阳道中阻雨[1]

雨中策马问前津，白水遗墟迹已陈[2]。地隔两河分带砺[3]，命逢六合有君臣[4]。愧无邓禹封侯骨[5]，苦学林宗折角巾[6]。茅店原难羁骥足[7]，那堪泥泞滞征轮。

【注】

[1]南阳：郡名。秦置，包括河南省旧南阳府，湖北省旧襄阳府之地。治宛，即今河南南阳市。诸葛亮曾躬耕于此。

[2]白水：水名。源出湖北省枣阳市东大阜山，相传汉光武帝旧宅在此。

[3]带砺：衣带和砥石。《史记·高祖功臣侯者年表》："封爵之誓曰：'使黄河如带，泰山若厉。国以永宁，爰及苗裔。'"后因以"带砺"为受皇家恩宠，与国同休之典。

[4]六合：指天地东西南北六个方向。此指天地之间。

[5]邓禹(2-58):详见《耕余草·过邓禹故里》注[1]。封侯骨:迷信说人的某种骨骼形状,是封侯的贵兆。汉翟方进少时,有汝南蔡父说他有封侯骨。见《汉书·翟方进传》。宋黄庭坚《山谷外集·再和答为之》:"既无使鬼钱,又无封侯骨。"

[6]林宗折角巾:东汉郭太,字林宗,品学为时人所重。尝外出遇雨,头巾一角陷下。人争效之,故折头巾一角,称为林宗巾。见《后汉书·郭太传》。《文苑英华·南朝梁·吴均·赠周散骑兴嗣(二)》:"惟安莱芜甑,兼慕林宗巾。"

[7]骥足:《三国志·蜀志·庞统传》记载,鲁肃写信给刘备推荐庞统,提出要给庞统作治中、别驾之类的官,才能"展其骥足"。后以"骥足"喻指俊杰的人才。

杂咏

河鲤登龙门,变化顷刻尔。兴云作霖雨,苍生浃肌髓。鲲鱼化大鹏,扶摇九万里。翼若垂天云,乘风忽南徒[1]。腐草化为萤[2],荧荧清夜里。前身本腐臭,亦能照书史。如何鹰化鸠[3],啼雨不能止。本负搏击姿,竟拙营巢垒。拂羽暮春天,不噎饱糖粃。我思造化功,造物殊若此。洪钧铸众形,理固不可揣。

【注】

[1]"鲲鱼"四句:出于《庄子·逍遥游》:"北冥有鱼,其名为鲲,鲲之大,不知其几千里也。化而为鸟,其名曰鹏,鹏之背,不知其几千里也;怒而飞,其翼若垂天之云。是鸟也,海运则将徙于南冥;南冥者,天池也。齐谐者,志怪者也。谐之言曰:'鹏之徙于南冥也,水击三千里,抟扶摇而上者九万里,去以六月息者也。'"

[2]"腐草"句:《礼记·月令》:"有鹰化为鸠,雀化为蛤,腐草化为萤。"古人以为萤是从腐草里面出来的。

[3]鹰化鸠:袁宏道《西方合论卷八》:"雀化蛤。田鼠化鴽。鹰化鸠。则正令也。"正令是指佛祖心印、禅门之旨。

谒钱南园夫子墓感赋四首[1]

瓣香西向日徘徊[2],薄宦迢迢万里来。宿草经春含化雨[3],新碑堕泪点苍苔。松楸郁郁青无恙[4],猿鹤依依去复回[5]。清水河边荐苹藻[6],空将浊酒酹泉台[7]。

霓裳弟子讵堪论[8],落落晨星几个存。箎库于今称下士[9],仰山目昔倚高门。

即看小草低垂处，都是春风长育恩。翘首典型长在此，不须宋玉赋招魂[10]。

春明几度杏花飞，叹我蓬莱咫尺违[11]。前哲衣冠堪想像，后堂丝竹尚依稀。空山有路迷芳草，翁仲无言对落晖[12]。今日西州门外过，羊昙驱马独歔欷[13]。

马鬣崇封廿载余[14]。儒门世业近何如。鲤庭诗礼垂遗训[15]，乌府冰霜有谏书[16]。樗栎旧邀量玉尺[17]，驽骀老合负盐车[18]。青山载酒空归去，太息元亭夜月虚[19]。

【注】

[1]钱南园：指钱沣(1740－1795)，清云南昆明人。字东注，号南园。乾隆三十六年进士。和珅用事，权势熏灼，沣疏摘其奸，直声著朝野。诗文苍郁劲厚，工书画，有《南园集》。

[2]瓣香：即"一瓣香"。详见《耕余草·呈明坦斋郡伯》注[7]。

[3]宿草：隔年的草。借指人已死多时。

[4]松楸：松树和楸树，多植于墓地。

[5]猿鹤：详见《耕余草·俸满回省验看，未得给假旋里，登舟怅然有作》注[17]。

[6]原注：夫子茔，地名。

[7]泉台：即"泉下"。指人死后起葬的墓穴。旧时迷信也指阴间。唐骆宾王《东大夫挽词》(五)："忽见泉台路，犹疑水镜悬。"

[8]讵：与"岂"同意，表示反问。

[9]筦库：掌库藏的小官。《礼·檀弓下》："所举于晋国，筦库之士七十有余家，生不交利死不属其子焉。"郑玄《注》："筦库之士，府吏以下官长所置也。举之于君，以为大夫也。"

[10]宋玉赋招魂：《楚辞》中有《招魂》篇，汉王逸以为是宋玉所作，乃招屈原之魂。本诗即此说。

[11]蓬莱：详见《耕余草·陈香圃孝廉题山水小幅见赠赋答一首》注[3]。

[12]翁仲：传说为秦时巨人名。《淮南子·氾论》："秦之时……铸金人。"汉高诱《注》："秦皇帝二十六年，初兼天下。有长人见于临洮，其高五丈，足亦六尺。放写其形，铸金人以象之，翁仲君何是也。"后指铜像或墓道石像。

[13]"今日"两句：用"羊子悲谢安"之典。羊昙，晋泰山人。谢安之甥，多才艺，为安所爱重。安死，昙辍乐整年，行路不经安所居西州路。一日，醉中过州门，从者告知，昙悲吟曹植诗："生存华屋处，零落归山丘。"恸哭而去。后因以喻甥舅、姻亲的情谊。唐温庭筠《经故翰林袁学士居》："西州门外花千树，尽是羊昙醉后春。"

[14]马鬣崇封：即马鬣封。坟墓上封土的一种形状。《礼·檀弓》："吾见封之若堂者矣，见若坊者矣，……见若斧者矣。从若斧者焉，马鬣封之谓也。"

[15]鲤庭：即趋庭。详见《耕余草·祝张母王太孺人寿》注[11]。

[16]乌府：常称御史府为乌府或乌台。《汉书·朱博传》："是时御史府吏舍百余区井水

皆竭;又其府中列柏树,常有野乌数千栖宿其上,晨去暮来,号曰朝夕乌。”

[17]樗(chū)栎:详见《耕余草·月夜独坐四首》注[1]。玉尺:《世说新语·术解》:“后有一田父耕于野,得周时玉尺,便是天下正尺。”后以喻衡量才识高下的尺度。

[18]驽骀:皆劣马。以喻庸才,自谦之词。此句用“负盐车”之典。详见《耕余草·杂感二首》注[3]。

[19]元亭:即玄亭。汉扬雄曾著《太玄》,其在四川成都住宅遂称草玄堂或草玄亭,故亦简称“玄亭”。

悯忠寺早起即事,呈同考诸君子[1]

我本落寞人,解脱百事无。偶然登仕路,亦厕闲散途[2]。秋来奉严檄,闭居僧寺隅。空门易托钵[3],宦海难吹竽[4]。文采诸君子,照耀云锦铺。蒹葭依玉树[5],对之惭朽株[6]。今晨忽早起,默坐闻钟鱼[7]。开窗望远岫,老眼愁模糊。霏霏屋上烟,点点墙上乌。金马不可见,碧鸡迹已芜[8]。往者既如此,来者夫何如[9]。呼童扫禅榻,聊复读我书。

【注】

[1]悯忠寺:即法源寺。在北京宣武区法源寺前街。是市内现存历史最悠久的名刹。唐贞观十九年(645)诏令建寺,武后万岁通天元年(696)建成,赐名悯忠寺。安史之乱时改名顺天寺,明正统二年(1437年)寺僧相瑢进行修葺,改名崇福寺,清雍正十二年(1734年)始用今名,并改为律宗庙。寺由山门、钟鼓楼、天王殿、大雄宝殿、悯忠台、大遍觉堂、藏经楼及东西廊庑等组成。法源寺在历史上是一座名刹,宋钦宗被掳掠曾拘留寺内,金大定十三年(1173年)曾作策试女真进士的考场,元至元二十六年(1289年)宋遗臣谢枋得被拘在此绝食,清时则以花木幽胜著称。

[2]厕:通“侧”。

[3]托钵:佛教僧人赴斋堂吃饭或向施主家求布施,均手托钵盂,故名。《联灯会要·福州雪峰义存禅师》:“师在德山作饭头,一日饭迟,师晒饭巾次,见德山托钵至法堂前。”后亦泛指贫困求人为“托钵”。

[4]吹竽:即“滥竽充数”之典。详见《耕余草·俸满回省验看,未得给假旋里,登舟怅然有作》注[9]。

[5]蒹葭:蒹,荻;葭,芦苇。为常见的水草。比喻微贱。《诗经·秦风·蒹葭》:“蒹葭苍苍,白露为霜。所谓伊人,在水一方。”

[6]朽株:枯朽之木也。《后汉书·孟尝传》:“槃木朽株,为万乘用者,左右为之容耳。”

[7]钟鱼:寺院撞钟之木。因制成鲸鱼形,故称。

[8]"金马"两句:金马、碧鸡。神名,又山名。云南昆明市东有金马山,西南有碧鸡山,二山皆有神祠,相传汉时于此祭金马碧鸡之神。《汉书·郊祀志》(下):"或言:'益州有金马碧鸡之神,可醮祭而致,于是遣谏大夫王褒使持节而求之。'"颜师古《注》:"金形似马,碧形似鸡。"

[9]"往者"两句:陶渊明《归去来兮辞》:"归去来兮,田园将芜胡不归!既自以心为形役,奚惆怅而独悲?悟已往之不谏,知来者可追;实迷途其未远,觉今是而昨非。"

早起闻乌

庭前树影看模糊,花气漠漠垂露珠。老人病渴恒早起,细呷花露如醍醐[1]。官闲病久地幽绝,悄然自顾身羁孤。俯首前楹息万念,坐闻城上啼饥乌。乌兮尔母已死尔,毛秃尔饥有人哺。朱门鹦鹉啄红豆[2],青林幽鸟提壶卢[3]。尔独城上啼呜呜,啼呜呜。谁其爱及屋上者[4],一枝借汝全其躯。

【注】

[1]醍醐:喻美酒。

[2]朱门:朱漆大门。指古时豪富人家。《抱朴子·嘉遯》:"背朝华于朱门,保恬寂乎蓬户。"此句用杜甫《秋兴》(八)中的"红豆啄残鹦鹉粒,碧梧栖老凤凰枝"。

[3]提壶卢:即提壶鸟。宋王质《林泉结契》(一):"提壶鸟,身麻斑,如鸐而小,嘴弯,声清重,初稍缓,已乃大激烈。"

[4]"谁其"句:用"爱屋及乌"之典。《尚书大传·大战篇》:"爱人者,兼其屋上之乌。"比喻爱一个人而连带地关心到跟他有关系的人或物。

赠本毅堂少尉[1]

君家有飞将[2],出塞横戈矛。猿臂称善射,勇敌千貔貅[3]。血战数十载,功与卫霍侔[4]。夫何老行阵,命奇不得侯。又有谪仙人[5],诗笔凌千秋。万言倚马待[6],至尊虚左求[7]。醉吟沉香亭[8],宫娥开笑眸。终乃流夜郎[9],竟等豺虎投。君岂其苗裔,薄宦事远游。崎岖万里外,六诏迹已周[10]。十年不得调,落拓居高楼。时时衔杯酒,孤咏孰与俦[11]。楼头檐马声[12],清夜相唱酬。我亦太羁孤,与君同楚囚[13]。自维骀驽姿[14],官闲老且休[15]。逝将脱尘鞅[16],息影归故丘[17]。诗人既少达,著书多穷愁。宦途何用此,能值一钱不。愿君仕宦成,俸入早自筹。买山有余赀[18],明湖擢归舟[19]。无如先代人,坎壈到白头[20]。

【注】

[1]少尉:清代"典史"之官的别称。元始置,明清沿置,是知县下掌管缉捕、监狱的属官。

[2]飞将:指汉将李广。陇西成纪人。西汉著名将军,与匈奴前后七十余战,同辈及手下多有封侯,然广未得封侯。元狩四年随大将军卫青击匈奴,迷失道路受处分,自以耻对刀笔吏,因自杀。

[3]"猿臂"两句:貔貅,古书上说的一种野兽,此用来比喻勇猛的军队。《史记·李将军列传》载:李广为人长,猿臂,其善射亦天性也,虽其子孙他人学者,莫能及广。匈奴来攻,其射,见敌急,非在数十步之内,度不中不发,发即应弦而倒。

[4]卫霍:指卫青和霍去病。卫青(? -前106),西汉河东平阳人,字仲卿,官至大将军。本姓郑,以同母姊得幸武帝为皇后,遂冒姓卫。自元朔二年至元狩四年,前后七次出击匈奴,屡立战功,收河南地,置朔方郡。封长平侯。霍去病(前140-前117)。汉河东平阳人,卫青姊子。为人少言不泄,果敢任气。年十八为侍中,善骑射。曾六击匈奴,涉沙漠,远至狼居胥山。封冠军侯,为骠骑将军。侔:相当。

[5]谪仙人:即李白。

[6]倚马:靠在马身上。南朝宋刘义庆《世说新语·文学》:"桓宣武北征,袁虎时从,被责免官。会须露布文,唤袁倚马前令作。手不辍笔,俄得七纸,殊可观。"后人多据此典以"倚马"形容才思敏捷。

[7]虚左:空着左边的位置以待宾客谓之。古人乘车规矩都以左为上,主位在左。郑玄《仪礼注·乡射礼》:"设尊者北面,西曰左,尚之也。"战国时信陵君乘车迎侯生,就"虚左"以示尊敬。

[8]沉香亭:唐玄宗命移植牡丹于沉香亭前,与杨贵妃共赏,使李龟年持金花笺召李白,命作新词。白时方醉,左右以水洒面,稍醒,援笔成《清平乐》三章,有"解释春风无限恨,沉香亭北倚阑干"之句。见《乐史·太真外传》。

[9]夜郎:古郡名或县名。晋代郡址约在云贵两省境内的北盘江上游地区。唐代郡境约当今贵州桐梓及正安西部地区。唐代夜郎县一为武德四年置,在今贵州石阡县西南,贞观元年废;一为贞观五年置,在今湖南新晃侗族自治县境。五代时废。北宋大观二年复置,宣和二年又废。李白曾流放夜郎。

[10]六诏:详见《耕余草·题林瘫奴先生托钵图》注[1]。

[11]俦(chóu):同辈,伴侣。

[12]檐马:即风铃。

[13]楚囚:《左传·成九年》:"晋侯观于府中,见钟仪,问之曰:'南冠而絷者,谁也?'有司对曰:'郑人所献楚囚也。'"本指被俘的楚国人。后用以借指处境窘迫的人。《世说新语·言语》:"周侯顗(yǐ)中坐而叹曰:'风景不殊,举目有山河之异。'皆相视流泪。惟王丞相愀然变色曰:'当共戮力王室,克复神州,何至作楚囚对泣邪!'"唐李商隐《李义山诗集·与同年李定年曲水闲话戏作》:"相携花下非秦赘,对泣春天类楚囚。"

[14]骀驽:骀指劣马。驽指能力低下的马。骀驽喻庸才。

[15]"官且"句:用唐杜甫《旅夜忆怀》中诗句"名岂文章著,官应老病休"。

[16]尘鞅:世俗事务的束缚。鞅,套在马颈上的皮带。唐白居易《长庆集·登香炉峰顶》:"纷吾何屑屑,未能脱尘鞅。"

[17]息影:谓静止不活动。犹归隐山林。

[18]买山:详见《耕余草·关奈原同年枉过,喜晤韦松崖孝廉……》注[8]。赀(zī):通"资"。货物,钱财。

[19]明湖:在云南澄江县东北,一名彝休湖,一名阳宗湖。源出罗藏山,下流入盘山,两岸陡绝,水色深黑,境内溪河泉涧诸水,悉汇于此。

[20]坎壈(lǎn):道路不平。又比喻困顿不得志。

高雨楼明府见访[1]

官闲独坐日黄昏,何意高轩过我门[2]。世德久看僧寺釜[3],风流今识相公孙[4]。天街绣软郎君贵,花县春和长吏尊[5]。自笑诗情半销歇,漫歌长句问真源。

【注】

[1]明府:唐人称县令为明府。

[2]高轩过:谓有贵客来访。唐李贺七岁能辞章,韩愈、皇甫湜始闻未信,过其家,使赋诗。贺援笔辄就,自题曰《高轩过》。二人奇之。后以为贵客来访之典。

[3]原注:予以游定粤寺,见僧廊有废釜,大可函牛。阅其款志,知为高文良公抚粤时赈粥所铸也。按:定粤寺,在今桂林叠彩山下。世德:陆机《文赋》:"咏世德之骏烈,诵先人之清芬。"即先辈的德行。

[4]原注:雨楼,文良曾孙。以进士出宰滇南。

[5]花县:详见《耕余草·无量行宫访唐莲舫明府》注[6]。长吏:泛指上级官吏。

送同年赵酉樵明府致仕旋里[1]

滇南万里迹如萍[2],萧寺相逢眼共青[3]。风雨挑灯惊暮鼓,关河判袂逐晨星[4]。登场我自同樗散[5],息影君宜养性灵[6]。宦海最难全晚节,几人林下著茶经[7]。脱却乌纱两鬓霜,悬车七十喜康疆[8]。离亭折柳逢朝雨,远浦收帆趁夕阳。身现宰官原是梦[9],径存松菊未曾荒[10]。到家一事烦商略,酿秫还须养鹤粮[11]。

【注】

[1]明府:唐人称县令为明府。致仕:辞官归居。

[2]滇南:一般指昆明地区以南,自晋宁县出境后的玉溪市和红河哈尼族彝族自治州两地。

[3]"萧寺"句:萧寺,指佛寺。唐李肇《唐国史补》(中):"梁武帝造寺,令萧子云飞白大书'萧'字,至今一'萧'字存焉。"此句用"青眼"之典。详见《耕余草·道旁柳》注[1]。

[4]关河:泛指一般山河。如陶渊明《赠羊长史》:"岂忘游心目,关河不可逾。"判袂:即分袂。别离也。宋范成大《石湖集·大热泊乐温有怀商卿德称》:"故人新判袂,得句与谁论。"

[5]樗(chū)散:比喻没有才能,不合时用,多用自谦之辞。樗,落叶乔木,即臭椿,木质疏松不堪材用。

[6]息影:谓静止不活动。犹归隐山林。

[7]茶经:唐陆羽撰。论茶的性状、产地、采制、烹饮等方面,记载翔实,为我国论茶最早的专著。明张应文以书中论述,古今已有变化,因撰茶经一卷,分茶、烹、器三篇。清陆廷灿有《续茶经》三卷,附录一卷,记历代茶法。为陆羽《茶经》修订补辑。

[8]悬车:详见《耕余草·俸满回省验看,未得给假旋里,登舟怅然有作》注[8]。

[9]宰官:周代冢宰的属官。后泛指官吏。

[10]"径存"句:用"三径"之典。详见《耕余草·种菊》注[1]。

[11]养鹤粮:即微薄的官俸。

六十六岁得子口号志喜[1]

痛定回头泪已枯,岂知今日庆悬弧[2]。幺豚敢拟金钱豹[3],老马难生汗血驹[4]。是食是收都莫问,不麟不凤任称愚。夜阑独坐灯花烂,静听啼声喜渐□。

【注】

[1]口号:古体诗的题名。表示随口吟成,和口占相似。

[2]悬弧:详见《耕余草·五十初度感赋四首》注[14]。

[3]幺豚:猪最后所生之子。此代指作者之子。

[4]汗血驹:即汗血马。大宛天马也。又称千里马。《史记·乐书》:“后伐大宛得千里马。”裴骃《集解》:“应劭曰:‘大宛旧有天马种,蹋石汗血,汗从前肩膊出如血,号一日千里。’”

同年朱美堂明府以诗致贺次韵奉告[1]

常时搔首问苍天,岂料寒门卜世延[2]。六十年华饱忧患,五千道德悟言诠[3]。未完往日诗书债,又结今生父子缘。万里孤踪烦慰藉,定邀福荫后人贤。

【注】

[1]明府:唐人称县令为明府。次韵:用别人的韵作诗或词。

[2]卜世:用占卜预测传国的世数。此指预测自己的传宗多少代。

[3]五千道德:即《道德经》,老子《道德经》全文约五千字。言诠:亦作“言筌”,借指在言词上所留下的痕迹。典见《庄子·外物》中的“……得鱼而忘筌……得意而忘言”。

和周哲斋别驾《见访》原韵[1]

宦迹山涯复水涯,偬偬屈指几年华[2]。无才恋栈惭尸位,有子踣饥胜出家。同病相怜交最切,及时行乐酒须赊。故乡回首如天远,何日归寻岭上花。

【注】

[1]别驾:也称别驾从事史,是州刺史(相当于清代知府)的佐吏。

[2]偬偬:事情烦多迫促。屈指:弯曲手指计算数目。

花朝作歌[1]

元冥之气主肃杀[2],草木零落陨霜雪。春风忽动羯鼓催[3],千林有喜花尽发。

二月之望是花朝[4]，百花生日红夭夭。牡丹富贵炫容服，桃花轻薄施粉膏。游春买酒向花祝，细草如茵坐相属。翩翩蝶舞老莱衣[5]，交交莺奏霓裳曲[6]。我向花前酹一杯，但愿年年花盛开。花神解语若含笑，林间阵阵香风来。年年生日看花好，年年生日嗟人老。今日花开似少年，暮去朝来颜色槁。惟有松柏寂无言，不荣不落蟠仙根。独抱冬心立庭院，岂与桃李争寒喧。

【注】

[1]花朝：旧俗以农历二月十五日为百花生日，号花朝节，又称花朝。唐司空图《司空表圣诗集·早春》："伤怀同客处，病眼即花朝。"

[2]元冥：即玄冥。深远幽寂。借指天空。

[3]羯鼓：古羯族乐器，形如漆桶，下以小牙床承之，用二杖击之。声音急促高烈。起源于印度，从西域传入，盛行于唐开元、天宝年间。唐玄宗时汝南王李琎（小名花奴）善击羯鼓，玄宗尝谓侍臣曰："速召花奴将羯鼓来，为我解秽。"后因称羯鼓为"花奴鼓"。

[4]望：阴历每月的十五。

[5]老莱衣：用"结彩娱亲"之典。详见《耕余草·五十初度感赋四首》注[9]。

[6]霓裳曲：详见《耕余草·送同年熊梦庵员外赴阙》注[2]。

哭门人李伯贞学博并序[1]

伯贞大挑一等以知县用[2]，辞就教职匆匆别八年矣。顷读吕月沧撰君墓表寄示[3]，始知其在迁江学署方治馔延客[4]。客未至，忽寒毡坐化，可痛也。

昭江判袂迹如萍[5]，于越书来涕泪零[6]。五十学诗髭尽断[7]，三千结客酒难醒[8]。生辞美锦年方壮，死坐寒毡目已瞑。我老欲归君宿草(1)，不堪回首故山青。

【校】

(1)我老欲归君宿草：《三管英灵集》作"老我归时君宿草"，此从底本。

【注】

[1]门人：学生。李伯贞：广西桂林人。吕璜《迁江县学训导伯贞李君墓表》："君讳超松，字伯贞……君丰颐伟干，善属文，中嘉庆戊午乡试。……戊辰大挑天下贡士，君列一等，当授县令，竟自讲改校官归。……摄桂平博白两县训导，授迁江县训导。"学博：泛称学官为学博。

[2]大挑：清乾隆十七年定制，在会试后拣选应考三次而不中的举人，由礼部分省造册，

咨送礼部,派王大臣共同拣选。选取者分为二等:一等以知县试用,二等以教职铨补,称为举人大挑。

[3]吕月沧:详见《耕余草·得吕月沧孝廉书却寄》注[1]。

[4]迁江学署:在今广西来宾市迁江镇内。

[5]昭江:在今广西平乐县境内。判袂:即分袂。别离也。

[6]于越:即于越山,在临桂叠彩山左,山下有栖真阁。此代指临桂。

[7]"五十"句:指追求贾岛作诗的风格:"吟安一个字,拈断数茎须。"

[8]三千结客:即"三千客"之典。战国孟尝君、赵平原君、魏信陵君、楚春申君皆善待下士,门下各有食客三千人。见《史记》。汉王充《论衡·儒增》:"书称齐之孟尝,魏之信陵,赵之平原,楚之春申,待士下客,招会四方,各三千人。"

滇南春暮[1]

误入滇南路,流光似转轮。诗多作蛮语,俸薄度良辰。耳快充饥易[2],鸡宗入馔新[3]。料应穷措大[4],不必餍芳珍[5]。

好鸟高枝上,春风得意鸣。怜予似鸠拙[6],作吏与鸥盟[7]。熟睡多乡梦,衰年少宦情。何时赋归去[8],老向白云耕。

花谢莺将老,官闲政亦优。名齐箢库士[9],梦断撞钟楼[10]。久负归田约,还同秉烛游[11]。低头甘吏隐[12],只为鹤粮谋[13]。

行年将七十,岂敢叹吾衰。儿作双丫髻,翁垂两鬓丝。徘徊暮春日,怅望夕阳时。怕听林深处,声声叫子规[14]。

【注】

[1]滇南:一般指昆明地区以南,自晋宁县出境后的玉溪市和红河哈尼族彝族自治州两地。

[2]原注:滇人杵饭为团,候干入市作饼,人争市之,呼为耳快。

[3]原注:土产野菌,名鸡宗,味最鲜。

[4]措大:指那些贫寒失意的读书人。《朝野佥载》云:"江陵号衣冠薮泽,人言琵琶多于饭甑,措大多于鲫鱼。"

[5]餍:吃饱,满足。

[6]鸠拙:《禽经》:"鸠拙而安。"晋张华《注》:"《方言》云:蜀谓拙鸟,不善营巢,取鸟巢居之,虽拙而安处也。"后用以自谦笨拙。元魏初《青崖集·石州慢次高郎中道凝韵》:"倦游岁暮,栖迟风雨,一枝鸠拙。"

[7]鸥盟：详见《耕余草·病中偶成二首》注[6]。

[8]归去：指陶渊明作的《归去来兮辞》。此指作者希望如陶渊明一样去归隐田园。

[9]筦库：掌库藏的小官。《礼记·檀弓下》："所举于晋国，筦库之士七十有余家，生不交利死不属其子焉。"郑玄《注》："筦库之士，府吏以下官长所置也。举之于君，以为大夫也。"

[10]原注：署在撞钟楼下。按：撞钟楼，在今云南昆明华亭寺内。

[11]秉烛游：详见《耕余草·春日同韦和斋、蒋萃亭、欧兰畦、家雷塘……》注[8]。

[12]吏隐：详见《耕余草·访单月亭参军》注[5]。

[13]鹤粮：即微薄的官俸。

[14]子规：即杜鹃。一名杜主。传说周末蜀王杜宇，号望帝，后失国死去，其魂化为鸟，即杜鹃，日夜悲啼，泪尽继以血。《文选·晋·左太冲(思)·蜀都赋》："碧出苌弘之血，鸟生杜宇之魂。"

述怀

溷迹风尘底事忙[1]，匆匆不觉鬓毛霜。烹鸡那用函牛鼎[2]，养鹤还开射鸭堂[3]。拙宦门庭常落寞，老年诗句半颓唐。谁知今日登场处，正似挥戈向夕阳[4]。

【注】

[1]溷迹：即混迹。底事：何事。

[2]函牛鼎：《后汉书·边让传》："传曰：函牛之鼎以烹鸡，多汁则淡而不可食，少汁则熬而不可熟。此言大器之于小用，固有所不宜也。"后以之喻大材小用。

[3]射鸭堂：射鸭，古代贵族的水上游戏。唐王建《御猎》："新教内人唯射鸭，长随天子苑东游。"射鸭堂即进行这种游戏的场院。

[4]挥戈向夕阳：用"鲁阳挥戈"之典。《淮南子·览冥训》："鲁阳公与韩构难，战酣日暮，援戈而挥之，日为之反三舍。"("日为之反三舍"即太阳倒退三个星座)亦作"挥戈返日"、"鲁阳戈"。喻人定胜天，扭转危局。

秋日约袁升庭明府[1]、周哲斋别驾、夏铸山司马、曾树堂少尉，游近华浦[2]，登大观楼[3]

出城十里路湾环，滇海奇观在此间。方丈蓬莱三岛远[4]，行云流水一官闲。

客逢旧雨兼新雨,人杂溪蛮与峒蛮[5]。怅望西山最高处[6],夕阳欲下鸟知还。

偶探名胜出西城,水色山光照眼明。金马碧鸡埋故迹[7],汀鸥沙鹭续前盟[8]。荡胸万顷吞云梦[9],立脚千寻倚太清[10]。欲上高楼听邻曲,旗亭谁许擅诗名[11]。

【注】

[1]袁升庭:湖南人。清贺长龄《耐庵诗文集》中有"送袁升庭之官粤西"一诗。明府:唐人称县令为明府。

[2]近华浦:参看"大观楼"注。

[3]大观楼:在云南昆明市西四公里大观公园内。大观公园南临滇池,与太华山隔水相望,明代因称近华浦,明黔国公沐氏曾在附近建西园别墅。康熙三十五年巡抚王继文扩建涌月亭、澄碧堂、华严阁、催耕馆等胜迹,并建楼二层,面临滇池,依江临海,称大观楼。道光八年楼增为三层。从此便成为文人墨客赋诗论文的雅集之地。咸丰七年毁于兵火。同治八年重建至今。

[4]方丈、蓬莱:详见《耕余草·陈香圃孝廉题山水小幅见赠赋答一首》注[3]。三岛:蓬莱、方丈、瀛洲三山。

[5]溪蛮:秦、汉时期,苗族主要集中于洞庭石岸的武陵地区,称武陵蛮或五溪蛮。峒蛮:侗族,自称为"金",属古越人的一个支系。在汉文史籍中,多将侗族地区称为"峒"、"蛮峒"。居住在"奚谷峒"的少数民族被称为"峒民"、"峒蛮"、"峒人"。

[6]西山:在今云南昆明市郊。西山峰峦起伏,古树参天,苍翠挺拔,雄伟壮观;由碧鸡山、华亭山、太华山、太平山、罗汉山、挂榜山等山峰组成,山脉连绵40多公里,最高海拔2500米左右。远眺西山群峰,既像一尊庞大的睡佛,又似一个美丽曲腿仰卧在滇池畔、象青丝垂海的睡美人。因此西山称为"卧佛山",又称为"睡美人山"。

[7]金马碧鸡:金马、碧鸡。神名,又山名。云南昆明市东有金马山,西南有碧鸡山,二山皆有神祠,相传汉时于此祭金马碧鸡之神。《汉书·郊祀志》(下):"或言:'益州有金马碧鸡之神,可醮祭而致,于是遣谏大夫王褒使持节而求之。'"颜师古《注》:"金形似马,碧形似鸡。"

[8]汀鸥沙鹭续前盟:即"鸥盟"之典。详见《耕余草·病中偶成二首》注[6]。

[9]云梦:泽名。详见《耕余草·岳阳楼》注[3]。

[10]千寻:八千尺。古代八尺为一寻。此是形容高,非实数。太清:三清之一。道教谓元始天尊所化法身道德天尊所居之地,其境在玉清、上清之上,唯成仙方能入此,故亦泛指仙境。

[11]原注:邻舟有以女优侑酒。旗亭:酒楼。悬旗为酒招,故称。此典出唐薛用弱《集异记》(卷二):"开元中,诗人王昌龄、高适、王之涣齐名,共诣旗亭贳酒。忽有伶官十数人会宴,三人私约曰:'我辈各擅诗名,今观诸伶讴,若诗人歌辞多者为优。'俄一伶唱'寒雨连江夜入吴',昌龄引手画壁曰:'一绝句。'寻又一伶讴'奉帚平明金殿开',昌龄又画壁曰'二绝

句’。之涣因指诸妓中最佳者曰:‘此子所唱,如非我诗,终身不敢与争衡矣。’须臾双鬟发声,则‘黄河远上白云间’。之涣揶揄二子曰:‘田舍奴,我岂妄哉?’因大谐笑,饮醉竟日。”这就是著名的“旗亭画壁”故事。

自题扇面

无力求人好书画,闲来搦管自题诗[1]。也知明月团团影,定有秋风弃绝时。滇南六月尚如秋[2],一雨成冬拥敝裘。也破铜钱买纨扇,半遮尘土半遮羞[3]。

【注】

[1]搦(nuò)管:执笔。南朝梁何逊《何水部集·哭吴兴柳恽》:“含毫徒有属,搦管竟无摛。”

[2]滇南:一般指昆明地区以南,自晋宁县出境后的玉溪市和红河哈尼族彝族自治州两地。

[3]“半遮”句:元稹《离思五首》:“曾经沧海难为水,除却巫山不是云。取次花丛懒回顾,半缘修道半缘君。”

重阳后一日,作家书即题纸尾

昨日登高望,家乡信未真。老妻愁晚岁,久客感萧晨。黄菊瘦于我[1],青松高过人。何时返桑梓[2],猿鹤得相亲[3]。

【注】

[1]“黄菊”句:用李清照的《醉花阴》中“人比黄花瘦”句意。

[2]桑梓:《诗·小雅·小弁》:“惟桑与梓,必恭敬止。”桑与梓为古代住宅旁常栽之树,东汉以来遂用以比喻故乡。

[3]猿鹤相亲:指归隐后的山林生活,与猿鹤为友,悠然自在。罗贯中在《三国演义》中描述隆中景色:“山不高而秀雅,水不深而澄清,林不大而茂励,地不广而平坦。猿鹤相亲,松篁交翠。”

祝张古余观察七十寿

绮年甲乙掇巍科[1]，鸑鷟文名上大罗[2]。策对万言珠错落[3]，宦游卅载士讴歌。书生面目添霜鬓，古佛心肠去障魔。最喜百花生日后，阶前小草向阳和。

南州移节到南滇[4]，用作和羹理灶煎[5]。手下片材难弃地，胸中寸木可量天。达尊好入香山社[6]，序齿应同绛县年[7]。他日哲人登耄耋[8]，定知抑戒有诗篇。

劝耕时节柳盈堤，野鸟蛮花人品题。席上清樽来鹤舞，天边歌管有莺啼。一双玉树临风好，几簇兰芽向日低。春暖蓬壶添岁月[9]，五云深处隔尘泥[10]。

风卷牙旗化日长[11]，公余扫地静焚香。并无心计为家计，剩有书囊作宦囊。身处脂膏甘淡泊，论关盐铁费推详[12]。案头细检巾箱字[13]，老学钞胥备不忘[14]。

【注】

[1]绮年：谓年少也。《宇文逌·庾开府集序》："绮年而播华誉，龆岁而有俊名。"龆岁，指小时候。甲乙：甲科、乙科的并称。古代考试科目名。汉时课士分甲乙丙三科。唐初明经有甲乙丙丁四科。唐宋进士分甲乙科。明清通称进士为甲科。巍科：古代科举考试，榜上名分等次，排在前列者称巍科。犹言高第。《唐诗纪事·秦韬玉》："父为左军军将。韬出入田令孜之门，又与刘晔、李嵓(yán)士、姜垍(jì)、蔡鋋(chán)之徒，交游中贵，各将两军书尺，侥求巍科。时谓对军解头。"

[2]鸑鷟(yuèzhuó)：鸟名。凤属。《国语·周》："周之兴也，鸑鷟鸣于岐山。"陆逵《注》："鸑鷟，凤之别名。"大罗：即大罗天。详见《耕余草·朱荫涂明府移寓袁醴庭学博斋中，以诗奉柬》注[8]。

[3]策对：指皇帝在殿试时，要考生回答其选的卷策中的题目。

[4]南州：今博白县境内。《旧唐书·地理志卷二十一》："武德四年，置南州，领博白、朗平、周罗、龙豪、淳良、建宁六县。六年，改为白州。"移节：古代使者持仗节而行，故后称地方大吏移任他地为"移节"。南滇：即滇南。一般指昆明地区以南，自晋宁县出境后的玉溪市和红河哈尼族彝族自治州两地。

[5]和羹：配以不同调味品而制成的羹汤。《书·说命下》："若作和羹，尔惟盐梅。"孔传："盐，咸；梅，醋。羹须咸醋以和之。"南朝宋宗炳《答何衡阳书》："贝锦以繁采发华，和羹以盐梅致旨。"后用以比喻大臣辅助君主综理国政。

[6]香山社：唐白居易，晚年放意诗酒，与嵩山僧如满为空门友，平泉容韦楚为山水友，刘梦得为诗友，皇甫明之为酒友。又与胡杲、张浑、刘真、郑据、卢真等九个年高不仕者，共结香山社。

[7]序齿:按年龄长幼定先后次序。绛县:指绛县老人。绛县,县名,属山西省。《左传·襄三十年》:"绛县人或年长矣,无子,而往与于食。有与疑年,使之年,曰:'臣小人也,不知经年。臣生之岁……其季于今,三之一也。'"后因用"绛老"泛指老年人。

[8]耄耋:耄,老也,七十曰耄。耋,老也,八十曰耋。

[9]蓬壶:详见《耕余草·陈香圃孝廉题山水小幅见赠赋答一首》注[3]。

[10]五云:五色的瑞云。

[11]牙旗:即高牙。因其高,故名。亦泛指居高位者的仪仗。

[12]推祥:推测。此句用桓宽曾作《盐铁论》之事。

[13]巾箱:用以盛头巾或书卷的箱子。

[14]原注:观察有读史备忘录。钞胥:司誊录之官,亦称书手或书记。

送同年朱美堂明府旋闽[1]

琥珀能拾芥,磁石能引针[2]。物类气相感,投合如有神。矧兹道义交[3],兰臭同此心[4]。滇南本荒服[5],宦游多苦辛。君来办铜政,我来实为贫。相见如旧交,花时来往频[6]。爱结山水缘,喜卜风月邻。时时宴文酒[7],唱酬多清新。蹉跎竟四载,遍游滇海滨。今君告竣事,别我归瓯闽[8]。武夷神仙窟[9],仙吏喜再临。作吏二十载,乌帽堆红尘。江南佳丽地,桑梓垂秋阴[10]。回首旧猿鹤[11],逝将返故林。明年我亦去,晚节各自珍。劝君一杯酒,去去勿苦吟。明日觅鸿爪,雪泥何可寻[12]。

【注】

[1]明府:唐人称县令为明府。闽:福建的简称。

[2]"琥珀"句:详见《耕余草·送黎晓堂学博》注[2]。

[3]矧(shěn):况且。

[4]兰臭:《易·系辞上》:"同心之言,其臭如兰。"孔颖达《疏》:"谓二人同齐其心,吐发言语,氤氲臭气,香馥如兰也。"后因以"兰臭"指情投意合。

[5]滇南:一般指昆明地区以南,自晋宁县出境后的玉溪市和红河哈尼族彝族自治州两地。荒服:古"五服"之一。称离京师二千到二千五百里的边远地方。此泛指边远地区。

[6]花时:百花盛开的时节。常指春日。

[7]文酒:谓饮酒赋诗。

[8]瓯闽:泛指福建一带。

[9]武夷:山名,在福建崇安县西南。一作武彝,仙霞山脉之起顶也。相传昔有神人武夷

君居此,故名。其山绵亘百二十里,有三十六峰,三十七岩,溪流缭绕其间,分为九曲,所谓清溪九曲也。道书称为第十六洞升真化玄之天。山之最高处曰三仰峰,然不过三千尺。所产茶名武夷茶,其中佳品为“乌龙”、“铁观音”。

[10]桑梓:《诗·小雅·小弁》:“惟桑与梓,必恭敬止。”桑与梓为古代住宅旁常栽之树,东汉以来遂用以比喻故乡。

[11]猿鹤:喻指隐居的田园生活。

[12]“明日”两句:用“雪泥鸿爪”之典。详见《耕余草·送同年熊梦庵员外赴闽》注[5]。

次美堂《留别》原韵[1]

杨柳丝丝幕晓烟,离亭客去自堪怜。官闲无处筹盐筴[2],家远何时守墓田。今日漫偿沽酒债,明年还费买山钱[3]。羡君策马斜阳外,归路先人着祖鞭[4]。

【注】

[1]次……韵:用别人的诗韵作诗或词。

[2]原注:时奉檄清查盐课积欠。盐筴:食盐者的户口册籍。

[3]买山:详见《耕余草·关奈原同年枉过,喜晤韦松崖孝廉……》注[8]。

[4]祖鞭:即“祖生鞭”之典。详见《耕余草·春日示同学》注[9]。

送杨一亭少尹归养[1]

有客扬鞭问归路,酌酒留君留不住。君之官声日隆隆,报最指顾膺花封[2]。胡乃秋光宦情薄,解组之计何匆匆[3]。君言有母寿八秩[4],倚闾望子非一日[5]。板舆迎养滇山遥[6],老人岂堪事登陟,何如归作返哺乌[7]。江乡鱼稻口可餬,晨昏菽水致足乐[8]。是亦为政无殊途,与君同官共寮寀[9]。公庭奉职君为最,今君子职循南陔[10]。事业乃比公庭大[11],与君饮对君歌□。登堂奉母旨且多,请歌我曲介三雅[12],含饴一笑慈颜酡[13]。

【注】

[1]少尹:官名。唐时诸郡皆置司马,开元元年改为少尹,是府州的副职。宋沿置,后废。

后因称州县的副职为少尹。

[2]报最:旧时长官考察下属,把政绩最好的列名报告朝廷叫报最。又称"举最"。指顾:一指一瞥之间,形容短暂。《文选·班固·东都赋》:"指顾倏忽,获车已实。"膺花封:膺,佩戴。花封,朝廷的奖励。

[3]解组:解下印绶。组,印绶。谓辞去官职。唐韦应物《答韩库部协》:"还当以道推,解组收蒿蓬。"

[4]八秩:秩,十年为一秩。八秩即八十岁。

[5]倚闾:闾,里巷的大门。谓父母望子归来之心殷切。宋楼钥《攻媿集》(四):"三年待汝归,二亲真倚闾。"

[6]板舆:古代老人的一种代步工具。也作"版舆"。晋潘岳《闲居赋》:"太夫人乃御板舆,升轻轩,远览王畿,近周家园。"后因以代指官吏在任迎养父母之词。

[7]返哺乌:用慈乌能反哺其母典。慈乌是乌鸦的一种,也叫孝乌,相传该鸟长成之后能反哺其母。唐元稹《大嘴乌》:"阳乌有二类,嘴白者名慈。求食哺慈母,因以此名之。"

[8]菽水:豆和水。用来喻粗茶淡饭,生活清苦。《礼·檀弓下》:"子路曰:'伤哉!贫也!生无以为养,死无以为礼也。'孔子曰:'啜菽饮水,尽其欢,斯之谓孝。'"后常用以称晚辈对长辈的供养。宋苏轼《送程建用》:"空余南陔意,太息北堂冷,……辛勤守一经,菽水贤五鼎。"

[9]寮寀:百官。晋陆机《陆士衡集·晋平西将军孝侯周处碑》:"汪洋廷阙之傍,昂藏寮寀之上。"也作"僚寀"。

[10]南陔:《诗·小雅》篇名。六笙诗之一,有目无诗。《南陔》、《白华》、《华黍》为前三篇,是燕飨之乐。《诗·小雅·南陔序》:"《南陔》,孝子相戒以养也;《白华》,孝子之絜白也;《华黍》,时和岁丰,宜黍稷也。有其义而亡其辞。"《仪礼·乡饮酒礼》:"笙入堂下,磬南北面立,乐《南陔》、《白华》、《华黍》。"后用为奉养和孝敬双亲的典实。

[11]公庭:贵族的厅堂。犹言"公堂"。《诗·邶风·简兮》:"硕人俣俣,公庭万舞。"

[12]三雅:指"大雅"、"小雅"、"变雅"。

[13]酡:饮酒脸红的样子。

昆华仙馆即事[1]

衙鼓鼕鼕第二番[2],许携笔砚谒龙门[3]。层层楼阁仙台近,历历星辰斗望尊。搜剔虫鱼书有注[4],平章竹石墨留痕[5]。阶前几日供吟赏,莫笑看花老眼昏。

【注】

[1]原注:制府传阅课卷处。按:制府,宋代的安抚使、制置使,明清两代的总督,均尊称为“制府”。昆华仙馆:清云南总督署内有宜园,宜园东北有一馆榭,上有粉色木匾,书“昆华仙馆”四个无款大字。

[2]鼕鼕(dōng):鼓声。

[3]龙门:喻声望高的人。

[4]虫鱼:即虫鱼之学,指繁琐的考据订正。唐韩愈《读皇甫湜公安园池诗书其后》:“尔雅注虫鱼,定非磊落人。”

[5]平章:品评。

滇中午日[1]

滇南风土异[2],午日尚披棉。世俗争遗粽,夷人方种田。泛蒲聊遣兴[3],和药可延年。佳节今朝过,家家艾虎悬[4]。

早起衙参毕[5],归来静掩门。佩符难免俗[6],临水欲招魂[7]。城上游人满,街前贺客烦。官闲作蛮语,一笑坐黄昏。

【注】

[1]滇中:辖今江川、通海、河西、华宁、澄江、峨山、新平、易门、双柏、呈贡、晋宁、昆阳等十几个县。

[2]滇南:一般指昆明地区以南,自晋宁县出境后的玉溪市和红河哈尼族彝族自治州两地。

[3]泛蒲:端午饮菖蒲酒,先喝一次为泛蒲。

[4]艾虎:详见《耕余草·举家病疫时值五日赋诗三首》注[3]。

[5]衙参:旧时官吏到上司衙门,排班参见,禀白公事。

[6]佩符:《事物纪原》认为,黄帝所佩之符乃符之始。世称“佩符”或”黄帝符”。现指在节日期间佩戴一些道教的符以避邪。

[7]招魂:宋玉曾有《招魂》篇。其目的为屈原招魂。

秋雁四首[1]

落叶秋风客恨多,相看月下雁行过。无家处处思兄弟,结队时时避网罗。乞食江湖年迅速，随阳南北路奔波。霜前一种伤心事，苏武书成两鬓皤[2]。

奋翼联翩到楚江[3]，衡峰掠过影双双。前程曾许宾王国，末路何期客异邦。写就天书全不晓，结成云阵未能降。惟愁瑟瑟西风夜，中泽哀鸣月满窗[4]。

泬寥秋色影横空[5]，云路扶摇遇顺风[6]。我不能鸣行辈晚，君诚高举羽毛丰。滇池痕爪他年在[7]，故国音书几日通。同是嗷嗷争饮啄，无求那及信天翁[8]。

披星戴月饱风霜，万里关山道阻长[9]。夜夜偕奴依荻浦[10]，年年作客别河梁[11]。稻粱信美非吾土[12]，矰缴多虞念故乡[13]。试问归栖定何许，溯洄宛在水中央[14]。

【注】

[1]原注：陈午桥学使观风题。

[2]苏武(前140－前60)：西汉杜陵人，字子卿。武帝天汉元年以中郎将出使匈奴，被留。匈奴单于胁迫其投降，武不屈，被徙至北海，使牧公羊，俟羊产子乃释放。武啮雪食草籽，持汉节牧羊十九年，节旄尽落。昭帝即位，与匈奴和亲，武乃得归，拜为典属国。宣帝时赐爵关内侯，图形于麒麟阁。此句用典见《汉书·苏武传》。苏武为匈奴所拘，汉与匈奴和亲后，求苏武。匈奴人诈言苏武已死。有人教武帝诡言得苏武以雁足传书，言苏武现在某处。匈奴方才放还苏武。此时苏武已老矣。

[3]楚江：即长江。《方舆胜览(卷一五)·太平州》："春秋属吴，后属越，又属楚。"因当涂战国时属楚国，故称流经此地之长江为楚江。

[4]中泽：泽中。

[5]泬寥：空旷无云貌。《楚辞·宋玉·九辩》："泬寥兮天高而气清。"朱熹《注》："泬寥，旷荡空虚也。或曰：泬寥，萧条，无云貌。"

[6]云路：犹言青云之路。喻官途。扶摇：盘旋而上的大风。《庄子·逍遥游》："鹏之徙于南冥也，水击三千里，抟扶摇而上者九万里。"

[7]滇池：湖名，也称昆明湖、昆明池、滇南泽。在云南昆明市西南，周三百里。《史记·西南夷传》："(庄)蹻至滇池，方三百里。"张守节《正义》引《括地志》："滇池泽在昆州晋宁县西南三十里。"又古县名。汉置，属益州郡。故城设在云南晋宁县东。

[8]信天翁：是大型海鸟，属信天翁科，全球大约共有十几种。它是最善于滑翔的鸟类之一，体型大的信天翁身长可以达到1米以上，双翼展开在2.5米以上。信天翁喝海水为生，食物主要是鱿鱼。

[9]关山：泛指关隘山川。古乐府《木兰诗》："万里赴戎机，关山度若飞。"

[10]奴：即雁奴。相传雁宿时千百成群，周围有警戒之雁，谓之雁奴。元好问《遗山集·惠崇芦雁》："雁奴辛苦候寒更，梦破黄芦雪打声。"荻浦：浙江安吉递铺镇。它有着十分悠久的历史和深厚的人文底蕴。南宋时地处都城临安(今杭州)通往建康(今南京)的要道，官在

此设立驿站,“递铺”帮因此而得名;又因当地溪滩芦荻丛生,别称“荻浦”。此代指芦苇。

[11]河梁:旧题汉李陵《与苏武》(三):“携手上河梁,游子暮何之? ……行人难久留,各言长相思。”后因以“河梁”借指送别之地。

[12]信美非吾土:王粲《登楼赋》:“虽信美而非吾土兮。”表对家乡的怀念。

[13]矰缴:古代射鸟用的拴着绳丝的箭。

[14]“溯洄”句:出自《诗经·秦风·蒹葭》:“蒹葭苍苍,白露为霜。所谓伊人,在水一方。遡洄从之,道阻且长。遡游从之,宛在水中央。”

昆华仙馆即事再迭前韵[1]

再来花信第三番[2],问道重寻不二门[3]。得到灵山难说法,偶题佳士更称尊。几回雷焕瞻星斗[4],前度刘郎认爪痕[5]。多少楼台好登览,只愁归路日黄昏。

【注】

[1]昆华仙馆:清云南总督署内有宜园,宜园东北有一馆榭,上有粉色木匾,书“昆华仙馆”四个无款大字。

[2]花信:开花的消息。犹花期。

[3]不二门:即不二法门。佛家语。指直接入道,不可言传的法门。《维摩诘经·入不二法门品》:“如我意者,于一切法无言无说,无示无识,离诸问答,是为入不二法门。”

[4]雷焕:晋豫章(今南昌)人,传说他通晓纬象。此句用典为张华与雷焕之事。《晋书·张华传》:“初,吴之未灭也,斗牛之间常有紫气……华曰:‘是何祥也?’焕曰:‘宝剑之精,上彻于天耳。’”雷焕后于丰城掘得双剑,一名龙泉,一名太阿。遣使送一剑并土与华,留一自佩。张华看后知道剑当有两柄,复信给雷焕说:“天生神物,终当合耳。”后张华因事被诛,剑不知去向。雷焕死后,他那柄剑传给了儿子雷华。一次雷华佩着宝剑过延平津,剑忽于腰间跃出堕水,化为龙。水中已有一龙,则是张华遗失那柄剑变的。应验了张华“神物终当合”的预言。

[5]前度刘郎:南朝宋刘义庆《幽明录》记东汉永平年间,刘晨、阮肇在天台桃源洞遇仙。至太康年间,两人重到天台。后世称去而复来的人为“前度刘郎”。

跋王幼海郡伯石賈纪异诗后并序[1]

郡伯偕陈茹香司马[2],奉檄公干,路经广西州半边山[3]。忽山崩裂,散布一亩

许。二公前行数弓,幸免。司马毙一仆一马,郡伯作石霣纪异诗见示

宦途本来恶,履险竟如夷。叱驭心何壮[4],擎天势莫支。鬼神杳难测,犬马效何为。山下施帷盖,空悲顶踵糜[5]。

劳人真草草,我马日虺隤[6]。丛石悬岩下,惊天动地来。前途欣出险,后骑痛成灰。试问开山祖,如斯有几回。

【注】

[1]郡伯:旧称知府为郡伯。霣(yùn):废坠。

[2]陈茹香:人名,未详,待考。

[3]半边山:在今广西永州境内。相传为雷神将原金边山砍掉一半,后即成半边山。

[4]叱驭:汉琅邪王阳为益州刺史,行至邛郲九折阪,叹曰:"奉先人遗体,奈何数乘此险!"因折返。及王尊为刺史,"至其阪……尊叱其驭曰:'驱之!王阳为孝子,王尊为忠臣。'"见《汉书·王尊传》。后因以"叱驭"为报效国家,不畏艰险之典。

[5]"空悲"句:用"摩顶放踵"之典。《孟子·尽心上》:"墨子兼爱,摩顶放踵,利天下为之。"汉赵岐《注》:"摩突其顶,下至于踵,以利天下,己乐为之也。"意谓为了贯彻兼爱精神,求有利天下,墨子从头到脚全身都受到折磨,也毫不顾惜。

[6]虺隤(huītuí):疾病。《诗经·周南·卷耳》:"陟彼崔嵬,我马虺隤。"毛享《传》:"虺隤,病也。"一作"虺颓"。

松竹老人画扇见赠走笔赋谢[1]

滇海沉沦两鬓皤[2],相逢共叹日蹉跎。宦囊我亦同萧索[3],第一输君画墨多。

今朝浴佛是良辰[4],泼墨淋漓意态新[5]。他日还山无长物[6],手中纨扇画中人。

【注】

[1]原注:老人姓黄名鹤鸣,山阴人。宦后,以画谋生。

[2]滇海:即滇池。此代指云南。详见《宦游小草·秋雁四首》注[7]。鬓皤:鬓白。

[3]萧索:稀少。

[4]浴佛:佛教徒于四月八日释迦诞生日举行浴礼,以水灌佛像,谓之浴佛,也称灌佛。《后汉书·陶谦传》:"(笮融)大起浮屠寺,……每浴佛,辄多设饮饭,布席于路,其有就食又观者且万余人。"

[5]泼墨:中国画的一种技法。用水墨挥洒在纸上或绢上,随其形状进行绘画,笔势豪

放，墨如泼出。此处泛指绘画。

[6]长物：详见《耕余草·五十初度感赋四首》注[12]。

王广文以诗见赠，次韵奉答[1]

老负盐车愧此生[2]，酒间何幸遇方平[3]。鹪鹩枝上栖原稳[4]，苜蓿盘中味更清[5]。家远万山无捷径，诗吟五字有长城[6]。闭门著论三冬暖[7]，应识潜夫少宦情[8]。

【注】

[1]原注：名学俭，景东人。任广南府学博。次韵：用别人的韵作诗或词。

[2]负盐车：详见《耕余草·杂感二首》注[3]。

[3]方平：指传说中汉桓帝时的神仙王远，方平是其字。

[4]鹪鹩：鸟名。详见《耕余草·野烧》注[3]。

[5]"苜蓿"句：用"甘苜蓿"之典。详见《耕余草·立秋日赐书楼雅集醉后赋此》注[8]。

[6]原注：以怨女行五古见示。"诗吟"句：用"五言长城"之典。《新唐书·秦系传》："(系)与刘长卿善诗，以诗赠答。权德舆曰：'长卿自以为五言长城，系用偏师攻之，虽老益壮。'"刘长卿为唐代写五言诗的能手，自谓他人不及，故自称"五言长城"，意为难以逾越，后形容善作五言诗的人或优秀的五言作品，也作"五言城"。宋赵蕃《送刘伯瑞》："长怀远斋老，赠我五言城。"

[7]三冬：用汉东方朔"三冬文史足用"语。三冬，三个冬季，即三年。《汉书·东方朔传》："上书曰：'臣朔少失父母，长养兄嫂，年十三学书，三冬文史足用。'"颜师古注引如淳曰："贫子冬日乃得学书，言文史之事足可用也。"刘禹锡《洛中送杨处厚入关便游蜀》："旧学三冬今转富，曾伤六翮养初齐。"喻刻苦。

[8]"应识"句：汉王符曾作《潜夫论》，主要是讽刺朝政，为政论文之先声。

留别王幼海郡伯[1]

滇池吏隐学蒙庄[2]，七十年来两鬓霜。蝴蝶梦中观物化[3]，鹪鹩枝上卜行藏[4]。漆园久已游方外[5]，枌社于今是故乡[6]。从此回头向西望，汪洋幼海失津梁[7]。

椽笔曾修五凤楼[8],何期五马到荒陬[9]。卖刀卖剑仁声远,秋月秋山好句酬[10]。今日低头拜东野[11],几时觌面识荆州[12]。谁知白首休官去,一瓣心香不肯休[13]。

【注】

[1]郡伯:旧称知府为郡伯。

[2]滇池:详见《宦游小草·秋雁四首》注[7]。吏隐:详见《耕余草·访单月亭参军》注[5]。蒙庄:即庄子。详见《耕余草·归家日作》注[7]。

[3]蝴蝶梦:《庄子·齐物论》:"昔者庄周梦为蝴蝶,栩栩然蝴蝶也,自喻适志与,不知周也。俄然觉,则蘧蘧然周也。不知周之梦为蝴蝶与?蝴蝶之梦为周与?周与蝴蝶则必有分矣。此之为物化。"

[4]鸺鹠:鸟名。详见《耕余草·野烧》注[3]。行藏:来历,行迹。《张协状元》(十):"五鸡山下,更没人知我行藏。"

[5]漆园:古地名。战国时庄周为吏之处。此指庄周。其地一说在今河南省商丘市北;一说在今山东省菏泽市北;一说在今安徽省定远县东。方外:世外。

[6]栎社:神社旁的栎树。《庄子·人间世》:"匠石之齐,至乎曲辕,见栎社树,其大蔽数千牛,絜(jié)之百围。……匠石曰:'自吾执斧斤以随夫子,未尝见材如此其美也。先生不肯视,行不辍,何邪?'曰:'已矣!勿言之矣!散木也,以为舟则沉,以为棺椁则速腐,以为器则速毁,以为门户则液樠,以为柱则蠹。是不材之木也,无所可用。'"后因以"栎社"喻无用之材。

[7]津梁:桥梁。

[8]椽笔:据《晋书·王导传》载,王珣梦有人给他一枝笔,大如椽,梦醒后,对人说将有大事发生。不久帝崩,册谥号,皆由他起草。后人以此喻如朝廷诏令这样的重要文件,或用以形容名家的写作才能。此指后者。五凤楼:楼名。唐和后梁在洛阳皆有五凤楼。借喻能文的人为造五凤楼手。

[9]原注:郡伯以名进士由部郎出守澄江。按:澄江,今云南澄江。五马:《玉台新咏·日出东南隅行》:"使君从南来,五马立踟蹰。"汉时太守乘坐的车用五匹马驾辕,因借指太守的车驾。亦为太守的代称。荒陬:荒远的角落。唐元稹《蛮子朝》:"西南六诏有遗种,僻在荒陬路寻壅。"

[10]原注:前以"人如秋月之清,诗如秋山之瘦"之句见赠。

[11]东野:即孟郊。详见《耕余草·秋夜闻蛩》注[2]。

[12]荆州:唐韩朝宗曾任荆州长史,为时人所推重,称韩荆州。唐李白《与韩荆州书》:"白闻天下谈士相聚而言曰:'生不用封万户侯,但愿一识韩荆州。'何令人之景慕一至于此耶!"后因以"荆州"称己所推重之士。

[13]一瓣心香:即"一瓣香"。详见《耕余草·呈明坦斋郡伯》注[7]。

送邵东井旋里[1]

万里携琴剑，滇池印爪鸿[2]。老难医发白，檄可愈头风[3]。客况如中酒[4]，归心似转蓬[5]。板桥霜已满[6]，行迹太匆匆。

君家自安乐，满院读书声[7]。远忆琳琅韵，行兼山水程。客星留不住[8]，歧路话多情。我亦投簪去[9]，渔樵过此生。

【注】

[1]旋里：返回故乡。

[2]滇池：详见《宦游小草·秋雁四首》注[7]。爪鸿：即"雪泥鸿爪"，详见《耕余草·送同年熊梦庵员外赴阙》注[5]。

[3]檄可愈头风：典出《典略》："（陈）琳作诸书及檄，草成呈太祖（曹操），太祖先苦头风，是日疾发，卧读琳所作，翕然而起曰：'此愈我病。'"

[4]中（zhòng）酒：醉酒。

[5]转蓬：随风飘转的蓬草。

[6]板桥：在河南正阳县商山道中。此用唐温庭筠《商山早行》中的"鸡声茅店月，人迹板桥霜"句意。

[7]原注：君有蕉窗听读图。

[8]客星：神话传说，天河与海相通，每年八月有浮槎来往。有人乘槎至天界，并与牵牛晤谈。返回后，至蜀，严君平告之曰：某年月日有客星犯牵牛宿，计之，正是此人到天河之时。后遂用以为典，亦以指客人。

[9]投簪：丢下固冠用的簪子，比喻弃官。南齐孔稚珪《北山移文》："昔闻投簪逸海岸，今见解兰缚尘缨。"

谒陈午桥学使[1]

青骢铁面旧风裁[2]，迢递星轺日下来[3]。手障百川归学海[4]，秋澄万景集灵台[5]。常开觉路传衣钵[6]，许上龙门望斗台。记得从前官独冷，阑干苜蓿味如回[7]。

吏隐滇池鬓发霜[8]，两年心仰德星堂[9]。曾操白简花砖坐[10]，更秉文衡玉尺量[11]。海底珊瑚归铁网[12]，天边云锦作衣裳。官闲何事堪惆怅，垂老无闻愧面墙。

【注】

[1]学使：即学政，清代提督学政的简称。

[2]青骢：马的代称，原指毛色青白夹杂的马。铁面：喻刚直无私。宋赵抃为殿中侍御史，弹劾不避权贵，京师号为铁面御史。见苏轼《赵清献公神道碑铭》。

[3]星轺：古代称帝王使者为星使，因称使者所乘的车为星轺。也作为使者的代称。

[4]"手障"句：用韩愈《进学解》中的"障百川而东之，挽狂澜于既倒"句意。

[5]灵台：一为星名，《晋书·天文志》(上)："明堂西三星曰灵台，观台也，主观云物，察符瑞，候灾变也。"又道家称心为灵台。此喻为学宫。

[6]觉路：佛教指成佛正觉之路。李白《春日归山寄孟浩然》："金绳开觉路，宝筏度迷川。"

[7]"阑干"句：用"甘苜蓿"之典。详见《耕余草·立秋日赐书楼雅集醉后赋此》注[8]。

[8]吏隐：详见《耕余草·访单月亭参军》注[5]。滇池：详见《宦游小草·秋雁四首》注[7]。

[9]德星堂：《新唐书·列传第八十八》："崔氏四世缌麻同爨，兄弟六人至三品，邠、郾、郸凡为礼部五，吏部再，唐兴无有也。居光德里，构便斋，宣宗闻而叹曰：'郸一门孝友，可为士族法。'因题曰'德星堂'。后京兆民即其里为'德星社'云。"

[10]白简：古御史有所弹奏时，承上白简，即弹劾的奏章。简，简牍。花砖：表面有花纹的砖。唐时内阁北厅前阶有花砖道，冬季日至五砖，为学士入值之候。唐李肇《国史补》(下)："御史故事，大朝会则监察押班，……紫宸最近，用六品，殿中得立五花砖。"唐白居易《待漏入阁书事奉赠元九学士阁老》："衙排宣政仗，门启紫宸关。彩笔停书命，花砖趁立班。"

[11]文衡：旧时以文章试士的取舍权。

[12]珊瑚铁网：以铁网置于海底聚养珊瑚、贝类(珍珠)等奇珍的技法，后就成了后人对于搜藏珍奇的雅称。

题同年朱美堂明府美人图[1]

裙拖六幅扇齐纨[2]，玉立婷婷顾影单。色即是空空是色，美人只好画中看。

【注】

[1]明府:唐人称县令为明府。

[2]裙拖:裙摆。齐纨:古人又称冰纨,一种丝织品,其洁白纯净可见。

陈午桥学使赐诗送行次韵奉答并序[1]

道光癸未七夕前一日[2],图将归里,老书生故态,以诗为贽谒见。午桥文宗过,蒙奖许并惠诗赠行。矜宠之至!图何人?斯敢当此谊,敬次韵答谢[3],此如春风之鸣鸧鹒[4],又如秋风之吟蟋蟀也,正之。

溷迹闲曹仰盛名[5],曾将寸莛扣钟鸣[6]。诗如东野号寒苦[7],官比西风落叶轻。傍砌秋蛩劳远听,伏辕老马欲迟行。归装检点无他物,剩有珠玑照眼明。

宗工游刃自恢恢,手障狂澜校士回[8]。共羡龙门多逸品[9],谁知栎社是庸材[10]。云归粤峤渔樵侣[11],雪满头颅岁月催。从此空山无说法,那能成佛问如来。

【注】

[1]学使:即学政,清代提督学政的简称。次韵:用别人的韵作诗或词。

[2]癸未:道光三年(1823)。七夕:农历七月初七之夕。

[3]次韵:用别人的韵作诗或词。

[4]鸧鹒:鸟名。黄莺,一作仓庚,创鹒、仓鹒。又名黄鸟、黄鹂、黎黄、黄栗留诸名。《楚辞·汉·王逸·九思悼乱》:"鸧鹒兮喈喈,山鹊兮嘤嘤。"

[5]溷(hùn)迹:混迹。

[6]"曾将"句:用"以莛扣钟"之典。莛,草茎。原意是钟的音量大,用草茎去敲,就不能使它发出应有的响声。汉东方朔《答客难》:"以管窥天,以蠡测海,以莛撞钟,岂能通其条贯,考其文理,发其音声哉。"后比喻学识浅薄的人向知识渊博的人请教。

[7]东野号寒:东野,即孟郊。其诗大都倾诉穷愁孤苦,感情深挚动人。但以过于求险求奇,追求"吟安一个安,拈断数茎须"的作诗风格,不免晦涩。有"郊寒岛瘦"之谓。

[8]校士:评定士人的官职。

[9]龙门:喻声望高的人。

[10]栎社:神社旁的栎树。《庄子·人间世》:"匠石之齐,至乎曲辕,见栎社树,其大蔽数千牛,絜(jié)之百围。……匠石曰:'自吾执斧斤以随夫子,未尝见材如此其美也。先生不肯视,行不辍,何邪?'曰:'已矣!勿言之矣!散木也,以为舟则沉,以为棺椁则速腐,以为器则速毁,以为门户则液樠,以为柱则蠹。是不材之木也,无所可用。'"后因以"栎社"喻无用

之材。

[11]粤峤:指广西。

送张古余观察致仕归里[1]

久典名区历两江[2],和羹移节到南荒[3]。恩膏已布牢盆内,姓字应书鼎鼐旁[4]。忽听秋风想鲈脍[5],尚思余日理铅黄[6]。人生知己情难负,愿逐归鞭过贵阳[7]。

七十悬车两鬓皤[8],优游岁月未蹉跎。春光久照闲花草,初服同披旧笠蓑[9]。天赐余年寻水石[10],手栽篱菊补烟萝[11]。行看蓬岛开重宴[12],桂苑琼林一再过。

【注】

[1]致仕:指官员退官离职。

[2]两江:漓江和桃花江。

[3]和羹:配以不同调味品而制成的羹汤。《书·说命下》:"若作和羹,尔惟盐梅。"孔颖达《传》:"盐,咸;梅,醋。羹须咸醋以和之。"南朝宋宗炳《答何衡阳书》:"贝锦以繁采发华,和羹以盐梅致旨。"后用以比喻大臣辅助君主综理国政。移节:古代使者持仗节而行,故后称地方大吏移任他地为"移节"。

[4]鼎鼐:喻指宰相之位。

[5]"忽听"句:用"脍鲈"之典。《世说新语·识鉴》:"张季鹰(翰)辟齐王东曹掾,在洛,见秋风起,因思吴中菰菜羹、鲈鱼脍曰:'人生贵得适意尔,何能羁官数千里以要名爵!'遂命驾便归。"简称"鲈脍"。此典形容人在外思乡归隐,或形容人不为名利羁绊,适意放达。

[6]铅黄:铅粉与雌黄,可用以点校书籍,故称校勘之事曰"铅黄"。唐元稹《长庆集·酬翰林白学士代书一百韵》:"鱼鲁非难识,铅黄自懒持。"此用来代指书籍。

[7]愿逐归鞭:用"祖生鞭"之典。详见《耕余草·春日示同学》注[9]。

[8]悬车:详见《耕余草·俸满回省验看,未得给假旋里,登舟怅然有作》注[8]。

[9]原注:同日引疾启行。初服:详见《耕余草·无量行宫访唐莲舫明府》注[8]。

[10]水石:一种珍贵的矿物质。

[11]烟萝:烟,烟熏所积的灰,可制墨。萝,植物名,或可当蔬菜吃,亦可入药。喻归隐后闲暇无聊之事。

[12]蓬岛:即蓬莱。详见《耕余草·陈香圃孝廉题山水小幅见赠赋答一首》注[3]。重宴:即重宴鹿鸣。详见《耕余草·刘灵溪夫子重宴鹿鸣恭纪四首》注[1]。

古余观察赐诗赠行,敬次原韵[1]

懒从名位序班联[2],乞疾惟应手一编。原约休官同去岁,岂知留别在今年。经生事业亲鱼蠹[3],措大家风守粥饘[4]。自古达人全晚节,肯将末路失前旃[5]。

【注】

[1]次韵:用别人的诗韵作诗。

[2]班联:代指朝廷百官。因百官朝见皇帝时,依班次受传点入朝。

[3]鱼蠹:书中之虫,银色,如鱼,故称鱼蠹。又指书籍为鱼蠹所蛀蚀。宋陆游《剑南诗稿·题明皇幸蜀图》:"老臣九龄不可作,鱼蠹蛛丝金鉴篇。"此指后者。

[4]措大:指贫寒失意的读书人。粥饘:粥饭。

[5]旃(zhān):泛指旗帜。

龙场驿[1]

早发清镇县[2],我马猛如虎。午过龙场驿,我仆伤两股。匍匐觅主人,解鞍息劳苦。禾黍正登场,四邻鸣臼杵。月明驿楼空,檐铎自相语[3]。不闻犬吠声,邻鸡报更鼓。龙场古瘴乡,阳明瘗行旅[4]。昔为瘴疠地,今为安乐土。昔之迁谪人,今亦列两庑[5]。乃知志节士,所争在千古。寄语宦游人,慎勿忧道阻。

【注】

[1]龙场驿:地名。在贵州修文县。明正德时王守仁以忤宦官刘瑾,谪为龙场驿丞。清废。

[2]清镇县:唐宋时为羁縻蛮地。元为贵州宣慰司地。明置威清卫,又置镇西卫及赫声威武二守御所。清改置清镇县,而以卫所附入之,属贵州安顺府。民国原属贵州贵西道。

[3]檐铎:轩铃也,檐铃也,檐马也。皆是风铃类。陆游有句:"檐铎摇风破昼眠。"

[4]阳明:即王守仁(1472-1528)。明浙江余姚人,字伯安,弘治十二年进士。阳明曾作《瘗旅文》:"予从篱落间望见之,阴雨昏黑,欲就问讯北来事,不果。……有人自蜈蚣坡来,云一老人死坡下,傍两人哭之哀。……薄暮,复有人来云,坡下死者二人,傍一人坐叹。询其状,则其子又死矣。明日,复有人来云,见坡下积尸三焉,则其仆又死矣。呜呼伤哉!念其暴

骨无主,将二童子持畚锸往瘗之,二童子有难色然。予曰:'噫!吾与尔犹彼也!'二童悯然涕下,请往。就其傍山麓为三坎,埋之。"《明史》有传。瘗(yì):掩埋,埋藏。

[5]两庑:宫殿或祠庙正殿外的东西两廊。《宋史·选举志》:"凡策士,即殿两庑,……列几席,标姓名其上。"

黔中道上[1]

蹩躠数千里[2],舆夫何太劳[3]。此身如蝜蝂[4],终日作猿猱。绝壁吟山鬼[5],危桥拄断鳌。平生怕行险,何日卸征袍。

老鹰崖已下,拉榜又成坡[6]。仰面扪参井[7],翻身入涧阿。初时喜登进,末路怕蹉跎。试问远游客,黔山几度过[8]。

【注】

[1]黔中:地名。战国时楚地,故城在今湖南沅陵县西。秦昭襄王使司马错发陇西,因蜀攻黔中拔之,即此。始皇时置郡,辖地甚广,包括今湖南西部,贵州东北部。汉改为武陵郡。唐开元二十一年析江南道置黔中道,为开元十五道之一。辖境包括今湖北省西南部、四川省东南部、贵州省北部、湖南省西北部。治所黔州,在今四川彭水县。

[2]蹩躠(biéxié):跛行,尽力以前貌。《庄子·马蹄》:"及至圣人,蹩躠为仁,踶(zhì)跂(qǐ)为义,而天下始疑矣。"唐成玄英《疏》:"蹩躠,用力之貌。"

[3]舆夫:驾车人。

[4]蝜蝂:虫名。也作"负版"。唐柳宗元《柳先生集·蝜蝂传》:"蝜蝂者,善负小虫也,行遇物辄持取,卬其首负之,背愈重,虽困剧不止也。"

[5]山鬼:即屈原所作的《九歌·山鬼》。

[6]原注:俱地名。

[7]参井:指参宿和井宿。参宿,二十八宿之一,西方白虎七宿的末一宿。即猎户座的七颗亮星。井宿为二十八星宿中朱鸟七宿的第一宿。

[8]黔山:在湖南保靖县西。《元和志》:"黔山,后汉时陆康伐蛮假此,即祷请为援,诸树木皆有人马之形,因平群寇,改为武神山。"

归田草

抵家

七载滇南客[1],归来两鬓斑[2]。昔年成死别,今日竟生还。仕宦梦中梦,渔樵闲又闲。膝前小儿女,一任笑啼顽。

鸟迓归来客[3],天怜老去人。回头如隔世,屈指是新春[4]。邻叟劳相问,家山迹已陈。殷勤语猿鹤[5],聚散有前因。

【注】

[1]七载:即七年,指作者在云南为盐道库大使之官的七年(1817－1823)。滇南:一般指昆明地区以南,自晋宁县出境后的玉溪市和红河哈尼族彝族自治州两地。

[2]鬓斑:鬓花白。用“潘鬓”之典。详见《耕余草·白桃花二首》注[6]。

[3]迓(yà):迎接。

[4]屈指:弯曲手指计算数目。《三国志·吴顾谭传》:“每省簿书,未尝下筹,徒屈指心计,尽发疑谬,下吏以此服之。”

[5]猿鹤:指悠闲的与猿鹤为友的田园生活。

山中守岁

年年作客事远游,无人守岁岁月流。抛掷光阴六十九,今年老病归田畴。岁除有酒不须买,齑盐略备无他求[1]。围炉一家喜团聚,抚景良足开双眸。举杯试向岁君祝[2],请君为我须臾留,岂知双丸不能待[3]。黄鸡唱罢春光浮[4],雷轰爆竹不成寐。小儿欢喜阿翁愁,阿翁守岁守不住,但愿年年海屋添华筹[5]。

【注】

[1]齑盐:素食。指清苦的生活。宋朱松《韦斋集·招友生诗》:“读书有味齑盐好,对境无情梦寐清。”

[2]岁君:详见《耕余草·元旦打春歌》注[7]。

[3]双丸:指日月。宋方夔《富山遗稿·春归杂兴》(二):“双丸不肯驻颓光,宇宙悠悠万物长。”

[4]“黄鸡”句:用苏轼《浣溪沙》中的“莫道人生无再少,门前流水尚能西,休将白发唱黄鸡”。表现了一种积极向上、年轻的生活态度。

[5]海屋添华筹:宋苏轼《东坡志林·三老语》:“尝有三老人相遇,或问之年。一个曰:‘吾年不可记,但忆少年时与盘古有旧。’一人曰:‘海水变桑田时,吾辄下一筹,尔来吾筹已满十间屋。’一人曰:‘吾所食蟠桃,弃其核于昆仑山下,今已与昆仑山齐矣。’”原意谓长寿,后用以为祝寿之词。

七十自寿二首

滇海归来两鬓皤[1],回头去日枉奔波。年经七秩风霜苦[2],身历三朝雨露多[3]。秉烛夜行忘路远,看花早起爱春和。莫嫌老景颓唐甚,倚案犹能一啸歌。

独立庭前看舞衣[4],双雏索饭故依依。男婚女嫁何年毕,鹤怨猿惊亟早归。彭泽自知今日是[5],杜陵曾说古来稀[6]。渔樵旧侣劳相问,笑指春山笋蕨肥[7]。

【注】

[1]滇海:泛指云南境内。皤(pó):白。《易·贲》:“六四,贲如皤如。”孔颖达《疏》:“皤是素白之色。”

[2]秩:十年为一秩。唐白居易《长庆集·喜老自嘲》:“行开第八秩,可谓尽天年。”

[3]三朝:指作者一生所经历的清代三朝,即乾隆朝、嘉庆朝、道光朝。

[4]舞衣:用“结彩娱亲”之典。详见《耕余草·五十初度感赋四首》注[9]。

[5]彭泽:县名,属江西省。西汉高帝时置,以地有彭蠡泽而得名。此代指晋陶渊明,他曾在此为彭泽令。“今日是”乃出自陶渊明《归去来兮辞》中的“寔迷途其未远,觉今是而昨非”句。

[6]“古来稀”句:语出杜甫《曲江二首》(之二),其原诗为:“朝回日日典春衣,每日江头尽醉归。酒债寻常行处有,人生七十古来稀。穿花蛱蝶深深见,点水蜻蜓款款飞。传语风光共流转,暂时相赏莫相违。”

[7]蕨:菜名,形状像小儿拳,其茎紫色,故又称碰拳菜、紫蕨。嫩叶可食,茎多淀粉。《诗·召南·草虫》:"陟彼南山,言采其蕨。""渔樵旧侣劳相问,笑指春山笋蕨肥"句:用杜牧《清明》中的"借问酒家何处有?牧童遥指杏花村"意句。

封翁陈蕉雪中翰次韵寄祝再叠谢之[1]

几年薄宦鬓皤皤[2],几月如流感逝波。身列闲曹经事少[3],天留老眼阅人多。衰颓只爱田间乐,遗佚惟师柳下惠[4]。自愧蛙鸣劳远听[5],郢中白雪动高歌[6]。

记得先年制芰衣[7],赐书楼下旧相依[8]。久抛乡国滇池去[9],却喜连城赵璧归[10]。半世渔樵同辈少,三元甲第昔人稀[11]。德星堂上灵椿茂[12],又看桐孙傍砌肥[13]。

【注】

[1]封翁:因儿子功名而得到受封赠的人。陈蕉雪:详见《耕余草·陈春宇刺史同年偕令弟蕉雪中翰门前植槐数本,题诗奉赠》注[1]。中翰:清代称内阁中书为中翰。又称内翰。再叠:即再次用其韵作诗。

[2]皤皤:即皤。白色。

[3]曹:古时分职治事的官署或部门。西汉置尚书五人,其一为仆射,四人分为四曹。郡县之属官亦曰曹。此当指郡县之属官。

[4]"遗佚"句:典出自《孟子·万章下》:""柳下惠不羞汙君,不辞小官。进不隐贤,必以其道。遗佚而不怨,厄穷而不悯。与乡人处,由由然不忍去也。'尔为尔,我为我,虽袒裼裸裎于我侧,尔焉能浼我哉?'故闻柳下惠之风者,鄙夫宽,薄夫敦。"

[5]自愧蛙鸣:作者自谦之语。是说自己像蛙鸣一样。

[6]郢中白雪:此处用"阳春白雪"的典故。详见《耕余草·和阳鉴堂庶常〈由广州至香山返棹肇庆舟中〉原韵》注[6]。此句是赞美陈蕉雪之意。

[7]制芰衣:芰指菱角。"制芰衣"是指用芰叶制的衣裳。屈原《离骚》:"制芰荷以为衣兮,集芙蓉以为裳。"

[8]赐书楼:不详,待考。

[9]滇池:详见《宦游小草·秋雁四首》注[7]。

[10]连城:价值连城。赵璧:楚和氏璧。"却喜"句:用"完璧归赵"之典。战国时赵惠文王得和氏璧,秦昭王写信给赵王,愿用十五城换璧,蔺相如请求赵王派他前往,说:"使城入赵而璧留秦。城不入,臣请完璧归赵。"后到秦国,秦王无意偿城,相如假意要求秦王斋戒五日后献璧,却派从人带壁逃回赵国。事见《史记·廉颇蔺相如列传》。后世因此称原物归还为

"璧还"、"归赵"。

[11]三元:封建科举考试,乡试、会试、殿试都是第一名,叫三元,即解元、会元、状元。甲第:科举考试得第一等。《新唐书·选举志上》:"凡进士,试时务策五道、帖一大经,经、策全通为甲第,策通四、帖过四以上为乙第。"

[12]德星:比喻贤士。《周书·韦夐传》:"(周)弘正乃赠诗曰:'德星(指韦夐)犹未动,真车讵肯来。'"此指陈蕉雪。灵椿:椿,木名,通称香椿。灵椿是指有灵性的椿木。

[13]桐孙:桐树新生的小枝。北周庾信《庾子山集·咏树》:"枫子留为式,桐孙待作琴。"

花朝口号[1]

七载滇南守一官[2],年年市上买花看。于今老去归田里,只看刘家黑牡丹[3]。

【注】

[1]花朝:详见《宦游小草·花朝作歌》注[1]。口号:古体诗的题名。表示随口吟成,和口占相似。

[2]滇南:一般指昆明地区以南,自晋宁县出境后的玉溪市和红河哈尼族彝族自治州两地。一官:指作者在云南任盐道库大使一职。

[3]黑牡丹:牛的戏称。此句出自"刘氏黑牡丹"之典。苏轼《墨花》:"独有狂居士,求为黑牡丹。"宋程演注:"唐末刘训者,京师富人。……京师春游,以观牡丹为胜赏。训邀客赏花,乃系水牛数百在前,指曰:此刘氏黑牡丹也。"《元诗选·汤炳龙·北村集·题江贯道百牛图》:"卷中邂逅黑牡丹,相逢喜是曾相识。"

悼鹦鹉并序

在滇畜一鹦鹉[1],颇慧利,能言。携归半载,音渐暗[2],不思饮啄而毙。岂思乡耶?抑地气不然耶?念其生被羁牵死违乡土,遣仆埋之,并悼以诗。

尽日嫌笼骂短长,闲时听尔坐高堂。向人解语充歌妓,挈眷同归作宦囊。岂料性灵无鹤算[3],遂教羽化入仙乡[4]。凌云赋笔今休说[5],忍看萋萋春草芳[6]。

【注】

[1]滇:云南的简称。

[2]喑(yīn):嗓子哑,不能出声。

[3]鹤算:古人以鹤为长寿之鸟。后因以鹤算、鹤寿为祝人长寿之词。宋韦骧《钱塘韦先生文集·醉蓬莱廷评庆寿词》:"惟愿增高,龟年鹤算,鸿恩紫诏。"

[4]羽化:指飞升成仙。《晋书·许迈传》:"玄自后莫测所终,好道者皆谓之羽化矣。"

[5]凌云赋笔:详见《耕余草·文君》注[2]。

[6]萋萋春草:出自《楚辞·九章·招隐士》:"王孙游兮不归,春草生兮萋萋。"崔灏《黄鹤楼》:"晴川历历汉阳树,芳草萋萋鹦鹉洲。"

驱蝇

杜门无客至[1],开卷有良朋。自比钻书蠹,何来逐臭蝇。衣裳遭点涴[2],眉睫触飞腾。不用王思剑[3],麾之但以肱[4]。

岂吾有膻行,劳尔日营营。引类来何速,忧谗乱转萌。每逢食瓜集,常使睡乡惊。只学王夷甫[5],清谈玉尘横[6]。

【注】

[1]杜门:闭门,堵门。《国语·晋》:"谗言益起,狐突杜门不出。"

[2]涴:弄脏,如油、泥粘在衣服或器物上。

[3]王思剑:清张英《渊鉴类函》载,三国魏时,一个叫王思的人,一天在家写信,一只苍蝇总落在他的笔端,轰走了又回来,轰走了又回来。王思大怒,拔出剑来,要刺杀苍蝇,结果直追到大街上,也没刺着。

[4]麾之但以肱:典出《诗经·无羊》:"尔牧来思,以薪以蒸,以雌以雄。尔羊来思,矜矜兢兢,不骞不崩。麾之以肱,毕来既升。"

[5]王夷甫:即王衍(256－311),字夷甫,晋琅邪临沂人。官至尚书令、太尉。衍有盛才,常自比子贡,名倾一时,又善玄言,以谈老庄为事,义理若有不安,随即更改,世号"口中雌黄"。

[6]清谈:即玄谈。指魏晋间何晏、王衍等崇尚老庄,竞谈玄理,成为一时风气。此指王衍之清谈。玉尘:谓雪。唐白居易《长庆集·酬皇甫十早春对雪见赠》:"漠漠复雰雰,东风散玉尘。"

种田

我本田家子,少小识农器。读书仅涉猎,未冠称博士[1]。联步中乙科[2],谓青云可致。岂知骀驽姿[3],云路屡颠蹶[4]。晚年就一官,实为贫而仕。顾此闲散材,于物无所济。老病归田间,不耕作何事。值兹春夏交,甘霖四野被。农人披襫袯[5],馌妇炊饼饵[6]。老牛息坡陇,秧马服衔辔。更闻提壶卢[7],林鸟叫烟际。信哉田家乐,秧歌互酬对。愿为太平民,戴笠青山外。

【注】

[1]未冠:古礼男子二十而冠,故未满二十岁为未冠。

[2]乙科:古考试科目名称。《汉书·儒林传序》:"平帝时……岁课,甲科四十人为郎中,乙科二十人为太子舍人,丙科四十人补文学掌故云。"唐、宋进士皆有甲乙科,明、清称举人为乙科,进士为甲科。此是指举人。

[3]骀驽:骀指劣马。驽指能力低下的马。骀驽喻庸才。

[4]云路:犹言青云之路。喻官途。颠蹶:倾跌。引申为宦途中的挫折。

[5]襫袯(shìbó):一种雨具,即蓑衣。

[6]馌(yè):给耕作者送食。

[7]提壶卢:即提壶,鸟名。宋王质《林泉结契》(一):"提壶鸟,身麻斑,如鸜而小,嘴弯,声清重,初稍缓,已乃大激烈。"此指提壶鸟的叫声。

戏题桃源记后[1]

阿房楼阁尽焚如[2],洞里仙人比屋居。可惜渔郎留信宿,不曾访到未烧书[3]。

佳山佳水即仙乡,何必桃源路渺茫。试问南阳刘子骥[4],可曾近访卧龙冈[5]。

【注】

[1]桃源记:即陶渊明的《桃花源记》。

[2]阿房:秦宫殿名。故址在今陕西省长安县西。《史记·秦始皇纪》:"乃营作朝宫渭南上林苑中。先作前殿阿房,东西五百步,南北五十丈,上可以坐万人,下可以建五丈旗。"焚如:即如焚。此句用"项羽火烧阿房宫"之典。《史记·项羽本纪》:"居数日,项羽引兵西屠

咸阳,杀秦降王子婴,烧秦宫室,火三月不灭。”

[3]烧书:用“焚书坑儒”之典。详见《耕余草·读史偶成》注[1]。

[4]南阳:郡名。秦置。包有河南省旧南阳府,湖北省旧襄阳府之地,治宛,即今河南南阳市。刘子骥(jì):名驎之,晋代隐士,好游山水。《晋书》有传。此诗用陶渊明《桃花源记》之意,其文最后一节云:“南阳刘子骥,高尚士也,闻之,欣然规往。未果,寻病终。后遂无问津者。”

[5]卧龙冈:地名。在河南南阳市西南。相传为汉末诸葛亮隐居处。

捣衣曲

叶落空庭霜正飞,砧声乍歇漏声稀[1]。辽阳夫婿封侯骨[2],血战重围有铁衣。藁砧石上月团团,捣罢征衣玉臂寒。寄到龙庭作春服[3],望郎衣锦策归鞍。

【注】

[1]漏声:铜壶滴漏之声。漏是古代计时器。

[2]辽阳:辽阳行省。古省名。元至元二十四年(1287年)置。治所在东京路(后改为辽阳路,治今辽宁沈阳市)。辖境西起滦河、辽河、嫩江,南及朝鲜东北部地区,东至于海,包有今乌苏里江以东和黑龙江以北大片土地。此泛指东北地区,为满清政府的发祥之地。封侯骨:迷信说人的某种骨骼形状,是封侯的贵兆。汉翟方进少时,有汝南蔡父说他有封侯骨。见《汉书》八十四本传。宋黄庭坚《山谷外集·再和答为之》:“既无使鬼钱,又无封侯骨。”

[3]龙庭:匈奴单于祭天地鬼神之所。汉班固《封燕然山铭》:“蹑冒顿之区落,焚老上之龙庭。”后泛指边塞。亦称“龙城”。

迁居又村新宅,诗以落之

予羽谯谯口卒瘏[1],巢成日已到桑榆[2]。喜同出谷莺求友[3],笑比高冈凤引雏[4]。聚族不嫌昆弟老[5],移山常愿子孙愚[6]。渔樵来说新居好,月夜提壶酒更酤。

年来习静绝交游,移住园林孰与俦[7]。壮武有书三十乘[8],李衡种橘几千头[9]。好留余地栽新竹,更引清泉泛白鸥。他日趋庭尝独立[10],尔翁得句胜封侯。

【注】

[1]谯谯(qiáo):羽毛残敝的样子。瘏(tú):疲劳。

[2]桑榆:喻晚年。三国魏曹植《赠白马王彪》:"年在桑榆间,影响不能追。"

[3]出谷莺求友:用"莺迁"之典。详见《耕余草·岁暮述怀》注[3]。

[4]高冈凤引雏:出于《诗经·大雅·卷阿》:"凤皇鸣矣,于彼高冈。梧桐生矣,于彼朝阳。菶菶萋萋,雍雍喈喈。"

[5]原注:谓从弟启文。昆弟:兄弟。

[6]"移山"句:用"愚公移山"之典故。见于《列子·汤问》。

[7]俦(chóu):同辈,伴侣。

[8]壮武:即晋张华。字茂先,范阳方城人,魏初举太常博士,入晋官至司空,领著作,封壮武郡公。《晋书·张华列传》:"华性好人物,诱进不倦,至于穷贱候门之士有一介之善者,便咨嗟称咏,为之延誉。雅爱书籍,身死之日,家无余财,惟有文史溢于机箧。尝徙居,载书三十乘。秘书监挚虞撰定官书,皆资华之本以取正焉。天下奇秘,世所希有者,悉在华所。由是博物洽闻,世无与比。"

[9]李衡:三国吴襄阳人。字叔平。曾任丹阳太守,加威远将军。"李衡种橘几千头"句:用典出自《三国志·吴书》:"衡每欲治家,妻辄不听,后密遣客十人于武陵龙阳汜洲上作宅,种甘橘千株。临死,敕儿曰:'汝母恶我治家,故穷如是。然吾州里有千头木奴,不责汝衣食,岁上一匹绢,亦可足用耳。'衡亡后二十余日,儿以白母,母曰:'此当是种甘橘也,汝家失十户客来七八年,必汝父遣为宅。汝父恒称太史公言:'江陵千树橘,当封君家'。"

[10]趋庭:详见《耕余草·祝张母王太孺人寿》注[11]。

月下独坐,有感俗传嫦娥故事,戏拈三绝句

绝代佳人嫁有穷[1],游田日日挽强弓[2]。不良夫婿难偕老[3],窃得仙丹到月宫[4]。

金屋阿娇住掖垣[5],绿珠金谷亦丘园[6]。谁人得住琼楼上,毕竟仙娥地位尊。

十旬弗反距于河[7],元恶滔天孰奈何。一个美人消不得,抬头无计射嫦娥。

【注】

[1]有穷:夏代国名。相传有穷国君羿善射,夺夏帝相的王位。其相寒浞杀羿,代立为王,袭有穷之号,为夏之遗臣靡所灭。故地在今山东德州市南。参阅《史记·夏纪》。

[2]游田:出游打猎。田,打猎。《汉书·谷永传》:"经曰:'继自今嗣王,其毋淫于酒,毋

逸于游田,惟正之共。'"

[3]夫婿:此指后羿。

[4]窃得仙丹到月宫:传说后弈向西王母求得了不死仙丹,嫦娥因好奇把仙丹吃掉了,后就飞升到月宫去了。李商隐《嫦娥》:"云母屏风烛影深,长河渐落晓星沉。嫦娥应悔偷灵药,碧海青天夜夜心。"

[5]"金屋"句:用"金屋藏娇"之典故。详见《耕余草·太真》注[8]。

[6]绿珠(? -300):详见《耕余草·绿珠井》注[1]、[2]。金谷:详见《耕余草·冬至后三日,莪青书屋小集……》注[7]。

[7]十旬弗反距于河:《尚书·夏书·五子之歌》:"太康尸位以逸豫,灭厥德,黎民咸贰,乃盘游无度。畋于有洛之表,十旬弗反。有穷后羿,因民弗忍,距于河;厥弟五人,御其母以从,徯于洛之汭,五子咸怨;述大禹之戒以作歌。"

挽同年陈春宇郡伯暨其配庄恭人双榇[1]

忆昔都门典敝裘[2],骊驹一别竟千秋[3]。早年旗鼓酣文战[4],暮齿滇黔共宦游[5]。我绾半通甘吏隐[6],君驱五马壮遨头[7]。那知挽鹿家山远,鹤驭同归十二楼[8]。

眉案相庄有夙缘[9],来时比翼去齐肩。型方原自型家始,正外还须正内贤。长使苗民思父母,不同老友卧林泉。素车白马秋风里[10],怕过黄垆涕泪涟[11]。

【注】

[1]陈春宇:详见《陈春宇刺史同年偕令弟蕉雪中翰门前植槐数本,题诗奉赠》注[1]。郡伯:旧称知府为郡伯。恭人:古代妇人的封号。宋制,中散大夫以上官员之母与妻封恭人。元制六品以上、明清四品以上官员之母与妻封恭人。此指陈春宇之妻庄氏。榇:古以桐木为棺,因亦名棺为榇。

[2]都门:京都城门。借指京城。典敝裘:典当破旧的皮衣。

[3]骊驹:《诗经》中的逸诗篇名。告别之歌。宋文同《丹渊集·寄题密州苏学士快哉亭……送客》:"主人自醒客已醉,门外落日骊驹催。"

[4]文战:指科举考试,如武士应战。《才调集·吴商浩·宿山驿》:"文战何堪功未图,又驱羸马指天衢。"

[5]滇:云南的旧称。黔:贵州的旧称。

[6]绾(wǎn):旋绕打结。《汉书·周勃传》:"绛侯绾皇帝玺。"此喻为佩带或拥有。半通:即半印,下级官吏所用。汉扬雄《法言·孝至》:"不由其德,五两之纶,半通之铜亦泰

也。"《注》:"皆有秩啬夫之印绶,印绶之微者也。"《后汉书·仲长统传·昌言》:"身无半通青纶之命,而窃三辰龙章之服。"吏隐:详见《耕余草·访单月亭参军》注[5]。

[7]五马:《玉台新咏·日出东南隅行》:"使君从南来,五马立踟蹰。"汉时太守乘坐的车用五匹马驾辕,因借指太守的车驾。亦为太守的代称。

[8]鹤驭:相传仙人驾鹤升天,因代指仙人或得道之士。《全唐诗·吴融·和皮博士赴上京观中修灵斋赠威仪尊师兼见寄》:"鹤驭已从烟际下,凤膏还向月中焚。"后引申为在挽词中对死者的讳称。元王恽《秋涧集·萧徵君哀词》:"鹤驭不来尘也隔,芙蓉城阙月茫茫。"十二楼:神话传说中仙人所居之处。《汉书·郊祀志下》:"五城十二楼。"唐颜师古《注》引应劭曰:"昆仑玄圃五城十二楼,仙人之所常居。"

[9]眉案:用"举案齐眉"之典。详见《耕余草·寄内三首》注[11]。

[10]素车白马:古代凶、丧之事所用的白车白马。《后汉书·独行传·范式》载:范式字巨卿,与张劭为友。劭死,式驰赴之,未至而丧已发引。既至圹,将窆,柩不肯进。遂停柩移时,乃见素车白马,号哭而来。劭母望之曰:"是必范巨卿也。"式因执绋而引,柩于是乃前。后遂以"素车白马"为送葬之辞。

[11]黄垆:谓地下。犹黄泉。《淮南子·览冥》:"考其功烈,上际九天,下契黄垆。"汉高诱《淮南子注》:"黄泉下垆土也。"

冬日遣兴,示门人王书三孝廉[1]

一年勤请业,冉冉岁将徂[2]。独立门前雪[3],谁探颔下珠[4]。文心造平淡,老眼怕模糊。据案摊书卷,长歌击唾壶[5]。

门外无车马,相依结静缘。人如冰雪冷,居向水云偏[6]。与子作奇字[7],教儿娱晚年。岁寒呵铁砚,独草太元篇[8]。

【注】

[1]孝廉:俗称举人为孝廉。

[2]徂(cú):结束。

[3]"独立"句:用"程门立雪"之典。详见《耕余草·朱荫涂明府移寓袁醴庭学博斋中,以诗奉柬》注[9]。

[4]"谁探"句:用"探骊得珠"之典。古代寓言说深渊中骊龙颔下有千金之珠,欲得之甚难。见《庄子·列御寇》。后谓诗文能得命题精蕴为探骊得珠。

[5]"长歌"句:用"击碎唾壶"之典。指晋代王敦击唾壶而咏曹操《步出夏门行》一事。晋裴启《语林》:"王大将军(敦)每酒后,辄咏'老骥伏枥,志在千里,烈士暮年,壮心不已。'便

以如意击珊瑚唾壶,壶尽缺。"后以表示壮怀激烈渴望施展才能。清魏源《秦淮灯船引》:"有客虬髯醉咽呜,击碎唾壶小酒唱。"唾壶:痰盂。

[6]水云:雾。《孟浩然集·晓入南山诗》:"瘴气晓氛氲,南山复水云。"

[7]奇字:汉王莽时有六体书,其一曰古文,其二曰奇字。古文指孔子壁中书,奇字即古文而异者。《汉书·扬雄传》记刘歆子棻曾从雄作奇字。

[8]太元:详见《耕余草·陈蕉雪中翰辱跋拙稿,赋诗志谢》注[14]。

种花杂咏

花名老少年,种之聊自适。待到雁来时,阶前红欲滴[1]。
外貌鹤顶丹,群然与鹤立。不斗复不鸣,余冠高岌岌[2]。
傲霜本天性,酿酒制颓龄。种之东篱下,渊明难独醒[3]。
兰为王者香[4],无令当门植。森然列庭阶,此谓芝兰室[5]。
人生天地内,一月笑几回。事如月季花,月月笑口开[6]。

【注】

[1]原注:雁来红。按:雁来红,又名老来少、三色苋。原产亚洲热带地区。喜阳光、湿润及通风良好环境,对土壤要求不严,耐旱、耐碱,排水良好的沙壤土中生长良好。为一年生草本花卉。

[2]原注:鸡冠花。"余冠"句:用屈原的"高余冠之岌岌兮"句。岌岌:高而危的样子。

[3]原注:菊花。"种菊东篱下"句:用陶渊明"采菊东篱下,悠然见南山"句意。全句用"陶渊明归隐"之典故。"渊明难独醒"又用屈原《渔父》中之事:"屈原既放,游于江潭……渔父见而问之曰:'子非三闾大夫与?何故至于斯?'屈原曰:'举世皆浊我独清,众人皆醉我独醒。'"用典是说陶渊明归隐以后一直沉醉于这种清闲、恬适的生活,不想出去作官。

[4]"兰为王者香"句:典出《乐府诗集·琴曲歌辞·猗兰操》解题引《琴操》曰:"猗兰操,孔子所作,孔子……自卫反鲁,隐谷之中,见香兰独茂,喟然叹曰:'兰当为王者香,今乃独茂,与众草为伍。'乃止车援琴鼓之,自伤不逢时,讬辞于香兰云。"

[5]原注:兰花。"森然列庭阶,此谓芝兰室"句:典见《世说新语·言语》:"譬如芝兰玉树,欲使其生于阶庭耳。"后因以"芝兰"用作比喻佳子弟之典。

[6]原注:月季花。

饭鱼

日日忙种花,今日忙种鱼。考之养鱼经,创惟自陶朱[1]。治生谋水畜[2],获利十倍余。我非陶朱翁，毋乃庄惠徒[3]。濠梁观鱼乐[4]，物我两不殊。顾此径寸鳞，有口无可糊。禽兽有母哺，水族乃独无。呼僮饭余粒，如人饱膏腴。时或唼小萍[5]，如人啜园蔬。鱼乐我亦乐，拄杖立斯须。岂能具头角[6]，飞腾登天衢[7]。

【注】

[1]陶朱：即陶朱公。范蠡的别称。春秋楚宛人，字少伯。仕越为大夫，辅佐勾践刻苦图强，卒灭吴国。以勾践为人可与同患难、不能共安乐，去越入齐，改名鸱夷子皮。到陶称朱公，经商致富，十九年中三致千金，一再分散与贫交和疏远的兄弟。见《史记·越王勾践世家》、《史记·货殖传》。

[2]治生：谋生计，经营家业。

[3]庄惠：庄子和惠施。

[4]濠梁：犹濠上。此句用"庄子和惠施辩鱼乐"之典。《庄子·秋水》载：庄子与惠施游于濠梁之上，见儵鱼出游从容，因辩论鱼之知乐与否。后因以濠上指逍遥闲游之所，寄情玄言为濠上之风。

[5]唼(shà)：水鸟或鱼吃食。

[6]头角：头顶左右之突出处。常以喻青少年的气概或才华。韩愈《昌黎集·柳子厚墓志铭》："虽少年，已自成人，能取进士第，崭然见头角。"

[7]天衢：天路。衢，四通八达的大路。比喻通显之路。

初夏述怀

梅子初成柳脱绵，一场春梦麦秋天。花时迅速莺声歇，世路奔波马力蹇[1]。诗不求工随兴至，老犹乞食受人怜。壮心白发销磨尽，庭训惟耕旧砚田[2]。

【注】

[1]蹇(jiǎn)：跛，行动迟缓。

[2]庭训：详见《耕余草·祝张母王太孺人寿》注[11]。

山中四时遣兴[1]

案头日日不停披，花事关心问小奚[2]。为有风来书乍掩，绝无人处鸟频啼。

春游只作云舒卷，午课惟将竹品题[3]。更喜连朝新雨足，手栽松树与檐齐。

还山久住白云乡，绕屋扶疏树几行[4]。雨为催诗来顷刻，风因扇物起悠扬。出头新笋见孙立，坐井群蛙鼓吹忙[5]。尽日垂帘北窗下，好寻幽梦到羲皇[6]。

老圃秋容正好看，莫言晚节兴阑珊。小山丛桂能招隐[7]，此日清风正戒寒。骚客授衣荷芰易[8]，征鸿乞食稻粱难。输他彭泽陶元亮[9]，篱下黄花玉露漙[10]。

卜筑新居又一村[11]，岁时伏腊宴鸡豚[12]。丰年预兆惟占雪，野老无知欲负暄[13]。庾岭梅花同我瘦[14]，灞桥诗思向谁论[15]。算来好作寒虫蛰，长夜围炉早闭门。

【注】

[1]四时：春、夏、秋、冬。

[2]花事：赏花之事。宋杨万里《诚斋集·买菊》："如今小寓咸阳市，有口何曾问花事。"春时花最盛，诗文中多指春日。小奚：年纪小的奴仆。

[3]品题：评论人物，定其高下。唐李白《李太白集·书韩荆州书》："今天下以君侯为文章之司命，人物之权衡，一经品题，便作佳士。"

[4]扶疏：亦作"扶疎"、"扶踈"。枝叶繁茂分披貌。陶潜《读山海经》(一)："孟夏草木长，绕屋树扶疏。"

[5]鼓吹：古时仪仗乐队的器乐合奏。两部器乐合奏。特指蛙鸣。《南齐书·孔稚珪传》："门庭之内，草莱不剪，中有蛙鸣，或问之曰：'欲为陈蕃乎？'稚珪笑曰：'我以此当两部鼓吹，何必期效仲举。'"

[6]羲皇：即伏羲。古代传说中的三皇之一。风姓。相传其始画八卦，又教民渔猎，取牺牲以供庖厨，因称"庖牺氏"。"尽日"两句：晋陶渊明《与子俨等疏》："五、六月中，北窗下卧，遇凉风暂至，自谓是羲皇上人。"

[7]小山丛桂能招隐：见《楚辞·招隐士》中的"桂树丛生兮山之幽，偃蹇连蜷兮枝相缭。……攀援桂枝兮聊淹留"。小山，盖指桂林市内以西的招隐山，本名盘龙冈，宋称招隐山，今日称隐山，以名洞著称。

[8]芰：指菱角。

[9]彭泽：县名，属江西省。西汉高帝时置，以地有彭蠡泽而得名。陶渊明曾为彭泽令。陶元亮：即陶渊明，详见《耕余草·桃源行》注[5]。

[10]漙(tuán)：形容露水多。

[11]卜筑：择地建筑住宅。

[12]伏腊：秦汉时，夏天的伏日、冬天的腊日，都是节日，合称伏腊。豚：小猪，亦泛指猪。

[13]负暄：曝背取暖。暄，亦作"煊"。《列子·杨朱》："负日之煊，人莫知者。"

[14]庾岭：大庾岭，五岭之一，在江西、广东交界处。古称塞上、塞岭、台岭；又名东峤。

相传汉武帝时,有庾姓将军筑城岭下,故称大庾,又曰庾岭。唐代为通粤要道,张九龄督所属开凿新路,多植梅树,故又名梅岭。此句也用了“张九龄梅岭植梅”之典故。

[15]灞桥诗思:灞桥,也作霸桥。古桥名,在陕西西安市东灞水上。汉唐时长安人送客多在此折柳赠别,因亦谓之销魂桥。宋孙光宪《北梦琐言》:“相国郑綮善诗。……或曰:‘相国近有新诗否?’对曰:‘诗思在灞桥风雪中、驴子上,此处何以得之?’”

挽封翁陈蕉雪中翰[1]

朱幡迎养路漫漫,东郡趋庭待岁寒[2]。岂料蓬壶仙岛近[3],遽骑箕尾海云端[4]。弟兄长夜联床易,朋友芳时见面难。今日书楼奠杯酒,不堪老泪向君弹。

自别钟期久废吟[5],夜来忽讶德星沉[6]。燕山老桂春无色[7],阆苑仙葩玉满林[8]。成佛生天须慧业[9],锦函遗墨比兼金[10]。案头贻我端溪石[11],日再摩挲痛不禁。

【注】

[1]封翁:因儿子功名而得到受封赠的人。陈蕉雪:详见《耕余草·陈春宇刺史同年偕令弟蕉雪中翰门前植槐数本,题诗奉赠》注[1]。中翰:清代称内阁中书为中翰。又称内翰。

[2]东郡:郡名。秦取魏地置,以在秦东,故名。治所在濮阳,即今河南濮阳县南。汉时辖今山东河南部分地区。晋咸宁二年改为濮阳国。后复置郡。隋开皇九年废。趋庭:详见《耕余草·祝张母王太孺人寿》注[11]。

[3]蓬壶:即蓬莱。详见《耕余草·陈香圃孝廉题山水小幅见赠赋答一首》注[3]。

[4]箕尾:详见《耕余草·挽李秋室同年学博》注[2]。

[5]钟期:即钟子期。春秋楚人,精于音律。伯牙鼓琴,志在高山流水,子期听而知之。子期死,伯牙谓世无知音者,乃绝弦破琴,终身不复鼓琴。

[6]德星:比喻贤士。

[7]燕山:山名。自河北蓟县东南蜿蜒而东,经玉田、丰润,直至海滨,延袤数百里。

[8]阆苑:阆风之苑,仙人所居之境。

[9]慧业:佛教指生来赋有智能的业缘。《维摩诘经·菩萨品》:“知一切法,不取不舍,入一相门,起于慧业。”《宋书·谢灵运传》:“太守孟顗事佛精恳,而为灵运所轻,尝谓顗曰:‘得道应须慧业文人,生天当在灵运前,成佛必在灵运后。’顗深恨此言。”

[10]遗墨:遗留下来的著作。兼金:价值倍于常金的好金子。古代金银铜通言金。亦泛指多量的金银钱帛。

[11]端溪石:即端溪砚。以广东省德庆县端溪产石所制之砚。自唐以来,即为人所重,

入宋名益盛。

笔

中山出猎卜长须,孤负蒙恬载后车[1]。拔尽英豪无用处,秦碑没字又烧书[2]。

【注】

[1]"中山"两句:用"蒙恬拔毫作笔"之典。蒙恬,秦名将,公元前223年他奉命南下伐楚,途经中山(今安徽宣城地区),见山兔毛长适于制笔,遂命管匠制造了一批改良的笔,世称"蒙恬笔"。司马迁《史记》载:"蒙将军拔中山之毫,始皇封之管城,世遂有名。"所以"管城"也就成了笔的别名了。蒙恬墓地有诗云:"春草离离墓道侵,千年塞下此冤沉。生前造就千支笔,难写孤臣一片心。"

[2]"秦碑"句:用"焚书坑儒"之典。详见《耕余草·读史偶成》注[1]。

墨

苦向窗前日揣摩,壮年墨水饮偏多。于今守黑终无用,白发萧萧为尔磨。

纸

当年价重洛阳城,作赋三都旧有名[1]。今日秀才能只字,半张亦是好人情。

【注】

[1]"当年价重洛阳城,作赋三都旧有名"句:用"洛阳纸贵"之典故。晋左思作《三都赋》,构思十年,赋成,不为时人所重。及皇甫谧为作序,张载、刘逵为作注,张华见之,叹为"班张之流也",于是豪富之家争相传写,洛阳纸价因之昂贵。见《晋书·左思传》。后以"洛阳纸贵"称誉别人的著作受人欢迎,广为流传。"三都"指三国魏都、吴都、蜀都。

砚

文房石友共藏修[1],品重端溪第一流[2]。到老相随久磨砺,输他即墨早封侯。

【注】

[1]石友:指砚。

[2]端溪:即端溪砚。详见《归田草·挽封翁陈蕉雪中翰》注[11]。

镜

寿光亦自号先生[1],物类妍媸一鉴清。可惜照皮难照骨,此中毕竟少分明。

【注】

[1]寿光:指镜子。唐司空图作《容城侯传》以镜拟人,谓唐蜀郡人金炯以明察,被封为容城侯,奉朝请,进号"寿光先生"。后因称镜子为"寿光先生"。亦省作"寿光"。

烛

玉堂学士拜恩时[1],归院金莲花满枝[2]。何事朱门长夜饮,酒阑客散泪双垂。

【注】

[1]玉堂:唐宋以后,称翰林院为玉堂。

[2]"归院"句:五代王定保《唐摭言》(卷十五):"令狐赵公,大中初在内庭,恩泽无二,常便殿召对,夜艾方罢,宣赐金莲花送归院。院使已下,谓是驾来,皆鞠躬阶下。俄传吟曰:'学士归院!'莫不惊异。金莲花,烛柄耳,惟至尊方有之。"

灯

七十年来影与身,荧荧如豆最相亲。灵台一点光难掩[1],留作传灯照后人。

【注】

[1]灵台:星名。《晋书·天文志》:"明堂西三星曰灵台,观台也。主观云物,察符瑞,候灾变也。"

剑

书生文弱事毛锥[1],弹铗归来两鬓丝[2]。丢下屠刀便成佛,任他飞去斩蛟螭[3]。

【注】

[1]毛锥:毛笔。又称毛锥子。以束毛为笔,形状如锥,故称。

[2]弹铗:典见《战国策·齐策四·冯谖客孟尝君》:"齐人有冯谖者,贫乏不能自存,使人属孟尝君,愿寄食门下。孟尝君曰:'客何好?'曰:'客无好也。'曰:'客何能?'曰:'客无能也。'孟尝君笑而受之曰:'诺。'左右以君贱之也,食以草具。居有顷,倚柱弹其剑,歌曰:'长铗,归来乎!食无鱼。'左右以告。孟尝君曰:'食之,比门下之客。'居有顷,复弹其铗,歌曰:'长铗,归来乎!出无车。'左右皆笑之,以告。孟尝君曰:'为之驾,比门下之车客。'于是乘其车,揭其剑,过其友曰:'孟尝君客我。'后有顷,复弹其剑铗,歌曰:'长铗,归来乎!无以为家。'左右皆恶之,以为贪而不知足。孟尝君问:'冯公有亲乎?'对曰:'有老母。'孟尝君使人给其食用,无使乏。于是冯谖不复歌。"后因以"弹铗"谓处境窘困而又欲有所求于人。

[3]蛟螭:蛟,即蛟龙。螭,古代传说中一种没有角的龙。蛟螭在此泛指龙。

杖

敢云八十杖朝端[1],林下逍遥未可拼。植立居然成鼎足,任他人作画蛇看[2]。

【注】

[1]朝端:位居首席的朝臣。

[2]"任他"句:用"画蛇添足"之典。《战国策·齐策二》:"楚有祠者,赐其舍人卮酒。舍人相谓曰:'数人饮之不足,一人饮之有余;请画地为蛇,先成者饮酒。'一人蛇先成,引酒且饮之;乃左手持卮,右手画蛇,曰:'吾能为之足。'未成,一人之蛇成,夺其卮曰:'蛇固无足,子

安能为之足！'遂饮其酒。"后以"画蛇添足"比喻做事节外生枝，弄巧成拙。此句用典表示作者因拄杖而多出一足。

偶成四首

圣王治天下，仁育义正之。仁义无成法，与世为转移。成周古盛时[1]，民气最醇朴。官礼所云云，民尚遵约束。陵夷至末季[2]，人心日诈伪。帝王施法度，如巫制魑魅[3]。但使安其业，而不困生计。民各遂其生，便是尧舜世[4]。纵有不逞徒[5]，自有刑法治。奈何王安石[6]，新法纷纷行[7]。卒成南渡祸，宋室日以倾[8]。读书泥古法，恐难致太平。

儒者谈王道，必本乎人情。有无得相通，乃为得其平。富田连阡陌，佃者食其力。此事无两伤，贫富均有益。奈何限民田，贫富欲画一。富者不得买，不失为富民。贫者不得卖，岂不扼其生。将欲卖子女，毋乃伤天伦。将欲事乞贷，称息益其贫。有田不得卖，实出情理外。设在今日民，岂复成世界。江都汉纯儒，乃作不情话[9]。后来新莽禁[10]，更足为民害。

佛法入中国，始自汉明帝[11]。后来学佛者，死者日相继。问佛之所学，弃绝君父伦。又无夫妻属，清净惟一身。慈悲戒戕杀，苦空守法门[12]。法喜以为妻[13]。岂能生子孙，慈悲戒戕杀。禽兽日孳蕃，积之百十年。成佛者成佛，不成者死焉。人类既灭绝，畜类满天下。但留几个佛，与禽兽并驾。

吾闻诸孔子，老而不死是[14]。为贼谓其败，常而乱俗适。足为民之邪，慝六经四子[15]。无仙字后世，乃有称仙人。其道毁五常[16]，其教弃五伦[17]。其法交坎离[18]，其诀葆谷神[19]。又有九转之金丹[20]，服之白日能飞升。毕竟仙人在何许，秦皇枉发童男女[21]。长生之药不可求，沙丘一夕成腐鼠[22]。汉武求仙至晚年，亦知天下无神仙[23]。至今不见仙人迹，想经五百年，久已遭霹雳。

【注】

[1]成周：此指周成王姬诵统治时期。

[2]陵夷：由盛到衰。《史记·高祖功臣侯者年表序》："始未尝不欲固其根本，而枝叶稍陵夷衰微也。"末季：末世。

[3]巫：古代称女巫为巫，男巫为觋，合称"巫觋"。泛指以替人祈祷为职业的巫师。魑(chī)魅：山神，鬼怪。

[4]尧舜世：唐尧虞舜时代为我国古时传说的太平盛世。

[5]不逞:不满意,不得志。后称为非作歹的人为不逞之徒或不逞。

[6]王安石(1021－1086):字介甫,号半山,临川人。庆历二年进士。一生力主变法。晚年退居江宁,以元丰中封荆国公,世称荆公。文章为"唐宋八大家"之一,著有《临川集》等。

[7]"新法"句:此指"王安石熙宁变法"。熙宁元年开始,在王安石任参知政事和宰相期间,取得神宗的支持,抓住"理财"和"整军"两大课题,积极推行农田水利、青苗、均输、方田均税、免役、市易、保甲、保马等新法,史称"王安石变法"或"熙宁变法"。

[8]"卒成"两句:指公元1227年金攻破东京,把徽宗、钦宗、后妃、皇族及大臣三千多人俘虏北去。高宗被迫渡江,建都临安,史称南宋。从此宋势日衰。

[9]"江都"两句:《汉书》:"'董氏'对既毕,天子以仲舒为江都相,事易王。易王,帝兄,素骄,好勇。仲舒以礼义匡正之,王敬重焉。"但董仲舒后一直不被重用,《史记》说:"董仲舒为人廉直。"也许是因为他"廉直"、"明道"、"真儒"、"纯儒"的缘故。江都,郡名,隋开皇九年改为南兖州为扬州,置总管府,大业初废府置江都郡,治所在江阳(今江苏扬州市)。

[10]新莽:王莽废汉自立,建号新,故称新莽。为推行新法,他针对社会上官僚腐败的情况,借助残酷的法律来维护新法。他针对土地兼并和蓄奴,"更名天下田曰王田",属国家所有,按口分给农民,改奴婢为私属;王田私属严禁买卖,违令者死。但占有大量土地的官僚地主、贵族地主决不肯交出土地。不到三年,王莽就不得不自动废除新法。史书记载,当时官吏们利用新法使老百姓"摇手触禁,不得耕桑,徭役烦剧",而它们则"苛暴立威","侵刻小民"。商业、手工业中推行"五均六筦法",因官与商勾结,币制频频变更,手工业劳动者和小商贩大吃苦头,贵官富商得到实利。王莽改制大大加剧了社会危机,终于酿成天下大乱。见《汉书》。

[11]"佛法"两句:用"汉明帝求佛经"之典。相传汉明帝曾遣使往天竺求佛经像,立白马寺于洛阳,是为佛教传入中国之始。明帝(6－75):刘庄,汉光武帝之子。在位时,法令分明,又重儒学。

[12]法门:佛教指修行者入道的门径。也泛指佛门。此指后者。

[13]法喜:详见《耕余草·竹夫人》注[2]。

[14]"吾闻"两句:见《论语·宪问》:"原壤夷俟。子曰:'幼而不孙弟,长而无述焉,老而不死,是为贼!'以杖叩其胫。"

[15]六经:指《诗》、《书》、《礼》、《易》、《春秋》、《乐》。四子:即四子书。指《论语》、《孟子》、《大学》、《中庸》。此句是指在孔子屋间壁发现的不知是谁藏的古代诸子百家等儒家经典。

[16]五常:封建礼教称君臣、父子、夫妇、兄弟、朋友之间的五种关系。也称"五伦"。

[17]五伦:即"五常"。

[18]坎离:分别为易卦名。都为不吉之兆。

[19]谷神:稷。《老子·河上公章句》:"谷神不死,是谓玄牝。玄牝之门,是谓天地根。"

[20]九转之金丹:道家谓烧炼金丹,以九转为贵。转是循环变化的意思,如把丹砂烧成

水银,将水银又炼成丹砂。烧炼时间愈久,则转数愈多,效能愈高。

[21]“秦皇”句:用典出自《史记·秦始皇本纪》:“既已,齐人徐市等上书,言海中有三神山,名曰蓬莱、方丈、瀛洲,仙人居之。请得斋戒,与童男女求之。(秦始皇)于是遣徐市发童男女数千人,入海求仙人。”

[22]“沙丘”句:即“沙丘”之典。详见《耕余草·书荆轲传后》注[10]。腐鼠:腐烂的死鼠,比喻轻贱之物。《庄子·秋水》:“于是鸱得腐鼠,鹓雏过之,仰而视之曰:‘吓!’”唐李商隐《李义山诗集·安定城楼》:“不知腐鼠成滋味,猜意鹓雏竟未休。”

[23]汉武:指汉武帝(前156–前87)。刘彻,汉景帝之子。承文景之业,对内实行政治经济改革,对外用兵。在位五十四年,为前汉一代军事政治经济文化的极盛时期。但迷信神仙,大兴土木。但晚年时他远赴山东求仙不得,终于醒悟,回程中看到农民耕作,自己也下田劳动,并且颁发了《罪己诏》。

避地

避地吾将老,独居无与邻。看山云起灭,把钓水漪沦。踪迹寻孤鹤,讥弹到古人。白头钻故纸,疑信未能真。

小除日,卧病至灯节[1],犹未能起,卧闻看灯人语喧闹,枕上感赋一首

老去何堪岁月迁,况逢佳节病绵延。医疮肉已年年割[2],续命汤宜夜夜煎。儿女但知争果饵,渔樵长喜话林泉。床前听说春光好,消受春光在枕边。

【注】

[1]小除日:农历小除夕,广西桂北为腊月二十四日。灯节:又称灯会、上元节、元宵节。

[2]“医疮”句:用唐聂夷中《伤田家诗》“医得眼前疮,剜却心头肉”句意。

门人陈莲史殿撰枉过[1]

记从朱曲策征騑[2],南北分驰两地违。万里之官甘吏隐,三元及第独雄飞[3]。

鸡声茅店追前梦[4]，古木空山长旧围。今日相逢倍惆怅，寸心难报是春晖[5]。

【注】

[1]门人：弟子。陈莲史：名继昌，原名守壑，字哲臣，号莲史。陈宏谋的玄孙。四塘乡横山村人。清嘉庆十八年(1813)乡试，二十五年会试，殿试皆为第一名，为清代两个三元及第者之一。当陈登科后，历任翰林院编修、云南主考学政、翰林院侍读、江西按察使，山西、直隶、甘肃、江宁布政使和江苏巡抚等职。著有《如话斋诗稿》。殿撰：唐代史馆、宋代翰林学士院，都有修撰官，掌修国史。元时张起岩以进士第一名特授集贤院修撰。明清科举制度沿袭此制，进士试一甲第一名(状元)即授翰林院修撰。自状元例授修撰后，又称状元为殿撰。

[2]朱曲：即朱曲镇。在河南洧川县东十五里，道通尉氏县，洧水于此迴曲而东，因名。騑：泛指马。唐柳宗元《柳先生集·朗州窦常员外……见促行骑走笔酬赠》："赐环留逸响，五马助征騑。"

[3]三元：封建科举考试，乡试、会试、殿试都是第一名，叫三元，即解元、会元、状元。及第：科举应试中选，因榜上题名有甲乙次第。

[4]鸡声茅店：唐温庭筠《商山早行》中有"鸡声茅店月，人迹板桥霜"句。

[5]原注：时莲史丁外艰。按：丁外艰，即母亲死后回家守孝。"寸心"句：用孟郊《游子吟》"谁言寸草心，报得三春晖"句意。

春游即景

春游不觉远，蜡屐到江干(1)[1]。小雨湿幽径，轻阴生薄寒。花如待年女[2]，鹤似退休官。翻羡渔家乐，生涯一钓竿。

【校】

(1)蜡屐：《三管英灵集》作"缓步"，此从底本。

【注】

[1]蜡屐：详见《耕余草·春日同韦和斋、蒋萃亭、欧兰畦、家雷塘学博谒朱将军墓……》注[4]。

[2]待年：《三国志·魏·武帝纪》："天子聘公三女为贵人，少者待年于国。"本指留住于国，以待年长。后因称女子待嫁为待年。

书事

雷雨连天吼，波涛半夜惊。鱼龙城上过，鸿雁泽中鸣。蛟室深难测[1]，蜗庐去更轻。所嗟旧田亩，砂砾不能耕。

【注】

[1]蛟室：蛟人（传说居于海底之人）所居之处。

中秋对月感怀

露下高梧月满天，凉风入户欲披棉。关山处处归心切[1]，闺阁人人望眼穿。两地尚堪千里共，一年几见十分圆。娉婷儿女随爷坐，贪看嫦娥不肯眠。

【注】

[1]关山：泛指关隘山川。古乐府《木兰诗》："万里赴戎机，关山度若飞。"

节届重阳砌下菊花各赋一首

老去无他事，浇花日日忙。维时届重九[1]，着色配中央。篱下金英满，樽前渌酒香[2]。归来遂初服[3]，元吉卜黄裳[4]。

既喜金铺地，旋看蕊吐银。傲霜存本色，裛露绝纤尘[5]。倍觉秋光淡，惟宜隐士邻。素心谁共赏，好待白衣人[6]。

艳色人争赏，菊花也放红。违时舒锦绣，秉性耐霜风。枫叶高能照，斜阳晚更烘，所嗟彭泽老[7]，白发已成翁。

【注】

[1]重九：即重阳。

[2]渌酒：即清酒。清洁的陈酒，专人作祭祀用，与事酒、昔酒合称三酒。后泛指清醇

的酒。

[3]初服:详见《耕余草·无量行宫访唐莲舫明府》注[8]。

[4]元吉:即黄元吉,名裳。清嘉兴锡工。所造茶具种种精巧,其色与银无辨。海内咸珍异之。

[5]裛(yì):湿。

[6]白衣人:未仕者,即布衣。此句用典出南朝宋檀道鸾《续晋阳秋》:"陶潜尝九月九日野外酒,宅边菊从中,摘菊盈把,坐其侧久,望见白衣至,乃王弘送酒也,即便就酌,醉而后归。"《宋书·隐逸传》亦载。

[7]彭泽老:指陶渊明。陶渊明曾在彭泽为县令。

山居遣兴

曾晳古狂士[1],嘐嘐靡所从[2]。暮春天气佳,惟偕冠与童[3]。谓此涉世浅,浑噩如羲农[4]。与之共嬉游,庶几古人风。舞雩沂水间,咏归夕阳红[5]。今我返田里,结屋深山中。猿鹤久零落,再三求童蒙[6]。闭门日长啸,此意将毋同。

寂寂空山中,日暮云霭霭[7]。倚杖看浮云,起灭千万态。偶逢麇鹿群,居然夜郎大[8]。又闻跳梁蛙,咽咽井底沸。惟爱溪边鸥,忘机沙上睡[9]。

【注】

[1]曾晳:春秋鲁国南武城人。曾参之父,孔子弟子。其性格狂放不羁。

[2]嘐嘐(xiāo):志大言大,言行不一。《孟子·尽心下》:"何以是嘐嘐也? 言不顾行,行不顾言。"

[3]偕冠与童:《论语·先进》:"莫春者,春服既成,冠者五六人,童子六七人。"

[4]羲农:指伏羲、神农时人。浑噩:汉扬雄《法言·问神》:"虞夏之书浑浑尔,商书灏灏尔,周书噩噩尔。"浑浑,浑厚质朴貌。噩噩,严肃正大貌。后因称上古淳朴为浑噩之世。元袁桷《清容居士集·善之佥事兄南归述怀百韵》:"约制如竟宁,浑噩回正始。"

[5]"舞雩"两句:《论语·先进》:"莫春者,春服既成,冠者五六人,童子六七人,浴乎沂,风乎舞雩,咏而归。"舞雩,求雨祭天,设坛命女巫为舞,称舞雩。雩,旱祭;沂水,水名。一指源出山东沂源县鲁山。南流经临沂县入江苏境。部分河水入大运河和骆马湖;一指源于山东曲阜县东南的尼丘。西流经曲阜、兖州合于泗水。"舞雩沂水"谓知时处世,逍遥游乐。

[6]童蒙:喻童子弱昧,必依附先生以强立。《周易·蒙卦》:"匪我求童蒙,童蒙求我。"

[7]霭霭(ǎi):云盛貌。

[8]"居然"句:用"夜郎自大"之典。此指作者夜郎自大。《汉书·西南夷传》:"(元狩

元年)于是天子乃令王然于、柏始昌、吕越人等十余辈间出西南夷,指求身毒国。至滇,滇王当羌乃留为求道。四岁余,皆闭昆明,莫能通。滇王与汉使言:'汉孰与我大?'及夜郎侯亦然,各自以一州王,不知汉广大。使者还,因盛言滇大国,足事亲附。天子注意焉。"

[9]忘机:不慕名利,没有勾心斗角之争。

佛手相[1]

海上蟠桃尽浪传[2],何如佛手结香橼[3]。拈花示众能知否[4],此是天龙一指禅[5]。

十指掺掺碧玉痕[6],芝兰气味可同论。世人翻覆成云雨[7],好借菩提手一援[8]。

【注】

[1]佛手:即佛手柑。果树名。果实色黄而香,下端有裂纹,状如半握之手,中医以之入药。

[2]蟠桃:仙桃。浪传:空传。

[3]香橼(yuán):即枸橼。又名"佛手柑"。

[4]拈花示众:相传释迦牟尼在灵山会上,拈花示众,是时众皆默然,惟迦叶破颜微笑。佛曰:"吾有正法眼藏,涅槃妙心,实相无相,微妙法门,不立文字,教外别传,付嘱摩诃迦叶。"见《五灯会元·迦叶佛》。此谓禅宗以心传心。后因以"拈花微笑"、"拈花"比喻心心相通。

[5]天龙一指禅:唐俱胝和尚向天龙和尚询问关于佛教教义时,天龙竖一个手指,俱胝马上大悟,此后凡有人来求教,他也常竖一指。他临死前说:"吾得天龙一指禅,一生用不尽。"见《景德传灯录·俱胝和尚》。宋陆游《剑南诗稿·冬夜读书有感》:"一指头禅用不穷,一刀匕药去凌空。"后用"一指禅"来喻万法归一。

[6]掺掺:犹纤纤也。

[7]云雨:即"巫山云雨"。详见《耕余草·竹夫人》注[8]。

[8]菩提:菩提达摩的省称,天竺高僧,本名菩提多罗。于南朝梁普通元年入中国,梁武帝迎至建康。后渡江往北魏,止嵩山少林寺,面壁九年而化。传法于慧可。达摩为中华禅宗初祖。

哭启文从弟[1]

老年婚嫁日忙忙,何意天边失雁行。苦向池塘寻旧梦[2],每逢风雨忆联床[3]。

姜家被冷冰方壮[4]，花萼楼空夜正长[5]。太息寡兄多死别，不堪流涕望斜阳。

【注】

[1]从弟：比自己年幼的伯叔之子。

[2]池塘寻旧梦：据《南史·谢惠连传》载，一次谢灵运在永嘉西堂思诗，一整天未得佳句，后梦见惠连，即得"池塘生春草"句，言有神功助也。后因以咏兄弟情谊的典故。

[3]联床：在一起睡觉，夜间长聊。喻兄弟情深。

[4]"姜家"句：用"姜被"之典。详见《耕余草·次单仲起〈留别〉原韵，即送其与乃兄月亭归里》注[10]。

[5]原注：时届短至。按：短至，即冬至。冬至日，日晷最短，故云。《礼·月令》："仲冬之月……是月也，日短至。"花萼楼：唐玄宗开元二年以旧邸为兴庆宫，后于宫之西南建楼，其西题为"花萼相辉之楼"，南曰"勤政务本之楼"。登楼，可以望见宪、薛、申、岐诸王诸弟邸第。花萼之义，取《诗经·小雅·棠棣》兄弟亲爱之义。参阅《唐会要》(三十)。

后圃垂丝海棠一株为羊所践，诗以悼之

花朝篱落吐群芳[1]，得酒朱唇醉海棠。方喜垂丝齐绿柳，岂知厄闰比黄杨[2]。尽教蜀锦供刍牧[3]，无复春风理靓妆。今日窥园添一恨[4]，是谁挟册使亡羊[5]。

【注】

[1]花朝：详见《宦游小草·花朝作歌》注[1]。

[2]"岂知"句：用"黄杨厄闰"之典。详见《耕余草·柬门人朱卓亭孝廉》注[3]。

[3]刍(chú)牧：割草放牧。

[4]窥园：详见《耕余草·和明坦斋郡伯〈日暮登台即景〉原韵》注[2]。

[5]挟册亡羊：挟册，又作挟策。手持简册。喻勤奋读书。《庄子·骈拇》："臧与谷二人相与牧羊而俱亡羊。问臧奚事？则挟册读书；问谷奚事？则博塞以游。"

和门人陈莲史殿撰《北上途次寄别》原韵[1]

老愧登场返故乡，重亲蠹简视茫茫。渔樵旧侣先朝露，桃李新阴捧夜光[2]。东观久钦宏制作[3]，黄堂定卜奏循良[4]。从来学仕无分路[5]，愿奉家规一瓣香[6]。

雪满柴门几尺深[7],客来名籍冠琼林[8]。文章已擅宗工目[9],法律应兼古佛心。坡老庭中常喜雨[10],成连海上只能琴[11]。岁寒若许松长健,好听贤声抵万金[12]。

【注】

[1]门人:弟子。陈莲史:详见《归田草·门人陈莲史殿撰枉过》注[1]。殿撰:详见《归田草·门人陈莲史殿撰枉过》注[1]。

[2]桃李:《资治通鉴·唐纪则天后久视元年》:"(狄)仁杰又尝荐夏官侍郎姚元崇、监察御史曲阿桓彦范、太州刺史敬晖等数十人,率为名臣。或谓仁杰曰:'天下桃李,悉在公门矣。'仁杰曰:'荐贤为国,非为私也。'"后遂以之比喻所选拔、荐用的人才或所教育的学生。夜光:夜光珠。

[3]东观:在汉洛阳南宫。东汉明帝时,命班固等人在此修撰《汉记》,书成名曰《东观汉记》。章、和二帝以后为聚藏图书之处。见《后汉书·安帝纪》。后泛指宫中藏书和著书之处。

[4]黄堂:详见《耕余草·祝景榴村郡伯四十初度》注[17]。循良:奉公守法。《北史·房谟传·论》:"房谟忠勤之操,始终若一;恭懿循良之风,可谓世有人矣。"恭懿,房谟子。后用来指奉公守法的官吏。

[5]原注:文恭公有学仕遗规颁行直省。按:文恭公,即陈宏谋。详见《耕余草·陈春宇刺史同年偕令弟蕉雪中翰门前植槐数本,题诗奉赠》注[4]。

[6]一瓣香:详见《耕余草·呈明坦斋郡伯》注[7]。

[7]"雪满柴门"句:用"程门立雪"之典。详见《耕余草·朱荫涂明府移寓袁醴庭学博斋中,以诗奉柬》注[9]。

[8]琼林:即琼林苑。宋太祖乾德二年置,在开封新郑门外,与金明池南北相对,为皇帝赐宴新科进士之处。

[9]宗工:犹"宗匠",指学问或技艺为众所推崇的人。

[10]坡老:指苏轼。苏轼曾作《春夜喜雨》一诗。

[11]成连:春秋时著名琴师,传说伯牙曾从成连学琴,三年不能精通。成连因与伯牙同往东海中蓬莱山,使闻海水激荡、林鸟悲鸣的声音,伯牙情致专一,得到启发,终于成为天下妙手。见唐吴兢《乐府古题要解·水仙操》。

[12]抵万金:用杜甫的《春望》"烽火连三月,家书抵万金"句意。

预营生圹祔于先人墓左[1],工讫,诗以落之

司空表圣营生圹[2],陶靖节为自祭文[3]。伊古达人原了了[4],于今贱子亦云

云。万间广厦生难得[5]，七尺黄泉死要分(1)。回忆儿时依父膝，不教埋骨作孤坟。

【校】

(1)尺：底本作“飞”，此据《漓江耆旧集》改。

【注】

[1]圹(kuàng)：坟墓。祔(fù)：合葬。

[2]司空表圣：即司空图。此句用典出自《新唐书·列传第一百一十九》：“图本居中条山王官谷，有先人田，遂隐不出。作亭观素室，悉图唐兴节士文人，名亭曰休休，作文以见志曰：‘休，美也，既休而美具。故量才，一宜休；揣分，二宜休；耄而瞶，三宜休；又少也惰，长也率，老也迂，三者非济时用，则又宜休。’因自目为耐辱居士。其言诡激不常，以免当时祸灾云。豫为冢棺，遇胜日，引客坐圹中赋诗，酌酒裴回。客或难之，图曰：‘君何不广邪？生死一致，吾宁暂游此中哉！’”

[3]陶靖节：即陶渊明。详见《耕余草·桃源行》注[5]。自祭文：即陶潜所作《自祭文》。

[4]伊：这些。

[5]万间广厦：杜甫《茅屋为秋风所破歌》：“安得广厦千万间，大庇天下寒士俱欢颜。”

题杨筠亭遗像

渔弟樵兄隔九原[1]，披图如见古风存[2]。问君驾鹤骑鲸去[3]，列在天堂第几尊。

四十年前话夜深，炉香茗碗伯牙琴[4]。于今对面浑无语，白发低头自苦吟。

【注】

[1]九原：山名。在山西新绛县北。也作“九京”。《礼记·檀弓》：“是全要领以从先大夫于九京也。”郑玄《注》：“晋卿大夫之墓地在九原，亦盖字之误，当为原。”后世因称墓地为“九原”。

[2]披图：披阅地图也。梁宣帝《游七山寺赋》：“披图悟于禹心。”庾信《马射赋序》：“舜以甲子之朝，披图而巡洛。”此指披阅杨筠亭之遗像。

[3]驾鹤：犹骑鹤。据汉刘向《列仙传·王子乔》载，王子乔从浮丘公学道，三十余年后，人见其乘白鹤驻缑氏山巅，数日而去。比喻得道成仙。骑鲸：亦作“骑京鱼”。《文选·扬雄·羽猎赋》：“乘巨鳞，骑京鱼。”李善《注》：“京鱼，大鱼也，字或为鲸。鲸亦大鱼也。”比喻隐遁或游仙。

[4]茗碗:茶碗。伯牙:春秋时人。传说以精于琴艺著名。《荀子·劝学》:"伯牙鼓琴而六马仰秣。"唐杨倞《注》:"伯牙,古之善鼓琴者,亦不知何代人也。"《吕氏春秋·本味》记载,伯牙善鼓琴,只有知友钟子期完全理解琴意,子期死后,伯牙终身不再鼓琴。

春日即景

经旬不出户,生意到枯株。带雨耕牛健,栖云野鹤孤。远山翠如染,新柳弱难扶。笑问田间叟,青蓑制也无。

晤吕月沧司马[1]

廿年宦迹各分途,忽讶秋霜点鬓须。三径归来今日是[2],百城坐拥古人徒[3]。退游林下寻莺友[4],更向庭前引凤雏。欲谒琅嬛窥玉检[5],那堪老眼久模糊。

【注】

[1]吕月沧:详见《耕余草·得吕月沧孝廉书却寄》注[1]。司马:官名。《周礼》夏官大司马之属,有军司马、舆司马、行司马。《春秋·晋》作三军,每军别置司马。汉宫门及大将军、将军、校尉之属官,都有司马。边郡亦设置千人司马,专管兵事。隋唐州府佐吏有司马一人,位在别驾、长史之下。

[2]三径:详见《耕余草·种菊》注[1]。

[3]"百城"句:典出于《魏书·逸士传·李谧》:"丈夫拥书万卷,何假南面百城。"后因以"百城"、"百城书"喻指丰富的藏书。

[4]寻莺友:即莺求友。旧时常以嘤鸣出谷之鸟为黄莺,以莺迁为祝贺人升官、迁居的颂辞。意同"乔迁"。《诗经·伐木》:"伐木丁丁,鸟鸣嘤嘤。出自幽谷,迁于乔木。嘤其鸣矣,求其友声。"

[5]原注:君时置书数万卷。琅嬛:指神话中天帝藏书的地方。玉检:玉制的书函盖。古有玉检金泥,指古封禅所用的书函。这种书函封以金泥而署以玉检。《汉书·武帝纪》:"上还,登封泰山。"颜师古《注》引孟康:"王者功成治定,告成功于天。封,崇也,助天之高也。刻石纪号,有金策石函金泥玉检之封焉。"

示寅绶[1]

少壮夸豪俊,光阴指下弹。老年惟善病,上策是休官。客少门常掩,书多简半残。教儿勤识字,故纸正须钻。

【注】

[1]寅绶:作者之子。字幼村。咸丰六年丙辰举人,大挑一等分发江苏清河县。

乾隆癸巳[1],余年未冠补博士弟子员[2],今花甲一周矣[3],作重游泮水[4],诗以自慰

吏隐归来鬓发霜,又随群彦谒宫墙[5]。佛轮最重初禅地[6],仙笈惟寻不老方。虎观堂前分坐次[7],龙华曾上叙班行[8]。郎君才俊夸先手,采罢芹香折桂香[9]。

狼藉鸦涂旧墨痕[10],重寻席砚共谁论。欲搜孔壁书难读[11],但见灵光殿尚存[12]。白发坐谈天宝事[13],青山长住老人村。诸公奋足应须早,得到蓬莱望便尊(1)[14]。

【校】

(1)望便:《漓江耆旧集》作“便望”,此从底本。

【注】

[1]癸巳:乾隆三十八年(1773)。

[2]未冠:古礼男子二十而冠,故未满二十岁为未冠。博士弟子:汉武帝设博士官,置弟子五十人,令郡国选送。唐以后也称生员为博士弟子。

[3]花甲:指六十甲子。天干地支顺次组合为六十个纪序名号,自甲子到癸亥,错综参互相配,故称花甲子或花甲。

[4]泮水:泮宫之水。泮宫东西南方有池,形如半壁,以其半于辟雍,故称泮水。

[5]群彦:一群有才的仕子。

[6]佛轮:佛教里的人生轮回。初禅:佛家称含有烦恼的事物为有漏。漏即烦恼的别名。有漏法分四类。证得第一类禅定的叫初禅。《楞严经》(九):“清净心中,诸漏不动,名为

初禅。”

[7]虎观：即白虎观。东汉时，由于“五经”有今文、古文之争，建初四年(79)，章帝亲自在白虎观大会诸儒，审议“五经”异同，并命班固将讨论结果编成《白虎通义》一书，作为官方典籍公布。

[8]龙华：即龙华古塔。按佛经上弥勒菩萨在龙华树下成佛的记载而定名为龙华寺。建于三国赤乌(238-250)年间，每逢元旦，在泛光的照射下，龙华古塔巍峨挺拔，流光溢彩。龙华古寺是上海地区最大的佛教丛林，寺院在一根中轴线上排列着弥勒殿、天王殿、大雄宝殿、三圣殿和方丈室。班行：序次，位次。

[9]采罢芹香：《诗经·颂·泮水》：“思乐泮水，薄采其芹。”谓采泮宫之芹。泮宫，古诸侯之学舍。科举时代谓入学曰入泮，或曰游泮。后又变其辞为“采芹”。折桂：晋郤诜举贤良对策列最优，自谓“犹桂林一枝，昆山之片玉”。见《晋书·郤诜传》。故后称登科为“折桂”。

[10]鸦涂：比喻书画或文字稚劣。

[11]“欲搜”句：用“孔壁得书”之典。汉武帝时，鲁恭王拆毁孔子旧宅扩建宫室，在夹壁中发现古文经传多种。

[12]灵光殿：即鲁灵光殿。汉景帝时鲁恭王所建，故址在今山东曲阜。《文选·汉·王文考(延寿)·鲁灵光殿赋序》：“鲁灵光殿者，盖景帝程姬之子恭王余之所立也。初恭王始居下国，好治宫室，遂因鲁僖基兆而营焉，遭汉中微，盗贼奔突，自西京未央、建章之殿，皆见隳坏，而灵光岿然独存。”后用称硕果仅存的人或事物为鲁灵光。

[13]天宝：唐玄宗的年号。此句化用唐元稹《行宫》诗句：“寥落古行宫，宫花寂寞红。白头宫女在，闲坐说玄宗。”

[14]蓬莱：即蓬壶。详见《耕余草·陈香圃孝廉题山水小幅见赠赋答一首》注[3]。

答吕月沧司马游山之约[1]

廿载湖山过去因[2]，归来独秀结芳邻[3]。自惭弱足难攀仰，空忆南天一柱人[4]。

七星岩里曲弯弯[5]，疑有仙灵在此间。婚嫁未完儿女债，向禽只合住柴关[6]。

选胜登临日正中，酒龙诗虎气如虹[7]。樵兄坐爱秋山里[8]，醉听渔歌唱晚风。

【注】

[1]吕月沧：详见《耕余草·得吕月沧孝廉书却寄》注[1]。司马：详见《宦游小草·晤吕月沧司马》注[1]。

[2]原注：君历宰钱塘、山阴诸名胜。

[3]独秀:即独秀山、独秀峰。在广西桂林市市中心的古靖江王城中。平地孤拔,以无他峰相属,犹如一枝擎天巨柱,素有"南天一柱"之称,因南北朝时诗人颜延之诗句"未若独秀者,峨峨郭邑间"而得名。下有岩洞,颜延之曾在此读书,因名读书岩。

[4]南天一柱:即独秀峰。

[5]七星岩:在广西桂林市普陀山西侧山腰,又名栖霞洞、碧虚岩、仙李岩。岩内有由各种石钟乳、石笋、石柱、石幔组成的景物。

[6]向禽:指东汉向平,儿女婚嫁已毕,就出游名山大川,事见于《后汉书·逸民传》。

[7]酒虎诗龙:比喻嗜酒善饮、才高能诗的人。陆龟蒙《自遣诗》(八):"思量北海徐刘辈,枉向人间号酒龙。"北海,即孔融;徐,徐邈;刘,刘伶;皆以豪饮著名。

[8]原注:秋山坐爱余小照也。坐:因为。

感怀

八十衰翁两鬓霜,扶筇怕入少年场[1]。陶潜乞食休官早[2],伏胜传经受命长[3]。访旧竟同点鬼簿[4],还家即时返魂香[5]。莫嫌晚景秋容淡,坐看红霞映夕阳。

【注】

[1]筇(qióng):拐杖。

[2]"陶潜"句:萧统《陶渊明传》:"岁终,会郡遣督邮至,县吏请曰:'应束带见之。'渊明叹曰:'我岂能为五斗米折腰向乡里小儿。'即日解绶去职。"

[3]"伏胜"句:用"伏生传经"之典故。详见《耕余草·刘灵溪夫子重宴鹿鸣恭纪四首》注[11]。

[4]点鬼簿:唐初杨炯为文,好用古人姓名,如"张平子(衡)之略谈,陆士衡(机)之所记","潘安仁(岳)宜其陋矣,仲长统何足知之",人称为点鬼簿。

[5]返魂香:汉武帝时,西域月氏国贡返魂香三枚。大如燕卵,黑如桑椹。燃此香,病人闻之即起,死未三日者,熏之即活。参阅晋张华《博物志》。

不觉

不觉颜容改,飘萧已白头。摊书老成癖,茹蘖病难瘳[1]。归日营三窟[2],何年首一丘[3]。所嗟儿舞象[4],无事作嬉游。

【注】

[1]茹蘖(bò):茹,吃。蘖,俗作“黄柏”,落叶乔木。内皮色黄性寒味苦,可入药,亦可作染料。瘳(chōu):病愈。

[2]三窟:三个洞穴。《战国策·齐》:“狡兔有三窟,仅得免其死耳。”谓狡兔遇敌,可以辗转逃避。

[3]首一丘:即首丘,死。屈原《九章·涉江》:“鸟飞反故乡兮,狐死必首丘。”

[4]舞象:详见《耕余草·出门》注[3]。

八十自寿

吏隐何如石隐尊[1],柴桑故里有田园[2]。东篱菊瘦荒三径[3],乔木莺迁又一村[4]。漫说仙筹添海屋[5],敢劳珠履集蓬门[6]。此生到老穷难送,穷鬼今朝月告存[7]。

扶鸠庭院日迟迟[8],八秩春光两鬓丝[9]。作吏滇南牛马走[10],将雏林下凤凰饥[11]。于今尚待完婚嫁,向后还思享耄期[12]。苦海无边都过去,天堂或有未来时。

壮时愚妄学词章,欲致青云上玉堂[13]。献赋未逢杨得意[14],归山独作鲁灵光[15]。渔樵个个先朝露,猿鹤依依伴夕阳。天假六年仍健在,鹿鸣重宴桂花香[16]。

老子不为天下先,道山也复让人前[17]。桐棺制久惟三寸,生圹营成已四年[18]。儿有童心难负米[19],我无丹药岂能仙。春江水暖鱼初上[20],好作渔翁理钓船。

【注】

[1]吏隐:详见《耕余草·访单月亭参军》注[5]。石隐:隐士。

[2]柴桑:古县名。在今江西九江市西南。因县南有柴桑山得名。“柴桑”句是用“陶渊明在柴桑归隐”之典故。

[3]东篱:晋陶潜《陶渊明集·饮酒诗》:“采菊东篱下,悠然见南山。”后因以借指菊花或种菊之处。“瘦荒三径”语出陶渊明《归去来兮辞》:“童仆欢迎,稚子候门。三径就荒,松菊犹存。”

[4]莺迁:详见《耕余草·岁暮述怀》注[3]。

[5]“漫说”句:用“海屋添筹”之典故。详见《归田草·山中守岁》注[5]。

[6]蓬门:以蓬草为门。指贫寒之家。

[7]原注:生值送穷日。按:送穷日,正月初五“送穷”,是我国古代民间一种很有特色的岁时风俗。

[8]扶鸠:扶,古度法,并五指的宽度为一扶。《礼记·投壶》:“筹,室中五扶,堂上七扶,庭中九扶。”此指像鸠一样大小的庭院,形容庭院之小。

[9]八秩:即八十岁。

[10]滇南:一般指昆明地区以南,自晋宁县出境后的玉溪市和红河哈尼族彝族自治州两地。

[11]“将雏”句:用《凤引雏》意。古曲名。《宋书·乐志》:“凤将维歌者,旧曲也。”

[12]耋期:六十岁以上曰耋。百年曰期颐。泛指年寿高。犹言“耋期”。

[13]青云:用作动词,指登科进士,或指官高爵显。玉堂:唐宋以后,称翰林院为玉堂。

[14]“献赋”句:《史记·司马相如列传》:“蜀人杨得意为狗监,侍上。上读《子虚赋》而善之,曰:‘朕独不得与此人同时哉!’得意曰:‘臣邑人司马相如自言为此赋。’上惊,乃召问相如。相如曰:‘有是。然此乃诸侯之事,未足观也。请为天子游猎赋,赋成奏之。’上许……赋奏,天子以为郎。”

[15]归山:即归隐。鲁灵光:详见《归田草·乾隆癸巳,余年未冠补博士弟子员……》注[12]。

[16]鹿鸣重宴:详见《耕余草·刘灵溪夫子重宴鹿鸣恭纪四首》注[1]。

[17]道山:喻文人荟萃之地,犹言儒林、文苑。

[18]圹(kuàng):坟墓。

[19]“儿有”句:用“为亲负米”之典。周仲由,字子路,家贫。常食藜藿之食,为亲负米百里之外。见《孔子家语·致思》。

[20]春江水暖:宋惠崇《春江晚景》:“竹外桃花三两枝,春江水暖鸭先知。”

八十生辰,李崖竹广文寄诗志祝[1],次韵奉答

我生寡交游,未识覵明面[2]。何意山泽癯[3],获交金闺彦[4]。问其所由来,介绍以词翰[5]。文章果有神,交道一以贯。自惭诗仙前[6],乃以行潦荐[7]。敢诩席上珍[8],实为沟中断[9]。忆我方壮年,如马苦羁绊。未能登玉堂[10],亦弗宰一县。归来学诗歌,俗学多畔援[11]。进取我不能,不为但称狷[12]。后得韦庐诗[13],披吟达昏旦。古之闲淡宗,如游上清院[14]。天籁含宫商,人籁何足算[15]。虽云识迷

途,骚坛敢专擅。惟于里塾中,暮春偕童冠[16]。恰逢大挑年[17],授以广文案[18]。寒士拥皋比[19],雄谈辄自炫。后复驾盐车[20],驽骀老且倦[21]。归耕话桑麻[22],卑之无高论[23]。年来眼惭昏,不辨鲁鱼赝[24]。今晨客称觞[25],豪气犹吐喷。独于仙李公[26],紫气我未见。仰读壁上诗,琳琅适所愿。问公年五旬,诗笔何婉娈[27]。祖籍住临川[28],往来如社燕[29]。松圃宗陶韦[30],公诗亦雄健。家学本渊源,世代金丹炼。君家邺架书[31],一一可详按。兹被华兖荣[32],座客各惊盼。何时酒一樽,宾主共酬献。颓然八十翁,请作耆旧传[33]。

【注】

[1]李崖竹:字宗澳。江西临川人。广文:明清以来泛指儒学教官。次韵:用别人的韵作诗或词。

[2]鬷(zōng)明:春秋郑人。字然明。又名鬷蔑。晋叔向往郑。鬷蔑貌丑,欲观叔向。往立堂下,一言而善。叔向闻之曰:"必鬷明也。"下执其手以上。子产问蔑为政之道,蔑曰:"视民如子,见不仁者诛之,如鹰鹯之逐鸟雀也。"见《左传·襄公二十五》。

[3]瞿(qú):瘦。

[4]金闺:汉宫有金马门,简称金门,亦曰金闺。后世以称朝庭。江淹《别赋》:"金闺之诸彦,兰台之群英。"

[5]词翰:犹言词章。

[6]诗仙:指李白。

[7]行潦:沟中的流水。《诗·召南·采苹》:"于以采藻? 于彼行潦。"毛《传》:"行潦,流潦也。"《孟子·公孙丑上》:"麒麟之于走兽,凤凰之于飞鸟,太山之于丘垤,河海之于行潦,类也。"赵岐《注》:"行潦,道傍流潦也。"孙奭《疏》:"潦,雨水盛也。"唐骆宾王《从军中行路难》:"川源饶毒雾,谿谷多淫雨。行潦四时流,崩槎千岁古。"

[8]席上珍:即席珍。《礼·儒行》:"儒有席上之珍以待聘。"席,铺地的草垫;珍,宝玉。比喻有美善的才德,犹席上之有珍。

[9]沟中断:即沟中瘠。谓穷困而流落于荒野之人。《荀子·正论》:"是规磨之说也,沟中之瘠也,则未足与及王者之制也。"

[10]玉堂:唐宋以后,称翰林院为玉堂。

[11]畔援:犹跋扈也。

[12]狷(juàn):拘谨,有所不为。

[13]原注:贤大阮松圃著韦庐集。按:松圃,即李秉礼。

[14]上清院:即上清。道家认为人天两界之外,别有三清。玉清、上清、太清是神仙居住的仙境。《灵宝太乙经》:"四人天外曰三清境,玉清、太清、上清,亦名三天。"

[15]天籁:自然界的音响。《庄子·齐物论》:"女闻人籁而未闻地籁;女闻地籁,而未闻

天籁夫。"后亦指文章流畅而具有自然情趣的为天籁。宫商:中国古代音乐分宫、商、角、徵、羽五音,又称五声。宫相当于 do,商相当于 re,角相当于 mi,徵相当于 sol,羽相当于 la。

[16]偕童冠:童冠,谓童子与成人。《论语·先进》:"莫春者,春服既成,冠者五六人,童子六七人。"

[17]大挑:详见《宦游小草·哭门人李伯贞学博》注[2]。

[18]广文:明清以来泛指儒学教官。

[19]皋比:指虎皮的坐席。《全唐诗(卷二七三)·戴叔伦·寄禅师寺华上人次韵(二)》:"猊座翻萧索,皋比喜接连。"后来常指学师的坐席。

[20]驾盐车:即负盐车。用"负盐车"之典。详见《耕余草·杂感二首》注[3]。

[21]驽骀:皆劣马。以喻庸才,自谦之词。

[22]桑麻:泛指农事。唐孟浩然《过故人庄》:"开轩面场圃,把酒话桑麻。"

[23]卑之无高论:《汉书·张释之传》:"释之既朝毕,因前言便宜事。文帝曰:'卑之,毋甚高论,令今可行也。'"表示只就浅易的说,没有什么过高难行的意见。

[24]鲁鱼:详见《耕余草·月夜独坐四首》注[4]。

[25]称觞:举杯祝酒。

[26]仙李公:即李白。

[27]婉娈:柔媚。

[28]临川:县名。属江西省。汉为南城县地,后汉分南城西北为临汝县。隋改为临川县,历代相因。明清皆属抚州府。故城在今县西。

[29]社燕:燕子春社时来,秋社时去。故有"社燕"之称。

[30]松圃:即李秉礼,字敬之,号松圃(或作"甫"),清乾嘉时人。原籍江西临川,后迁桂林。官刑部郎中。有《韦庐诗》(内、外集)。陶韦:陶渊明和韦应物。两人均在山水田园诗歌史上具有重要的地位。陶渊明,名潜,字元亮。浔阳柴桑(今江西九江)人。东晋大诗人。有《陶渊明集》。韦应物(737－约792),唐京兆长安人,中唐诗人。早年以"三卫郎"事玄宗,任侠使气,放浪不羁。安史乱后,折节读书。官终苏州刺史,人称"韦苏州"。其诗以写田园风物者较有特色,恬淡简远,气韵澄澈。

[31]邺架:唐李泌父承休,聚书二万卷,戒子孙不许出门,有来求读者,别院供馔。见《邺侯家传》。唐韩愈《昌黎集·送诸葛觉往随州读书》:"邺侯家多书,插架三万轴。"指李泌之子繁。后用以称人之藏书。

[32]华兖:兖,古代上公之服。华,言其多采。《抱朴子·博喻》:"华衮粲烂,非只色之功;嵩岱之峻,非一篑之积。"

[33]耆(qí)旧:故老,年老的旧好。《汉书·萧育传》:"上以育耆旧名臣,乃以三公使车,载育入殿中受策。"《晋书·石勒载记》:"勒令武乡耆旧赴襄国。既至,勒亲与乡老齿坐欢饮,语及平生。"

吕月沧司马[1],张东崖明府[2],黄春庭庶常[3],李崖竹广文[4],赐和自寿小诗,再叠前韵奉酬

灵山说法敢称尊[5],合向于陵学灌园[6]。课竹莳花谁作侣[7],牵萝补屋自成村。无人访戴冲寒雪[8],有客寻嵇叩荜门[9]。白发飘萧非故我,形容变尽舌犹存。

晓起吟诗得句迟,新莺呖呖雨丝丝。春来好鸟知求友[10],老去文章不救饥。尘世几人登上寿,青山何日是归期。只因画壁旗亭内[11],留听清歌未了时。

扶疏绕屋树千章[12],骚客文人聚一堂。屏上珠玑多溢美,山中岁月仰余光。秋风命驾归张翰[13],落日挥戈笑鲁阳[14]。但愿年年春酒熟,衰翁长接令公香[15]。

休夸五福寿居先[16],一子成童绕膝前。日昃我惟嗟大耋[17],春回客共祝遐年[18]。云烟墨妙黄山谷[19],锦绣诗章李谪仙[20]。留贮青箱为长物[21],也同书画米家船[22]。

【注】

[1]吕月沧:详见《耕余草·得吕月沧孝廉书却寄》注[1]。司马:详见《归田草·晤吕月沧司马》注[1]。

[2]张东崖:名希吕。字载之,临桂人。乾隆五十三年中举人,大挑二等授融县训导,截取授湖北松滋县,引疾归里。曾参修《临桂县志》,有《东崖诗草》。明府:唐人称县令为明府。

[3]庶常:详见《耕余草·和阳鉴堂庶常〈由广州至香山返棹肇庆舟中〉原韵》注[1]。

[4]李崖竹:字宗澳,江西临川人。广文:明清以来泛指儒学教官。

[5]灵山:释家以灵鹫山为灵山。《传灯录》:释迦在灵山会上,手拈一花示众,迦叶见之,破颜微笑,世尊遂付以正法眼藏。

[6]于陵:指陈仲子。战国齐人。以兄食禄万钟为不义,适楚,居于陵,号于陵仲子。"合向"句用"陈仲子灌园"之典故。楚王欲以(陈仲子)为相,不就,与妻逃去,为人灌园。

[7]莳(shì):栽种。

[8]"无人"句:典出《世说新语·任诞》:"王子猷,居山阴,夜大雪,眠觉,开室命酌酒。四望皎然,因起彷徨,咏左思《招隐诗》,忽忆戴安道。时戴在剡,即便夜乘小船就之。经宿方至,造门不前而返。人问其故,王曰:'吾本乘兴而行,兴尽而返,何必见戴!'"

[9]原注:月沧。按:月沧,即吕璜。岭西五大家之一。有《月沧诗文集》等。"有客"句:用典出自《晋书·嵇康传》:"东平吕安服康高致,每一相思,辄千里命驾,康友而善之。"

[10]求友:《诗经·伐木》:"伐木丁丁,鸟鸣嘤嘤。出自幽谷,迁于乔木。嘤其鸣矣,求

其友声。”

[11]画壁:在壁上作画。所绘之画,通称壁画。北周庾信《庾子山集·登州中新阁》:“龙来随画壁,凤起逐吹箫。”旗亭:酒楼。此句用“旗亭画壁”之典。详见《宦游小草·秋日约袁升庭明府、周哲斋别驾……》注[11]。

[12]扶疏:亦作“扶疎”、“扶踈”。枝叶繁茂分披貌。陶潜《读山海经》(一):“孟夏草木长,绕屋树扶疏。”

[13]原注:东崖。按:东崖,名希吕。临桂人,有《东崖诗草》。“秋风命驾归张翰”句:用“脍鲈”之典。详见《宦游小草·送张古余观察致仕归里》注[5]。

[14]鲁阳:春秋时楚国县公,即鲁阳文子,楚平王孙司马子期之子。楚僭号称王,其守县大夫皆称公,故又称鲁阳公。“落日”句:用“鲁阳挥戈”的典故。《淮南子宫·览冥训》:“鲁阳公与韩构难,战酣日暮,援戈而挥之,日为之反三舍。”(“日为之反三舍”即太阳倒退三个星座)亦作“挥戈返日”、“鲁阳戈”。喻人定胜天,扭转危局。

[15]令公香:用“荀令香”之典。详见《耕余草·惜余春次陈蕉雪中翰韵》注[2]。

[16]五福:旧时所说的五种幸福。《尚书·洪范》:“五福:一曰寿,二曰富,三曰康宁,四曰攸好德,五曰考终命。”宋欧阳修《文忠集·纪德陈情上致政政太傅杜相公诗》:“事国一心勤以瘁,还家五福寿而康。”

[17]耋(dié):七八十岁的年纪,泛指老年。

[18]遐年:高寿。

[19]原注:春庭。黄山谷:即黄庭坚(1045-1105),宋分宁人,字鲁直,号山谷道人。善书行草,以真体为第一。

[20]原注:崖竹。按:崖竹,字宗澳。江西临川人。李谪仙:即李白。

[21]青箱:详见《耕余草·五十初度感赋四首》注[13]。长物:详见《耕余草·五十初度感赋四首》注[12]。

[22]米家船:即米芾。宋米芾每出游,以船载书画自娱,人见之称“米家船”。

寅绶授室[1]

滇池邀天幸[2],生儿夜未中。维时我已老,今日汝成童。喜见三朝妇[3],惊看八秩翁[4]。簋空无所有,遗子一经穷[5]。

子债粗完后,无须大耋嗟[6]。不求才咏絮[7],但愿德宜家[8]。荆布为贤妇[9],胭脂非好花。开门有七事[10],慎莫问阿爷。

【注】

[1]寅绶：作者之子。字幼村，咸丰六年丙辰举人，大挑一等分发江苏清河县。授室：谓把家事交给新妇。《礼记·郊特牲》："舅姑降自西阶，妇降自阼阶，授之室也。"后以"授室"指娶妻。

[2]滇池：详见《宦游小草·秋雁四首》注[7]。

[3]三朝妇：指经历了乾、嘉、道三朝的作者之妻。

[4]秩：十年为一秩。

[5]籯(yíng)：筐笼一类的盛物竹器。"籯空无所有，遗子一经穷"句：用"韦贤遗子一经"的典故。《汉书·韦贤》："遗子黄金满籯，不如一经。"

[6]耋(dié)：七八十岁的年纪，泛指老年。

[7]咏絮：详见《耕余草·竹夫人》注[11]。

[8]宜家：《诗经·周南·桃夭》："之子于归，宜其室家。"朱熹《诗集传》："宜者，和顺之意；室，谓夫妇所居；家，谓一门之内。"后以称家庭安顺，夫妇和睦。

[9]荆布：荆钗布裙的简称。以荆枝当髻钗，用粗布制衣裙，为贫家妇女的装束。后汉梁鸿孟光夫妇，避世隐居，孟光常荆钗布裙，食则举案齐眉。

[10]七事：古代统治者用以治国的七件事。《周礼·天官·小宰》："以法掌祭祀、朝觐、会同、宾客之戒具，军旅、田役、丧荒亦如之。七事者令百官府共(供)其财用，治其施舍，听其治讼。"

病中吟

久拟云游学向平[1]，那知深卧掩柴荆[2]。病如秋汎年年发[3]，人似寒蛩夜夜鸣。新妇问安刚半月，娇儿煮药到三更。天公置我函牛鼎[4]，苦被煎熬过一生。

【注】

[1]"久拟"句：用"向平之愿"之典。《后汉书·逸民列传》："向长……隐居不仕，性尚中和，好通《老》、《易》。贫无资食，好事者更馈焉，受之取足而反其余。王莽大司空王邑辟之，连年乃至，欲荐之于莽，固辞乃止。潜隐于家。读《易》至《损》、《益》卦，喟然叹曰：'吾已知富不如贫，贵不如贱，但未知死何如生耳。'建武中，男女娶嫁既毕，敕断家事勿相关，当如我死也。于是遂肆意，与同好北海禽庆俱游五岳名山，竟不知所终。"向平，即向子平。后汉朝歌人。

[2]柴荆：用柴荆做的简陋之门。

[3]秋汎(fàn)：秋天的水。

[4]函牛鼎:《后汉书·边让传》:"传曰:函牛之鼎以烹鸡,多汁则淡而不可食,少汁则熬而不可熟。此言大器之于小用,固有所不宜也。"喻大材小用。

病起口号[1]

我诗绝少惊人句,今日方知死不休[2]。恍记冥司传赦语,放回阳世作诗囚[3]。

【注】

[1]口号:古体诗的题名。表示随口吟成,和口占相似。

[2]"我诗绝少惊人句,今日方知死不休"句:用杜甫《江上值水如海势聊短述》中的"为人性僻耽佳句,语不惊人死不休"句意。

[3]诗囚:指苦吟的诗人。谓诗境迫窄艰窘,如被拘囚。金元好问《遗山集·论诗》:"东野穷愁死不休,高天厚地一诗囚。"

和吕月沧司马《移居》原韵二首[1]

宦海归来守砚田[2],买邻乔木向东偏。文坛主席君魁首[3],雪夜围炉我暮年。白发满头添老病,黄金挥手结前缘。他时陋巷居无竹,尚欲之滕受一廛[4]。

阳羡何曾得买田[5],归乡依旧处西偏。壮怀礼乐三千字,虚度光阴八十年。赖有仙丹医老病[6],更联诗社结良缘[7]。春来好鸟迁乔木[8],愧我穷居远市廛。

【注】

[1]吕月沧:详见《耕余草·得吕月沧孝廉书却寄》注[1]。司马:详见《归田草·晤吕月沧司马》注[1]。

[2]砚田:指砚台。文人恃文墨为生,故谓砚为砚田。

[3]原注:时当道聘主秀峰讲席。

[4]廛(chán):古代城市平民一户人家所居的房地。

[5]阳羡:地名,在今江苏宜兴。秦汉时称阳羡,故名。此代指清初词派"阳羡派"的领袖陈维崧。"阳羡"句用"陈维崧无钱买田"的典故。详见《耕余草·关奈原同年枉过,喜晤韦松崖孝廉,即事同作,用昌黎〈山石〉诗韵》注[9]。

[6]原注:时卧病承赐医药。

[7]诗社:当指秀峰书院。

[8]迁乔木:《诗·小雅·伐木》:“出自幽谷,迁于乔木。”谓鸟从低处迁往高处。

自题画像

平生空负须眉,肚皮不合时宜[1]。做官幸存本色,读书撚断吟髭[2]。自知面目可憎,画此留示我儿。

【注】

[1]时宜:时势所宜。

[2]撚断吟髭:卢延让《苦吟》:“莫话诗中事,诗中难更无。吟安一个字,拈断数茎须。”

七夕口占

天上双星见面稀[1],是谁作合不愆期[2]。鹊桥但解怜牛女[3],那管人间有别离。

度尽金针两鬓皤[4],夜深犹自理寒梭。邻家儿女陈瓜果,笑说今年得巧多。

【注】

[1]双星:此指牛郎和织女二星。

[2]愆(qiān)期:失期,误期。《诗经·卫风·氓》:“匪我愆期,子无良媒。”

[3]鹊桥:相传每年七月七日牛郎、织女相会,群鹊衔接为桥以渡银河。牛女:指牛郎星和织女星。

[4]金针:详见《耕余草·春日示同学》注[12]。

感兴

弱冠亲儒服[1],谋生似蠹鱼[2]。性惟钻故纸,笔已不中书。白发今难黑,青山又久居。徘徊古松下,太息出无车。

新觅桃枝杖,长宜稳称身。此君堪作伴,到处可为邻。纵惹群儿笑,惟求大路遵[3]。问何添一足,我是画蛇人[4]。

行年开八十,一吷去来今[5]。只剩挥斤手(1)[6],常怀铸错心[7]。无人问奇字[8],有客鼓瑶琴。颇怪芭蕉响,萧萧秋又深。

徙倚东皋望[9],柴门过客稀。燕衔秋色去,鸦负夕阳归。社鼓鸣方急[10],书田计渐非。却看鸿雁至,又逐稻粱肥[11]。

【校】

(1)斤:底本作“金”。今据《三管英灵集》改。

【注】

[1]弱冠:古时男子二十成人,初加冠,体还未壮,故称弱。后沿称年少为弱冠。

[2]蠹鱼:虫名。常蛀蚀衣服书箱。体小,有银白色细鳞,形似鱼,故名。又名纸鱼、衣鱼。唐白居易《长庆集·伤唐衢》:“今日开箧看,蠹鱼损文字。”

[3]大路遵:即遵大路。沿着大路。《诗经·郑风·遵大路》:“遵大路兮,掺执子之手兮。”

[4]“问何添一足,我是画蛇人”句:用“画蛇添足”之典故。此指作者因拄杖而多出一“足”。详见《归田草·杖》注[2]。

[5]吷(xuè):小声。

[6]挥斤手:《庄子·徐无鬼》载,匠石挥斧削去郢人涂在鼻翼上的白粉,而不伤其人。后因以“郢匠挥斤”比喻纯熟、高超的技艺。

[7]铸错:唐魏博节度使罗绍威以本府牙军骄横不可制,因引入朱全忠兵尽杀牙军,然自是魏博衰弱不振。绍威悔之,谓亲信曰:“聚六州四十三县铁,打一个错,不能成也。”见宋孙光宪《北梦琐言》。后因称失误为铸错。

[8]问奇字:即问字。详见《耕余草·戊辰小除之平乐广文任》注[6]。

[9]“徙倚”句:用王绩《野望》中的“东皋薄暮望,徙倚欲何依”句意。东皋:水边向阳高地。泛指田园、原野。

[10]社鼓:旧时社日祭神所鸣奏的鼓乐。

[11]“却看鸿雁至,又逐稻粱肥”句:杜甫《同诸公登慈恩寺塔》:“君看随阳雁,各有稻粱谋。”

饯燕

穿帘日日往来频,毛羽褵褷最苦辛[1]。衔尽落花非故土,归逢社雨少行尘[2]。

辞巢反作无家别[3],哺子还期有脚春[4]。寄语梁鸿好夫妇[5],居停莫忘旧时人[6]。

【注】

[1]褵褷(líshī):详见《耕余草·寄内三首》注[12]。

[2]社雨:社日所降之雨。又叫社公雨、社翁雨。宋陆游《剑南诗稿·东轩花时将过感怀》:"社雨晴时燕子飞,园林何许觅芳菲。"

[3]无家别:杜甫曾作《无家别》。

[4]脚春:末春,春天的最后一段时间。

[5]梁鸿:东汉扶风平陵人。字伯鸾,家贫好学,不求仕进。娶同县孟光。后夫妇同入霸陵山中,以耕织为业。鸿因事过京师,作《五噫歌》,后避祸去吴,为人舂米,既归来,孟光为之备食,举案齐眉。后以"举案齐眉"形容夫妻相敬相爱。

[6]居停:栖止、歇足之处。唐卢仝《玉川子集·月蚀》:"月蚀鸟宫十三度,鸟为居停主人不觉察。"后因称租寓之所为居停。

参考文献

[1]谢启昆:《广西通志》,南宁:广西人民出版社,1988 年。

[2]蔡呈韶、金鯱奇等编:《临桂县志》,光绪六年补刊本。

[3]梁章钜:《三管英灵集》,广西图书馆藏抄本。

[4]周鼐:《漓江耆旧集》,1943 年手抄本。

[5]莫乃群主编:《广西历史人物传》,南宁:广西地方史志研究组编印,1981 年。

[6]古风主编:《掌故大辞典》,北京:团结出版社,1990 年。

[7]吕璜:《月沧诗文集》,民国二十四年铅印本。

[8]梁章钜:《三管诗话》,南宁:广西人民出版社,1996 年。

[9]臧励和等:《中国古今地名大辞典》,北京:商务印书馆,1982 年。

[10]臧励和等:《中国人名大辞典》,上海:上海书店,1980 年。

[11]谢东来主编:《广西历代郡县沿革简编》,南宁:广西农牧渔业志编辑室出版,1986 年。

[12]云南通志馆编:《新纂云南通志》,1938 年铅印本。

[13]廖鼎声:《冬荣堂集》,光绪二十三年刻本。

[14]吕集义编:《广西诗徵丙编》,民国线装本。

[15]韦湘秋:《广西百代诗踪》,南宁:广西人民出版社,1995 年。

[16]广西通志馆、广西图书馆、桂林图书馆:《广西地方史志文献联合目录》,南宁:广西人民出版社,1988 年。

[17]广西通志馆旧志整理室等:《广西方志传记人名索引》,南宁:广西人民出版社,1989 年。

[18]黄辉清:《广西诗见录》,梧州:梧州大文堂,1934 年。

[19]张鹏展:《峤西诗钞》,清道光二年刻本。

[20]吕宗力主编:《中国历代官制大辞典》,北京:北京出版社,1994 年。

[21]张忱石、吴树平:《二十四史人名索引》,北京:中华书局,1980 年。

[22]杜连喆、房兆楹编,引得编纂处校订:《三十三种清代传记综合引得》,北平:燕京大学图书馆,1932 年。

[23]钱实甫编:《清代职官年表》,北京:中华书局,1980 年。

[24]唐志敬:《清代广西历史纪要》,南宁:广西人民出版社,1999 年。

[25]周永忠:《九芝草堂诗存校注》,南宁:广西大学硕士论文,2001 年。

[26]临桂县地名委员会编:《临桂县地名志》,桂林:临桂县地名委员会,1986 年。

[27]孟宪平、刘修海编:《节日大观》,济南:黄河出版社,1998 年。

[28]莫凤欣:《广西节日文化》,香港:天马图书有限公司,2003 年。

[29]施宣圆、王有为、丁凤麟主编:《中国文化辞典》,上海:上海社会科学院出版社,1987 年。

[30]朱保炯、谢沛霖编著:《明清进士题名碑录索引》,上海:上海古籍出版社,1980 年。

[31]广西通志馆旧志整理室、广西壮族自治区图书馆编:《广西文献资料索引》,南宁:广西人民出版社,1991 年。

[32]任士谦、朱德华等编:《博白县志》,道光十二年本。

[33]陈乃光:《陈氏宗谱流传》,1985 年影印本。

[34]平乐县地方志编纂委员会编:《平乐县志》,北京:方志出版社,1996 年。

[35]广西统计局编:《古今广西人名鉴》,杭州:杭州古籍书店,1934 年。

[36]广西统计局编:《广西省述作目录》,杭州:杭州古籍书店,1934 年。

[37]广西壮族自治区通志馆编:《二十四史广西资料辑录》,南宁:广西人民出版社,1989 年。

[38]广西百科全书编纂委员会编:《广西百科全书》,北京:中国大百科全书出版社,1994 年。

[39]吴建民:《中国古代诗学原理》,北京:人民文学出版社,2001 年。

[40]张戒:《岁寒堂诗话》,北京:中华书局,1985 年。

[41]胡仔:《苕溪渔隐丛话》,北京:中华书局,1985 年。

[42]王先霈:《文学心理学概论》,武汉:华中师范大学出版社,1988 年。

[43]褚斌杰:《白居易评传》,北京:北京大学出版社,1994 年。

[44]白居易著,顾学颉校点:《白居易集》,北京:中华书局,1979 年。

[45]杨辛、甘霖:《美学原理》,北京:北京大学出版社,1993 年。

[46]刘知已著,浦起龙释:《史通》,上海:上海古籍出版社,1980 年。

[47]刘勰著,周振甫注:《文心雕龙》,北京:人民文学出版社,1987 年。

[48]鲁迅:《南腔北调集》,北京:人民文学出版社,1980 年。

[49]萧统:《文选》,北京:中华书局,1977 年。

[50]袁枚著,顾学颉校点:《随园诗话》,北京:人民文学出版社,1960 年。

[51]刘大櫆:《论文偶记》,北京:人民文学出版社,1998 年。

[52]霍松林主编:《古代文论名篇详注》,上海:上海古籍出版社,1986 年。

[53]罗大经:《鹤林玉露》,北京:中华书局,1983 年。

[54]史蒂芬·霍金著,许明贤与吴忠超译:《时间简史》,长沙:湖南科学技术出版社,2002年。

[55]滕福海:《中国文学批评史略》,长春:吉林人民出版社,2002年。

[56]周发祥:《西方文论与中国文学》,南京:江苏教育出版社,1997年。

[57]敏泽:《形象意象情感—中国古典意象论》,石家庄:河北教育出版社,1987年。

[58]瑜青主编:《黑格尔经典文存》,上海:上海大学出版社,2001年。

[59]吴晟:《中国意象诗探索》,广州:中山大学出版社,2000年。

[60]滕福海:《骆宾王诗选》,北京:中国文联出版社,2002年。

[61]马积高:《清代学术思想的变迁与文学》,长沙:湖南人民出版社,2002年。

[62]赵尔巽:《清史稿》,北京:中华书局,1976年。

[63]黄华表:《广西文献概述》,载《广西建设研究》,1932年第1期。

[64]袁行霈主编:《中国文学史》,北京:高等教育出版社,1999年。

[65]古远清:《诗歌分类学》,北京:中国地质大学出版社,1989年。

[66]徐世昌:《晚晴簃诗汇》,北京:中华书局,1990年。

[67]谭德晶:《唐诗宋词的艺术》,上海:学林出版社,2001年。

[68]张健:《清代诗学研究》,北京:北京大学出版社,1999年。

[69]青木正儿:《清代文学评论史》,北京:中国社会科学出版社,1988年。

[70]梁启超:《清代学术概论》,北京:东方出版社,1996年。

[71]陈子展:《最近三十年中国文学史》,上海:上海古籍出版社,2000年。

[72]梁启超:《中国近三百年学术史》,太原:山西古籍出版社,1997年。

[73]陈植锷:《诗歌意象论》,北京:中国社会科学出版社,1990年。

[74]钱仲联:《清诗纪要》,南京:江苏古籍出版社,1989年。

[75]秦焕:《剑虹居全稿》,清光绪二十一年刻本。

[76]宗白华:《美学散步》,上海:上海人民出版社,1981年。

[77]王国维著,徐调孚校注:《人间词话》,北京:中华书局,1955年。

[78]中文大辞典编纂委员会编纂:《中文大辞典》,北京:中国文化研究所,1982年。

[79]张玉书等编:《佩文韵府》,上海:上海古籍出版社,1983年。

[80]广西统计局编:《古今旅桂人名鉴》,杭州:杭州古籍书店,1934年。

[81]李寅生编著:《中日古代帝王年号及大事对照表》,成都:四川辞书出版社,2004年。

[82]钱仲书:《宋诗选注》,北京:人民文学出版社,1958年。

[83]吉川幸次郎著,章培恒等译:《中国诗史》,上海:复旦大学出版社,2001年。

[84]白岩:《描写美学》,北京:金城出版社,1998年。

附 录

（一）原书序跋题记

易安堂集周德润序

余总角时，闻先辈习举业者，咸推龙雨川先生。从游之士，得其津梁类皆扶摇以去，如陈莲史三元、朱卓亭孝廉辈出其门下。余惊而异之，曰："先生殆工于文者也。"丙辰冬，晤幼村同年，询及先生文集。幼村告余："以先生敦品励学，不屑以时艺见长。居官则济物为心，授徒则经世为本，故文帙虽存，未遑付梓。"余默而识之，曰："先生殆邃于学，而不徒工于文者也！"丁丑，幼村庶常以《易安草堂诗草》四卷见示，并属以芜辞为之序。读其诗，淡远清微，压倒"元白"。余钦而佩之，曰："先生殆邃于学，工于文而并精于诗者也。当谓诗之源出于风雅，每以忠孝节义之忧，写其借物起兴之旨，必为文人、学人，然后可以为诗人，如韦孟、徐干、应璩、袁宏、韩愈、苏轼之流。以诗传即以文传，而实以博有性情、有经济、有文章，一以贯之矣！窃叹世之兢词华工吟咏者，每穷力追新，于修齐平治之略，概置不讲。及一旦释褐登朝，视百姓之安危，如秦人视越人之肥瘠。即令清才自命，'俪采百字之偶，争价一句之奇。'不且为先生诟病哉？先生之子若孙，掇巍科，入词馆，可谓能传先生之文矣。幼村历宰清河、溧水、句容、睢亭诸邑，有颂声。小村捧檄石城，事以兴利除弊为己任，可谓能传先生之学矣！文传，学传，而诗亦传。故谓："观先生之文与学，即不啻观先生之诗，可也；观先生之诗，即不啻观先生之文与学，可也！"

光绪六年庚辰四月年愚侄周德润谨序

易安堂集秦焕序

君子之素位也，居于易；修士之求仁也，得所安。所读雨川龙公易安堂大著，有心得焉。焕于光绪庚辰守桂林，仰龙门若山斗。至丁亥孟春，始获公诗集。见示者公曾孙积之茂才也。积之与其胞叔赞侯同肄业秀峰书院，均雄于文，而积之有干才，尤勇于为义，近于其经理学校一见之，家学渊源，非偶然也。其祖幼村公祖以名孝廉作宰江苏，曾为吾淮清河令，颂声留民口。其父小村太史改官山西，望重一时。乃均早乞归乔梓，皆高士也。今读大集，景慕公之为人，知父子祖孙才气之清超、襟抱之淡远一脉相传，文也而几于道矣。集中惟黔南所作，系以宦游。此外皆属之"耕余"、"归田"命名，仍不外耕意。嗟乎！公何尝耕哉？公何尝不耕哉？观书以目耕，闻道以自耕，披编以手耕，解经以舌耕，饱德以心耕，而总不离手笔耕。公以砚田一方，心田一片，负盛名，享大寿。玩公之诗，若不欲于诗求工者也；玩公之自叙，其诗若不欲以诗得名者也。乃不求工、不计名，而诗品之高、诗味之厚，惟晋之渊明、唐之襄阳，庶足仿焉。则谓幼村公视之惠政，小村太史之清才，赞侯与积之之硕学，皆公之贻谋，有以培之，可也。"易"为俟命之学，"安"为得止之道，易安堂之泽，溥哉！盖一编也，而千古已！

光绪丁亥仲春知桂林府事山阴后学秦焕谨拜识

秦焕题辞

楼城西望草堂开，兰桂新阴次第栽。
两粤名区行卷在，三元高躅执经来。
钧天自有千秋调，辅世原非百里才。
江水潆洄峰独秀，龙门声价重蓬莱。

万斛纤尘笔底无，诗家终日抱冰壶。
志空簪笏真高士，能赋山川古大夫。
衣钵一堂楼造凤，箕裘三代舄飞凫。
岂惟艺苑标才藻，大雅轮凭双手扶。

耕余草自叙

先人遗有薄田，教余耕且读。比长，业渐荒，不能继饘粥，则以笔耕于四方。鹿鹿半生，逢年无策，学为韵语，譬之《牧笛》、《樵歌》，呕哑啁哳，非敢以为诗也。且记有之时，过然后学，则勤苦而难成。况余之未尝勤苦，其难成也奚疑。遂弃，不敢存，亦不复作。既而思之：耕者，田间作苦，抚手作歌，而呼呜呜以自适其志，而忘其劳，岂自计其音之工拙乎？余之诗亦犹是也，何必不存，亦何必不作。顷于敝簏中，检阅得若干首，录成帙。谛视之，其志征、其音促、其词俚而无文，斯诚耕者之所作也。

乾隆六十年岁在乙卯菊月既望雨川龙献图书于易安草堂

耕余草后序

戊辰小除，余秉铎昭州。既抵任，积雪满庭，寒味可掬。扫除后，乃得与诸生讲课文艺。暇辄吟咏自娱，附于前稿之后。客有曰："子之后此席，坐拥皋比，既非老农也，且月有俸、岁有租，又不耕而食也，而奚以'耕'名其诗？"余曰："余之后于此，固不与老农课晴雨，然日与诸生饘于斯、粥于斯、诵法恒于斯，则依然舌耕、笔耕者流也。而谓余之禄，不足以代耕乎？而谓余之诗，非即所以为耕乎？然而不素餐兮！古君子之不耕而食，当别有在。余滋愧矣。"客退。因录其语以自讼，并以志。余之诗大抵不离乎耕，卑之无甚高论也。

嘉庆十四年岁在己巳花朝日雨川龙献图书昭州学舍

宦游小草自叙

在平乐广文任，妄念一生，魔障百出。甫抵滇，即闻文儿凶耗，孤踪滇海，进退维谷。久无心人世，偶有应酬之作，如虫之号寒、子规之啼血，脱稿即散佚。归田后，检阅敝囊，得若干首。昔人云："处为远志，出为小草。"即从"小草"名篇，抗尘走俗，故山猿鹤知，不免腾笑也。

道光三年癸未小除雨川龙献图书于易安草堂

归田草自叙

自为平乐校官,至作吏滇南,计离家匆匆十有七年,而余已老矣。兹之归来,如梦觉、如酒醒,盖真境也。得清闲一日,即享受一日。惟日与渔樵旧侣相徵逐,听时鸟之变声,辄效其钩辀磔格,与之相赠答,非诗也,仅录存之,以志山中之岁月尔。

道光四年甲申上元雨川氏书于易安堂之息影斋

(二)《易安堂集》外龙献图佚诗文

雨川公六十九岁辞官归里后,为先人修膳坟茔记事碑文

道光癸未冬月归里营筑 先茔,越明年冬告竣,感赋一律:

壮岁奔波老息肩,归来惟守墓门田。
忍抛抔土蒿秋草,喜筑佳城挂纸钱。
牧竖惊看封马鬣,地师痴说卜牛眠。
显扬今日成虚愿,回首儿时涕泪连。

男献图谨 泐

(录自《桂林易安堂龙氏家谱》)

龙献图生圹碑文

余自滇归里,九年于兹矣。子幼丁单,蹉跎老景,因仿前贤故事,预营生圹,附于先人墓左,系之以诗并泐诸石俾。儿子寅绶成人之日,或能触目警心,思哀思敬,将为善贻父母令名,其愧厉当何如也?小子志之诗云:

司空表圣营生圹，陶靖节为自祭文。
伊古达人原了了，于今贱子亦云云。
万间广厦生难得，七尺黄泉死要分。
回忆儿时依父膝，不教埋骨作孤坟。

道光十有一年岁次辛卯孟冬下浣龙献图泐时年七十有七

（录自《桂林易安堂龙氏家谱》）

（三）龙献图墓碑碑文

府君讳献图，字则之，号雨川，系先祖 诰赠中议大夫焘光之子。由县学生中试乾隆丁酉科事，榜庚子科举人。历任平乐县教谕，云南盐法道库大使。生于乾隆乙亥年正月卅日，殁于道光戊戌年九月廿九日辰时，享寿八十有四。安葬地名苏家山，坐申向寅。府君在日，预营生圹，自撰碑文，名训煌煌，不孝等世世子孙遵为法守，追思手泽，未敢更易，谨再立石墓前已，志罔极之恩。

男　文绶，貤赠奉政大夫。妇张氏，貤赠宜人。继配刘氏，旌表节孝，貤赠宜人。

　　寅绶，咸丰丙辰，补行辛酉、丁卯两科举人，同治大挑一等江苏睢宁县知县，历署清河、句容、溧水等县知县，钦加同知三品封典。妇邓氏，诰封宜人，晋封淑人。

皇清敕授修职郎原任平乐县学教谕显考龙公雨川府君之墓

孙朝言，同治丁卯科举人，光绪丙子恩科进士、翰林。妇秦氏，诰封宜人。

院庶吉士五品。衔山西夏县、崞县知县，□□□晋封淑人。

　朝典，邑痒生，妇赵氏。

　朝翊，学名焕纶，郡痒生。妇安氏。

　朝辅、朝彦。

曾孙泽厚，邑痒生。妇曹氏，继配廖氏。

　泽长、泽恺、泽惠。

元孙宗荫、宗裕、宗启、宗佑、宗蕃、宗衔。

光绪十四年岁次戊子仲春月　立

（录自《桂林易安堂龙氏家谱》）

后　记

本书是在我的毕业论文《〈易安堂集〉校注》基础上修改而成的。2002 年进入广西大学，师从滕福海教授。修读期间，每感力不从心，问题意识与学术素养都远远不够。滕先生学养厚重、学风严谨，三年的时间里影响着我、"改造"着我，使我的学术之羽翼渐渐打开，也成就了我的这篇论文。本文从选题到结构布局，从材料取舍到定稿，都得到滕老师细大不捐的悉心指导。在近两年的写作过程中，我坚持每天在斗室中认真翻阅资料、查找出处、形成观点，但因论文框架较大，唯恐无法驾驭，老师的鼓励与指导，使我在沮丧中找到自信。2005 年 4 月，有点像模像样的毕业论文出现在我面前，自己颇汗颜。虽然毕业过程中有一些小插曲，但最后还是顺利通过答辩。毕业后，我一直坚持向滕老师请教。面对任何问题，滕老师都细心地解释、帮助我正确认识学术上的观点与方法，同时积极鼓励我加强阅读和学习。滕老师将我带入真正意义上学术的殿堂，让我懂得学术研究的基本方法，助我成长、成熟，这是我的福气，我也将带着对老师的感谢，带着对学术的敬畏，继续前行！

本书在写作过程中，得到了广西大学李寅生教授、梁扬教授、谢明仁教授的指导。桂林图书馆、广西区图书馆、广西民族学院图书馆、广西区博物馆的老师以及龙献图的后人龙中耀对资料搜集给予了大力支持。西南林业大学的各位领导、同事也给予了很大帮助。在此一并致谢。此书也凝聚了远在湖北老家父母的心血，他们对年近不惑儿子的关心与爱护是我学术上的动力与支持，对于他们，我永远存在"亲在不远游"的缺憾！

本书在九年内虽有修改，但限于客观原因，呈现在大家面前恐仍难免错漏，恳请群彦多多批评，以促后学。

李国新

2015 年元月于滇

后记